सामाजिक मानवशास्त्र

AF543299

सामाजिक मानवशास्त्र

प्रेमशंकर तिवारी

मोहित बुक्स इंटरनेशनल
नई दिल्ली–110002

संस्करण 2025

© *प्रकाशक*

ISBN 978-81-907173-5-9

द्वारा प्रकाशित

मोहित बुक्स इन्टरनेशनल

4649B/21, अन्सारी रोड, दरिया गंज, नई दिल्ली - 110002

E-mail : mohit_publication@rediffmail.com

फोन नं. : 011-23255141,

फैक्स : 23284136

भारत में मुद्रित

मोहित बुक्स इंटरनेशनल, नई दिल्ली–02 द्वारा प्रकाशित, नवप्रभात प्रिंटिंग प्रेस, दिल्ली द्वारा मुद्रित

भूमिका

मानवशास्त्र की उपर्युक्त पारिभाषिक विवेचना में हम यह स्पष्ट कर आए हैं कि मानवशास्त्र मनुष्यों के क्रमिक विकास का अध्ययन एवं विश्लेषण करता है, अतः इसकी प्रकृति एवं विशेषताओं को लेकर विद्वानों में विभिन्न धारणाएँ पाई जाती हैं। अनेक विद्वान मानवशास्त्र को एक प्राकृतिक विज्ञान की तरह से विवेचित करते है तो कुछ विद्वान इसे सामाजिक विज्ञानों की शृंखला की एक महत्वपूर्ण कड़ी मानते हैं। इसका मूल कारण मानवशास्त्र का है जिसमें इस बात की विवेचना की जाती है कि वह मनुष्य के उद्भव एवं उद्विकास अर्थात् केवल प्राणी विकास की संरचना का वर्णन करे। प्राणिशास्त्रीय विशेषताओं के आधार पर विभिन्न मानव जातियों का तुलनात्मक अध्ययन करके उनका वर्गीकरण प्रस्तुत करना भी मानवशास्त्र का एक प्रमुख कार्य है। अतः इसमें कोई सन्देह नहीं शारीरिक मानवशास्त्र प्रमुखतः एक प्राकृतिक विज्ञान ही है। दूसरी ओर सांस्कृतिक एवं सामाजिक मानवशास्त्र में मानवीय समाज के स्वरूप तथा इतिहास का वर्णन व विश्लेषण किया जाता है कि अतः मानवशास्त्र की विषय-वस्तु का यह भाग मानव के सामाजिक व सांस्कृतिक विकास का अध्ययन करता है। विभिन्न संस्कृतियों के विवेचनात्मक एवं तुलनात्मक अध्ययन के कारण मानवशास्त्र एक सामाजिक विज्ञान कहा जाता है, परिणामस्वरूप इसकी प्रकृति में दृष्टिकोण की यह विभिन्नता पाई जाती है।

ई. ए. ह्योबल ने भी लिखा है कि ''मानवशास्त्र की सर्वप्रथम विशेषता यह है कि प्राकृतिक विज्ञान के रूप में यह एक साथ शारीरिक तथा सामाजिक विज्ञान दोनों ही है।'' टी. के. पन्निमैन ने एक कृति ''ए हण्ड्रेड इयर्स एंथोपोलोजी'' में लिखा है कि ''एक रूप में मानवशास्त्र प्राकृतिक इतिहास की एक शाखा है एवं इसके अन्तर्गत जीव प्रकृति के क्षेत्र में मानव की उत्पत्ति और थिति का अध्ययन आता है।.......दूसरे रूप में मानवशास्त्र इतिहास का विज्ञान है।''

कुछ अन्य मानवशास्त्रियों के अनुसार मानवशास्त्र की स्थिति न तो मात्र विकास की है और न ही विज्ञान की, क्योंकि अतीत को जाने बिना वर्तमान को समझना असमभव है। वही वर्तमान में वैज्ञानिक अवलोकन के आधार पर एक वैज्ञानिक पद्धति के अभाव में निष्कर्षों को निकालना कठिन है अतः दोनों के सम्मिश्रण से ही मनुष्यों एवं उसकी संस्कृतियों का वैज्ञानिक अध्ययन किया जा सकता है।

मैलिनोस्की, रेडिक्लिफ ब्राउन जैसे अन्य माश्वशास्त्रियों का विचार है कि मानवशास्त्र का अध्ययन केवल मात्र उन समाजों एवं मनुष्यों के अध्ययन पर ही सीमित होना चाहिए जिनको कि प्रत्यक्ष रूप से अवलोकित किया जा सकता है अतः इन विद्वानों के अनुसार प्राचीन इतिहास, समाज या घटनाओं का अध्ययन करना अथवा प्रमाणहीन बातों को स्वीकार करना मानवशास्त्र के लिए उचित नहीं है। फोर्टेस एवं नेडेल आदि मानवशास्त्रियों ने इसे पूर्ण रूप से एक प्राकृतिक विज्ञान माना है एवं इनका कहना है कि मानवशास्त्र क्योंकि मानव समाजों का अध्ययन करने में प्राकृतिक विज्ञान की पद्धतियों को ही प्रयोग करता है अतः यह पूरी तरह से प्राकृतिक विज्ञान है। इसके विपरीत कोबर, इवान्स प्रीटचार्ट, बिडने आदि अनेक अन्य मानवशास्त्री हैं जिनका मानना है कि मानव जीवन का केवल प्राकृतिक या शारीरिक स्तर ही नहीं होता बल्कि उसका एक सामाजिक स्तर भी होता है एवं मानवशास्त्र को प्राकृतिक विज्ञान न होकर एक सामाजिक विज्ञान होना चाहिए। उपर्युक्त विवेचना के आधार पर हम यह निश्चयर्पूवक कह सकते है कि मानवशास्त्र एक विज्ञान है, परन्तु जैसा कि इसकी प्रकृति को लेकर यह विवाद स्पष्ट है कि कुछ लोग मानवशास्त्र को एक प्राकृतिक विज्ञान मानते हैं जबकि अनेक अन्य ऐसे लोग भी है जो मानवशास्त्र को एक सामाजिक विज्ञान के रूप में निरूपित करते हैं। मानवशास्त्र की प्रकृति का यह विवाद वस्तुतः तब समाप्त हो जाता है जब हम इसकी विषय-वस्तु को देखते हैं, क्योंकि जब मानवशास्त्र शारीरिक मानव-शास्त्र रूपी शाखा के रूप में कार्य करता है तो वह निःसन्देह एक प्राकृतिक विज्ञान हो जाता है। दूसर ओर जब वह एक सामाजिक मानवशास्त्र के रूप में या सांस्कृतिक मानवशास्त्र के रूप में काम करता है तब वह एक सामाजिक मानवशास्त्र के रूप में देखा जा सकता है।

लेखक

अनुक्रमणिका

1

सामाजिक मानवशास्त्र : अध्ययन पद्धतियाँ (विधियाँ) एवं प्रारूप

(अ) सरंचनात्मक-प्रकार्यात्मक, (ब) विकासवादी (स) तुलनात्मक, (द) प्रस्थिति भूमिका

ईश्वर की अनुपम कृति है 'मानव'। मानव की उत्पत्ति एवं विकास का इतिहास अति प्राचीन है। वह उद्विकासीय प्रक्रिया के विभिन्न स्तरों से गुजरता हुआ अपनी वर्तमान अवस्था तक पहुँचा है। संस्कृति की अनुपम विशेषता के कारण ही सम्भवतः वह पशुओं से अलग हुआ एवं सम्पूर्ण जग एवं जीवन को जानने की चेष्टा-प्रचेष्टा करता रहा। उसके आश्चर्य एवं कौतूहल का प्रारम्भिक विषय प्रकृति एवं प्राकृतिक प्रघटनाएँ ही थी। शनैः-शनैः प्रकृति के रहस्यों से परिचित होने के उपरान्त वह उनके अध्ययन अनुसन्धान में रुचि लेने लगा। इसी अभिलाषा के परिणामस्वरूप प्राकृतिक विज्ञानों का जन्म हुआ। जानने की निरन्तर उत्कट अभिलाषा, चेष्टा एवं प्रचेष्टा ने 'मानव' को 'मानव' का ही अध्ययन विषय बनाया। अनौपचारिक रूप से सम्भवतः मानवशास्त्र का शुभारम्भ इसी समय से हुआ।

''मानवशास्त्र को मनुष्य और उसकी सम्पूर्णता के अध्ययन का विज्ञान कहा जाता है। यहाँ यह प्रश्न उठना स्वाभाविक है कि इस रूप में मनुष्य का अध्ययन मानवशास्त्री कैसे करते है। इस प्रश्न के प्रत्युत्तर से पहले यह

अनिवार्य है कि हम यह जान लें कि मानवशास्त्र, जीव विज्ञान जैसे प्राकृतिक विज्ञानों एवं अर्थशास्त्र, राजनीतिशास्त्र एवं समाजशास्त्र जैसे सामाजिक विज्ञानों एवं इतिहास व दर्शनशास्त्र जैसे मानविकी विषयों से कैसे अलग है?''

''उपर्युक्त विषयों में से प्रत्येक विषय की थोड़ी बहुत विशेषताओं का समावेश मानवशास्त्र में मिल जाता है। मनुष्य के अध्ययन हेतु मानवशास्त्री भी जीवशास्त्री की भांति मनुष्य के शरीर रचना तन्त्र का अध्ययन करते हैं और मानव व्यवहारों के अध्ययनार्थ प्राकृतिक विज्ञानों के क्षेत्र से ग्रहण कर प्रकार्य तथा संरचना जैसे सम्बोधनों को प्रयुक्त करते हैं सामाजिक विज्ञानों के साथ मानवशास्त्र की सभ्यता इस तथ्य से प्रकट होती है कि अन्य सामाजिक विज्ञानों की भांति मानवशास्त्र भी मनुष्य के सामाजिक व्यवहार (एक व्यक्ति या समाज के सदस्य के रूप में मनुष्य का व्यवहार) को इसके संस्थापक (समाज अधिमान्य) रूपों के सन्दर्भ में समझने का प्रयास करता है। हमें ध्यान रखना चाहिए कि व्यक्ति नहीं बल्कि स्थाई अनवरत एवं सामाजिक दृष्टि से महत्वपूर्ण व्यवहार ही मानव शास्त्र की विषय-वस्तु है। दर्शनशास्त्रियों की भांति ही मानवशास्त्री भी स्वभाव की प्रकृति और मानवीय संस्कृति की प्रकृति को समझना चाहते हैं।''

लेकिन इन सबसे यह भ्रम नहीं होना चाहिए कि मानवशास्त्र एवं इन विज्ञानों में कोई विभाजक रेखा नहीं खींची ज सकती है। मजूमदार एवं मदान ने अपनी कृति 'एन इन्ट्रोक्शन टू सोश्यल एन्थोपोलोजी' की भूमिका में अन्य विज्ञानों की तुलना में मानवशास्त्र की कुछ विशिष्टताओं का उल्लेख किय है, जो निम्नांकित है–

1. प्राकृतिक एवं सामाजिक विज्ञानों तथा दर्शनशास्त्र की भांति मानवशास्त्र की कोई निश्चित सीमाबन्दी नहीं होती और न कोई अनन्य (या सीमित) अभिरुचि। इसका कारण यह है कि मानवशास्त्र अन्य विज्ञानों की भांति मनुष्य या मानवीय क्रिया-कलापों के किसी विशिष्ट पक्ष मात्र का अध्ययन नहीं है (जैसे जीवशास्त्र उसकी शरीर संरचना का, अर्थशास्त्र उसकी आर्थिक क्रिया का दर्शनशास्त्र उसके तर्क-वितर्कों का) बल्कि मनुष्य और उसकी सामाजिक क्रियाओं की समग्रता का अध्ययन करता है। इस तरह मनुष्य के अध्ययन के प्रति मानवशास्त्र तथा दृष्टिकोण समग्रात्मक है। दूसरे शब्दों में, मानवशास्त्र मनुष्य, समाज और संस्कृति को परस्पर अन्तर क्रियारत गत्यात्मक सम्पूर्णता के रूप में विश्लेषित करता है।

2. मानवशास्त्र की अध्ययन प्रणाली सूक्ष्मदर्शी एवं आगमनात्मक है। सूक्ष्मदर्शी विधि का अभिप्राय है किसी सूक्ष्म इकाई, वर्ग या राशि का अध्ययन कर बड़ी या वृहत् क्षेत्रीय इकाई को समझने का प्रयास करना। मानवशास्त्री मानव समाज को समझने के उद्देश्य से निरक्षर, नगरीय जीवन रहित आदिम समाजों या ग्रामीण समुदायों का अध्ययन करते हैं। ऐसी छोटी या सूक्ष्म इकाईयों को समझने के आधार पर ही बड़ी, वृहत् एवं जटिल इकाइयों को समझने की दिशा में आगे बड़ा जाता है। मानवशास्त्री इन छोटी-छोटी इकाइयों (जैसे निरक्षर एवं नगरीय जीवन रहित समाज) का ज्ञान आगमनात्मक विधि द्वारा प्राप्त करते है।

उपर्युक्त विवेचन से स्पष्ट है कि मानवशास्त्र अन्य प्राकृतिक एवं सामाजिक विज्ञानों तथा दर्शनशास्त्र में इस अर्थ से भिन्न है कि मानवशास्त्र प्रत्यक्ष अध्ययन की विधि से (आलेखीय या इतर प्रमाणों के आधार पर) निरक्षर समाजों का अनुसन्धान करता है।

मानवशास्त्र की व्युत्पत्ति

मानवशास्त्र की व्युत्पत्ति के बारे में प्राप्त ज्ञान अस्पष्ट, अनिश्चित एवं अप्रामाणिक है। प्राप्त साहित्य के अनुसार ऐसा माना जाता है कि **'एन्थोपोलोजिस्ट' नामक शब्द का प्रथम प्रयोग महान् यूनानी दार्शनिक अरस्तु ने किया था।** अरस्तु ने इस शब्द का प्रयोग 'गप्प' के सन्दर्भ में किया। अरस्तु के मत में एन्थोपालोजिस्ट एक ऐसा व्यक्ति है जो स्वयं के बारे में डींगे हाँका करता है। परन्तु बाद के यूनानी साहित्य में इस शब्द का प्रचलन अधिक नहीं हो पाया। 16वीं शताब्दी में लेटिन में भी इस शब्द का प्रयोग किया गया। परन्तु यह प्रयोग भी बहुत सीमित अर्थों में किया गया, जिसका सम्बन्ध मनुष्य की शारीरिक संरचना के अध्ययन तक सीमित था।

17वीं शताब्दी में अर्थात् 1655 में किसी अज्ञात अंग्रेज लेखक ने पहली बार 'एन्थोपोलोजी एब्सट्रेक्टेड' नामक एक छोटी-सी पुस्तक लिखी। इस पुस्तक में मानवशास्त्र को मानव आत्मा एवं मानव शरीर के अध्ययन-विषय के रूप में परिभाषित किया गया है। हमें टी. बेन्डिश द्वारा 1865 में लिखित 'The History of Anthropology' नामक कृति में दिखाई देता है।

18वीं शताब्दी में प्रसिद्ध जर्मन दार्शनिक एमेनुएल कान्ट ने 'Anthropology' भी नामक एक पुस्तक 1789 में प्रकाशित की। यह पुस्तक इस सन्दर्भ से महत्त्वपूर्ण है कि इसमें अत्यन्त विस्तार से पशु से मनुष्य की उत्पत्ति को प्रस्तावित किया गया है।

19वीं शताब्दी के प्रारम्भ तक मानवशास्त्र का अर्थ, अस्पष्ट, अनिश्चित एवं मनगढ़न्त ही रहा। ब्रिटिश **एनसाइक्लोपिडिया** जो 1822 में प्रकाशित हुआ में इस शब्द का समावेश किया गया, यद्यपि इसमें प्रस्तुत परिभाषा से भी मानवशास्त्र का अर्थ स्पष्ट नहीं हो सका। ब्रिटिश एनसाइक्लोपिडिया में इसे मानव प्रकृति की चर्चा के रूप में परिभाषित किया गया है। अंग्रेजी भाषा में 'Anthropology' शब्द ग्रीक भाषा के दो शब्दों 'Anthropos' एवं 'Logos' एवं बना है। इन शब्दों का क्रमशः आशय मनुष्य एवं विज्ञान है। इस प्रकार मानवशास्त्र का व्युत्पत्ति अर्थ 'मानव का विज्ञान' हुआ। मजूमदार एवं मदान लिखते हैं कि यह व्युत्पत्तिय अर्थ मानवशास्त्र के विषय क्षेत्र की सही परिभाषा है। इस सन्दर्भ में क्लखोन ने लिखा है कि "मनुष्य के विभिन्न पक्षों का अध्ययन करने वाले समस्त विज्ञानों में मानवशास्त्र ही एक मात्र ऐसा विषय है जो मनुष्य के सम्पूर्ण अध्ययन के सबसे अधिक निकट है।" अर्थात् इस तथ्य की अभिव्यक्त करने में कि मनुष्य के बारे में सम्भावित रूप में जितना जाना जा सकता है, उन सभी बातों का अध्ययन एक मानवशास्त्री करता है।

इस प्रकार हम देखते हैं कि मानवशास्त्र की अध्ययन रुचि भी बहुत ही व्यापक एवं विस्तृत है। यह विज्ञान मनुष्य की भाषा, सामाजिक संरचना, विश्वास, परम्परा, धर्म, राजनीति और कलात्मक सृजन सभी को अपने में समेट लेता है। संक्षेप में कहा जा सकता है कि मनुष्य के दो स्वरूप है एक शारीरिक एवं दूसरा सामाजिक सांस्कृतिक। मानवशास्त्र इन दोनों स्वरूपों का अध्ययन करता है। यही मानव का समग्र रूप है। यही कारण है कि अनेक मानवशास्त्रियों ने मानवशास्त्र को बिना बस्ते का (निर्विभाग) विज्ञान भी कहा है। यह विस्तृत अध्ययन न काल की सीमा से बंध हुआ है, और न स्थान की, और न किसी मानव समाज के सांस्कृतिक स्तर की सीमा से ही जैसा कि कुछ लोग गलती से मानते है।

मानवशास्त्र का अर्थ एवं परिभाषा

मानव की व्युत्पत्ति एवं शाब्दिक विवेचना के उपरान्त अब यह उपयुक्त होगा कि हम मानवशास्त्र के अर्थ एवं परिभाषा से परिचित हों। मानवशास्त्र का विषय क्षेत्र अत्यन्त विस्तृत एवं व्यापक है। मानवशास्त्र का सम्बन्ध प्रत्येक युग एवं प्रत्येक समाज के मानव से है, क्योंकि मानवशास्त्र का अध्ययन विषय समग्र रूप में 'मानव' के अध्ययन से है। मजूमदार एवं मदान लिखते

हैं कि मानवशास्त्र मनुष्य के वर्तमान का अध्ययन उसी तरह करत है जैसे उसके भूतकाल का और साथ ही उसके अब-मानव और मानव पूर्व की उत्पत्तियों का अध्ययन भी इसमें किया जाता है। पृथ्वी के किसी भी भाग में निवास करने वाले मनुष्य का यह अध्ययन करता है। मनुष्य असभ्य है या सभ्य इस बात पर दिए बिना मानवशास्त्र उसका अध्ययन करता है। अन्य शब्दों में, संस्कृति के समस्त स्तरों पर मनुष्य का अध्ययन मानवशास्त्र करता है। यहाँ यह नहीं मान लेना चाहिए कि मनुष्य के अध्ययन का अभिप्राय मानव शरीर संरचना, मानव उद्विकास, मानव शरीर वर्धन और आनुवंशिकी का अध्ययन मात्र है। मनुष्य के अध्ययन में वस्तुतः उसकी भावना, विचार और क्रिया संरूपों का समावेश भी है।

इस प्रकार हम देखते हैं कि मानवशास्त्र मनुष्य की समग्रता का अध्ययन करता है। मजूमदार एवं मदान ने इस प्रश्न को उठाया है कि मानवशास्त्र मनुष्य की समग्रता का अध्ययन कैसे करता है? आपके अनुसार मनुष्य के दो प्रमुख पक्ष होते है-प्रथम, मनुष्य के शरीर की हड्डियों, माँस पेशियों एवं तात्विक अंगों की एक निश्चित व्यवस्था, जिसे प्रकार्य संरचना भी कहा जा सकता है। द्वितीय, मनुष्य के कई तरह के कथ्य एवं अकथ्य व्यवहार होते हैं, इन्हें मनुष्य के संस्थात्मक व्यवहार कहा जा सकता है।

मानवशास्त्र

लूसी मेयर ने भी अपनी कृति 'एन इन्ट्रोडक्शन टू सोश्यल एन्थोपोलोजी' में लिखा है कि मानवशास्त्र का अर्थ है मनुष्य के विषय में चर्चा।.........मानवशास्त्र को कभी-कभी ऐसा अध्ययन माना जाता है, जो मानव के विषय में सब कुछ बतलाता हो। ऐसा मत रखने वालों के लिए इसके अन्तर्गत वे सब विषय आते हैं, जो मध्य उन्नीसवीं शती के आस-पास प्रचलित थे। तब मानवशास्त्र पहले-पहल एक रूप ग्रहण कर रहा था और इसमें दैहिक मानवशास्त्र सामाजिक (या सांस्कृतिक) मानवशास्त्र, पुरातत्व एवं भाषा विज्ञान सभी शामिल थे।

ए.एल. कोबर एवं जी. क्लूखोन ने लिखा है कि ''मनुष्यों के विभिन्न पक्षों का अध्यन करने वाले समस्त विज्ञानों में से मानवशास्त्र ही एक ऐसा विज्ञान है, जो मनुष्य के सम्पूर्ण अध्ययन के सबसे निकट है।''

फ्रेज बोआस ने लिखा है कि 'मानवशास्त्र मानव का अध्ययन एक सामाजिक प्राणी के रूप में करता है।'

मैकविल जे. हर्षकोविट्ज ने अपनी कृति का नाम ही 'मेन एण्ड हिज वर्क्स' रखा। वे लिखते है कि ''मानवशास्त्र मनुष्य के अस्तित्व के जैविक एवं सांस्कृतिक अतीत एवं वर्तमान सब पहलुओं को अध्ययन में रखकर इनसे मिली विविध सामग्रियों से मनुष्य के अनुभव की समस्याओं का उन शास्त्रों से भिन्न जो कि मानव-जीवन के अधिक सीमित पहलुओं से सम्बन्धित है, एकीकृत रूप में अध्ययन करता है।''

जेकब्स एवं स्टर्न ने 'जनरल एन्थोपोलोजी' में मानवशास्त्र को परिभाषित करते हुए लिखा है कि ''मानवशास्त्र मनुष्य जाति के जन्म से लेकर वर्तमान तक का मानव के शारीरिक, सामाजिक एवं सांस्कृतिक विकास एवं व्यवहारों का वैज्ञानिक अध्ययन है।''

ई. ए. ह्योबल ने 'मेन इन प्रमिटिव वर्ल्ड' में लिखा है कि ''मानवशास्त्र मानव एवं उसके सम्पूर्ण कार्यों का अध्ययन है। व्यापक अर्थों में यह मनुष्य की प्रजातियों एवं प्रथाओं का अध्ययन है। इन प्रथाओं में हम सामाजिक व्यवहार का अवलोकन करते है, और चूंकि मानवशास्त्र प्रथाओं का विज्ञान भी है, इसलिए यह एक सामाजिक विज्ञान होने के साथ-साथ एक प्राकृतिक विज्ञान भी है।''

राल्फ वील्स ने भी मानवशास्त्र को 'एन इन्ट्रोक्शन टू सोश्यल एन्थेपोलोजी' में परिभाषित करते हुए लिखा है कि ''मानवशास्त्र मनुष्य के शारीरिक और सांस्कृतिक विकास के नियमों तथा सिद्धान्तों का अनुसन्धान करने वाला विज्ञान है।''

टर्नीहाई ने अपनी कृति 'जनरल एथोपोलोजी' में लिखा है कि ''मानवशास्त्र शाब्दिक अर्थ में मानव विज्ञान है। मानवशास्त्र सम्पूर्ण मानव का विवरणात्मक, तुलनात्मक एवं सामान्यात्मक अध्ययन है। इसमें मानव शरीर-रचनाशास्त्र, शरीर शास्त्र और मनोविज्ञान के कारक एवं वह संस्कृति सम्मिलित है जो उनकी आवश्यकताओं के प्रत्युत्तर में प्रवाहित होती है, आते हैं।''

टी.के. पन्निमैन का मानना है कि ''मानवशास्त्र मानव का विज्ञान है। एक दृष्टिकोण से यह प्राकृतिक इतिहास की एक शाखा है जिसके अन्तर्गत जीव प्रकृति के क्षेत्र में मानव की उत्पति और स्थान का अध्ययन आता है। दूसरे दृष्टिकोण से, मानवशास्त्र इतिहास का विज्ञान है।''

डॉ. एस. सी. दुबे ने अपनी कृति 'मानव और संस्कृति' में लिखा है कि ''प्राणिशास्त्र की शाखा के रूप में मानवशास्त्र प्राचीन तथा आधुनिक

मानव के विभिन्न समूहों की शारीरिक रचना एवं प्रक्रियाओं की समानताओं तथा भिन्नताओं का विश्लेषण और वर्गीकरण करता है। दूसरी ओर की सांस्कृतिक सामाजिक अध्ययन के रूप में वह इसी प्रकार विभिन्न संस्कृतियों की संरचना तथा प्रक्रियाओं का अध्ययन करता है।''

उपर्युक्त पारिभाषिक विवेचनाओं के आधार पर यह निष्कर्ष निकाला जा सकता है कि मानवशास्त्र मूलतः मनुष्यों का अध्ययन है और भी स्पष्ट विधि से मानवशास्त्र के अर्थ को हम निम्नांकित बिन्दुओं में रख सकते हैं–

(1) मानवशास्त्र मनुष्य का अध्ययन आदिकाल से लेकर उसके समकालीन काल तक उसके क्रमिक उद्‌विकास को ध्यान में रखते हुए करता है।

(2) मानवशास्त्र विभिन्न मानवीय समूहों में पाई जाने वाली समानता एवं विषमता का अध्ययन करता है।

(3) मानवशास्त्र मनुष्यों के प्राणिशास्त्रीय सामाजिक एवं सांस्कृतिक विकास के नियमों व सिद्धान्तों का अध्ययन करता है।

(4) मानवशास्त्र मनुष्यों एवं उसके कार्यों के अध्ययन से स्वयं को संलग्न करता है।

(5) मानवशास्त्र मानव-समूह की संस्कृति की आन्तरिकता का वर्णन व विश्लेषण करता है।

मानवशास्त्र की प्रकृति एवं विशेषताएँ

मानवशास्त्र की उपर्युक्त पारिभाषिक विवेचना में हम यह स्पष्ट कर आए हैं कि मानवशास्त्र मनुष्यों के क्रमिक विकास का अध्ययन एवं विश्लेषण करता है, अतः इसकी प्रकृति एवं विशेषताओं को लेकर विद्वानों में विभिन्न धारणाएँ पाई जाती हैं। अनेक विद्वान मानवशास्त्र को एक प्राकृतिक विज्ञान की तरह से विवेचित करते है तो कुछ विद्वान इसे सामाजिक विज्ञानों की शृंखला की एक महत्वपूर्ण कड़ी मानते हैं। इसका मूल कारण मानवशास्त्र का है जिसमें इस बात की विवेचना की जाती है कि वह मनुष्य के उद्‌भव एवं उद्‌विकास अर्थात् केवल प्राणी विकास की संरचना का वर्णन करे। प्राणिशास्त्रीय विशेषताओं के आधार पर विभिन्न मानव जातियों का तुलनात्मक अध्ययन करके उनका वर्गीकरण प्रस्तुत करना भी मानवशास्त्र का एक प्रमुख कार्य है। अतः इसमें कोई सन्देह नहीं शारीरिक मानवशास्त्र प्रमुखतः एक प्राकृतिक विज्ञान ही है। दूसरी ओर सांस्कृतिक एवं सामाजिक मानवशास्त्र में मानवीय समाज के स्वरूप तथा इतिहास का वर्णन व विश्लेषण किया

जाता है कि अतः मानवशास्त्र की विषय-वस्तु का यह भाग मानव के सामाजिक व सांस्कृतिक विकास का अध्ययन करता है। विभिन्न संस्कृतियों के विवेचनात्मक एवं तुलनात्मक अध्ययन के कारण मानवशास्त्र एक सामाजिक विज्ञान कहा जाता है, परिणामस्वरूप इसकी प्रकृति में दृष्टिकोण की यह विभिन्नता पाई जाती है।

ई. ए. ह्योबल ने भी लिखा है कि "मानवशास्त्र की सर्वप्रथम विशेषता यह है कि प्राकृतिक विज्ञान के रूप में यह एक साथ शारीरिक तथा सामाजिक विज्ञान दोनों ही है।" टी. के. पन्निमैन ने एक कृति "ए हण्ड्रेड इयर्स एंथोपोलोजी" में लिखा है कि "एक रूप में मानवशास्त्र प्राकृतिक इतिहास की एक शाखा है एवं इसके अन्तर्गत जीव प्रकृति के क्षेत्र में मानव की उत्पत्ति और थिति का अध्ययन आता है।.......दूसरे रूप में मानवशास्त्र इतिहास का विज्ञान है।"

कुछ अन्य मानवशास्त्रियों के अनुसार मानवशास्त्र की स्थिति न तो मात्र विकास की है और न ही विज्ञान की, क्योंकि अतीत को जाने बिना वर्तमान को समझना असमभव है। वही वर्तमान में वैज्ञानिक अवलोकन के आधार पर एक वैज्ञानिक पद्धति के अभाव में निष्कर्षों को निकालना कठिन है अतः दोनों के सम्मिश्रण से ही मनुष्यों एवं उसकी संस्कृतियों का वैज्ञानिक अध्ययन किया जा सकता है।

मैलिनोस्की, रेडिक्लिफ ब्राउन जैसे अन्य माश्वशास्त्रियों का विचार है कि मानवशास्त्र का अध्ययन केवल मात्र उन समाजों एवं मनुष्यों के अध्ययन पर ही सीमित होना चाहिए जिनको कि प्रत्यक्ष रूप से अवलोकित किया जा सकता है अतः इन विद्वानों के अनुसार प्राचीन इतिहास, समाज या घटनाओं का अध्ययन करना अथवा प्रमाणहीन बातों को स्वीकार करना मानवशास्त्र के लिए उचित नहीं है।

फोर्टेस एवं नेडेल आदि मानवशास्त्रियों ने इसे पूर्ण रूप से एक प्राकृतिक विज्ञान माना है एवं इनका कहना है कि मानवशास्त्र क्योंकि मानव समाजों का अध्ययन करने में प्राकृतिक विज्ञान की पद्धतियों को ही प्रयोग करता है अतः यह पूरी तरह से प्राकृतिक विज्ञान है। इसके विपरीत कोबर, इवान्स प्रीटचार्ट, बिडने आदि अनेक अन्य मानवशास्त्री हैं जिनका मानना है कि मानव जीवन का केवल प्राकृतिक या शारीरिक स्तर ही नहीं होता बल्कि उसका एक सामाजिक स्तर भी होता है एवं मानवशास्त्र को प्राकृतिक विज्ञान न होकर एक सामाजिक विज्ञान होना चाहिए।

उपर्युक्त विवेचना के आधार पर हम यह निश्चयर्पूवक कह सकते है कि मानवशास्त्र एक विज्ञान है, परन्तु जैसा कि इसकी प्रकृति को लेकर यह विवाद स्पष्ट है कि कुछ लोग मानवशास्त्र को एक प्राकृतिक विज्ञान मानते हैं जबकि अनेक अन्य ऐसे लोग भी है जो मानवशास्त्र को एक सामाजिक विज्ञान के रूप में निरूपित करते हैं। मानवशास्त्र की प्रकृति का यह विवाद वस्तुतः तब समाप्त हो जाता है जब हम इसकी विषय-वस्तु को देखते हैं, क्योंकि जब मानवशास्त्र शारीरिक मानव-शास्त्र रूपी शाखा के रूप में कार्य करता है तो वह निःसन्देह एक प्राकृतिक विज्ञान हो जाता है। दूसर ओर जब वह एक सामाजिक मानवशास्त्र के रूप में या सांस्कृतिक मानवशास्त्र के रूप में काम करता है तब वह एक सामाजिक मानवशास्त्र के रूप में देखा जा सकता है।

इस प्रकार मानवशास्त्र एक विज्ञान अवश्य है। मानवशास्त्र का मूल कार्य मनुष्य का वैज्ञानिक पद्धति की सहायता से अवलोकन, वर्णन व निरूपण करना है। अतः संक्षेप में मानवशास्त्र की पद्धति यथार्थवादी मानववादी होना चाहिए। मानवशास्त्र की प्रमुख विशेषताएँ निम्नांकित हो सकती है–

(1) समग्र मनुष्यों का अध्ययन

(2) तुलनात्मक अध्ययन

(3) आदित या अशिक्षित समाजों का अध्ययन

(4) ग्रामीण समुदायों का अध्ययन

(5) व्यावहारिक उपयोगिता

मानवशास्त्र की प्रमुख शाखाएँ

जब हम मानवशास्त्र को मनुष्य के शारीरिक, सामाजिक एवं सांस्कृतिक विकास का विज्ञान कहते है तो स्पष्ट है कि मानवशास्त्र की अनेक शाखाएँ हैं। सामान्यतः मानवशास्त्र को चार प्रमुख शाखाओं में बाँटा जाता है–

(1) शारीरिक या प्राकृतिक मानवशास्त्र या मनुष्य के उद्‌विकास एवं शरीरवर्धन का अध्ययन।

(2) पागैतिहासिक और सांस्कृतिक मानवशाला या मनुष्य के कार्यों का अध्ययन।

(3) नृजति-विज्ञान या मनुष्य का प्रजातीय और सांस्कृतिक वर्गीकरण।

(4) व्यावहारिक मानवशास्त्र अर्थात् प्रजातीय एवं औद्योगिक सम्बन्धों को व्यवस्थित करने तथा उपनिवेशन प्रशासन, विकासशील देशों के विकास कार्यक्रम आदि के सन्दर्भ में शारीरिक और सांस्कृतिक मानवशास्त्र की जानकारियों का व्यावहारिक उपयोग करना।

ई. ए. ह्योबल के अनुसार मानवशास्त्र की तीन प्रमुख शाखाएँ एवं अनेक उपशाखाएँ हैं, जो निम्न है–

(1) शारीरिक मानवशास्त्र

(क) मानव-मिति

(ख) मानव-प्राणिशास्त्र

(2) पुरातत्वशास्त्र

(3) सांस्कृतिक मानवशास्त्र

(क) प्रजातिशास्त्र

(ख) भाषा-विज्ञान

(ग) सामाजिक मानवशास्त्र

बील्स एवं हाइजर ने मानवशास्त्र की शाखाओं को तीन श्रेणियों में रखा है जो निम्नलिखित हैं–

(1) शारीरिक मानवशास्त्र

(अ) मानव उत्पत्तिशास्त्र

(2) सांस्कृतिक मानवशास्त्र

(अ) पुरातत्वशास्त्र

(ब) प्रजाति शास्त्र

(स) भाषा विज्ञान

(3) सामाजिक मानवशास्त्र

राल्फ पिंडिगटन ने मानव शास्त्र की शाखाओं को चार प्रमुख वर्गों में रखा है, जो निम्नलिखित हैं–

1. शारीरिक मानवशास्त्र
2. प्रागैतिहासिक पुरातत्वशास्त्र
3. सांस्कृतिक मानवशास्त्र
4. सामाजिक मानवशास्त्र

(1) शारीरिक मानवशास्त्र–शारीरिक मानवशास्त्र, मानवशास्त्र की वह शाखा है जिसमें हम मानव-जाति के उद्भव एवं विकास, उनकी शारीरिक, प्रजातीय विशेषताओं तथा उनसे सम्बन्धित समस्त विषयों का अध्ययन करते हैं। दूसरे शब्दों में शारीरिक मानवशास्त्र में मानव के उद्विकास का इतिहास, मनुष्य एवं पशुओं का अन्तर, मानव की प्रजातीय विशेषताएँ एवं विमेह, वंशानुसंक्रमण, उत्परिवर्तन, मानवीय शारीरिक विभिन्नताएँ एवं कारक आदि का अध्ययन किया जाता है।

(2) प्रागैतिहासिक पुरातत्वशास्त्र–प्रागैतिहासिक पुरातत्व मानवशास्त्र की वह शाखा है जिसमें मानव तथा सकी संस्कृति के उद्भव, उत्थान तथा पतन, एवं भौगोलिक विवरण आदि का अध्ययन किया जाता है। प्राथमिक रूप से इस शाखा का सम्बन्ध प्राचीन संस्कृतियों तथा वर्तमान सभ्यता के भूतकाल के स्तरों से सम्बन्धित है। यह भूतकालीन संस्कृतियों के स्वरूपों तथा समय के दौरान उनकी उत्पत्ति एवं विकास का अध्ययन है। सरल शब्दों में पुरातत्वशास्त्र के द्वारा प्राचीन संस्कृतियों तथा आधुनिक सभ्यताओं की भूतकालीन अवस्थाओं का अध्ययन किया जाता है।

(3) सांस्कृतिक मानवशास्त्र–सांस्कृतिक, मानवशास्त्र, मानवशास्त्र की वह शाखा मानी जाती है, जिसका सम्बन्ध मानव संस्कृतियों की उत्पत्ति तथा इतिहास, उनकी उद्विकास एवं विकास एवं प्रत्येक स्थान तथा काल में मानव संस्कृतियों की सरंचना एवं कार्यों का अध्ययन करता है। सरल शब्दों में यह कहा जा सकता है कि सांस्कृतिक मानवशास्त्र का उद्देश्य अपनी विशिष्ट अध्ययन प्रणाली के द्वारा मानव-जाति को विभिन्न समूहों की संस्कृति का अध्ययन करना ही है। इस प्रकार हम देखते है कि सांस्कृतिक मानवशास्त्र का क्षेत्र अत्यन्त व्यापक एवं विस्तृत है, क्योंकि इसमें समाज व्यवस्था, कला, साहित्य, विश्वास आदि का अध्ययन भी सम्मिलित किया जाता है। सांस्कृतिक मानवशास्त्र के अन्तर्गत विस्तृत क्रियाओं के समावेश के कारण इसकी तीन उपशाखाएँ भी है, जिन्हें क्रमशः पुरातत्वशास्त्र, प्रजातिशास्त्र एवं भाषा-विज्ञान कहा जाता है।

(4) सामाजिक मानवशास्त्र–मोटे तौर पर सामाजिक मानवशास्त्र एवं सांस्कृतिक मानवशास्त्र में अन्तर नहीं किया जा सकता परन्तु फिर भी सामाजिक मानवशास्त्र की सीमाओं का निर्धारण किया जा सकता है। सामाजिक मानवशास्त्र का अध्ययन मूलतः सामाजिक संरचना का अध्ययन है। सामाजिक सरंचना में हम संस्थागत सामाजिक व्यवहार, परिवार, नातेदारी,

वंश, गौत्र, सामाजिक, आर्थिक, राजनीतिक संगठन न्याय-व्यवस्था आदि को रख सकते हैं। हमें ध्यान रखना चाहिए कि इन सब का अध्ययन यह उन समकालीन या ऐतिहासिक समाजों में करता है, जहाँ इस प्रकार के अध्ययन के लिए आवश्यक पर्याप्त सूचनाएँ प्राप्त होती हैं। अनेक मानवशास्त्री इसे सांस्कृतिक मानवशास्त्र की एक उप-शाखा के रूप में देखते हैं परन्तु मूलतः अब यह एक अत्यन्त प्रतिपादित शाखा है।

सामाजिक मानवशास्त्र

सामाजिक मानवशास्त्र 'समाज' एवं 'सामाजिक संरचना' के अध्ययन से सम्बन्धित समाज है। समाज से हमारा आशय विभिन्न प्रकार के संस्थागत व्यवहारों के द्वारा बन्धे लोगों से है। मनुष्यों का व्यवहार विभिन्न संस्थागत सम्बन्धों से बंधा होता है। ये संस्थागत सम्बन्ध एवं व्यवस्थाएँ ही सामाजिक मानवशास्त्र की विषय-वस्तु हैं। वस्तुतः जब हम सामाजिक सम्बन्धों की बात करते हैं तो हमारा आशय उन व्यवहारों से होता है, जो हमारे लिए परिचित है और जो किसी भी समाज के विशिष्ट लक्षण हैं। सामाजिक मानवशास्त्री जब सामाजिक सम्बन्धोंकी बात करते हैं तो इससे उनका आशय लोगों के व्यवहार के आधार से है।

सामाजिक मानवशास्त्र को सामान्यतः मानवशास्त्र की वह शाखा माना जाता है जो मानवीय समाजों के सामाजिक पक्ष से सम्बन्धित है एवं सामाजिक सरचंना, (जिसमें हम संस्थागत सामाजिक व्यवहार, विवाह, परिवार, नातेदारी, वंश, गौत्र, सामाजिक, आर्थिक एवं राजनीतिक संगठन तथा न्याय व्यवस्था आदि को रखते है) के अध्ययन का विज्ञान है।

सामाजिक मानवशास्त्र का अर्थ एवं परिभाषा

सामाजिक मानवशास्त्र को परिभाषित करना आसान नहीं है। इसकी परिभाषा के आधार को लेकर समाजशास्त्रियों से पर्याप्त मतभेद है। कुछ लोग इसे समाजशास्त्र की एक शाखा मानते है, तो कुछ लोग इसे सांस्कृतिक मानवशास्त्र की एक शाखा मानते है। किन्तु फिर भी सामाजिक मानवशास्त्र में मानव के सामाजिक स्वरूप पर विशेष महत्व दिया जाता है।

लेवी स्ट्रांस ने सामाजिक एवं सांस्कृतिक मानवशास्त्र का अन्तर स्पष्ट करते हुए लिखा है कि "मानव को दो प्रकार से परिभाषित किया जा सकता है—उपकरण-निर्माणकारी प्राणी के रूप में अथवा सामाजिक प्राणी के रूप में। यदि आप मानव की प्रथम अर्थात् उपकरण-निर्माणकारी प्राणी के रूप में

विवेचना कर रहे हैं तो आप उपकरण से प्रारम्भ करते है, और उपकरण के रूप में मानते हुए उन संस्थाओं तक पहुँचते है जिसके कारण सामाजिक सम्बन्ध सम्भव होते है। यह सांस्कृतिक मानवशास्त्र है, लेकिन यदि आप मनुष्य को एक सामाजिक सम्बन्ध से प्रारम्भ करते हैं और उस विधि के रूप में जिसके द्वारा सामाजिक सम्बन्ध स्थिर रहता है, उपकरण तथा संस्कृति तक पहुँचते है।यही सामाजिक मांनवशास्त्र है। इन दोनों में भेद केवल मात्र दृष्टिकोण या परिप्रेक्ष्य का है और सामाजिक मानवशास्त्र तथा सांस्कृतिक मानवशास्त्र की विधि-व्यवस्था में कोई गमीर अन्तर नहीं है।''

इस प्रकार उपर्युक्त विवेचना के आधार पर यह सुगमतापूर्वक जाना जा सकता है कि सामाजिक मानवशास्त्र में मानव को एक सामाजिक प्राणी मानकर उसके सामाजिक संगठन, सामाजिक संस्थाओं एवं सामाजिक व्यवहार का अध्ययन किया जाता है।

लूसी मेयर ने 'एन इन्ट्रोडक्शन टू सोश्यल एन्थोपालोजी' में सामाजिक मानवशास्त्र को परिभाषित करते हुए लिखा है कि ''सामाजिक मानवशास्त्र का अधिक सम्बन्ध ऐसे समाजों से है, जो इस देश से अथवा दूसरे औद्योगिक देशों से भिन्न है, जिन्हें (भूगोल की उपेक्षा करके) पश्चिमी कहा जाता है। इसका (सामाजिक मानवशास्त्र) ध्यान सदा ऐसे समाजों पर केन्द्रित रहा है, जो आदिम कहे जाते हैं, अथवाविस्तारपूर्वक कहने की सुविधा हो तो हम यह कह सकते है कि ऐसे समाज जिनकी प्रविधि सरल हैं, अर्थात् ऐसे लोग, जो हमारे यहाँ प्रचलित उपकरणों के बिना ही कार्य चलाते हैं, जिनके यहाँ रडार एवं यन्त्रचालित परिवहन तो दूर रहा, मुद्रा और लेखन-कला का भी अभाव है। उनका काम-धाम इन चीजों के बिना ही चलता है। इस कारण उनका जीवन यापन हमसे बहुत भिन्न है।''

ई. ई. इवान्स प्रिट्चार्ड भी इसे समाजशास्त्र की एक शाखा मानते हैं। वे स्वयं सोश्यल एन्थोपोलोजी नामक अपने ग्रन्थ में लिखते हैं कि ''सामाजिक मानवशास्त्र समाजशास्त्रीय अध्ययनों की एक शाखा मानी । सकती है-वह शाखा जो कि मुख्यतः अपने को आदिम समाजों के अध्ययन में लगाती है।'' इस उपर्युक्त परिभाषा में हम देखते हैं कि ई.ई. इवान्स प्रिट्चार्ड सामाजिक मानवशास्त्र को केवल आदिम समाजों के अध्ययन तक ही सीमित मानते हैं, क्योंकि आदिम समाजों का अध्ययन सामाजिक मानवशास्त्र का प्रमुख उद्देश्य है। आगे एक अन्य स्थान पर प्रिट्चार्ड ने इसे अधिक स्पष्ट करते हुए व्यक्त किया है कि सामाजिक मानवशास्त्र सामाजिक

व्यवहार, सामान्यतः संस्थागत स्वरूपों में जैसे परिवार, नातेदारी व्यवस्था, राजनीतिक संगठन, वैधानिक विधियाँ, धर्मिक विश्वास, इत्यादि और इन संस्थाओं से पारस्परिक सम्बन्धों का अध्ययन है। यह इन सबका अध्ययन उन समकालीन या ऐतिहासिक समाजों में करता है जहाँ इस प्रकार के अध्ययन के लिए आवश्यक पर्याप्त सूचनाएँ प्राप्त हो सकें।

एस. एफ. नडेल ने 'द फाउन्डेशन ऑफ सोश्यल ऐन्थोपोलोजी' में सामाजिक मानवशास्त्र को परिभाषित किया है। एस. एफ. नडेल के शब्दों में, ''सामाजिक मानवशास्त्र, इतिहास-विहीन समाजों का और 'अपरिचित' प्रकृति की संस्कृतियों का अध्ययन है।'' इस प्रकार इन्होंने भी सामाजिक मानवशास्त्र को ऐसे समाजों के अध्ययन तक ही सीमित रखा है जिनके बारे में न ही प्रमाण मिलते हैं और न ही उनकी कोई ऐतिहासिक पृष्ठभूमि है। इसी के साथ इस तथ्य पर भी जोर दिया है कि सामाजिक मानवशास्त्र ऐसी संस्कृतियों का अध्ययन है जिनके आवरण में ढके लोग, सभ्य समाजों के लिए अपरिचित हैं। आगे और भी स्पष्ट करते हुए नडेल ने कहा है कि इस विज्ञान का प्रमुख उद्देश्य आदिम मनुष्यों को, उनके द्वारा निर्मित संस्कृति को और उस सामाजिक व्यवस्था को, जिसमें वे रहते और कार्य करते हैं, समझना है।

ई. ए. ह्योबल ने 'मेन इन द प्रिमिटिव वर्ल्ड' में लिखा है कि ''सामाजिक मानवशास्त्र सामाजिक व्यवहार और सामाजिक समूहों के संगठन (अथवा समाज रचना) के अध्ययन पर अपना लक्ष्य केन्द्रित करता है।''

बोहानन ने मानवशास्त्र की परिभाषा करते हुए लिखा है कि 'एक ओर जहाँ वह विज्ञान मनुष्यों के बारे में ज्ञान एकत्र करता है, और उसका वर्गीकरण एवं विश्लेषण करता है, वहीं दूसरी ओर अर्वाचीन संसार के विषय में हमारे जो बुनियादी विचार हैं, उनके विश्लेषण में हमें सूक्ष्म दृष्टि प्रदान करता है।'

प्रो. एम. एन. श्रीनिवास ने अपने एक लेख से मानवशास्त्र को परिभाषित किया है। प्रो. एम. एन. श्रीनिवास ने सामाजिक मानवशास्त्र को मानव समाजों का तुलनात्मक अध्ययन कहा है। उन्हीं शब्दों में, ''सामाजिक मानवशास्त्र मानव समाजों का तुलनात्मक अध्ययन है, आदर्श रूप में उसके अन्तर्गत आदिम, सभ्य एवं ऐतिहासिक सभी समाज आते हैं अर्थात् इस भांति सामाजिक मानवशास्त्र के अन्तर्गत विभिन्न समाजों का विश्लेषणात्मक तथा तुलनात्मक अध्ययन किया जाता है।''

ए. आर. रेडक्लिफ ब्राउन ने सामाजिक मानवशास्त्र को परिभाषित करते हुए कहा है कि "सामाजिक मानवशास्त्र समाजशास्त्र की वह शाखा है जो कि आदिम समाजों का अध्ययन करती है।" दूसरे शब्दों में, इनका आशय है कि सामाजिक मानवशास्त्र ऐसी ही सामाजिक व्यवस्थाओं का अध्ययन है जिनका सम्पर्क विशेष रूप से आदिम समाजों से होता है। एक अन्य लेख में इन्होंने सामाजिक मानवशास्त्र को दूसरी तरह परिभाषित किया था, जिसमें ब्राउन ने स्पष्ट किया था कि सामाजिक मानवशास्त्र विविध प्रकार के समाजों के क्रमबद्ध तुलना द्वारा मानव समाज की प्रकृति के सम्बन्ध में खोज है।

डॉ. एस. सी. दुबे ने सामाजिक मानवशासत्र को एक ऐसा विज्ञान कहा है, जो मनुष्य के व्यवहार का विभिन्न सामाजिक स्थितियों में अध्ययन करता है।

डॉ. मजूमदार एवं मदान लिखते है कि "सामाजिक जीवन के विविध प्रकारों तथा सामाजिक जीवन के विकास का अध्ययन ही सामाजिक मानवशास्त्र है।"

सामाजिक मानवशास्त्र की उपर्युक्त परिभाषाओं के आधार पर सामाजिक मानव शास्त्र की कुछ आधारभूत विशेषताओं का उल्लेख किया जा सकता है जो निम्नांकित है–

(1) सामाजिक मानवशास्त्र का सम्बन्ध मुख्यतः आदिम समाजों के अध्ययन है।

(2) सामाजिक मानवशास्त्र संस्थागत सामाजिक सम्बन्धों और उन व्यवस्थाओं का अध्ययन करता है, जिनमें ये सम्बन्ध संगठित होते है।

(3) सामाजिक मानवशास्त्र मूलतः सामाजिक संरचनाओं का अध्ययन करता है। सामाजिक संरचना में विवाह, परिवार, नातेदारी, वंश, गौत्र, सामाजिक, आर्थिक, राजनीतिक व्यवस्था एवं विधि व्यवस्था आदि का सम्मिलित किया जाता है।

(4) सामाजिक मानवशास्त्र का सम्बन्ध मानवीय व्यवहार की विविधता और उसमें पाई जाने वाली एकता का भी अध्ययन व निरूपण करता है।

सामाजिक मानवशास्त्र की विषय-वस्तु

सामाजिक मानवशास्त्र के पारिभाषिक विश्लेषण के उपरान्त अब तक सामाजिक मानवशास्त्र की विषय-वस्तु पर प्रकाश डालेंगे।

उपरोक्त विद्वानों ने जिन शब्दों में सामाजिक मानवशास्त्र को परिभाषित किया है उससे ऐसा प्रतीत होता है कि सामाजिक मानवशास्त्र के अध्ययन विषय तथा क्षेत्र के बारे में काफी विवादग्रस्त विचार है। रेडक्लिफ ब्राउन सामाजिक मानवशास्त्र के क्षेत्र को आदिकालीन समाज एवं मनुष्यों तक ही सीमित रखते हैं। इनके मतानुसार सामाजिक मानवशास्त्र उन समाजों अथवा सामाजिक व्यवस्थाओं का अध्ययन है जिनकी समग्र रूप में तुलना की जा सकें। अर्थात् सामाजिक मानवशास्त्र के अन्तर्गत सीमित समाजों या सामाजिक व्यवस्थाओं को अपने अध्ययन में सम्मिलित कर सामाजिक जीवन की उसकी समग्रता में देखने और तुलना करने का यत्न किया जाता है। दूसरी ओर इवान्स प्रिट्चार्ड सामाजिक व्यवस्थाओं पर जोर देकर नहीं, बल्कि सामाजिक व्यवहार एवं सामाजिक संस्थाओं को सामाजिक मानवशास्त्र के क्षेत्र के अन्तर्गत मानते हैं। एक अन्य मानवशास्त्री पिंडिगटन सामाजिक मानवशास्त्र को समकालीन आदिम समाजों की संस्कृतियों का अध्ययन मानते हैं। प्रमुख मानवशास्त्री नडेल ने तो पहले दो विद्वानों से मतभेद स्पष्ट करते हुए जोर देकर कहा है कि सामाजिक व्यवस्थाएँ ही सामाजिक मानवशास्त्र का तर्क पूर्ण अध्ययन विषय है। लूसी मेयर ने तो यहाँ तक कहा है कि आजकल अधिकतर सामाजिक मानवशास्त्री अपने विषय को समाजशास्त्र की एक शाखा के रूप में मानते हैं। इससे ऐसा अभास होता है कि हम सैद्धान्तिक समाजशास्त्रियोंकी भांति अनेक प्रकार के मानव समाजों में सामान्य नियम ढूँढते है। भारतीय समाजशास्त्रियों में प्रो. एस.सी. दुबे के सामाजिक मानवशास्त्र के अध्ययन विषय-क्षेत्र में सामाजिक तथा राजकीय संगठन, न्याय व्यवस्था आदि आते हैं। विभिन्न विचारों को दृष्टि में रखकर यथार्थता को समझना आवश्यक है, जिसके लिए यह जानना चाहिए कि सामाजिक मानवशास्त्र वास्तव में 'क्या अध्ययन करता है? और 'क्या अध्ययन नहीं करता है?'

सामाजिक मानवशास्त्र क्या अध्ययन करता है?

(अ) सामाजिक मानवशास्त्र में सर्वप्रथम आदिकालीन समाजों का अध्ययन शामिल है। आदिकालीन समाजों की संरचना, परम्पराओं, विश्वासों और प्रथाओं आदि का अध्ययन किया जाता है। साथ ही उन समाजों के सदस्यों के व्यवहार को उन प्रक्रियाओं का विश्लेषण किया जाता है जिनके फलस्वरूप विशेष प्रकार की सामाजिक घटनाएँ पैदा होती है।

(ब) सामाजिक मानवशास्त्र का आदिकालीन समाजों का यह अध्ययन केवल एकपक्षीय नहीं होता, यह तुलनात्मक विश्लेषण पर आधारित होता है।

सामाजिक मानवशास्त्री मानव समाजों की प्राचीन और अर्वाचीन संरचनाओं का अध्ययन करके यह तुलनात्मक विश्लेषण प्रस्तुत करते हैं।

(स) सामाजिक मानवशास्त्र के अन्तर्गत मानवों के उन व्यवहारों का अध्ययन होता है जिनका विकास प्रायः विशेष परिस्थितियों के कारण होता है। इसके अतिरिक्त विभिन्न सांस्कृतिक प्रभावों का अध्ययन भी इस शास्त्र में किया जाता है। सामाजिक मानवशास्त्री यह देखने का प्रयास करता है कि समाज की संस्कृति किस प्रकार विकसित होती है, किस तरह उसका प्रसारण होता है और किस रूप में वह अन्य संस्कृति को प्रभावित करती है पर इसका आशय यह नहीं है कि सामाजिक मानवशास्त्र को हम संस्कृतियों का अध्ययन मान लें। मूल रूप में इसमें समाजों का अध्ययन है, संस्कृतियों का नहीं; पर चूंकि समाज व संस्कृति परस्पर घनिष्ठ रूप से सम्बन्धित है, अतः समाज के अध्ययन के सिलसिले में कुछ सांस्कृतिक प्रभावों का अध्ययन भी होता है।

इस प्रकार सामाजिक मानवशास्त्र के अन्तर्गत उन संस्थागत सामाजिक सम्बन्धों, व्यवहारों, व्यवस्थाओं, मूल्यों आदि का अध्ययन सम्मिलित है जिन्हें वास्तविक अवलोकन द्वारा ज्ञात किया जा सकता है। इस शास्त्र का क्षेत्र वस्तुतः अत्यन्त व्यापक है। यह मानव समाजों की समस्याओं का अध्ययन करता है और सभ्यता के स्तर से दूर समाजों की प्रक्रियाओं का अध्ययन इतिहास के रूप में करता है। सामाजिक मानवशास्त्री यह देखता है कि किसी समाज में मानव व्यवहार के मौलिक प्रतिमान क्या है और परिवर्तित परिस्थितियों में व्यवहार के प्रतिमान किस तरह स्थिर रहते है। वह यह भी देखता है कि मानव समूह की क्रियाओं को तथा व्यक्ति की क्रियाओं को कौन नियन्त्रित करता है? निष्कर्ष यही है कि सामाजिक मानवशास्त्र का केन्द्रीय विषय व्यक्ति और समाजों की क्रियाएँ हैं। इसका क्षेत्र व्यक्ति और समाज की पारिवारिक, धार्मिक, आर्थिक आदि सभी क्रियाओं और व्यवस्थाओं तक व्यापक है। यह शास्त्र सभी मानव समाजों का अध्ययन करता है, तथापित आदिम समाजों के अध्ययन में विशेष प्रत्यनशील रहता है क्योंकि आदिम समाजों के सामाजिक जीवन, सामाजिक सम्बन्धों और संस्थाओं का विश्लेषण बड़े महत्व का है। शनैः-शनैः आदिम समाज और संस्कृतियाँ लुप्त होती जा रही हैं, अतः यदि उनका अध्ययन न किया गया तो मनुष्य आवश्यक अमूल्य ज्ञान से वंचित रह जाएगा। उल्लेखनीय है कि सामाजिक मानवशास्त्र ऐसी सामाजिक संस्थाओं, सम्बन्धों, व्यवस्थाओं आदि का ही अध्ययन करता है जो वास्तविक तथ्यों पर आधारित खोज होते हैं।

इस प्रकार के अध्ययन हेतु किया जा सके। आदिम समाज की सरलता की कुछ विशेषताएँ होती है। इनमें से प्रमुख है—सीमित भूक्षेत्र, कम जनसंख्या, प्रजातीय एवं सांस्कृतिक सभ्यता, अपेक्षाकृत कम जटिल सामाजिक समूह, सामान्य प्रौद्योगिकी अन्तःक्रिया एवं अतःसंप्रेषण धीमी गति, यथास्थितिवाद, नवाचार का अभाव, आदि। इसीलिए, आदिम के अध्ययन हेतु विधियाँ एवं उपकरणों की रचना एवं इनका उपयोग अधिक सुविधाजनक होता है। थोड़े-बहुत संशोधनोंके साथ इन्हीं को जटिल नगरीय समाज ने अध्ययन हेतु भी प्रयुक्त किया जा सकता है। यह भी सम्भव है कि इस प्रकार प्रयत्न से कोई सरल से जटिल में परिवर्तन के सम्बन्ध में पूर्वानुमान लगाने की चेष्टा भी कर सकता है। इस प्रकर आदिम समाज के अध्ययन के आधार पर, मानव-समाज की प्रकृति के बारे में पर्याप्त जानकारी प्राप्त करना भी सम्भव है। इसी उद्देश्य से भी आदिम समाज का अध्ययन करते हैं। इस प्रकार के उपागम को रेमंड फर्थ सूक्ष्मदर्शी अध्ययन कहते हैं, अर्थात् सूक्ष्मतत्व के अध्ययन द्वारा वृहतत्व का अध्ययन करना।

यही पर हमें इस बात का भी उल्लेख करना चाहिए कि मानवशास्त्रियों को इस प्रकार के आदिम समाजों के अध्ययन में मूलतः किस प्रकार के संकटों का समाना करना पड़ता है। मानवशास्त्रियों का प्रमुख रूप से एक संकट यह है कि सामान्यतः यह देखा गया है कि आदिम समाज विलुप्त होते जा रहे हैं। इसके पीछे दो कारण रहे हैं अर्थात् आदिम लोगों एवं आधुनिक लोगों के बीच के पारस्परिक सम्पर्क का प्रभाव अधिकांशतः विनाशकारी ही रहा है। आधुनिक मनुष्य ने आदिम मनुष्य के जीवन में सांस्कृतिक, सामाजिक, आर्थिक, स्वास्थ्य सम्बन्धी, अनेक समस्याओं को जन्म दिया है। मजूमदार एवं मदान ने इस समस्या के लिए टोडा जनजाति का एक उदाहरण दिया है। आपके अनुसार 1820 में अंग्रेज अधिकारियों के इस निर्णय के साथ कि वे दक्षिण भारत में अपनी गर्मियाँ नीलगिरि पर्वत-स्थलों में बिताएंगे, इस क्षेत्र में रहने वाले टोडाओं के बुरे दिन आ गए। इन अंग्रेज अधिकारियों के सम्पर्क के फलस्वरूप बाहरी सभ्यता की टोडाओं को मिलने वाली पहली सौगात थी रतिरोग। इसका टोडाओ पर इतना जबर्दस्त विनाशक प्रभाव पड़ा कि टोडा आज समाप्तप्राय हो चुके है।

आसाम को नागा जाति के कतिपय कबीलों के सामाजिक एवं धार्मिक जीवन में इसाई मिशनरियों के हस्तक्षेप के फलस्वरूप भी कुछ समस्याएँ पैदा हुई हैं। सरल समाजों की एक विशेषता इनकी अन्तरंग अन्तर-निर्भरता होती है। इसका आशय यह है कि जीवन का कोई भी पक्ष यदि बाह्य प्रभाव

से आक्रान्त होता है तो समूची जीवन पद्धति चरमरा जाती है, और कभी-कभी टूट-फूट भी जाती है। इससे पैदा होने वाली निराशा के फलस्वरूप ही प्रायः तथाकथित नाड़ी टूटने (जीवन लीला समाप्ति) की स्थिति पैदा हो जाती है। आस्ट्रेलिया, भारत, अफ्रीका एवं अमेरिका में, कहीं-कहीं, प्रत्यक्ष विद्वेष के फलस्वरूप बहुत बड़ी संख्या में आदिम लोगों का विनाश भी हुआ है। दुर्भाग्य से, ऐसा उन्मूलन भूतकाल की ही बात नहीं है, आज भी अफ्रीका, मलाया एवं अन्यत्र ऐसे खुले विद्वेष का बोलबाला है।

आदिम समाजों के लुप्त होने का जो दूसरा एवं अधिक शान्त तरीका रहा है, वह है ग्रामीण एवं नगरीय जीवन के साथ इनके आत्मीकरण का। ग्रामीण एवं नगरीय समाजों के साथ आदिम समाजों के सात्मीकरण से इन समाजों में गम्भीर समस्या उत्पन्न हो गई। मानवशास्त्र के पारम्परिक विषयवस्तु के विलोपन की इस चुनौती को देखते हुए ही कई मानव-शास्त्री ग्रामीण एवं नगरीय समुदायों के अध्ययन की ओर प्रवृत्त हुए हैं।

समाजशास्त्र एवं सामाजिक मानवशास्त्र

समाजशास्त्र एवं सामाजिक मानवशास्त्र दोनों ही पारस्परिक रूप से एक-दूसरे से इतने अधिक अन्तर्सम्बन्धित है कि अनेक बार इन दोनोंके मध्य किसी तरह का अन्तर स्थापित करना कठिन हो जाता है। क्योंकि दोनों ही सामाजिक विज्ञान है एवं दोनों का ही प्रमुख उद्देश्य मानव समाज का अध्ययन करके उनसे सम्बन्धित सामाजिक निर्णयों का प्रतिपादन करना है। समाजशास्त्र जहाँ स्वयं को सामाजक सम्बन्धों अथवा मोटे रूप में समाज के अध्ययन से सम्बन्धित करता है वहीं सामाजिक मानवशास्त्र आदि मानव, उसके सामाजिक, आर्थिक, धार्मिक, राजनीतिक आदि व्यवस्थाओं एवं इनके संगठन आदि के अध्ययन से सम्बन्धित हैं। किमबॉल यंग ने 'रॉयल एन्थोपोलोजी इंस्टीट्यूट' की एक कमेटी में कहा था कि "समाजशास्त्र तथा सामाजिक मानवशास्त्र दोनों ही मानव का समूहों में व्यवहार का अध्ययन करते है।"

डॉ. एस.सी. दुबे प्रमुख भारतीय मानवशास्त्री है और आपने लिखा है कि "समाजशास्त्र और सामाजिक मानवशास्त्र के वैधानिक क्षेत्र सम्बन्धित प्राचीन वाद-विवाद को पुर्नजीवित करना बेकार है अतः मैं यह अनुभव करता हूँ कि हमारे लिए भारतीय सामाजिक पद्धतियों के क्रमबद्ध अध्ययन के प्रयत्न का अब समय आ गया है तथा यह सामाजिक संरचना अर्थात् सामाजिक

स्वरूपों तथा सामाजिक प्रक्रियाओं के विस्तृत अंग होने के कारण यह वास्तविक रूप से समाजशास्त्र तथा सामाजिक मानवशास्त्र दोनों के ही अध्ययन क्षेत्र में आते हैं।''

डॉ. जी.एस. घुर्ये ने भी इन दोनों विज्ञानों के पारस्परिक सम्बन्धों पर अध्ययन किया है। आपका कहना है कि समाजशास्त्र का सामान्य रूप में मानव शास्त्रीय दृष्टिकोण के सिंहावलोकन में हम यह देखते है कि इस प्रकार समाजशास्त्र इसके उपयुक्त अध्ययन के द्वारा मानवशास्त्री द्वारा प्राप्त तथ्यों का प्रयोग स्पष्टतया विस्तृत तथा मूल्य क्षेत्र के अवलोकन के लिए करता है। डॉ. घुर्ये का मानना है कि भारतीय समाजशास्त्री अध्ययनों के लिए मानवशास्त्रीय दृष्टिकोण नितान्त आवश्यक है। स्वयं घुर्ये लिखते है कि समाजशास्त्र के बिना मानवशास्त्रीय दृष्टिकोण अन्य समाज के समाजशास्त्रों से अधिक महत्वपूर्ण है।

डॉ. श्रीवास्तव लिखते है कि ''एक बड़ी सीमा तक सामाजिक मानवशास्त्र तथा समाजशास्त्र इस स्तर पर अविभेद्य पाए गए तथा 20वीं शताब्दी के प्रारम्भ तक वे साथ-साथ चलते रहे थे। दुर्खीम के मानवशास्त्रीय विचार पर प्रभाव ने इन केवल मानवशास्त्र में कर्मवाद की धारणा को प्रदर्शित किया, वरन् मैलिनोवस्की तथा रेडक्लिफ ब्राउन जैसे प्रसिद्ध मानवशास्त्री भी दुर्खीम द्वारा अत्यधिक प्रभावित थे। आज तक भी बिटेन के संरचनात्मक मानवशास्त्री दुर्खीम के समाजशास्त्रीय विचारों से अत्यधिक कृतज्ञ है।''

डॉ. श्रीनिवास समाजशास्त्र और सामाजिक मानवशास्त्र के अन्तर को मिटा देना चाहते हैं क्योंकि उनके अनुसार ऐसा करना समाजशास्त्र के लिए अधिक लाभदायक होगा। वे लिखते है कि ''हम निश्चित रूप से समाजशास्त्र तथा सामाजिक मानवशास्त्र के बीच के अन्तर को दूर कर उन दोनों ही तुलनात्मक समाजशास्त्र के अन्तर्गत सम्मिलित कर सकते हैं। सामाजिक मानवशास्त्र तथा समाजशास्त्र का संगठन वांछनीय है और समाजशास्त्र के लिए यह लाभदायक सिद्ध होगा।''

इस प्रकार, संक्षेप में यह कहा जा सकता है कि समाजशास्त्र और सामाजिक मानवशास्त्र दो जुड़वा बहिनें है, दोनों एक-दूसरे के लिए उपयोगी एवं लाभदायक रहे हैं। हर्बर्ट स्पेन्सर ने 'डिस्क्रिप्टिव सोश्योलोजी' नामक अपनी पुस्तक में और हाबहाउस, हीलर तथा जिन्सवर्ग ने अपनी पुस्तक 'द मेटीरियल काल्चर एण्ड द सोश्यल इन्स्टीट्यूशन ऑफ द सिम्पलर पीपुल' में मानवशास्त्रीय तथ्यों का भरपूर प्रयोग कर लाभ उठाया है। यद्यपि समाजशास्त्र

और सामाजिक मानव शास्त्र में अत्यधिक घनिष्ठ सम्बन्ध है फिर भी ये दोनों ही अलग-अलग विषय है। वास्तव में देखा जाए तो समाज शास्त्र और मानवशास्त्र के बीच के अन्तर को सामाजिक मानव शास्त्र ही पाटता है।

विश्व में समाजशास्त्र और सामाजिक मानवशास्त्र के विभिन्न दृष्टिकोण रहे हैं। ब्रिटेन में सामाजिक मानवशास्त्र की एक विशिष्ट शाखा के रूप में देखा जाता है, जबकि अमेरिका में सामाजिक मानवशास्त्र और समाजशास्त्र अध्ययन के दो विशिष्ट क्षेत्र हैं। यूरोप में एक दूसरे ही प्रकार का दृष्टिकोण है। वहाँ मानवशास्त्र शब्द सामान्यतया भौतिक मानवशास्त्र के सीमित अर्थ में ही प्रयुक्त होता था। जबकि ब्रिटिश और अमेरिकी विद्वान इसे सामाजिक और सांस्कृतिक मानवशास्त्र कहते हैं। इसे व्यापक रूप से नृजाती विज्ञान कहा जाता था। ब्रिटेन में समाजशास्त्र और मानवशास्त्र में निकटता का एक प्रमुख कारण यह है कि वहाँ रेडक्लफ ब्राउन एवं इमाइल दुर्खीम के विचारों का प्रभुत्व है।

रेडक्लिफ ब्राउन ने सामाजिक मानवशास्त्र की विषय वस्तु के रूप में सामाजिक संरचना को अपना आधारभूत क्षेत्र माना था एवं संस्कृति तथा सामाजिक जीवन का उल्लेख किया था। रेडक्लिफ ब्राउन का अनुसरण करते हुए ब्रिटिश मानवशास्त्री सामाजिक संरचना को अपना आधारभूत क्षेत्र मानते थे, जबकि अमेरिकी मानवशास्त्री संस्कृति के अध्ययन पक्ष में थे। संस्कृति का सामाजिक व्यवस्था से एक विशेषता के रूप में अध्ययन किया जाता था। समकालीन ब्रिटिश मानवशास्त्र में संरचना में अधिकतर संस्कृति का स्थान ग्रहण करता है।

सामाजिक मानवशास्त्र से सामान्यतः आदिम समाजों एवं लोगों के अध्ययन में ही रुचि रखी जाती है, यद्यपि वे इस बात का दावा करते हैं कि उनके अध्ययन की विषय-वस्तु समस्त मानव संस्कृतियाँ एवं समाजों का अध्ययन है। सामाजिक मानवशास्त्र वस्तुतः आदिम समाजों में पाए जाने वाले लोगों के सामाजिक व्यवहार का अध्ययन करता है तथा इन लोगों की विभिन्न व्यवस्थाओं जैसे आर्थिक व्यवस्था, सामाजिक व्यवस्था, धार्मिक व्यवस्था, राजनीतिक व्यवस्था, कानूनी व्यवस्था आदि का अध्ययन करता है। यद्यपि अमेरिका एवं अधिक उन्नत समाजों में मानवशास्त्रियों ने आदिम समाजों के अलावा अन्य समाजों के अध्ययन भी किए हैं। वर्तमान में तो अनेक स्थानों पर सामाजिक मानवशास्त्र द्वारा ग्रामीण समुदायों के अध्ययन की प्रवृत्ति का भी पर्याप्त विकास हुआ है।

इबान्स प्रिट्चार्ड ने अपनी प्रमुख कृति 'सोश्यल एन्थोपालोजी' में लिखा है कि "सैद्धान्तिक रूप में सामाजिक मानवशास्त्र सभी मानवसमाजों का अध्ययन है न कि केवल आदिम समाजों का। यद्यपि व्यवहार में ओर सुविधा की दृष्टि से अभी तक उसने अपना ध्यान अधिकांशतः आदिम समाजों और उनकी संस्थाओं के अध्ययन की ओर केन्द्रित रखा है। जबकि सामाजिक मानवशास्त्र आदिम समाजों में विभिन्न प्रकार की संस्थाओं और उनके बीच पाए जाने वाले सम्बन्धों का अध्ययन करता है तब साथ ही वह सदैव ऐसे अध्ययन से प्राप्त सामग्री की तुलना अपने समाज में पाई जाने वाली संस्थाओं के सम्बन्ध में उपलब्ध सामग्री से करता है। इस दृष्टि से सामाजिक मानवशास्त्र को समाजशास्त्रीय अध्ययनों की उस शाखा के रूप में माना जा सकता है जो प्रमुखतः अपने को आदिम समाजों के अध्ययन में लगाती है। जब लोग समाजशास्त्र के बारे में बोलते हैं तो साधारणतः उनके मस्तिष्क में सभ्य समाजों में विशिष्ट समस्याओं के अध्ययन होते हैं। यदि समाजशास्त्र शब्द का प्रयोग हम इस अर्थ में करें, तब सामाजिक मानवशास्त्र और समाजशास्त्र में केवल क्षेत्र का अन्तर है। लेकिन वास्तविकता यह है कि इन दोनों में पद्धति सम्बन्धी महत्वपूर्ण अन्तर भी पाए जाते हैं। इतना अवश्य है कि सामाजिक मानवशास्त्र के द्वारा विशेषतः आदिम समाजों का अध्ययन किया जाता है जबकि समाजशास्त्र के द्वारा आधुनिक जटिल सभ्य समाजों का। सामाजिक मानवशास्त्र में समाजों का उनकी सम्पूर्णता में अध्ययन किया जाता है। सामाजिक मानवशास्त्री आदिम लोगों की अर्थ व्यवस्था का उनके परिवार और नातेदारी संगठनों का, उनकी प्रौद्योगिकी तथा कलाओं का सामाजिक व्यवस्थाओं के भागों के रूप में अध्ययन करता है।

इस प्रकार मानवशास्त्र समाजशास्त्र के काफी हद तक नजदीक आ जाता है। यदि हम मानवशास्त्र तथा समाजशास्त्र के पारस्परिक सम्बन्धों को देखने का प्रयास करें तो हमे पता चलेगा कि यह सम्बन्ध आरम्भ से ही काफी घनिष्ठ रहा है। इनमें अन्तर मूलतः उस समय उभर कर आया जब मानवशास्त्र में प्रकार्यात्मक उपागम के आधार पर अध्ययन किए जाने लगे जब कि समाजशास्त्र ने ऐतिहासिक उपागम के आधार पर अध्ययन किया जिनका सम्बन्ध प्रमुखतः सामाजिक विकास की समस्याओं से रहा है। वर्तमान में अनेक विद्वान आनुभविक अध्ययनों के आधर पर एवं उसमें प्रयुक्त पद्धतियों के आधार पर इन दोनों विज्ञानों के मध्य एक अन्तर रेखा स्पष्ट करते हैं। यह अन्तर मूलतः दोनों के अध्ययन के उद्देश्यों से सबद्ध है। सामाजिक

मानवशास्त्रियों के लिए यह क्षेत्रीय कार्य मूलतः अनिवार्य रहे है तथा वे स्वयं को छोटे समाजों के अध्ययन में लगाए रखते हैं। अतः इन सबको देखते हुए समाजों के अध्ययन के लिए जिन पद्धतियों का प्रयोग किया गया उनमें इन समाजों को समग्र रूप में देखने की पद्धतियाँ प्रमुख थी। यह अध्ययन वस्तुतः अधिक वैज्ञानिक एवं वस्तुनिष्ठ थे क्योंकि अध्ययन करने वाले मानवशास्त्री प्रमुखतः दूसरे समाजों के थे।

वर्तमान में यह स्थिति काफी सीमा तक परिवर्तित हो गई है। अब अनेक आदिम समाज पाश्चात्य विचार एवं नवीन प्रौद्योगिकी के परिणामस्वरूप परिवर्तित हो रहे हैं। जनजातीय समाज भी अब पहले जैसे नहीं हैं। जनजातीय समाज अनेक सामाजिक एवं राजनीतिक परिवर्तनों से गुजर रहे परिणामस्वरूप सामाजिक मानवशास्त्री को स्वयं को इन समाजों की ऐसी समस्याओं के अध्ययन में लगाना पड़ता है जिनका सामना समाजशास्त्री को अपने स्वयं के समाज का या एक ही सभ्यता से सम्बन्धित समाजों का अध्ययन करते समय करना पड़ता है।

समाजशास्त्र एवं सामाजिक मानवशास्त्र दोनों ही शब्दावली पद्धति, उपागम आदि की दृष्टि से एक-दूसरे से काफी सीमा तक अलग-अलग है। इन दोनों विज्ञानों में प्रमुखतः निम्नांकित अन्तर देखा जाता है–

(1) समाजशास्त्र एवं सामाजिक मानवशास्त्र दोनों ही विषय सामग्री को दृष्टि से अलग-अलग हैं। समाजशास्त्र का सम्बन्ध वर्तमान समाजों के अध्ययन से अधिक है जबकि सामाजिक मानवशास्त्र की रुचि आदिम समाजों के अध्ययन से अधिक है। क्लूखोन लिखते हैं कि ''समाजशास्त्रीय दृष्टिकोण व्यावहारिक एवं वर्तमान की ओर झुका है जबकि मानव शास्त्रीय दृष्टिकोण शुद्ध ज्ञान और भूत की ओर है।''

(2) समाजशास्त्र एवं सामाजिक मानवशास्त्र में पद्धति शास्त्रीय दृष्टिकोण से भी काफी अन्तर पाया जाता है। सामाजिक मानवशास्त्र में प्रमुखतः सहभागिक अवलोकन पद्धति का प्रयोग किया जाता है। मानवशास्त्री को आदिम समुदाय का अध्ययन करना होता है, वह उसमें जाकर बस जाता है, साल दो साल उसी समुदाय के लोगों का गहन अध्ययन करता है। दूसरी ओर समाजशास्त्री को निर्देशन की समस्या का सामना करना पड़ता है, उसे अनुसूची या प्रश्नावली आदि बनाकर सूचनाएँ एकत्रित करनी पड़ती हैं तथा प्रलेखों एवं सांख्यिकीय पद्धति का सहारा लेना पड़ता है।

(3) समाजशास्त्र सामाजिक दर्शन एवं सामाजिक नियोजन दोनों ही से घनिष्ठ रूप से सम्बन्धित है। अर्थात् समाजशास्त्र न केवल इस बात का पता लगाने का प्रयत्न करता है कि संस्थाएँ कैसे कार्य करती हैं वरन् यह भी बतलाता है कि उन्हें कैसे कार्य करना चाहिए तथा भविष्य की योजना के लिए भी सुझाव देता है। इसके विपरीत सामाजिक मानवशास्त्र इस प्रकार के विचारों से स्वयं को दूर रखता है।

(4) समाजशास्त्र सामाजिक समस्याओं का अध्ययन भी करता है और उनके समाधान के लिए आवश्यक सुझाव भी देता है। लेकिन सामाजिक मानवशास्त्र न तो समस्याओं को सुलझाने का प्रयत्न करता है और न ही किसी प्रकार के सुझाव देता है।

(5) समाजशास्त्र समाज का सर्वागीण अध्ययन नहीं करता वरन् यह विशेष समाज की विशिष्ट समस्याओं जैसे विवाह विच्देद, गन्दी बस्ती, टूटते परिवार श्रमिक हड़ताल आदि का अध्ययन करता है जबकि सामाजिक मानवशास्त्र मानवसमाज का सम्पूर्ण अध्ययन प्रस्तुत करता है। वह एक समाज की आर्थिक व्यवस्था, राजनीतिक एवं विधि सम्बन्धी समस्याओं, पारिवारिक संगठन, धर्म, कला, अविष्कार, उद्योग-धन्धों आदि पहलुओं का एक साथ अध्ययन करता है।

(6) समाजशास्त्र अध्ययन सामग्री के उतना निकट नही हो पाता जितना कि सामाजिक मानव-शास्त्र क्योंकि सामाजिक मानवशास्त्र कठोर क्षेत्रीय कार्य में विश्वास रखता है। एक लघु समुदाय के अध्ययन में भी बहुत लम्बी अवधि तक क्षेत्रीय कार्य करता है। अध्ययन की लम्बी अवधि अनुसंधानकर्त्ता में अन्तरदृष्टि पैदा करती है जिसको समाजशास्त्र में बहुत कम देखा जाता है।

भारत में समाज शास्त्र एवं सामाजिक मानव शास्त्र

भारत में समाजशास्त्र एवं सामाजिक मानवशास्त्र के पारस्परिक सम्बन्धों को किस दृष्टि से देखा जाए? में यह ध्यान रखना चाहिए कि भारत में समाजशास्त्र एवं सामाजिक मानवशास्त्र विशेषकर ब्रिटेन से लाए गए ब्रिटिश विद्वानों ने जो भारत में रहते थे व जो भारत में भ्रमण के लिए आए थे उन्होंने ही इन विषयों को ऊपर उठाने में सहायता की। आगे चलकर विदेशों में, मुख्यतः ब्रिटेन और संयुक्त राज्य अमेरिका में, प्रशिक्षित भरतीय विद्वानों ने भारत में समाज और संस्कृति के अध्ययनों को विकसित करने की दिशा

में महत्वपूर्ण भूमिका निभायी। जबकि इन विद्वानों ने भारतीय संस्कृति और समाज विषयक हमारे ज्ञान में यथेष्ठ वृद्धि की थी, उनके सामान्य सिद्धान्त 'अनुकूल' कुछ अपवादों को छोड़कर, अधिकतर ब्रिटेन और अमेरिका के विद्वानों के ही थे।

आन्द्रे बेतेई ने 'तुलनात्मक समाजशास्त्र पर निबन्ध' नामक कृति में भारत में समाजशास्त्र एवं मानवशास्त्र पर पर्याप्त प्रकाश डाला है। आप लिखते हैं कि "शैक्षिक विषयों के रूप में, समाजशास्त्र और मानवशास्त्र, भारत में प्रायः आरम्भ से ही अलग-अलग माने जाते थे। भारतीय विश्वविद्यालयों में आज से पचास वर्ष से कुछ अधिक समय से इन्हें पृथक्-पृथक् विषयों के रूप में पढ़ाया जाने लगा था। बम्बई विश्वविद्यालय ने समाजशास्त्र के अध्यापन से प्रारम्भ किया और कलकत्ता विश्वविद्यालय ने मानवशास्त्र से। दो दशकों से भी अधिक काल तक ये दोनों विश्वविद्यालय इन विषयों के अध्यापन तथा शोध-कार्य के प्राथमिक केन्द्र बने रहे। आगे चलकर, जब नए विभाग खुलने लगे, पूर्वी क्षेत्र में विश्वविद्यालयों ने मानव-शास्त्र को चुना और पश्चिमी क्षेत्र में स्थित विश्वविद्यालयों ने सामान्यतः समाजशास्त्र को। अनेक नए विश्वविद्यालयों में अब इन विषयों के अध्ययन के लिए पृथक्-पृथक् विभाग हैं, यद्यपि कलकत्ता में केवल मानवशास्त्र का विभाग है और बम्बई में केवल समाजशास्त्र का विभाग है।"

मानवशास्त्र सामान्यतः विज्ञान-संकायों में पढ़ाया जाता है, जबकि समाजशास्त्र कला (या समाजशास्त्रों के) संकायों में पढ़ाया जाता है। यह प्रभेद शोध-कार्य की संस्थाओं तथा समूहों के संगठन के क्षेत्र में भी ले जाया गया है। भारतीय विज्ञान कांग्रेस में, पुरातत्व-विज्ञान और मानवशास्त्र के विभाग हैं, परन्तु समाज विज्ञान का कोई भी पृथक् विभाग नहीं है। अंग्रेजों के जमाने से ही, 'भारतीय मानवशास्त्रीय सर्वेक्षण' जैसा विभाग बना हुआ है। इसी प्रकार पुरातत्व विज्ञान, वनस्पति-विज्ञान, प्राणि-विज्ञान, भू-विज्ञान के क्षेत्रों में भी संगठन है। परन्तु समाजशास्त्रीय शोध-कार्य के लिए इस प्रकार का कोई भी संगठन नहीं है।

मानवशास्त्र और समाजशास्त्र के मध्य जो विभाजन अर्द्धशताब्दी परन्तु पूर्व प्रस्तावित किया गया था वह आज भी औपचारिक संगठन में प्रत्यक्ष प्रकट हो रहा है। यह विभाजन उस जमाने में ब्रिटेन में भी दोनों विषयों के बीच मौजूद था। मानवशास्त्री जनजातियों में रीति-रिवाजों का अध्ययन करने वाले थे और समाजशास्त्री भारतीय समाज के उन्नत वर्गों का अध्ययन करने वाले थे। यह कोई इत्तफाक नहीं था कि डब्ल्यू. एच.आर. रिवर्स कलकत्ता में

मानवशास्त्र विभाग के पहले अध्यक्ष नियुक्त किए गए थे, और बम्बई में समाजशास्त्र का विभाग, शहरी समाजशास्त्री पैट्रिक जीड्स द्वारा प्रारम्भ किया गया था। मानव समाज के कोई भी दो अध्येता, अपने वास्तविक कार्य में इतने विलग् नहीं थे जितने कि रिवर्स और जीड्स।

परन्तु औपचारिक संगठन का स्वरूप जो भी हो मानव सभ्यता और संस्कृति के अध्ययन के वास्तविक विकास ने, भारत में, पश्चिमी देशों से एकदम ही पृथक् मार्ग का अनुसरण किया। हमने देख लिया है कि फ्रांस में किस तरह, आन्ने सोशियोलोजिक द्वारा समाज तथा संस्कृति के सभी अध्ययनों की एकता के प्रयत्नों के बावजूद, मानव-जातिशास्त्र और समाजशास्त्र के मध्य विभाजन ने अपने को प्रभावपूर्ण सिद्ध किया था। दूसरी ओर, भारत में, समाज-मानवशास्त्रियों और समाजशास्त्रियों ने, औपचारिक शैक्षिक संरचना या सेटअप में इन्हें पृथक् करने के बावजूद रिन्तर अपनी भूमिकाओं का परस्पर आदान-प्रदान किया है।

जब हम भारत में समाजशास्त्रियों और समाज-मानवशास्त्रियों द्वारा किए हुए कार्य का परीक्षण करते हैं, तब इन दो विषयों को विभाजित करने वाली अस्पष्ट और मनमानी रेखा एकदम सामने आ जाती है। वे विद्वान, जिन्होंने भारतीय समाज और संस्कृति को हृदय गम करने में सर्वाधिक योगदान किया है, सही अर्थों में वे ही है जिन्होंने भारतीय समाज के आदिम और उन्नत विभागों में उपखण्डी कारण की निरन्तर उपेक्षा की है। समाजशास्त्र और मानवशास्त्र के मध्य विभेद का यथार्थ कारण यही उपखण्डीकरण है। जहाँ एक बार यह हटा दिया गया, वही यह अन्तर नहीं ठहर पाएगा।

यह एक मनोरंजक तथ्य है कि जी. एस. घुर्ये जिनको सम्भवतः एक भारतीय विश्वविद्यालय में समाजशास्त्र के प्रोफेसर के रूप में कार्य करने का सुदीर्घतम और सफल अनुभव प्राप्त है, स्वयं एक मानवशास्त्री डब्ल्यू. एच. आर. रिवर्स द्वारा प्रशिक्षित किए गए थे। घुर्ये की रुचियों का क्षेत्र तथा उनके बीच निरन्तरता उनके प्रबन्धों के संकलन 'अन्थोपो-सोशियोलोजिकल पेपर्स' में झलकती है।

घुर्ये ने समकालीन भारतीय समाज के सभी वर्गों के अध्ययन को न केवल संचालित एवं प्रोत्साहित ही किया है, उन्होंने पारस्परिक भारतीय सभ्यता को आधारभूत विशिष्टताओं का परीक्षण करनेकी भी चेष्टा की है। 'जातियो' के विभिन्न 'अवतरणों' पर लिखी गई उनकी पुस्तक में ऐसे अध्ययनों

का संकलन है, जो ब्रिटेन और अमेरिका में मानवशास्त्रियों, समाजशास्त्रियों एवं इतिहासकारों द्वारा सामान्यतः पृथक्-पृथक् रूप से हाथ में लिए जाते हैं।

समकालीन भारतीय समाज के जो विश्लेषण बोस ने प्रस्तुत किए वे क्षेत्रीय कार्यों के महत्त्वपूर्ण समूहों पर आधारित थे। उनका विश्वास था कि मानवशास्त्र एक क्षेत्र-विज्ञान है, और उन्होंने सामाजिक और सांस्कृतिक जीवन के अध्ययन के लिए प्रत्यक्ष पर्यवेक्षण पर बुनियादी जोर दिया था। उनका क्षेत्र-कार्य, समकालीन ब्रिटिश और अमेरिकनमानवशास्त्रियों के क्षेत्र-कार्य से जरा भिन्न हैं। उन्होंने 'गहन' क्षेत्र-कार्य की तुलना में, विस्तृत क्षेत्र-कार्य को वरीयता दी, और उनकी धारणा थी कि स भारतीय समाज-वैज्ञानिक को जरूरतों को पूरा करने के लिए यह अधिक उपयुक्त है, जो अपने ही समाज के भिन्न-भिन्न खण्डों का अध्ययन कर रहा हो। इसने बोस को अपने क्षेत्र-कार्य को एक ऐसे व्यापक क्षेत्र में फैलाने में मदद दी, जिसके एक छोर पर उड़ीसा की जुआड जनजाति का अन्वेषण है और दूसरे ओर पर कलकत्ता महानगर का विस्तृत सर्वेक्षण।

बोस के अध्ययन की बनावट, उनकी पुस्तक हिन्दू समाजेर गारान से पूर्णता के साथ झलकती है। इसमें मानव-जाति-विज्ञान, समाजशास्त्र और भारत-विद्या के परिप्रेक्ष्यों का सम्मिश्रण उद्घाटित होता है। बोस की यह पक्की राय थी कि भारतीय समाज के किसी भी एक अंग को पूर्णतः समझने के लिए, उसके और सम्पूर्ण समाज के सम्बन्धों को देख लेना चाहिए। इसलिए, पहाड़ों से जनजातियों का अध्ययन मैदानी क्षेत्रों की जातियों के अध्ययन को अपने में शामिल करता है, ठीक वैसे ही जैसे कि गाँवों में जातियों का अध्ययन नगरों के वर्गों के अध्ययन की ओर ले जाता है।

दृष्टिकोणों की यही एकता अगली पीढ़ी के भारतीय विद्वानों-विशेषतः, एम.एल. श्रीनिवास, एस.सी. दुबे और रामकृष्ण मुखर्जी-के अध्ययनों और काम में भी देखी जा सकती है। श्रीनिवास ने, पहले घुर्ये और फिर रेडक्लिफ ब्राउन का शिष्य होने के नाते, समाज-मानवशास्त्र और समाजशास्त्र की एकता पर निरन्तर जोर दिया है। दुबे और मुखर्जी दोनों माव-विज्ञान के विभागों में प्रशिक्षित हुए, परन्तु उन दोनों ने अपने आपको उन समस्याओं में लगा दिया, जिन्हें पश्चिम में समाज शास्त्रीय समस्याएँ कहा जाता है। दुबे ने अधिकारतन्त्र, संचार और आम सामाजिक परिवर्तन का अध्ययन किया है। मुखर्जी ने, भारतीय समाज के विभिन्न पहलुओं के अध्ययन के लिए, परिष्कृत, परिमाणवाचक तकनीकों का प्रयोग किया है। इसके पूर्व उन्होंने ब्रिटेन में सामाजिक गतिशीलता के अध्ययन में भी योगदान दिया था।

टी.बी. बाटोमोर ने भारत के सन्दर्भ में समाजशास्त्र एवं मानवशास्त्र के बीच पाए जाने वाले घनिष्ठ सम्बन्ध को स्पष्ट करते हुए लिखा है कि भारतीय समाज न तो आदि समाजों के समान पूरी तरह से पिछड़ हुआ है और न ही औद्योगिक समाजों के समान पूर्णतः विकसित। ऐसे समाजों में जिसका कि भारत एक ज्वलन्त उदाहरण है, समाजशास्त्र एवं मानवशास्त्र के मध्य अधिक अन्तर कोई अर्थ नहीं रखता है। भारत में समाजशास्त्रीय अनुसंधान चाहे वे जाति-व्यवस्था से सम्बन्धित हो, समाजशास्त्रियों एवं मानवशास्त्रियों द्वारा किए जाते है तथा किए भी जाने चाहिए। वास्तव में भारत में इन दोनों विज्ञानों के बीच परम्परागत विभाजन को समाप्त करने हेतु वास्तविक अवसर हैं। यह सही है कि समाजशास्त्रियों का मौजूदा प्रशिक्षण जो कि अधिकांश पश्चिमी देशों में प्राप्त किया जाता है, उपर्युक्त प्रवृत्ति के विरुद्ध है। इसका कारण यह है कि पाश्चात्य देशों में दोनों विज्ञानों में विभाजन आज भी पाया जाता है। लेकिन भारत में जैसे-जैसे सामाजिक विज्ञानों का विकास और विदेशी शैक्षणिक स्त्रोतों पर निर्भरता कम होती जा रही है उसके साथ दोनों विज्ञानों की पद्धतियों और अवधारणाओं में वास्तविक एकीकरण (समन्वय) के अवसर बढ़ते जा रहे है।

आन्द्रे बेतेइ ने लिखा है कि "हम चाहे समाज-मानवशास्त्र और समाजशास्त्र को एक ही विषय माने, अथवा एक ही विषय की दो शाखाएँ माने या दो पृथक् विषय समझे, यह सब अन्ततः इस बात पर निर्भर करता है कि हम मानव समाज और मानव संस्कृति की विविधिताओं पर क्या सोचते है। यदि हमें यह लगता है कि उनकी समानताएँ उनकी विषमताओं की तुलना में अधिक मौलिक है तो हम समाजशस्त्र और समाज-मानवशास्त्र की एकता को स्वीकार करने के लिए अधिक राजी होंगे। यदि इसके विपरीत हम यह सोचते हैं कि उनकी विषमताएँ, उनकी समताओं की तुलना में अधिक मौलिक है, तो हम इन दो विषयों (शास्त्रों) के मध्य के अन्तर को स्वीकार करने के लिए अधिक तैयार होंगे।"

सामाजिक मानवशास्त्र की पद्धतियाँ

सामाजिक मानवशास्त्र का प्रमुख उद्देश्य अन्य सामाजिक विज्ञानों की तरह ऐसे सर्वव्यापक नियमों की खोज करना है जो मनुष्य के सामाजिक व्यवहार में नियमितता को बनाए रखते हैं। सामाजिक मानवशास्त्र इस दृष्टि से एक प्रकार का तुलनात्मक समाजशास्त्र है, एवं मानवशास्त्र की सभी शाखाएँ

मानव के विभिन्न पहलुओं के अध्ययन से सम्बधित है, अतः सामाजिक मानवशास्त्र भी प्रयोग सिद्ध एवं मौलिक प्रविधियों का प्रतिपादन करता है, जिनकी सहायता से निर्भर योग्य व प्रमाणिक ज्ञान को प्राप्त किया जा सके एवं सामाजिक यथार्थ के बारे में वास्तविक ज्ञान प्राप्त हो सके तथा भविष्यवाणी की जा सके। किसी भी विषयवस्तु के बारे में वास्तविक ज्ञान प्राप्त करना निःसन्देह प्रारम्भ से ही प्रमुख समस्या रहा हैं क्योंकि किसी वैज्ञानिक आधार के बिना सर्वमान्य वास्तविक ज्ञान प्राप्त नहीं किया जा सकता। श्री पॉश्चर ने लिखा है-"सब लोग आपसे कहेंगे कि आप सही हैं, यह प्रमाणित करने का प्रयत्न कीजिए, मैं आपसे यह कहूँगा कि आप गलत है यही प्रमाणित करने का आप प्रयास करें।" वस्तुतः निम्न विधियों से एक विज्ञान इन वास्तविक तथ्यों को संग्रहित करता है, उनका वर्गीकरण करता है और उससे सामान्य निष्कर्ष निकालता है तथा वैज्ञानिक नियमों का प्रतिपादन करता है उसे हम विज्ञान की पद्धति कहते है।

सामाजिक मानवशास्त्र में प्रारम्भ से ही आदिम समाज एवं अशिक्षित तथा पिछड़े हुए जन-समूहों का अध्ययन किया गया है। 18वीं एवं 19वीं शताब्दी में सामाजिक मानवशास्त्र में तुलनात्मक पद्धति का स्थान अधिक महत्वपूर्ण रहा है। इस समय के प्रमुख मानवशास्त्रियों ने तुलनात्मक एवं ऐतिहासिक विधियों द्वारा धर्म, परिवार, नातेदारी एवं अन्य सामाजिक संस्थान के क्रमिक विकास का अध्ययन किया है।

18वीं शताब्दी में ही डार्विन के उद्‌विकास की अवधारणा के प्रति विकासवादियों ने उद्‌विकासवादी पद्धति को प्रस्तुत किया जिसके द्वारा सामाजिक संस्थाओं के उद्‌भव एवं उनके क्रमिक विकास को जाना जा सकता है।

❑❑❑

2

सांस्कृतिक अवधारणा

हिन्दी में कल्चर का पर्याय संस्कृति शब्द संस्कार से बना है। हिन्दू समाज में जन्म से ही व्यक्ति को अनेक प्रकार के संस्कारों के द्वारा समाज में विभिन्न कार्य करने योग्य बनाया जाता है। उदाहरण के लिए विवाह संस्कार से उस पर सन्तानोत्पत्ति के कार्य का उत्तरदायित्व आ जाता है। संस्कृति में वह सब सम्मिलित है जिसके लिए संस्कारों की आवशकता पड़ती है। वह शुद्ध करने की प्रक्रिया है। प्राचीन भारत में संस्कृत भाषा पढ़े लिखों की भाषा मानी जाती थी। इसका भी संस्कृति से घनिष्ठ सम्बन्ध है। मानवशास्त्रिय साहित्य में अंग्रेजी के कल्चर शब्द का अनेक अर्थों में प्रयोग किया गया है। सामान्य साहित्य में कल्चर से तात्पर्य सामाजिक आकर्षण और बौद्धिक श्रेष्ठता से माना जाता है। कुछ समाजशास्त्रियों ने भी सुसंस्कृत व्यक्तियों को समाज का नेता माना है। सोरोकिन और मैकाइवर के अनुसार संस्कृति से तात्पर्य मानव की नैतिक, आध्यात्मिक और बौद्धिक श्रेष्ठताओं से है। बोगार्डस के शब्दों में, 'संस्कृति एक समूह के समृद्ध रीति-रिवाजों, परम्पराओं और चालू व्यवहार प्रतिमानों से बनती है। संस्कृति एक समूह का मूलधन है। वह मूल्यों की एक ऐसी पूर्ववर्ती समष्टि है जिसमें प्रत्येक व्यक्ति पैदा होता है वह एक माध्यम है जिसमें व्यक्ति पैदा होते है और विकसित होते हैं।'

मानवीय जीवन मूल्यों का दूसरा पहलू है मानव और उसकी संस्कृति जिसमें उसके सभ्य, सुसंस्कृत होने की गूढ़ता समाहित है। मानव में अन्य प्राणियों से श्रेष्ठ होने का भाव तो है ही साथ ही वह अपने आपको भी अन्य मनुष्यों से श्रेष्ठ एवं पारंगत होने के भाव को सार्वजनिक रूप से दिखाने का प्रयत्न भी करता है। अपनी श्रेष्ठता दिखाने के लिए वह पौराणिक-जर्ज़र सामाजिक परम्पराओं को त्यागकर नवीन परम्पराओं को अपनाता है तथा एक सभ्य मानव होने का परिचय देने का प्रयास करता है। यही उसकी संस्कृति एवं बौद्धिकता कहलाती है।

संस्कृति में वह सब कुछ शामिल है जो समाज में एक पीढ़ी से दूसरी पीढ़ी को दिया जाता है जैसे–ज्ञान, धार्मिक विश्वास, कला, कानून, नैतिक नियम, रीति-रिवाज, तौर-तरीके, साहित्य, संगीत, भाषा इत्यादि। प्रसिद्ध मानवशास्त्री अलैग्जैण्डर ए. गोल्डनवाइजर ने संस्कृति में निम्नलिखित तत्त्व माने हैं–"हमारी प्रवृत्तियाँ, विश्वास और विचार, हमारे निर्णय और मूल्य, हमारी संस्थायें, राजनीतिक और कानूनी, धार्मिक और आर्थिक, हमारी नैतिक संहितायें और शिष्टाचार के नियम, हमारी पुस्तकें, मशीन, हमारे विज्ञान, दर्शन और दार्शनिक ये सब और दूसरी बहुत-सी चीजें तथा प्राणी, स्वयं भी और अपने विविध सम्बन्धों में भी।" 'मानवशास्त्रीय ने संस्कृति की कुछ निम्न प्रकार से परिभाषा की है। सबसे पहले टायलर ने इस शब्द का व्यापक अर्थ में प्रयोग किया। टायलर के अनुसार, "संस्कृति एक जटिल सम्पूर्ण है जिसमें ज्ञान, विश्वास, कलायें, नीति, विधि, रीति-रिवाज और समाज के सदस्य होकर मनुष्य द्वारा अर्जित अन्य योग्यतायें और आदतें शामिल हैं।" संस्कृति की इस परिभाषा में यह बतलाया गया है कि संस्कृति सामाजिक विरासत है। यह समाज द्वारा व्यक्ति को दी जाती है। इसी बात को स्पष्ट करते हुए ए.डब्ल्यू. ग्रीन ने लिखा है, "संस्कृति ज्ञान, व्यवहार, विश्वास की उन आदर्श पद्धतियों को तथा ज्ञान और व्यवहार से उत्पन्न हुए साधनों की व्यवस्था को कहते हैं जो सामाजिक रूप से एक पीढ़ी से दूसरी पीढ़ी को दी जाती है।"

मैलिनोवस्की ने सामाजिक विरासत के दो अंग माने हैं–भौतिक अंग और अभौतिक अंग। इस प्रकार मैलिनोवस्की के अनुसार संस्कृति जीवन की सम्पूर्ण प्रणाली है और उसमें वे सब मानसिक, सामाजिक और भौतिक साधन सम्मिलित हैं जिनसे जीवन चलता है। इस प्रकार सामाजिक संस्कृति और भौतिक संस्कृति दोनों ही संस्कृति के महत्त्वपूर्ण अंग हैं। बिडनी ने संस्कृति

की इस व्याख्या को और भी अधिक विस्तारपूर्वक समझाते हुए संस्कृति को कृषि तथ्य, उद्योग के तथ्य, सामाजिक तथ्य जैसे सामाजिक संगठन और भाषा, धर्म, कला इत्यादि मानसिक तथ्यों का परिणाम माना है। संस्कृति की इन व्याख्याओं में उसे भौतिक वस्तु माना गया है। यह संस्कृति की ऐन्द्रिक धारणा है किन्तु कुछ मानवशास्त्रियों ने इससे भिन्न व्याख्यायें भी उपस्थित की हैं, उदाहरण के लिए मैरेट के अनुसार संस्कृति सन्देशवहनशील बुद्धि है। रैडफील्ड के शब्दों में, "संस्कृति कला और उपकरणों में अभिव्यक्त परम्परागत ज्ञान का वह संगठित रूप है जो परम्परा के द्वारा संरक्षित होकर मानव समूह की विशेषता बन जाता है।" व्हाइट के शब्दों में, "संस्कृति एक प्रतीकात्मक, निरन्तर संचयी और प्रगतिशील प्रक्रिया है।" मैकाइवर और पेज ने भी संस्कृति की इसी प्रकार की व्याख्या की है। उनके शब्दों में, "यह मूल्यों, शैलियों, भावात्मक लगावों तथा बौद्धिक अभियानों का क्षेत्र है। इस तरह संस्कृति सभ्यता का बिल्कुल प्रतिवाद है। वह हमारे रहने और सोचने के ढंगों में, दैनिक कार्य-कलापों में, साहित्य में, धर्म में, मनोरंजन और सुखोपभोग में हमारी प्रकृति की अभिव्यक्ति है।" संस्कृति की इस परिभाषा में भौतिक संस्कृति को सभ्यता माना गया है। इस आदर्शवादी व्याख्या में मानव ज्ञान और सन्देशवहन में प्रयोग होने वाले सभी तत्त्व संस्कृति में आते हैं।

अधिकतर आधुनिक मानवशास्त्री संस्कृति का कार्यात्मक रूप ग्रहण करते हैं। मैलिनोवस्की और रैडक्लिफ ब्राऊन ने संस्कृति की साधनवादी और मानववादी व्याख्या की है। मैलिनोवस्की के अनुसार संस्कृति मनुष्य को जैव-मनोवैज्ञानिक प्रवृत्तियों को सन्तुष्ट करने का अवसर देती है। दूसरी ओर रैडक्लिफ ब्राउन संस्कृति को सामाजिक विरासत मानता है। जिसके कारण सामाजिक जीवन चलता है। प्रकार्यवादियों ने सम्पूर्ण संस्कृति को अध्ययन की इकाई माना है वे संस्कृति के विषय में समग्रतावादी दृष्टिकोण ग्रहण करते हैं।

उपरोक्त व्याख्याओं के अतिरिक्त संस्कृति की औपचारिक और सौन्दर्यात्मक दृष्टिकोण से भी व्याख्या की गयी है। रूथ बैनेडिक्ट के अनुसार संस्कृति सामाजिक जीवन की अन्तर्वस्तु नहीं है बल्कि उसकी व्याख्या और संगठन है। इसलिए बैनेडिक्ट ने संस्कृति की अन्तर्वस्तु पर नहीं बल्कि उसके प्रतिमानों के विषय में लिखा है।

मानवशास्त्र में संस्कृति के प्रत्यय का अत्यधिक महत्त्व है और उसके विषय में विशाल साहित्य निर्माण किया गया है किन्तु मानवशास्त्रियों में उसके

अर्थ के विषय में एक मत नहीं पाया जाता। वास्तव में संस्कृति को समझने के लिए उपरोक्त सभी परिभाषाओं में निहित सत्यों की ओर ध्यान देना होगा। संस्कृति की व्याख्या करने में उपरोक्त सभी दृष्टिकोणों में कुछ न कुछ सत्य मिलता है। इन सभी दृष्टिकोणों को लेकर संस्कृति को समझा जा सकता है और इनमें से कोई भी दृष्टिकोण अकेला संस्कृति की व्याख्या नहीं करता।

मानवशास्त्रियों ने संस्कृति को आत्मगत माना है। लिण्टन के अनुसार व्यक्तियों का जीवन एक वस्तु है और जो कुछ हम अध्ययन करते हैं और जिनके विषय में लिखते हैं वह भिन्न वस्तु है, जबकि पहली वास्तविकता है, दूसरी वास्तविकता की हमारी समझ है। पहली संस्कृति है और दूसरी संस्कृति रचना। इस प्रकार संस्कृति वास्तविक मानव व्यवहार में है। क्लूखोहन ने उसे सोचने, अनुभव करने और कार्य करने की विधि कहा है। गिलिन के अनुसार संस्कृति क्रिया नहीं बल्कि प्रतिमान है। मानवशास्त्र में जिस संस्कृति की बात की जाती है वह मनुष्यों के जीवन में नहीं बल्कि उनके जीवन के मानवशास्त्रीय अध्ययन में पाई जाती है। अस्तु, उसे वास्तविक जीवन में निम्न माना जाना चाहिए।

मानवशास्त्रियों ने संस्कृति की परिभाषा करने के साथ-साथ उसके कुछ सार्वभौम लक्षण दिखलाने का भी प्रयास किया है। क्रोबर संस्कृति के दो पहलू मानता है—एक तो संस्कृति का बाह्य रूप और दूसरे उसका आंतरिक विन्यास। पहले में वे तत्त्व सम्मिलित हैं जो संस्कृति में बाहर से दिखलाई पड़ते हैं, दूसरा उन तत्त्वों का संगठन है जिनसे संस्कृति के गुण, रुचियाँ और मुख्य प्रतिमान निर्धारित होते हैं। बैटसन ने भी इसी प्रकार संस्कृति के दो पहलू माने हैं। क्लूखोहन अभिव्यक्त और अनभिव्यक्त सांस्कृतिक तथ्यों में अन्तर करता है। उसके अनुसार केवल बाह्य प्रत्यक्ष से किसी भी समाज के विषय में सभी बातें नहीं मानी जा सकतीं। संस्कृति के जो तत्त्व आँखों से देखे या कानों से सुने जा सकते हैं, वे अभिव्यक्त हैं। इनके अतिरिक्त कुछ अन्य तत्त्व होते हैं जो केवल उन्हीं लोगों को दिखाई पड़ते हैं जो उन्हें देखने के लिए विशेष रूप से प्रशिक्षित हैं जैसे मानव क्रिया के अन्तर्गत उपस्थित प्रेरणायें और प्रवृत्तियाँ जिनको कि स्वयं कार्य करने वाले नहीं जानते। ये संस्कृति के अनभिव्यक्त या अन्तर्निहित तत्त्व हैं। किसी भी समाज की संस्कृति के वर्णन में अभिव्यक्त और अनभिव्यक्त दोनों ही तत्त्वों को शामिल किया जाना चाहिए।

यद्यपि सभी मानवशास्त्री संस्कृति के सभी सार्वभौम लक्षणों के विषय में एक मत नहीं हैं फिर भी संस्कृति के सार्वभौम निम्नलिखित माने जा सकते हैं–

(1) संस्कृति आदर्शात्मक है–संस्कृति के व्यवहार के आदर्श प्रतिमान या आदर्श नियम शामिल हैं जिनके अनुसार समाज के सदस्य आचरण करने की चेष्टा करते हैं

(2) संस्कृति संचारशील है–संस्कृति पीढ़ी दर पीढ़ी मानसिक रूप से संचारित होती रहती है। इससे संस्कृति में बराबर वृद्धि होती रहती है। संचार के कारण नई पीढ़ी के अनुभवों से लाभ उठाती है। इस प्रकार संस्कृति अर्द्ध स्थायी हो जाते हैं और किसी व्यक्ति या समूह के न रहने से उस पर कोई विशेष प्रभाव नहीं पड़ता।

(3) संस्कृति सीखे हुए गुण हैं–संस्कृति में मनुष्य निर्मित और वे वस्तुयें सम्मिलित हैं जिनमें मनुष्य संशोधन कर सकता है। वह पर्यावरण का मनुष्कृत भाग है। समाजीकरण के द्वारा सीखे हुए गुण, आदतें और विचार आदि ही संस्कृति कहलाते हैं। मनुष्य में प्रतिकात्मक संचार की योग्यता होने के कारण वह सांस्कृतिक व्यवहार को ग्रहण कर लेता है।

(4) संस्कृति कुछ आवश्यकताओं को पूरा करती है–संस्कृति मनुष्य की उन नैतिक तथा सामाजिक आवश्यकताओं को पूरा करती है जो स्वयं साध्य हैं। संस्कृति में सामूहिक आदतें शामिल हैं। आदतें उन्हीं कामों की पड़ती हैं जिनसे कुछ न कुछ आवश्यकतायें पूरी होती हों। इन आवश्यकताओं को पूरा किए बिना संस्कृति का जीवित रहना असम्भव है। संस्कृति का जो अंश सामाजिक सन्तोष में सहायक नहीं होता वह गायब हो जाता है।

(5) संस्कृति केवल मानव समाजों में पाई जाती हैं–पशुओं में समाज तो होते हैं किन्तु संस्कृति नहीं होती। इस प्रकार मानव ही एकमात्र सांस्कृतिक प्राणी है। दूसरे शब्दों, में संस्कृति केवल मानव समाजों में ही पाई जाती है।

(6) संस्कृति वैयक्तिक नहीं बल्कि सामाजिक है–संस्कृति में संवर्द्धन और संचार में हर एक व्यक्ति कुछ न कुछ भाग लेता है परन्तु संस्कृति वैयक्तिक न होकर सामाजिक है। उसमें समूह के सदस्यों की सामान्य अपेक्षायें शामिल होती हैं। समूह के बाहर रहकर व्यक्ति संस्कृति की सृष्टि नहीं कर सकता।

(7) संस्कृति में एकीभूत होने का गुण है–संस्कृति में एक क्रम और संगठन होता है। उसके भिन्न-भिन्न भाग आपस में एकीभूत रहते हैं और जो भी नया तत्त्व आता है वह भी उसमें मिल जाता है। जिन संस्कृतियों पर बाहरी प्रभाव अधिक पड़ता है वे अधिक विजातीय होती है। परन्तु सभी संस्कृतियों में कुछ न कुछ एकभूतता की प्रवृत्ति अवश्य दिखाई पड़ती है।

(8) संस्कृति में उपायोजन की योग्यता होती है–पर्यावरण के अनुसार संस्कृति बराबर बदलती रहती है और इस परिवर्तन से बाहरी शक्तियों से उसका उपयोजन होता रहता है। परन्तु विकसित होने पर प्राकृतिक पर्यावरण का प्रभाव घटता जाता है। इसके अलावा संस्कृति के विभिन्न अंगों का विकास होता रहता है और उनमें आन्तरिक उपयोजन की जरूरत पड़ती है।

इस प्रकार संस्कृति सामाजिक, आदर्शात्मक और सीखी हुई होती है तथा मनुष्य की बहुत-सी आवश्यकताओं को पूर्ण करती है। उसमें संचार, उपयोजन तथा एकीभूतता के गुण होते हैं। वह मनुष्य का विशेष गुण है, उसकी सामाजिक विरासत, उसी श्रेष्ठता का सबूत है।

समाजशास्त्रियों ने संस्कृति के दो प्रकार माने हैं–भौतिक संस्कृति और अभौतिक संस्कृति।

(1) भौतिक संस्कृति–इसमें भौतिक या पार्थिव वस्तुयें सम्मिलित हैं जैसे– मनुष्य के उपकरण, औजार, हथियार, बर्तन, आवागमन के साधन इत्यादि।

(2) अभौतिक संस्कृति–इसमें अमूर्त वस्तुयें शामिल हैं जैसे–समाज में विभिन्न रीति-रिवाजों, रूढ़ियाँ, विधियाँ, कलायें, ज्ञान और धर्म आदि।

संस्कृति के तत्त्व

क्लार्क विजलर ने मानव जाति के प्रत्येक समूह की संस्कृति में ये सार्वभौम तत्त्व माने हैं–(1) बोली। (2) पार्थिव उपकरण जैसे–भोजन, मकान, आवागमन के साधन, वेशभूषा, हथियार, बर्तन, शस्त्र, उद्योग और धन्धे। (3) कलायें, पौराणिक और वैज्ञानिक ज्ञान। (4) धार्मिक रीतियाँ और अन्धविश्वास। (5) कुटुम्ब और विवाह, सामाजिक नियन्त्रण, खेल-कूद जैसी सामाजिक संस्थायें। (6) सम्पत्ति, मूल्य, विनिमय और व्यापार। (7) सरकार और विधि। (8) युद्ध।

संस्कृति के ये सार्वभौम तत्त्व सभी संस्कृतियों में पाये जाते हैं परन्तु इनके रूप भिन्न-भिन्न होते हैं। विभिन्न समाजों में विवाह के भिन्न-भिन्न रूप पाये जाते हैं जैसे—बहुपति विवाह, बहुपत्नि विवाह, समूह विवाह, एक विवाह इत्यादि। खानपान में तो भिन्न-भिन्न संस्कृतियों में भारी भेद दिखाई पड़ता है। विफ़िन ने लिखा है कि पश्चिमी अमेजन प्रदेश की इस्साजपुरा नामक जाति के बोरो तथा पिटोटो लोग बन्दर, मेंढक और छिपकली को बड़ा स्वादिष्ट भोजन समझते हैं। ये बर्रे, मधुमक्खियों की इल्लियाँ और पड़ौसियों के सर की जुएँ भी खा जाते हैं। गौरर के अनुसार दक्षिणी पूर्वी एशिया की कुछ जातियों के लोग कोबरा आदि विषैले साँपों और अजगर की कढ़ी को बड़े शौक से खाते हैं।

समूह की संस्कृति का अध्ययन

समूह की संस्कृति का अध्ययन करने के लिए उसके भौतिक और अभौतिक दोनों पक्षों का अध्ययन करना पड़ेगा। इसमें विजलर के बतलाये हुए उपरोक्त नौ तत्त्व शामिल हो जायेंगे। उदाहरण के लिए ऐस्किमों संस्कृति का अध्ययन किया जाए तो उनके निवास, यातायात, आवागमन के साधन, वेश-भूषा, हथियार, उद्योग-धन्धे, बर्तन आदि के साथ-साथ उसके सामाजिक संगठन, परिवार, विवाह तथा अन्य सामाजिक संस्थाओं, धार्मिक रीतियों और विश्वासों, कलाओं, भाषा, पौराणिक और वैज्ञानिक ज्ञान, सरकार और विधि तथा युद्ध आदि का अध्ययन करना पड़ेगा। ऑगबर्न तथा निमकॉफ ने ऐस्किमों संस्कृति के वयान में इन सबका विस्तृत वर्णन किया है।

ऐस्किमो संस्कृति (भौतिक)

ऐस्किमो संस्कृति के भौतिक पक्ष में निम्नलिखित बातें महत्त्वपूर्ण हैं—

(1) वेश-भूषा—ऐस्किमो लोग सर से पैर तक बड़े-बड़े बालों से ढँकी हुई खालों के कपड़ों से ढके रहते हैं। इनके कपड़े विशेषतः जूते बड़े आरामदेह होते हैं।

(2) निवास—ऐस्किमो बर्फ के बने घरों में रहते हैं जिनकी शक्ल आधी गेंद की तरह होती है। इनके घुसने के लिए छोटा और लम्बा द्वार होता है जिसमें लेटकर घुसना पड़ता है। इनके अन्दर व्हेल मछली का तेल दिया जलाने से ऐसी गर्मी रहती है कि वस्त्र पहनने की आवश्यकता नहीं पड़ती।

(3) हथियार—ऐस्किमो लोग हड्डी अथवा पत्थर के हथियार प्रयोग करते हैं। वालरस आदि समुद्री जानवरों को मारने में ये हारपून नाम के हथियार का प्रयोग करते हैं।

(4) उद्योग धन्धे—ऐस्किमो लोगों को भोजन की तलाश में दूर-दूर भटकना पड़ता है। ये मछली का शिकार करते है तथा और भी कुछ जानवारों को पकड़ते और मारते हैं।

(5) यातायात के साधन—ऐस्किमो लोग यातायात के लिए स्लेज नाम की गाड़ी इस्तेमाल करते हैं जिसे कुत्ते या रेनडियर खींचते हैं। पानी में ऐस्किमो लोग चमड़े की हल्की नाव इस्तेमाल करते हैं।

ऐस्किमो संस्कृति (अभौतिक)

ऐस्किमो की अभौतिक संस्कृति का संक्षिप्त विवरण निम्नलिखित है—

(1) धर्म—इनकी मुख्य देवी सेडना है जो कि ऋतुओं तथा समुद्री जीवों का नियन्त्रण करती है। धार्मिक पूजा के लिए बर्फ से बने विशेष पूजा स्थान होते हैं। धार्मिक नेता 'अंगकूट' बड़े शक्तिशाली माने जाते हैं।

(2) युद्ध—ऐस्किमो लोगों में युद्ध बहुत कम होते हैं। अधिकतर झगड़े हास्य या गान प्रतियोगिता से निबटा दिये जाते हैं।

(3) **सामाजिक संगठन**—ऐस्किमो लोगों का सामाजिक संगठन परिवारों और ग्राम समुदायों पर आधारित है। पुरुष बाहर का और स्त्रियाँ अन्दर का काम करती हैं।

(4) कला—इनकी कला उन्नत नहीं है। परन्तु ये हाथी दाँत और कपड़े का काम अच्छा कर लेते हैं। इनके घर सुन्दर होते हैं।

(5) **नैतिकता**—ऐस्किमो में नैतिकता का स्तर ऊँचा नहीं होता। कामाचार नहीं पाया जाता परन्तु अतिथि सत्कार में बहुद्या पत्नी भी अतिथि के पास भेजी जाती है। वर्जित बातों का उल्लंघन करने वाले को कठोर दण्ड दिया जाता है।

ऐस्किमो लोगों की संस्कृति के उपरोक्त वर्णन से यह स्पष्ट हो गया होगा कि संस्कृति का बड़ा व्यापक तत्त्व है और देश काल के अनुसार उसके विभिन्न तत्त्वों के रूपों में बड़ा अन्तर पाया जाता है।

संस्कृति की परिभाषा करते हुए क्रोबर ने उसको "सीखे हुए और सम्प्रेषित गामक प्रतिक्रियाओं, आदतों, प्रविधियों, विचारों और मूल्यों तथा इनसे

उत्पन्न होने वाले व्यवहार का पुँज'' कहा है। क्रोबर का कहना है कि संस्कृति वैयक्तिओपरि और जीवोपरि दोनों ही होती है। जीवोपरि शब्द की व्याख्या करते हुए क्रोबर ने यह स्पष्ट किया है कि इससे तात्पर्य अजीव से नहीं है। यह नहीं का जा सकता कि संस्कृति पर ऐन्द्रिक जीवन के सिद्धान्त लागू नहीं होते अथवा कि वह जैवकीय विकास से सर्वथा स्वतन्त्र है। क्रोबर के शब्दों में, ''जीवोपरि का अर्थ केवल इतना ही है कि जब हम संस्कृति पर विचार करते हैं तो हम किसी ऐसे तत्त्व पर विचार कर रहे हैं जो कि जैवकीय है परन्तु जिसे जैवकीय से कुछ अधिक समझा जाना चाहिए ताकि वह पूरी तरह से बुद्धिगम्य हो सके।'' यदि संस्कृति केवल जैवकीय होती तो उसका बुद्धिगम्य होना सम्भव नहीं था और चूँकि संस्कृत बुद्धिगम्य है इसलिए यह माना जाना चाहिए कि वह केवल जैवकीय मात्र नहीं है बल्कि उससे अधिक है दूसरे शब्दों में, वह जीवोपरि है। इसी तरह वनस्पतियाँ और पशु उससे आदि जैवकीय होते हुए भी जीवोपरि हैं क्योंकि उन पर कुछ सामान्य सिद्धान्त लागू होते हैं। संस्कृति जैवकीय संरचना में विकसित होती है किन्तु उसमें कुछ ऐसे गुण हैं जिनके कारण उसे जीवोपरि कहा जाना चाहिए जैसे हस्तांतरित होने की योग्यता, अत्यधिक परिवर्तनशीलता, एकत्रित होने की योग्यता, मूल्य, प्रतिमान तथा व्यक्तियों को प्रभावित करने की योग्यता। ''संस्कृति के ये लक्षण या गुण जैवकीय व्यक्ति मनुष्य मात्र से लगे नहीं होते बल्कि मानवों के समाजों के कार्यों और व्यवहारों के परिणामों अर्थात् संस्कृति से लगे होते हैं।'' संस्कृति के उपरोक्त गुण व्यक्तियों या जीव मात्र के गुण नहीं हैं, ये गुण समाज के व्यवहारों में उत्पन्न होते हैं।

स्पष्ट है कि संस्कृति को वैयक्तिओपरि इसलिए कहा जाता है कि वह केवल एक व्यक्ति से उत्पन्न नहीं होती। उसकी व्याख्या करने के लिए जीव अथवा व्यक्ति से अधिक नियमों की आवश्यकता पड़ती है। क्रोबर ने अनेक उदाहरणों द्वारा समझाया है कि संस्कृति को समझने के लिए जीव अथवा व्यक्ति से ऊपर उठना पड़ता है। उसने धर्म का उदाहरण देते हुए बतलाया है कि धर्म संस्कृति का एक महत्त्वपूर्ण अंग है। मान लीजिए कि एक स्थान के लोग रोमन केथोलिक धर्म स्वीकार कर लेते हैं। इससे समस्त समाज पर इस धर्म की छाप पड़ जाती है तथा समस्त सामाजिक नियम व्यक्तियों के कार्यों को प्रभावित करते हैं। इस तरह संस्कृति मानव क्रियाओं पर प्रभाव डालती है। अस्तु, संस्कृति को समझने के लिए जीवन से ऊपर उठना चाहिए। इसीलिए क्रोबर ने संस्कृति को व्यक्तिओपरि कहा है। क्रोबर के शब्दों में,

"संक्षेप में संस्कृति जीवोपरि और व्यक्तिओपरि है यद्यपि वह जैवकीय व्यक्तियों द्वारा उत्पन्न की जाती है तथा ले जाई जाती है, वह अर्जित है और वह सीखने के द्वारा अर्जित की जाती है, जो कुछ सीखा जाता है वहीं वर्तमान संस्कृति है।"

संस्कृति वैयक्तिओपरि है, इसकी व्याख्या एक अन्य उदाहरण से की जा सकती है। अंग्रेजी भाषा अंग्रेज संस्कृति का अंग है। यह भाषा कोई एक व्यक्ति निर्माण नहीं करता बल्कि व्यक्ति परम्परा से अंग्रेजी भाषा प्राप्त करता है उसे सीखता है। उसके बोलने की क्षमता जैविक नियमों पर अवश्य आधारित है परन्तु बोलने में वह जिन शब्दों और प्रतीकों का प्रयोग करता है वे उसके अपने नहीं हैं; बल्कि सीखे हुए हैं। अंग्रेजी भाषा व्यक्ति को बहुत अधिक प्रभावित करती है जबकि व्यक्ति उसे बहुत कम प्रभावित करता है। यह ठीक है कि एक-एक करके बहुत से साहित्यकारों ने क्रमशः अंग्रेजी भाषा का निर्माण किया किन्तु अंग्रेजी भाषा इनमें से किसी एक द्वारा निर्मित नहीं है चाहे उसका योगदान कितना ही बड़ा क्यों न हो। इसीलिए अंग्रेजी भाषा को वैयक्तिओपरि कहा जा सकता है। वह ऐतिहासिक प्रक्रिया और घटना का परिणाम है। दूसरे शब्दों में वह ऐतिहासिक तथ्य है जिस तरह संस्कृति ऐतिहासिक तथ्य है। क्रोबर के शब्दों में, "संक्षेप में, एक सांस्कृतिक तथ्य सदैव एक ऐतिहासिक तथ्य होता है और उसकी अत्यधिक तत्काल समझदारी और साधारणतया हमारा उसको पूरी तरह से समझना भी ऐतिहासिक तथ्य है। बड़ी सीमा तक संस्कृति को जीवोपरि और वैयक्तिओपरि कहने का अर्थ यह है कि उसकी जैवकीय अथवा मनो-शारीरिक व्याख्याओं से कहीं अधिक शीघ्रता से ऐतिहासिक व्याख्या की जा सकती है।" इस प्रकार अंग्रेजी भाषा वैयक्तिओपरि है और चूँकि वह संस्कृति का अंग है इसलिए संस्कृति भी वैयक्तिओपरि हुई। क्रोबर ने लिखा है, "और अंग्रेजी भाषा भी जीवोपरि है क्योंकि उसके शब्दों और शब्दार्थों में प्रत्यक्ष रूप से समान प्रवाह और मतैक्य नहीं है परन्तु मानव तत्त्व की एकता के कारण अन्यत्र भी मनुष्य उसी प्रकार स्वभावतया बातचीत करेंगे जिस तरह से वे एक ही प्रकार से चलते हैं। इसके बजाय वे किस तरह से बातचीत करेंगे वह इस बात पर निर्भर करता है कि वे जिस समाज में विकसित हुए हैं, उसमें उनसे पहले कैसे बातचीत की जाती थी।" जीवोपरि होने के साथ-साथ अंग्रेजी भाषा वैयक्तिओपरि भी है। कोई भी व्यक्ति भाषा पर पूर्ण नियन्त्रण नहीं करता, भाषा उसे परम्परा से मिलती है। क्रोबर के शब्दों में, "अंग्रेजी स्पष्टतया इस अर्थ में वैयक्तिओपरि है कि वह किसी भी

व्यक्ति मनुष्य की भाषा से कहीं अधिक बड़ी और महत्त्वपूर्ण है और इसलिए कि वह उसकी बातचीत को उससे कहीं अधिक प्रभावित करती है जितनी कि उसकी बातचीत से अंग्रेजी भाषा में योगदान या प्रभाव पड़ने की आशा की जा सकती है।''

वास्तव में सांस्कृतिक निर्णायकवाद उतना ही एकांगी है जिनता कि जैवकीय निर्णयकवाद या भौगोलिक निर्णायकवाद इत्यादि। क्रोबर का यह कथन कि संस्कृति जीवोपरि और वैयक्तिओपरि है। केवल इस सीमा तक उचित माना जा सकता है कि वह किसी विशेष व्यक्ति की उत्पत्ति न होकर समाज द्वारा उत्पन्न की जाती है किन्तु उसका यह कहना उचित नहीं है संस्कृति ही मनुष्य के सभी कार्यों की निर्णायक है। सांस्कृतिक निर्णायकवाद को स्पष्ट करने में क्रोबर ने संस्कृति के दो अंग माने हैं इडोस और एथोस। ऐथोस समूह की विशिष्ट संस्कृति को कहा जाता है। भारतीय, चीनी और जापानी संस्कृतियों में अलग-अलग एथोस पाया जाता है। एथोस से ही यह निश्चित होता है कि विशेष संस्कृति किस दिशा में प्रेरित करेगी। वह विशिष्ट संस्कृति की आत्मा है। उसमें विशिष्ट समाज के मूल्यों की व्यवस्था सम्मिलित है। वही भिन्न-भिन्न संस्कृतियों में अन्तर स्पष्ट करता है। उसी से किसी संस्कृति को अन्य संस्कृतियों में अन्तर स्पष्ट करता है। उसी से किसी संस्कृति को अन्य संस्कृतियों से अलग पहचाना जा सकता है। क्रोबर की एथोस की धारणा संस्कृति की महत्त्वपूर्ण व्याख्या करती है। इस प्रकार क्रोबर ने संस्कृति को इस अर्थ में जीवोपरि और वैयक्तिओपरि कहा है कि उसकी ऐतिहासिक व्याख्या की जा सकती है और इस व्याख्या संस्कृति की जैवकीय या मनोवैज्ञानिक व्याख्या से कही अधिक उपयुक्त और विस्तृत होगी। क्रोबर के इस कथन से यह स्पष्ट होता है कि यद्यपि मानव प्राणी संस्कृति का निर्माण करते हैं किन्तु संस्कृति किसी एक मानव प्राणी की उत्पत्ति नहीं है। इसी बात को मजूमदार और मदान ने दूसरे शब्दों में इस प्रकार लिखा है, ''यह समझा जाना चाहिए कि मानव प्राणी उसी प्रकार संस्कृति के निर्मित और उसके निर्माता हैं जिस प्रकार कि वे उसके द्वारा निर्मित और उसके वाहक हैं।'' इस प्रकार संस्कृति मानव की निर्देशक है। जहाँ वह उसे अनेक कारणों से स्वतन्त्र करती है वहाँ निर्देशन करने में वह उसे दास बनाती है। इस प्रकार मजूमदार और मदान ने भी संस्कृति को मनोपरि और समाजोपरि माना है। संस्कृति के विषय में क्रोबर के उपरोक्त मत को सांस्कृतिक निर्णयकवाद में गिना जाता है जिसके अनुसार संस्कृति व्यक्तियों के कार्यों की निर्णायक है और व्यक्तियों पर निर्भर नहीं है।

सभ्यता और संस्कृति

इस विषय में दो मुख्य मत दिखलाई पड़ते हैं–

मैकाइवर तथा पेज के अनुसार सभ्यता में वे सब चीजें आती हैं जिनसे कोई अन्य उद्देश्य पूरा किया जाता है जैसे–टाइपराइटर, प्रेस, खराद, बैंक, मोटर इत्यादि। इस प्रकार, "सभ्यता का आशय उस समूची यन्त्र-पद्धति और संगठन से है जिसका मनुष्य से अपनी जीवन की परिस्थितियों पर नियन्त्रण करने के प्रयास में आविष्कार किया।" सभ्यता में मूल प्रविधि अर्थात् प्राकृतिक घटनाओं पर मनुष्य का अधिकार स्थापित करने वाले उपकरण और सामाजिक प्रविधि अर्थात् मनुष्य के व्यवहार पर नियन्त्रण करने वाली प्रविधियाँ शामिल हैं। दूसरी ओर संस्कृति में मनुष्य को आनन्द तथा सन्तोष देने वाली वस्तुयें जैसे–धर्म, कला, दर्शन, आमोद-प्रमोद, साहित्य, संगीत आदि शामिल हैं। मैकाइवर और पेज के शब्दों में, "वह हमारे रहने और सोचने के तौर-तरीकों में, हमारी प्रतिदिन की बातचीत में, कला में, साहित्य में, धर्म में, मनोरंजन में आमोद-प्रमोद में हमारे स्वभाव की अभिव्यक्ति है।"

(1) वेबर का मत–वेबर के अनुसार सभ्यता में उपयोगी भौतिक पदार्थ और उनको निर्माण करने तथा प्रयोग करने की विधियाँ शामिल होती हैं जबकि संस्कृति में किसी समूह के आदर्श, मूल्य और मानसिक तथा भावात्मक पहलू शामिल होते हैं। रिचार्ट थर्नवाल्ड, मर्टन तथा अन्य अनेक समाजशास्त्रियों ने इस मत का समर्थन किया है। सोरोकिन ने उसका खण्डन किया है, परन्तु आजकल यही मत अधिकतर समाजशास्त्री मानते हैं।

(2) सभ्यता संस्कृति का विकसित रूप है–जे.एल. गिलिन तथा जे.पी. गिलिन के अनुसार सभ्यता संस्कृति का अधिक जटिल तथा विकसित रूप है। ए.डब्लू. ग्रीन ने लिखा है, "संस्कृति केवल तभी सभ्यता बनती है जब उसके पास एक लिखित भाषा, विज्ञान, दर्शन, अत्यधिक विशेषीकरण वाला श्रम-विभाग, एक जटिल प्रविधि और राजनीतिक पद्धति हो।" आदिम संस्कृतियों में ये बातें नहीं थीं। अतः उनको सभ्यता शून्य कहा जायेगा। फ्रान्ज बोयस, ऑबगर्न तथा निमकॉफ ने भी सभ्यता को संस्कृति के बाद की अवस्था माना है। ऑगबर्न ने लिखा है, "अतिजैविक संस्कृति के बाद की अवस्था के रूप में सभ्यता की परिभाषा की जा सकती है।"

संस्कृति और सभ्यता में अन्तर

सभ्यता और संस्कृति में निम्नलिखित अन्तर हैं–

(1) सभ्यता बिना किसी प्रयास के संचारित होती है परन्तु संस्कृति नहीं— सभ्यता में गिनी जाने वाली चीजें उपयोगी होती हैं और मनुष्य के बाहरी जीवन से सम्बन्धित होती हैं। अतः वे आसानी से एक पीढ़ी से दूसरी पीढ़ी या एक देश से दूसरे देश में ग्रहण की जा सकती हैं, परन्तु संस्कृति का ग्रहण और प्रचार इतनी तेजी से नहीं होता क्योंकि उसका सम्बन्ध आन्तरिक प्रवृत्ति से है और उसको ग्रहण करने के लिए पर्याप्त आन्तरिक विकास की आवश्यकता है। मैकाइवर के शब्दों में, "संस्कृति केवल समान प्रवृत्ति वालों में ही संचारित होती है। कलाकार के गुण बिना कोई भी कला की परख नहीं कर सकता है, न ही संगीतकार के कर्ण के बिना कोई संगीत का मजा ले सकता है। सभ्यता सामान्य तौर से ऐसी माँग नहीं करती और हम उसको उत्पन्न करने वाली सामर्थ्य में हिस्सा लिए बगैर ही उसके उत्पादनों के आनन्द ले सकते हैं।" सभ्यता बिना किसी के प्रयत्न के अपनाई जा सकती है।

(2) संस्कृति आन्तरिक तथा साध्य है और सभ्यता बाह्य तथा साधन है— सभ्यता में बाह्य वस्तुएँ शामिल हैं, संस्कृति का सम्बन्ध आन्तरिक विचारों, भावनाओं, आदर्शों और मूल्यों आदि से है। सभ्यता संस्कृति की अभिव्यक्ति का साधन है। यह शरीर है जबकि संस्कृति आत्मा है।

(3) सभ्यता को मापने का एक निश्चित मानदण्ड होता है परन्तु संस्कृति का नहीं—सभ्यता का सार्वभौम मानदण्ड उपयोगिता है क्योंकि सभ्यता साधन है। संस्कृति में इस प्रकार का कोई भी गुणात्मक या संख्यात्मक मानदण्ड नहीं है क्योंकि संस्कृति स्वयं साधन है। देशकाल के अनुसार संस्कृति के तत्त्व आदर्श, मूल्य और विचार इत्यादि बदलते रहते हैं।

(4) सभ्यता को बिना किसी परिवर्तन या हानि के ग्रहण किया जा सक्ता है परन्तु संस्कृति को नहीं—जब सभ्यता को कोई देश या कोई दूसरी पीढ़ी ग्रहण करती है तब उसमें किसी प्रकार का परिवर्तन या हानि नहीं होती। रेल, मोटर, वायुयान, मशीने आदि ज्यों के त्यों ग्रहण कर लिए जाते हैं। परन्तु संस्कृति के अंग धर्म, कला, साहित्य, विचार, आदर्श आदि ज्यों के त्यों कभी भी नहीं ग्रहण नहीं किए जा सकते। उदाहरण के लिए भारतीय ईसाइयों में हिन्दू तथा मुस्लिम धर्म की बहुत-सी बातें मिल जायेंगी। जो कि उनके पश्चिमी भाइयों में नहीं दिखलाई पड़तीं।

मापदण्ड

सांस्कृतिक उन्नत्ति का निश्चय करने के लिए दो प्रकार के मापदण्ड प्रयोग किये जा सकते हैं—

(1) गुणात्मक मापदण्ड–यदि संस्कृति में आये हुए नये तत्त्व पुराने तत्त्वों की अपेक्षा उच्च कोटि के हैं तो संस्कृति उन्नति कर रही है, यदि निम्न कोटि के हैं तो संस्कृति पतन की ओर जा रही है, यदि वैसे ही हैं तो संस्कृति स्थिर है। उन्नतिशील संस्कृति में सदैव निरन्तरता का तत्त्व मिलता है।

(2) संख्यात्मक मापदण्ड–संस्कृति में नये-नये तत्त्व आते रहते हैं और पुराने तत्त्व गायब होते रहते हैं यदि नये तत्त्वों की संख्या विलीन हुए तत्त्वों से अधिक है तो उन्नति, कम है तो अवनति और बराबर है तो स्थिरता मानी जायेगी। आविष्कार संस्कृति की उन्नति का एक मापदण्ड है।

परन्तु सांस्कृतिक क्षेत्र में मापदण्डों के व्यावहारिक रूप से प्रयोग करने में बड़ी कठिनाइयाँ हैं और उसकी अन्तिम कसौटी बनाना भी बड़ा कठिन है, क्योंकि उसके बारे में सभी देशकाल के विचारक एक मत नहीं हो सकते।

आविष्कार और संस्कृति

आविष्कार क्या है?

Encyclopedia Americana के अनुसार, ''एक आविष्कार कोई भी नवीन अथवा उपयोगी यान्त्रिक उपकरण अथवा वस्तु, प्रणाली, खोज, जड़ पदार्थ की रचना अथवा व्यवस्था है जो कि पहले ज्ञात अथवा प्रयुक्त नहीं होती है अथवा वह कैसे भी ज्ञात यन्त्र, कला, पद्धति या व्यवस्था में कोई भी उन्नति है।'' इस प्रकार आविष्कार या तो किसी नई वस्तु, यन्त्र उपकरण, प्रणाली अथवा व्यवस्था में कोई उन्नति करना है। दोनों ही दिशा में आविष्कार सदैव नया होता है और उपयोगी भी होता है। कहा जाता है कि आवश्यकता आविष्कार की जननी है। इसका आशय भी यही है कि प्रत्येक आविष्कार किसी न किसी रूप में उपयोगी होता है।

आविष्कार और खोज

आविष्कार शब्द के आशय को पूरी तरह समझने के लिए आविष्कार और खोज (Discovery) के अन्तर को भी समझना आवश्यक है। खोज किसी भी पहले से ही उपस्थित वस्तु, प्रणाली, उपकरण या व्यवस्था अथवा सिद्धान्त को ढूँढ निकालना है। उदाहरण के लिए न्यूटन ने गुरुत्वाकर्षण के सिद्धान्त का पता लगाया तो यह कोई आविष्कार नहीं था, क्योंकि न्यूटन के पता लगाने से पूर्व भी यह सिद्धान्त काम करता था और न्यूटन ने उसको न तो

बनाया, न उसमें उन्नति की। दूसरी ओर जेम्स वाट ने स्टीम इंजन का आविष्कार किया अथवा मारकोनी ने बेतार के तार का आविष्कार किया। ये वस्तुएँ पहले नहीं थीं। इनका इन वैज्ञानिकों ने आविष्कार किया।

संस्कृति संवर्धन में आविष्कार का कार्य और योग

आविष्कार का मानव संस्कृति के विकास और संवर्धन में महत्त्वपूर्ण योगदान है। पशु जगत में सांस्कृतिक विकास नहीं होता, क्योंकि वे परिवेश के अनुसार बदल जाते हैं परन्तु मनुष्य प्रकृति के अनुसार बदलने के स्थान पर नई-नई वस्तुओं की खोज और आविष्कार करता है और इस प्रकार परिवेश में सामंजस्य करने के नये-नये उपाय निकालता है।

आविष्कारों के बल पर ही मानव सांस्कृतिक विकास के वर्तमान स्तर पर आ पहुँचा है। आविष्कारों ने मानव जीवन के भौतिक पक्ष को ही नहीं; बल्कि मानसिक और आध्यात्मिक पक्ष को भी प्रभावित किया है। मानव का रहन-सहन ही नहीं बल्कि उसकी कला, साहित्य, धर्म, मनोरंजन आदि के क्षेत्र में भी नए-नए आविष्कार होते रहे हैं और सांस्कृतिक संवर्धन में योगदान देते रहते हैं। इसके लिए एक ही उदाहरण पर्याप्त होगा। पहले मोटर स्टार्ट करने के लिए उसमें हैंडिल लगाकर जोर से घुमाना पड़ता था। यह कार्य स्त्रियों के लिए अशोभनीय और कठिन था। अतः स्त्रियाँ गाड़ियों का उपयोग नहीं करती थीं।

आजकल गाड़ी स्टार्ट करने में इसकी आवश्यकता नहीं पड़ती क्योंकि स्व-चालक का आविष्कार हो चुका है। इससे स्त्रियों में गाड़ी चलाने की आदत और रिवाज बढ़ता जाता है। इससे वे घरों से बहुत दूर-दूर अकेले घूमने लगी हैं, वस्त्रों की ओर अधिक ध्यान देने लगी हैं, उनकी गतिशीलता बढ़ गई है। उनमें स्वतन्त्रता की भावना बढ़ी है। इस प्रकार यह छोटा-सा आविष्कार मानव समाजों में भारी सांस्कृतिक विकास के कारण हुआ है।

सामाजिक विरासत

सामाजिक विरासत की परिभाषा करते हुए ऑगबर्न और निमकॉफ लिखते हैं कि, "वह मनुष्य के सम्पूर्ण पर्यावरण का वह भाग है जिसमें वह एक मात्र वहीं उत्पन्न हुआ है। उसमें इमारतें, औजार, वस्त्र, कला, विज्ञान, धर्म तथा मनुष्य द्वारा सीखी जाने वाली काम करने की सभी पद्धतियाँ शामिल हैं।" राज्य के नियम, समाज के रीति-रिवाज और परम्पराएँ उस पर नियन्त्रण रखते हैं। इस सबसे उसके व्यक्तित्व का विकास होता है।

यही सामाजिक विरासत है। सामाजिक विरासत मनुष्य के उन सब सांस्कृतिक प्रतिमानों का संग्रह है जिसको उसने उन सामाजिक समूहों से लिया है जिनका वह सदस्य है। वह सामाजिक विरासत समाज के सदस्यों को पीढ़ी दर पीढ़ी प्राप्त होती रहती है।

प्रत्येक पीढ़ी उसमें अपना हिस्सा जोड़ देती है। इस तरह ग्राहम वालेस के शब्दों में, "ज्ञान, औजार और आदतें सामाजिक कामों में भाग लेने से और सामाजिक शिक्षा के फलस्वरूप सामाजिक रूप से एक पीढ़ी दूसरी पीढ़ी को देती है।"

इस प्रकार सामाजिक विरासत में वह सब सम्मिलित है जो मनुष्य समाज में रहकर सीखता है। परिवार तथा समाज की अन्य समितियाँ धीरे-धीरे व्यक्ति का समाजीकरण करते हैं जिससे उसका ज्ञान बढ़ता है और वह समाज में व्यवहार के तरीके सीखता है। बालक नंगा पैदा होता है। परिवार में उसे ढंग से वस्त्रादि का प्रयोग करना सिखाया जाता है। बालक बोल नहीं सकता, केवल रोता और हँसता है। परिवार में उसे भाषा का प्रयोग सिखाया जाता है। बालक भौतिक वस्तुओं और जीवधारियों में तथा एक वस्तु का दूसरी वस्तु से अन्तर नहीं समझ सकता। परिवार में उसको सब सिखाया जाता है।

बालक दो पैरों पर नहीं चल पाता। दूसरे लोग उँगली पकड़कर उसे चलना सिखाते हैं। खिलौनों के द्वारा उसका ज्ञान बढ़ाया जाता है।

सामाजिक विरासत और भाषा

सामाजिक विरासत में भाषा का बड़ा महत्त्व है। भाषा के कारण ही मनुष्यों का ज्ञान संचित होता रहता है और एक पीढ़ी से दूसरी पीढ़ी को दिया जा सकता है। भाषा के अभाव की वजह से ही पशुओं की कोई संस्कृति नहीं होती और न उसके व्यवहार में कोई महत्त्वपूर्ण सांस्कृतिक विकास हो पाता है। भाषा के कारण मानव अपने पूर्वजों के अर्जित ज्ञान और अनुभव का लाभ उठाता है। भाषा से माता-पिता और गुरुजन अपना ज्ञान बच्चों तक पहुँचाते हैं। भाषा से ही मानव संस्कृति का संचार होता है। ज्ञान, विश्वास, विचार, कार्य करने की प्रविधियाँ आदि भाषा की सहायता से ही निरन्तर विकसित होती रहती हैं। मानव को पशुओं के समान सभी बातें प्रयत्न और भूल की पद्धति से नहीं सीखनी पड़ती है, क्योंकि उसके पास भाषा की शक्ति है। भाषा की सहायता से वह दूसरे लोगों से वे सब बातें जान लेता है जिन्हें उन्होंने भारी कष्ट सहकर अनुभव किया है। ऑगबर्न और निमकॉफ ने ठीक ही लिखा है कि भाषा का व्यवहार और उसे समझना मनुष्य के इतिहास में

एक महान घटना थी। इसी के कारण मनुष्य निम्न प्राणियों की तुलना में अपनी संस्कृति को उन्नत बना सका। ध्वनियों में सूक्ष्म परिवर्तन से भाषा ऐसे विचार दूसरों को प्रगट कर सकती थी कि बाढ़ आई और उसके मकानों को नष्ट कर दिया, ऐसी भाषा बहुत तरह की चिल्लाहटों द्वारा तरह-तरह के भावों को अभिव्यक्त करने वाले प्रतीकों से अधिक महत्त्वपूर्ण थी। बहुत अधिक विकसित भाषा में तरह-तरह की चीजों के बारे में विचार अभिव्यंक्त करने की शक्ति होती है। भाषा कई पीढ़ियों तक ज्ञान को स्थायी बनाये रखने का काम करती है।

क्लेरेन्स एम. केस ने यह सिद्ध किया है कि सामाजिक विरासत जानवरों में बिल्कुल ही नहीं होती। इस प्रकार सामाजिक विरासत मानव की ही विशेषता है। क्लेरेन्स एम. केस के शब्दों में, ''संस्कृति (या सामाजिक विरासत) खास तौर से मानव समूहों का ही अधिकार है और समूह की निरन्तरता को बनाये रखने के लिए और व्यक्ति तथा समूह के विकास के लिए अत्यन्त महत्त्वपूर्ण माध्यम उपस्थित करती है।'' सामाजिक विरासत के बिना व्यक्तियों का विकास नहीं हो सकता। भूतकाल के संचित ज्ञान के सहारे ही मानव कोई नई वस्तु उपस्थित करता है। बोगार्डस ने लिखा है, ''शेक्सपीयर अपने से पहले के संस्कृति प्रतिमानों को न जानता तो वह अपने विश्वविख्यात नाटकों की रचना न कर सकता। संस्कृति या सामाजिक विरासत से ही व्यक्ति और समूह का विकास होता है। वह मानव समाज की विभिन्न पीढ़ियों के बीच की कड़ी है। उसकी भिन्नता के साथ-साथ समाज और व्यक्ति के विकास के स्वरूप में भी अन्तर होता रहता है। वही मानव को पशु के स्तर से ऊपर उठाकर 'इन्सान' के स्तर पर पहुँचाती है।''

भाषा के संकेत और प्रतीक पशुओं के संकेतों से भिन्न होते हैं। ए.डब्ल्यू. ग्रीन ने दो प्रकार के प्रतीक बतलाये हैं–

(1) अभिव्यंजक प्रतीक–इसमें वे सब ध्वनियाँ आती हैं जिनसे भय, क्रोध आदि विविध भावों को व्यक्त किया जाता है।

(2) प्रत्याशित प्रतीक–इसमें वे व्यवहार गतिविधियाँ और ध्वनियाँ शामिल हैं जिनसे प्राणी यह समझ जाता है कि अब क्या होने वाला है अथवा अब उसको किस बात के लिए तैयार रहना चाहिए।

❑❑❑

3

कला और साहित्य की आदिम समाज में भूमिका

गीत, नृत्य, लोकाचार, लोकोक्ति एवं अन्य कुछ ऐसी ही गतिविधियाँ जिनके आंधार पर किसी जाति, समाज या देश की पहचान प्रथम दृष्टि में ही हो जाती है। प्राचीन काल से ही प्रत्येक समाज का एक इतिहास रहा है जिसमें उसके आचार विचार से लेकर वस्त्र, कला, साहित्य एवं अन्य सामाजिक, सांस्कृतिक व राजनैतिक गतिविधियों के अलावा साहित्यिक व कला संबंधी गतिविधियों की एक विशिष्ट पहचान के रूप में आज भी वह समाज धरोहर के रूप में चिर स्थाई बनाये हुए है। प्रत्येक समाज की अपनी भाषा, साहित्य, संस्कृति व गाथाएँ होती हैं।

प्रस्तुत अध्याय में हम विभिन्न आदिवासियों में प्रचलित ऐसी जीवन शैली का अध्ययन करेंगे।

नृत्य, लोक गीत तथा अन्य प्रकार की कलायें आदिम समाज में सभी जगह पाई जाती हैं। भारतवर्ष में नृत्य तथा लोक गीत भारतीय आदिवासियों के जीवन का एक अभिन्न अंग हैं। उनका कोई भी सामाजिक अथवा धार्मिक उत्सव नृत्य तथा लोक गीतों के बिना पूरा नहीं होता। आदिवासियों में नृत्य आमतौर से सामूहिक रूप से तथा बाजे के साथ किये जाते हैं। बाजों में तरह-

तरह के ढोल, मुरली आदि का अधिक प्रयोग किया जाता है। अधिकतर लोग व्यूह बना कर नाचते हैं। नृत्य में स्त्री-पुरुष सभी भाग लेते हैं। भिन्न-भिन्न जनजातियों में नर्तकों की वेष-भूषा नृत्य की शैली तथा भाव-भंगिमा आदि में अन्तर पाया जाता है। कहीं-कहीं लोग नाचते समय तरह-तरह के चेहरे लगा लेते हैं। सींग, मोर पंख तथा इसी तरह की अन्य चीजों से सिरों को सजाया जाता है। नृत्य जनजाति के सांस्कृतिक जीवन में बहुत महत्त्व रखता है। अतः हर एक जनजाति में लड़के-लड़कियों को नृत्य की शिक्षा दी जाती है । गोंड तथा मुरिया और अन्य जनजातियों में कुमार गृहों में नृत्य की शिक्षा दी जाती है।

लोक गीतों का आदिवासियों में सब जगह प्रचार है। जिस प्रकार कोई भी सामाजिक तथा धार्मिक उत्सव नृत्य के बिना पूरा नहीं होता, ठीक उसी तरह उनमें लोक गीतों का समावेश होता है भिन्न-भिन्न अवसरों पर अवसरों के अनुसार भिन्न-भिन्न लोक गीत गाये जाते हैं। उदाहरणार्थ विवाह के उत्सव में तथा वर-वधू से सम्बन्धित धार्मिक उत्सवों पर देवताओं से सम्बन्धित लोक गीत गाये जाते हैं। घरों में काम करते समय स्त्रियाँ लोक गीत गाती हैं। खेतों में काम करते समय स्त्रियाँ लोक गीत गाती हैं। इन लोक गीतों में आदिवासियों के विचारों तथा भावनाओं का स्पष्ट परिचय मिलता है। नृत्य के समान ही लड़के-लड़कियाँ अपनी जनजाति के लोक गीतों का भी अभ्यास करते हैं। आदिवासियों के जीवन पर उनके रहने के स्थान की भौगोलिक परिस्थितियों का बड़ा असर पड़ता है। उस स्थान की धरती और प्रकृति से उनका जीवन बँधा रहता है। इन सब का प्रभाव उनके लोक गीतों पर भी पड़ता है। लोक गीत आदिम समाजों की संस्कृति का परिचय देते हैं।

नृत्य और लोक गीत का सामाजिक जीवन में बड़ा महत्त्व है। इनमें मिलकर भाग लेने से आदिवासियों में सामुदायिक भावना बनी रहती है और उनके संगठन दृढ़ रहता है। इनसे उनका मनोरंजन होता है तथा उनकी भावनायें अभिव्यक्त होती हैं। इनमें सामाजिक उत्सवों में उत्साह बढ़ता है और जीवन में आनन्द आने लगता है। काम के अवसरों पर लोक गीत थकान को दूर करते हैं और गाने वालों को ताजा कर देते हैं। नृत्य तथा लोक गीतों के माध्यम से जनजाति की संस्कृति का एक पीढ़ी से दूसरी पीढ़ी में संचार होता है। इनमें सामूहिक रूप से भाग लेने से स्त्री-पुरुषों को एक-दूसरे के निकट आने का अवसर मिलता है और सामूहिक संगठन दृढ़ होता है। ये आदिवासियों के जीवन का अभिन्न अंग है।

लोक वार्ता

संसार में सब कहीं आदिम संस्कृति में लोक वार्ता का महत्त्वपूर्ण स्थान है। लोक वार्ता के माध्यम से ही आदिम समाज की संस्कृति पीढ़ी दर पीढ़ी चलती है। लोक वार्ताओं में ही इनका दर्शन निहित होता है। अनेक जनजातियों में इस विषय में लोक वार्ता प्रचलित है कि जगत का विकास कैसे हुआ। अधिकतर लोक वार्ताओं में देवी-देवताओं और मनुष्यों के परस्पर सम्बन्धों का जिक्र आता है। अनेक लोक वार्तायें सामाजीकरण के उद्देश्य से बनी होती हैं और यह बतलाती है कि किन-किन अपराधों के लिए पराप्रकृति द्वारा कौन-कौन से दण्ड दिए जाते हैं। लोक वार्ता मनुष्यों के अतिरिक्त पशु-पक्षियों पर निर्भर होता है। भिन्न-भिन्न जनजातियों में उनके उद्गम के विषय में मनोरंजक लोक वार्तायें प्रचलित होती हैं। इस प्रकार की एक मनोरंजक लोकवार्ता हो जनजाति में पाई जाती हैं। यह इस प्रकार है–सिंह बोंगा और ओटेबोरम स्वयं उत्पन्न हुए और उन्होंने घास और वृक्षों समेत पृथ्वी की रचना की। इसके बाद उन्होंने पशु बनाये। पहले वे पशु बनाये गये जो पालतू थे और बाद में जंगली पशु बनाये गये। इसके बाद एक लड़का और एक लड़की बनाये गये और उनको सन्तानोत्पत्ति के हेतु एक गुफा में रख दिया गया। वे अबोध थे और इसलिए उन्होंने परस्पर यौन प्रसंग नहीं किया। तब सिंह बोंगा ने उन्हें चावल की शराब, इल्ली बनाना सिखाया जिससे वासनायें उत्तेजित होती हैं। इल्ली पीने के प्रभाव से उनकी वासनायें उत्तेजित हुयीं और कालावधि में उन्होंने 12 पुत्र और 12 पुत्रियों को जन्म दिया। जब ये सब बच्चे जन्म ले चुके तो सिंह बोंगा ने एक दावत का आयोजन किया जिसमें भैंसों, बैलों, बकरियों, भेड़ों, सूअरों और मछलियों तथा मुर्गियों का गोश्त तथा सब्जियाँ परोसी गयीं। सिंह बोंगा ने चौबीसों बालकों को 12 जोड़ों में बाँट दिया और उनमें से प्रत्येक को ऐसे भोजन का चुनाव करने के लिये कहा जो कि वे संसार में अपने पोषण के लिये चाहते थे। पहले जोड़े ने बैलों और भैंसों का गोश्त चुना, ये ही 'हो' और भूमिज जनजाति के पूर्वज थे। जिन जोड़ों ने सब्जियाँ चुनीं उनसे ब्राह्मण और क्षत्रिय उत्पन्न हुए, जिन्होंने मछली और बकरी चुनी उनसे शूद्र उत्पन्न हुए। जिन्होंने मछली चुनी उन्होंने भुईया जनजाति को जन्म दिया और जिन्होंने सूअर चुने उनसे सन्थाल उत्पन्न हुये। एक जोड़े के लिए कुछ नहीं बचा और यह देखकर ही लोगों ने बचा-कुचा उन्हें दे दिया। इस जोड़े की सन्तान घासी लोग हैं जो कि हो लोगों के गाँव में सेवा करने का काम करते हैं। विभिन्न जनजातियों में इस लोक वार्ता

के भिन्न-भिन्न रूप पाये जाते हैं एक लोक वार्ता के अनुसार पहला मानव जोड़ा हंस के अंडे में से उत्पन्न हुआ था। किन्तु उनकी सब सन्तान को एक दिन सिंह बोंगा ने क्रोध में आकर नष्ट कर दिया, बाद में पृथ्वी को वीरान देखकर उसने अफसोस किया और यह देखकर प्रसन्न हुआ कि जल देवता नागे बोंगा ने एक भाई-बहन को अपने अन्दर छिपा रखा था इसके बाद वही सब हुआ जिसका पीछे हो लोगों में प्रचलित लोक वार्ता में उल्लेख हैं।

कमार जनजाति में सृष्टि की उत्पत्ति सम्बन्धी लोक वार्ता कुछ भिन्न प्रकार से कही गयी है एक बार महादेव एक पागल सियार से इस कदर क्रुद्ध हो उठे कि उन्होंने विश्व के विनाश की आज्ञा दे दी। एक वृद्ध स्त्री ने इस शाप को सुना और उसे अपने पति को बतलाया तथा दोनों एक जंगल में चले गये और उन्होंने एक हाऊस बोट बनाया तथा उसमें बारह वर्ष के लिए खाने-पीने की वस्तुयें और जीवन के लिए आवश्यक अन्य सामग्रियाँ भी ली। इसके बाद उन्होंने अपने पुत्र और पुत्री को भी अपनी नाव में रख लिया। शीघ्र ही बाढ़ आई और पृथ्वी पर समस्त मानव उसमें डूब गये। बारह वर्ष बाद जब महादेव का क्रोध ठण्डा हुआ तो उन्होंने अपने सेवकों को विश्व की पुनर्रचना करने के लिए भेजा। इन्होंने उस वृद्ध जोड़े के पुत्र-पुत्री को ढूँढ निकाला और महादेव ने उन्हें अपने बच्चे मान लिया। एक केंचुए के दाँतों से थोड़ी सी मिट्टी निकाली गई और उससे इस पृथ्वी का फिर से निर्माण हुआ। अब लड़के व लड़की को इस पृथ्वी पर छोड़ दिया गया। महादेव ने अनेक प्रकार की युक्तियों से अन्त में इस लड़के-लड़की में परस्पर यौन प्रसंग कराने में सफलता प्राप्त की। इससे अनेक सन्तानें उत्पन्न हुई परन्तु उनकी माता शर्म से मर गई। अब महादेव ने इन सन्तानों को भिन्न-भिन्न जोड़ों में बांट दिया और प्रत्येक जोड़े से एक जनजाति का जन्म हुआ।

पहाड़ी खारिया लोगों ने सृष्टि की रचना के विषय में कुछ भिन्न मत उपस्थित किया है। खारिया लोक वार्ता के अनुसार सृष्टि के प्रारम्भ में ईश्वर ने सबसे पहले आकाश बनाया और तब पृथ्वी तथा बाद में बतख बनाई। इस बतख ने एक अण्डा दिया जो कि फूट गया। फूटे हुऐ अण्डे में से पहला खारिया निकला। अण्डे की सफेदी में से पहला पुराना निकला जो कि हिन्दू जातियों का पूर्वज था। अण्डे के पीले भाग में से मयूरभंज में राज्य करने वाले भंज परिवार के पूर्वज का जन्म हुआ।

विभिन्न भारतीय जनजातियों में प्रचलित पूर्वाक्त विभिन्न लोक वार्ताओं से यह स्पष्ट होता है कि लोक वार्तायें भयोत्पादक न होकर अधिकतर मनोरंजक

और कल्पनाशील होती हैं। वास्तव में उनका मुख्य कार्य श्रोताओं का मनोरंजन करना है। कुछ लोक वार्तायें लघु कथाओं के समाज छोटी होती हैं। किन्तु दूसरी और लम्बी लोक वार्तायें होती हैं। इन लोक वार्ताओं में लगभग सभी प्रकार की मानव परिस्थितियों को उपस्थित किया जाता है। और भूतों, जिन्नों, नायकों और नायिकाओं को उनका उपयुक्त स्थान दिया जाता है संसार की अधिकतर लोक वार्ताओं में बहुत कुछ समानतायें मिलती हैं, उनकी विषय वस्तु बहुत कुछ एक सी होती है लगभग एक सी घटनायें भिन्न-भिन्न लोक वार्ताओं में भिन्न-भिन्न रूप से उपस्थित की जाती हैं। अनेक लोक वार्तायें जैसे ईडिपस की कथा या सिण्डरेला की कहानी जो कि पश्चिमी आदिम समाजों में मिलती है, भिन्न रूप से भारतीय जनजातियों में भी पाई जाती हैं।

लोक कथायें जनजातीय साहित्य हैं। इनसे विभिन्न प्राकृतिक वस्तुओं, पशु-पक्षियों, पेड़-पौधों तथा गृह, नक्षत्रों और सृष्टि की रचना आदि के विषय में आदिम मनुष्यों के विचार मालूम पड़ते हैं। विभिन्न देशों की लोक वार्ताओं के तुलनात्मक अध्ययन से यह पता चलता है कि संसार में सब कहीं मनुष्यों ने सृष्टि की रचना के विषय में बहुत कुछ मिलते-जुलते विचार उपस्थित किये हैं। इससे मनुष्यों में सब कहीं विचार, अनुभूति और कल्पना आदि को लेकर एक से तत्त्व दिखलाई पड़ते हैं। लोक वार्ताओं से प्रकृति के प्रति मनुष्य की प्रतिक्रिया स्पष्ट होती है। उससे यह पता चलता है कि आदिम मनुष्य अपने चारों और के परिवेश के विषय में क्या सोचता है, उसकी क्या समस्यायें हैं और वह उसका क्या अर्थ समझता है। इस प्रकार लोक वार्ता मानव की संस्कृति को समझने के लिए महत्त्वपूर्ण साधन है।

भारतीय जनजातियों में कला

यद्यपि भारतीय जनजातियों में कला के व्यवस्थित अध्ययन नहीं किये गये हैं किन्तु भिन्न-भिन्न जातियों में काफी ऊँचे स्तर की कला दिखलाई पड़ती है। देश के स्वाधीन होने के बाद से भारत सरकार ने राष्ट्रीय त्यौहारों के अवसरों पर सांस्कृतिक कार्यक्रमों में जनजातीय कला के प्रदर्शनों को महत्त्वपूर्ण भाग दिया है। जनजातियों के विकास के कार्यक्रमों में बराबर यह ध्यान रखा जाता है कि नगरीय सभ्यता के सम्पर्क से उनकी आदिम कलायें समाप्त न हो जायें। जनजातियों के क्षेत्र में काम करने वाले अनेक विशेषज्ञों ने उनकी संगीत और नृत्य कला की प्रशंसा की है। गोण्ड लोगों का कर्मा

नृत्य और असम की जनजातियों का बिहू नृत्य विशेष रूप से उल्लेखनीय है। नृत्य के अवसरों पर जिन अनेक प्रकार के वाद्य यन्त्रों का प्रयोग किया जाता है उनमें विभिन्न प्रकार के ढोल, बांसुरियाँ, सींग, पीतल की तश्तरियाँ, करताल और झांझ आदि उल्लेखनीय हैं।

जनजातियों में लकड़ी और पत्थर की मूतियाँ बनाना आदि चित्रकला भी देखी जाती है। ये लोग शरीर को तरह-तरह के रंगों से रंगते और उन पर चित्र बनाते हैं। इनके कौड़ियों के बने जेवर भी कला के नमूने हैं। विभिन्न प्रकार की पोशाकों को तथा सिर पर पहनने वाले कपड़ों को तरह-तरह से सजाया जाता है। विवाह से सम्बन्धित विभिन्न वस्तुओं पर कलात्मक आकृतियाँ बनाई जाती हैं इन की कलाओं में देवी-देवता नहीं बनाये जाते किन्तु राक्षस बनाये जाते हैं इनमें स्मारक के पत्थरों पर भी कला-कृतियाँ मिलती हैं। अधिकतर जनजातियों के कुमारगृहों के दरवाजों पर कला के उत्कृष्ट नमूने दिखलाई पड़ते हैं। कुर्सियों, चारपाइयों और स्टूलों पर भी सजावट की जाती है। टोटम के झण्डे भी कला के नमूने होते हैं। चित्रकारी में काम सम्बन्धी अंगों को मानव शरीर में विशेष महत्त्व दिया जाता है। नृत्य में वाद्य-यन्त्रों के तरह-तरह के चेहरों का प्रयोग किया जाता है। चित्रों में मनुष्यों के अतिरिक्त पशुओं, पक्षियों और शिकार के दृश्यों के चित्र मिलते हैं। बर्तनों पर भी नाना प्रकार के चित्र बनाये जाते हैं। घर में रोजाना के प्रयोग की सैंकड़ों चीजों पर कला के नमूने दिखलाई पड़ते हैं।

आदिम कला के उपरोक्त विवेचन से हाबेल के इस कथन की की पुष्टि होती है कि ''आदिम जातियों की कला का क्षेत्र तकनीकी भद्देपन से लेकर उच्च कौशल तक, बालकों की सरलता से लेकर आश्यर्चजनक जटिलता तक प्रकृतिवाद तथा यथार्थवाद से रूढिगत आदर्शों तक विस्तृत हैं।'' आदिम कला की एक मुख्य विशेषता यह है कि यह कला के लिए कला न होकर जीवन के लिये कला है। अधिकतर कला-कृतियाँ दैनिक जीवन की आवश्यकता की वस्तुओं पर बनाई गई हैं। अनेक जनजातियों में कला और तकनीकि का अद्भुत मिश्रण पाया जाता है।

आदिम जातियों में पाई जाने वाली मुख्य कलायें अग्रलिखित हैं–

(1) मौखिक साहित्य–आदिम समाजों में लिखित साहित्य नहीं मिलता। इनमें साहित्य, गीतों और लोक-वार्ताओं के रूप में पाया जाता है। इन लोक-वार्ताओं में कथावस्तु, पात्र, शैली आदि के विषय में अच्छी जानकारी दिखलाई पड़ती है। कुमारगृहों में युवक-युवतियों को नाना प्रकार की लोक-

वार्तायें सुनाई जाती हैं। जिनसे उनको जनजाति के उद्गम, सृष्टि की उत्पत्ति, स्त्री-पुरुषों के परस्पर सम्बन्ध, विभिन्न सामाजिक संस्थाओं की उत्पत्ति आदि अनेक बातों के विषय में महत्त्वपूर्ण जानकारी मिलती है। लोक-वार्ताओं के माध्यम से आदिम समाजों का लोक साहित्य मौखिक रूप से पीढ़ी दर पीढ़ी चलता रहता है।

आदिम कला सामाजिक कला है यद्यपि वह व्यक्ति को भी अनेक प्रकार से सन्तोष प्रदान करती है। अधिकतर संगीत और नृत्य सामूहिक रूप से किये जाते हैं। कला मनोरंजन का माध्यम है। आदिम जीवन में जीवन की आवश्यकताओं की वस्तुओं को जुटाने में ही इतना काफी समय लग जाता है कि अलग से केवल कला के लिए देने को समय नहीं रहता। इसलिये इनमें कला और जीवन में घनिष्ठ सम्बन्ध पाया जाता है। जिन वस्तुओं का ये प्रयोग करते हैं, उन वस्तुओं जैसे–बर्तन, हथियार, वस्त्रों आदि पर ही कला-कृतियाँ भी बनाई जाती हैं। इनकी कला में इनके परिवेश का स्पष्ट प्रभाव दिखलाई पड़ता है। अधिकतर चित्रों में वे ही पेड़-पौधे और पशु-पक्षी दिखाये जाते हैं जो उस विशिष्ट परिवेश में पाए जाते हैं। सभ्य समाज के समान आदिम समाज में भी साधारण वस्तु की तुलना में कलात्मक वस्तु को अधिक मूल्यवान समझा जाता है और इस प्रकार वस्तु को कलात्मक बनाने में दिया गया समय व्यर्थ नहीं जाता। कला का उद्देश्य कलाकार की आत्माभिव्यक्ति के साथ-साथ सौंदर्य की सृष्टि है। कला-कृतियों से वस्तुओं को अधिक सुन्दर बनाया जाता है अथवा उनसे कलाकार की कोई कल्पना या विचार अभिव्यक्त होता है।

(2) मूर्ति कला–आदिम समाजों में पत्थरों की चट्टानों, शिलाओं और लकड़ियों आदि पर अलौकिक शक्तियों की मुर्तियाँ पाई जाती हैं। कहीं-कहीं पर धातुओं की बनी वस्तुओं पर भी मूर्तियाँ देखी जाती हैं। इनकी कला पर धर्म की विशेष छाप है यद्यपि देवी-देवताओं की मूर्तियों से अधिक राक्षसों आदि की मुर्त्तियाँ मिलती हैं।

(3) नृत्य कला–लगभग सभी आदिम समाजों में विभिन्न सामाजिक और धार्मिक अवसरों पर किसी न किसी प्रकार की नृत्य कला का आयोजन किया जाता है। इन नृत्यों में स्त्री और पुरुष सभी भाग लेते हैं। अधिकतर जनजातियों में कुमारगृहों में सामूहिक नृत्य की शिक्षा दी जाती है। आदिम समाजों में अधिकतर सामूहिक नृत्य की प्रथा है। नृत्य एक सामाजिक क्रिया है जिससे सभी स्त्री-पुरुषों का मनोरंजन होता है।

(4) संगीत कला–आदिम समाजों में जो संगीत पाया जाता है, उसमें सुर, ताल और ध्वनि आदि का पर्याप्त ज्ञान दिखाई पड़ता है। इनमें धार्मिक अवसरों पर संगीत को विशेष महत्त्व दिया जाता है और प्रत्येक समारोह से पहले संगीत आवश्यक माना जाता है। धार्मिक अवसरों के अतिक्ति सामाजिक अवसरों पर भी संगीत का विशेष रूप से आयोजन किया जाता है। कुछ लोग पेशेवर संगीतज्ञ होते हैं किन्तु अधिकतर स्त्री-पुरुष सभी संगीत के सामूहिक कार्यक्रमों में भाग लेते हैं। स्वर संगीत के साथ-साथ इनमें भिन्न-भिन्न प्रकार के वाद्य संगीत भी पाये जाते हैं।

(5) चित्रकला–आदिम समाजों में मकानों के दरवाजों और दीवारों पर, कपड़ों पर, फर्श और बर्तनों पर, पशु-पक्षियों और शिकार के दृश्यों के चित्र मिलते हैं। इस प्रकार इनमें चित्रकला का व्यापक प्रचार है।

भाषा का विकास

मानव शास्त्री को मुख्य रूप से वन्य जातीय भाषाओं का गूढ़ अध्ययन करना आवश्यक है क्योंकि अन्य साधारण भाषाओं का तो अध्ययन दूसरे विद्वान ही कर चुके हैं। इस सब विचार को ध्यान में रखकर हमें भाषा के विकास की ओर ध्यान देना आवश्यक है और यह जानना भी आवश्यक है कि भाषा की किस प्रकार उत्पत्ति हुई।

मानवशास्त्री को भाषा का विकास जानना आवश्यक है। वह जिस क्षेत्र में सामाजिक अनुसंधान करता है उसकी भाषा से परिचित होना अत्यन्त आवश्यक है। इस कारण यह कहा जा सकता है कि स्थानीय भाषाओं के विषय में ज्ञान अत्यन्त आवश्यकता है अन्यथा वह अपने अनुसन्धान में सफल नहीं हो सकता।

भाषा के विकास के विषय में अन्य विद्वानों ने भी काफी समय से अध्ययन जारी कर रखा है। भाषा एक सामाजिक वस्तु है। अतः इसका विकास उस समय से आरम्भ होता है जब किसी शब्द विशेष का किसी अर्थ विशेष से सम्बन्ध हुआ। इस बात को बिल्कुल निश्चय करने में तो तर्कों सहित प्रयास किया है इसके विकास से सम्बन्धित विद्वानों के सिद्धान्त निम्नलिखित हैं–

(1) दैवी उत्पत्ति सिद्धान्त –यह सबसे प्राचीन मत है। इस सिद्धान्त के प्रवर्तकों का कहना है कि भाषा का विकास और उत्पत्ति स्वयं दैवी शक्ति द्वारा की गई है। भारत में संस्कृत के विद्वान तथा पण्डित वेदों को अपौरुषेय मानते हैं। भाषा को ईश्वर ने प्रदान किया है। इस सिद्धान्त के मानने वालों

ने कहा कि ईश्वर ने मानव का सृजन किया है और उसी ने बोलने के लिए शब्दों एवं भाषा का निर्माण किया है। मुसलमान लोग 'कुरान' को अपना खुदा का कलाम मानते हैं। लगभग सभी धर्म भाषा को भगवान के द्वारा बनाई गई मानते हैं। परन्तु यदि इस मत को मान लिया जाए तो फिर सभी भाषाएँ एक समान होनी चाहिए थीं। इसके अतिरिक्त भाषा भी एक कला है और अन्य सभी कलाएँ मनुष्य कृत ही हैं। इस प्रकार यह कला भी मनुष्य कृत ही है। कुछ विद्वानों ने कहा है कि विश्व में मानव ही एक ऐसा प्राणी है जिसे विशेषतया संस्कृति का एक भाग अर्थात् विचार करने तथा युक्ति करने योग्य एक विकसित मस्तिष्क प्रदान किया गया है। इसके अनुसार मानव भाषा का निर्माण कर सकता है।

(2) **मनोभावाभिव्यक्तिवाद** –इस सिद्धान्त के प्रतिपादकों का कहना है कि भाषा की उत्पत्ति उत्तेजनाओं के आधार पर हुई है। विभिन्न अवसरों पर मनुष्यों के स्थाई भाव उत्तेजनाओं में परिवर्तित हुए होंगे। महान लेखक डार्विन ने इसी मत का समर्थन करते हुए पूह, पिच, फाई आदि शब्दों का जन्म इसी प्रकार बतलाया है। अकस्मात निकलने वाली ध्वनियाँ आह, वाह, ओह आदि हैं।

किन्तु कुछ मानवशास्त्रियों को इसमें आपत्ति है। उन्होंने कहा है कि जिन शब्दों से भाषा का विकास आरम्भ हुआ हो वे सब समान होने चाहिएँ परन्तु प्रस्तुत शब्द थोड़े तो हैं हीं और फिर सभी भाषाओं में नहीं मिलते। इस प्रकार इस सिद्धान्त को बिल्कुल भी नहीं माना जा सकता जिस प्रकार संसार भर में कुत्ते एक समान रोते हैं उसी प्रकार ये शब्द भी एक समान होने चाहिए।

(3) **श्रम परिहरण मूलकतावाद**–इस सिद्धान्त के प्रवर्त्तकों का विचार है कि श्रम के द्वारा भाषा की उत्पत्ति हुई है। पहले समय में श्रमिक लोग जब काम करते रहते थे तो अचानक ही उनके मुँह से कुछ शब्द निकले जैसे कि श्रमिक लोग कुछ कहकर ही परिहार करते हैं। उदाहरण के लिए श्रमिक 'है' 'हूँ' क़ी ध्वनि अपने मुख से निकालते हैं। धोबी लोग 'हियो' या 'कियो' मल्लाह 'यो' 'है' 'ही' की आवाज अपने मुँह से निकालते हैं। और इस प्रकार आज तक भाषा का उसी से शनैःशनैः विकास हुआ।

परन्तु अन्य सिद्धान्तों के आधार पर प्रतीत हुआ कि यह सबसे गलत सिद्धान्त है और हम रोज की भाषा में भी देखते हैं कि इन शब्दों का भाषा में कोई स्थान नहीं है।

(4) सांकेतिक सिद्धान्त—इस सिद्धान्त के प्रवर्तकों का कहना है कि मनुष्य आरम्भ में गूंगों की भाँति संकेत तथा इंगित करने से काम चलाते थे परन्तु जब धीरे-धीरे इस तरह काम न चल सका तो मानव समूह ने एकत्रित होकर कुछ ध्वनि संकेतों का निर्माण किया और इसी का विकसित स्वरूप भाषा है। किन्तु जब वस्तु का नाम विकसित न था तो उसके मस्तिष्क में प्रतिमा का विचार कैसे आ गया। इसके अतिरिक्त भी जब वे लोक भाषा जानते ही न थे तो निर्णय किस प्रकार कर लिया। इस कारण यह सिद्धान्त भी कुछ उचित प्रतीत नहीं होता।

(5) प्रतीकात्मक सिद्धान्त—इस सिद्धान्त का दूसरा नाम सिद्धान्तवाद भी है। इसके प्रवर्त्तकों का कहना है कि सबसे पहले मनुष्यों ने एकत्रित होकर सभी वस्तुओं का प्रतीक या नाम रखा और वहीं से भाषा का विकास आरम्भ हुआ। ये प्रतीकात्मक शब्द मनोहर और महत्त्वपूर्ण होते हैं जैसे—लैटिन के बिंबरे, संस्कृत की पियति, हिन्दी की 'पीना' क्रियायें इस बात की प्रतीक हैं कि आदिम मनुष्य पीने में किसी प्रकार भीतर साँस खींचता था। इसी प्रकार से 'दी' और 'ब' समान ओष्ठ्य वर्ण इस क्रिया में ध्वनि संकेत हो गए।

(6) अनुरणन मूलकतावाद—इस सिद्धान्त के मानने वालों का विचार है कि लोगों ने प्रकृति के जड़ पदार्थों को देखकर उन्हीं के शब्दों का अनुकरण किया और उसी से विकसित होती हुई भाषा न आज का रूप ले लिया। उदाहरण के लिए हिन्दी के कलकल, छलछल, टकटक आदि एवं अंग्रेजी के आदि शब्द इस श्रेणी के अन्तर्गत आते हैं। इस सिद्धान्त से कुछ शब्दों का ज्ञान हम अवश्य समझ सकते हैं परन्तु सब भाषा की उत्पत्ति का आधार इसी को नहीं बताया जा सकता है। भाषा में इनका प्रयोग भी कम होता है।

(7) विकासवाद—इस सिद्धान्त के प्रवर्तकों का विचार है कि मनुष्य भी पशुओं की भाँति ध्वनियों का उच्चारण किया करता था। शनैः शनैः मस्तिष्क की तीव्रता के कारण जैसे उसने जवीन के अन्य क्षेत्रों में विकास किया उसी प्रकार भाषा का भी विकास हुआ। मनुष्यों ने सर्वप्रथम कौए, कोयल आदि का स्वभावतः ही अनुकरण किया। कुछ शब्द आज भी हम देखते हैं कि बच्चा सबसे पहले कहना सीखता है जैसे माता, बीबी, बाबा। इसी प्रकार अन्य शब्द भी उसके मुँह से निकले और उन्हीं के आधार पर आगे भाषा का विकास हुआ। स्वीट ने आदिवासियों की भाषा को तीन भागों में बाँटा है—अनुकरणात्मक, मनोभावाभिव्यंजक एवं प्रतीकात्मक। प्रत्येक विभाग का उसने शनैःशनैः विकास बतलाया है।

परन्तु यदि इस सिद्धान्त के प्रवर्तकों से पूछा जाए कि ध्वनि और अर्थ में क्या सम्बन्ध है? क्रिया या वस्तु का वही नाम क्यों पड़ा? तो इसका उत्तर शायद वे न दे सकेंगे।

(8) **धातु सिद्धान्त**—इस सिद्धान्त का प्रतिपादन जर्मन के प्रसिद्ध विचारक मैक्समूलर हेस ने किया था उसके अनुसार प्रकृति में प्रतिध्वनि का विकास पाया जाता है। जैसे ही एक चीज दूसरी पर चोट करती है। आवाज होती है। उसके अनुसार इसी प्रकार मनुष्य पृथ्वी पर आया। आरम्भ से ही मनुष्य में एक ऐसी शक्ति थी कि जब एक मनुष्य किसी दूसरी चीज को देखता तो स्वयं ही उसके मुँह से आवाज निकल आती थी और जो उसके मुँह से निकला उसी को बाद में भाषा का रूप मिला। किन्तु इस नैसर्गिक शक्ति से वह चार सौ या पाँच सौ धातुओं का निर्माण कर सका। उसके पश्चात् शायद यह शक्ति नष्ट हो गई और उसी के आधार पर शेष भाषा का विकास हुआ। अतः इस मत के अनुसार भाषा का विकास स्वाभाविक अन्तः प्रेरणा के आधार पर ही हुआ है।

परन्तु आगे के प्राप्त प्रमाणों द्वारा इस सिद्धान्त को निरर्थक कहा जाए तो शायद गलत न होगा। उसने अपने सिद्धान्त में विशेष हित का ध्यान नहीं रखा और विचारों को जो मस्तिष्क से आते हैं भाषा से सम्बन्धित किया जो एक भौतिक वस्तु है। मनुष्य के विचारों को स्वभावतया वर्णात्मक रूप देना कठिन है। दूसरी बात यह है कि स्वभावतया उत्पन्न धातु भाषा का स्वाभाविक अंश नहीं है, उसे मनुष्य ने खोज कर निकाला है।

(9) **समन्वित रूप**—यह वाद उपरोक्त सभी वादों का लगभग मिश्रण है और इसके प्रतिपादकों का कहना है कि सभी वादों में, दैवी, धातु को छोड़कर (इनकी पुष्टी तर्कों द्वारा नहीं होती) सभी में कुछ न कुछ सत्य का अंश मिलता है और इस मत वाले सभी का समन्वय कर देते है और कहते हैं कि भाषा मनुष्यों की स्वाभाविक ध्वनियों का वह विकसित रूप हैं जिसका विकास जड़ तथा चेतन प्रकृति की प्राकृतिक बोलियों तथा उनकी क्रियाओं में होने वाली प्राकृतिक ध्वनियों और उनके द्वारा बने ध्वनि संकेतों के सदृश्य नियम के अनुसार बुद्धिपूर्वक अनुकरण मात्र से हुआ है और इसी समन्वित मत को आजकल सुप्रसिद्ध माना जाता है।

(10) **अनुकरण-मूलकतावाद**—इस वाद के प्रवर्त्तकों का विचार है कि भाषा के उत्पत्ति अनुकरण के आधार पर हुई। मनुष्य ने बाह्य जगत की जड़ चेतनात्मक ध्वनियों का अनुकरण करना आरम्भ किया जो पशु-पक्षियों से

उत्पन्न होती हैं। उदाहरण के लिए हम कोकिल की कूक, पशुओं का गुर्राना ले सकते हैं।

परन्तु यह सिद्धान्त इसलिए समझ में नहीं आता कि ईश्वर ने जब पशुओं को यह शक्ति दी तो मनुष्य को क्यों नहीं दी। मैक्समूलर ने इस सिद्धान्त का प्रतिपादन करते हुए कहा है कि ये शब्द केवल कृत्रिम हैं, और ये एक वंश से दूसरे को हस्तान्तरित नहीं किए जा सकते।

भाषा का अर्थ

पहले संकेत वे हैं जिनमें चेष्टा द्वारा हम अपने मनोभावों को दूसरे तक पहुँचाते हैं। इनको चेष्टा संकेत या 'चेष्टाओं की भाषा' कहा जा सकता है। दूसरे संकेत वे होते हैं जिनमें वाणी के द्वारा हम भीतर के भाव दूसरे तक पहुँचाते हैं– इन्हें वाणी-संकेत या वाणी की भाषा कहते हैं। तीसरे प्रकार से लिखकर अपने मनोभावों को प्रकट किया जा सकता है जिसे लिपि संकेत अथवा लिपि की भाषा कहा जाता है।

वास्तविक रूप से यदि देखा जाए तो चेष्टा-संकेत एवं वाणी-संकेत तो पशुओं में भी अस्पष्ट रूप से पाया जाता है। लिपि संकेत उनमें नहीं पाया जाता इन सब में भी भाषा का असली क्षेत्र वाणी-संकेत है, अन्य तो उसी के सहायक हैं।

मानवशास्त्री के लिए भाषा की आवश्यकता

मानवशास्त्री के लिए भाषा का जानना अत्यन्त आवश्यक है और बिना किसी भी भाषा के जाने वह एक निश्चित क्षेत्र में सफल नहीं हो सकता। किसी निश्चित क्षेत्र में जाने से पहले उसे उस क्षेत्र की भाषा का पूरा ज्ञान होना आवश्यक है। मानवशास्त्री जब किसी क्षेत्र में अनुसंधान हेतु जाता है उस क्षेत्र की भाषा से वह अनभिज्ञ है तो अपने अनुसंधान के लिए सामग्री संग्रह करने में किस प्रकार सफल हो सकेगा। उस भाषा को बिना जाने वह किस प्रकार उनके सम्बन्ध में बातें कर सकेगा? इस कारण हम कह सकते हैं कि किसी निश्चित क्षेत्र की भाषा से परिचित हुए बिना मानवशास्त्री उस क्षेत्र के अनुसंधान में सफलता प्राप्त नहीं कर सकता।

भाषा और संस्कृति को यदि शब्द विश्लेषण द्वारा देखा जाए तो ये दो विभिन्न वस्तुएँ हैं। परन्तु वास्तव में यदि इनके अर्थ को समझा जाए तो भाषा संस्कृति में महत्त्वपूर्ण स्थान प्राप्त किए दिखलाई देती है। भाषा ही

वास्तविक संस्कृति के निर्माण में सबसे अधिक सहायक होती है और भाषा के सम्पर्क में हम संस्कृति से भी पहले आ चुके थे।

भाषा के अर्थ के विषय में प्रत्येक दार्शनिकों के अलग-अलग विचार हैं परन्तु तब भी मुख्य रूप से प्रत्येक प्राणी अपनी बाह्य इन्द्रियों से जो अनुभव करता है, आँख, कान, नाक, त्वचा से जो महसूस करता है, सुनता, सूँघता और स्पर्श करता है, उनसे उसके मस्तिष्क में कुछ मानसिक भाव पैदा होते हैं। ये सब भाव उस वस्तु के विषय में ज्ञान प्राप्त करने, उसे जानने की इच्छा के लिये होते हैं। मनुष्य जब किसी वस्तु को देखता, सुनता या सूंघता है या छूता है तो उसे उसका कुछ आभास होता है और इस आभास ज्ञान के पश्चात् मनुष्य की यह प्रकृति होती है कि वह उस वस्तु को प्राप्त करने की या उससे दूर हटने की चेष्टा करता है और प्राप्त करने के लिए भी यह आवश्यक है कि मनुष्य दूसरों को उससे परिचित करे। जब किसी वस्तु को प्राप्त करने या उससे दूर भागने के विचारों को मनुष्य दूसरों तक पहुँचाने लगता है तब इस पहुँचाने के साधन मात्र को ही 'भाषा' का नाम दिया जाता है। मनुष्य किसी बात को गुप्त रख सकता है यह कुछ असम्भव सा है और अपने आदान-प्रदान करने के उन्हीं संकेतों का नाम भाषा है। अपने भावों को दूसरे तक पहुँचाने के लिए भाषा का होना आवश्यक है। ये संकेत तीन प्रकार के हो सकते हैं।

जनजातीय धर्म और उसके विविध रूप

यदि मनुष्य का मनोवैज्ञानिक, सामाजिक एवं मानवशास्त्र के आधार पर अध्ययन किया जाये तो ज्ञात होगा कि मानव एक अभिन्न मानसिकता वाला प्राणी है जो कहीं कठोर, कहीं उद्दण्ड, कहीं भावुक, कहीं श्रद्धालु व कहीं पर लोक सेवक के रूप में दिखाई पड़ता है। अनास्थावान होने पर भी उसमें ईश्वर के प्रति एक आस्था अवश्य होती है। ऐसी आस्था ही उसे धर्म की ओर प्रवत्त करती है वह धर्म को एक चमत्कार के रूप में भी देखने का प्रयास करता है किंतु सभी ऐसा नहीं कर पाते। प्रत्येक मनुष्य की धर्म संबंधी मान्यताएँ भिन्न हो सकती हैं।

प्रस्तुत अध्याय में हम मानव व उसके समाज में धर्म व जादू के महत्त्व को देखने का प्रयास करेंगे।

धर्म मानव की एक सार्वभौम प्रवृत्ति है। मनुष्य ही एकमात्र धार्मिक प्राणी है। जैसे कि वह बुद्धि के कारण जानवरों से अलग है वैसे ही धर्म की

प्रवृत्ति के आधार पर वह पशुओं से अलग माना जा सकता है। मानव सीमित-असीम प्राणी है। जब से मनुष्य ने इस पृथ्वी पर आँखें खोली तब से उसके मन में हमेशा प्रकृति के पीछे छिपी चेतन शक्ति को जानने तथा उससे सम्बन्ध रखने की चाह रही। जब-जब उसे प्राकृतिक कष्टों और आपत्तियों, तूफानों, बाढ़ों, बिजली, महामारी, अकाल, अनावृष्टि, भयंकर पशुओं आदि का सामना करना पड़ा तब-तब उसके सहारे और शक्ति की प्रेरणा और सहायता के लिए उस अदृश्य शक्ति की ओर देखा। इस तरह कभी जिज्ञासा और कभी भय के वश में होकर मनुष्य में धार्मिक प्रवृत्ति जागी।

जादू और धर्म में सम्बन्ध

जादू में वे विभिन्न क्रियायें आती हैं जिनका प्रत्यक्ष तो कोई अर्थ नहीं होता, परन्तु जिनके द्वारा मनुष्य अप्रत्यक्ष रूप से अथवा गुप्त शक्तियों की सहायता से किसी विशेष लक्ष्य की पूर्ति करना चाहता है। जादू और धर्म में निम्नलिखित अन्तर हैं।

(1) जादू में देवता अथवा शक्ति काम करने का साधन मात्र है। धर्म में देवता अथवा शक्ति के प्रति आदर और उच्चता की भावना है।

(2) जादू कुछ विशेष उद्देश्यों को सिद्ध करने का साधन है। धर्म साधन न होकर स्वयं साध्य होता है। वह देवता आदि को प्रसन्न करने के लिए किया जाता है।

(3) धर्म में व्यक्ति गुप्त अथवा अदृश्य शक्तियों से सहायता की प्रार्थना करता है, जादू के द्वारा वह उनको आदेश का पालन करने के लिए जादू के जोर से बाध्य करता है।

(4) काला जादू समाज को हानि पहुँचाने के लिए भी हो सकता है। धर्म जादू से क़हीं अधिक सामाजिक है। कम से कम वह समाज विरोधी नहीं होता।

(5) जादू में जादूगर का महत्त्व है। उसकी शक्ति पर ही जादू का प्रभाव निर्भर है। धर्म में देवता अथवा अदृश्य शक्ति का स्थान विशेष है।

जादू और विज्ञान की अवधारणा

धर्म में मानव दैवी शक्तियों से सहायता की याचना करता है। जादू में मानव अलौकिक शक्तियों को सहायता के लिए बाध्य करता है। जादू की विशेषतायें बतलाते हुए पिडिंग्टन ने लिखा है "जादू प्रत्यक्ष रूप से अर्थात्

आध्यात्मिक जीवों के हस्तक्षेप के बिना परिणाम उत्पन्न करता है, मूलरूप में बहुधा गुप्त होता है। एक निश्चित उद्देश्य रखता है और बहुधा द्वेषयुक्त होता है तथा इसलिए समाज द्वारा निन्दित होता है।'' इस प्रकार जादू की मुख्य विशेषतायें हैं–एक निश्चित उद्देश्य गुप्त अभिप्राय, प्रत्यक्ष परिणाम उत्पन्न करने वाला, और द्वेषयुक्त प्रकृति। जादू का आधार यह विश्वास है कि जगत में कार्यकारण का नियम अनिवार्य है अर्थात् कुछ कार्यों के करने से निश्चित रूप से कुछ विशिष्ट परिणाम होते हैं। जैसा कि बील्ज और हाइजर ने लिखा है ''जादू इस विश्वास पर जगत का नियन्त्रण करने के लिए कुछ प्रविधियों और पद्धतियों का समूह है कि यदि सूक्ष्म रूप में कुछ विधियों का अनुसरण किया जाए तो कुछ परिणाम होने अनिवार्य हैं। वह कारण और कार्य के एक व्यवस्थित जगत की पूर्व कल्पना करता है'' जादू के जोर से मनुष्य प्रकृति से अपनी इच्छानुसार काम करा लेने की कोशिश करता है कीसिंग के शब्दों में ''एक जादुई कार्य मानव इच्छा को सन्तुष्ट करने के लिए प्रकृति को विशेष प्रकार से मोड़ने के लिए किया गया एक संस्कार है।''

कुछ मानवशास्त्रियों ने जादू को अर्द्ध विज्ञान कहा है। यह धारणा इस तर्क पर आधारित है कि जादू और विज्ञान दोनों ही कार्यकारण के सम्बन्ध की अनिवार्यता पर आधारित है। हाबेल ने लिखा है ''इस प्रकार जादू अपने कुछ पक्षों में अर्द्ध विज्ञान है...जबकि जादूगर इस यांत्रिक कल्पना पर चलता है कि जादुई सूत्र एक कारण है जिसको एक विशेष कार्य अवश्य उत्पन्न करना चाहिए, तब उसकी विचारधारा वैज्ञानिक की विचारधारा के समान्तर होती है।'' वास्तव में जादू और विज्ञान में निम्नलिखित मुख्य समानतायें स्पष्ट देखी जा सकती हैं–

(1) **विशेष नियमों का पालन**–जादू और विज्ञान दोनों की प्रक्रियाओं में कुछ विशेष नियमों का बड़े सूक्ष्म रूप से पालन किया जाता है।

(2) **यांत्रिक पद्धति**–मजूमदार और मदान लिखते हैं कि ''विज्ञान और जादू दोनों यान्त्रिक विधियों पर आधारित हैं। जादूगर उसी प्रकार की प्रक्रिया का अनुसरण करता है जैसी कि वैज्ञानिक द्वारा की जाती है।''

(3) **कार्यकारण सम्बन्ध में विश्वास**–जादू और विज्ञान कार्यकारण के सार्वभौम और अनिवार्य नियम में विश्वास पर आधारित हैं।

(4) **निश्चित उद्देश्य**–जादूगर और वैज्ञानिक दोनों निश्चित उद्देश्य लेकर चलते हैं।

जहाँ विज्ञान साहचर्य के नियमों को वैधानिक रूप से लागू करता है जादू उनको अवैधानिक रूप से लागू करता है। विज्ञान का सम्बन्ध भौतिक जगत से है जादू का अलौकिक जगत से है। विज्ञान प्रमाणित है जादू अप्रमाणित, विज्ञान सत्य है, जादू असत्य। अतः जादू अर्द्ध विज्ञान है। वह विज्ञान की प्रतीति मात्र है। परन्तु उपरोक्त समानताओं के होते हुए भी जादू और विज्ञान में भारी अन्तर है। जादू और विज्ञान का अन्तर बतलाते हुए फ्रेजर ने लिखा है "साहचर्य के नियम सर्व अति उत्तम हैं और वास्तव में मानव मन की क्रियाओं के लिए पूर्णरूपेण आवश्यक हैं। वैधानिक रूप से लागू करने पर वे विज्ञान को और अवैधानिक रूप से विज्ञान की अवैध बहिन जादू को जन्म देते हैं।"

अनुकरणात्मक जादू

दूसरे प्रकार का जादू सम्पर्क के नियम पर आधारित है। यह संक्रामक जादू कहलाता है। इसका सिद्धान्त यह है कि जो वस्तु किसी वस्तु के सम्पर्क में कभी भी आई है। वह उसके सम्पर्क में सदैव रहती है और उन दोनों के देश काल के अन्तर से इस सम्बन्ध पर कोई प्रभाव नहीं पड़ता। इस प्रकार जिस व्यक्ति को हानि पहुँचानी होती है उससे सम्बन्धित कोई भी वस्तु बाल, कपड़े, नाखुन, बर्तन इत्यादि को हानि पहुँचा दी जाती है और यह विश्वास किया जाता है कि इससे उस व्यक्ति को हानि पहुँचेगी।

अनुकरणात्मक जादू समानता के नियम पर आधारित जादू है। फ्रेजर ने जादू के नियमों को समझाते हुए कहा है कि "जादू में दो मौलिक मान्यतायें शामिल होती हैं--प्रथम कि समान, समान को उत्पन्न करता है, अथवा कि एक कार्य अपने कारण के समान होता है और दूसरे, कि जो वस्तुयें एक बार एक दूसरे के सम्पर्क में रही हैं वे भौतिक सम्पर्क समाप्त हो जाने के बाद भी एक फासले पर एक दूसरे पर क्रिया करना जारी रखती हैं।" इसमें पहले को फ्रेजर ने समानता का नियम कहा है। इस प्रकार समानता का नियम यह है कि समान समान उत्पन्न करता है। अतः अनुकरणात्मक जादू में जिस प्रकार का कार्य जादू के जोर से करना होता है उनके समान कार्य किया जाता है अथवा उसके कारण के समान कारण उपस्थित किया जाता है उदाहरण के लिए यदि जादू के जोर से वर्षा लानी होती है तो धुआँ छिपा दिया जाता है क्योंकि धुआँ वर्षा के कारण बादल के समान है और समान समान उत्पन्न करता है से नियम के बादल उत्पन्न कर सकता है इसी प्रकार

यदि शत्रु को नष्ट करना होता है तो उसकी मूर्ति बना कर उसको चोट पहुँचाई जाती है या उसे नष्ट कर दिया जाता है। खोंड जनजाति के लोग वर्षा लाने के लिए मनुष्य का बलिदान करते हैं, बलि होने वाले मानव के आँसू और वर्षा में समानता है। ये सब अनुकरणात्मक जादू के उदाहरण हैं।

टैबू पौलीनेशियन भाषा का शब्द है। इसका अर्थ निषिद्ध अथवा वर्जित या वर्जन है इस प्रकार टैबू एक निषेधाज्ञा है। उसमें यह बतलाया जाता है कि अमुक-अमुक कार्य मत करो। टैबू को भंग करना अपराध न मानकर पाप माना जाता है। अतः समाज अथवा राज्य उसका कोई दण्ड नहीं देते बल्कि भंग करना कानून से अधिक है कानून से मनुष्य इतना नहीं डरता जितना अदृश्य शक्तियों से डरता है कानून के पीछे राज्य की स्वीकृति है, टैबू के पीछे धर्म की स्वीकृति है। अतः टैबू का पालन अधिक तत्परता से किया जाता है उसके भंग करने से अलौकिक शक्तियों के कोप का भय रहता है।

टैबू जादू का एक महत्त्वपूर्ण भाग है। मजूमदार और मदान ने लिखा है "जादुई विश्वासों और व्यवहारों का ताना-बाना सकारात्मक और नकारात्मक सूत्रों से बना हुआ है। टैबू दूसरा है। उसका प्रयोजन तीन प्रकार का हैः उत्पादक, सुरक्षात्मक और निषेधात्मक।" टैबू का प्रयोजन उत्पादन, खेती आदि व्यवसायों की वृद्धि से सम्बन्धित है। टैबू का सुरक्षात्मक प्रयोजन व्यक्ति, परिवार और जनजाति की सुरक्षा रखना है। टैबू का निषेधात्मक प्रयोजन जनजातियों के सदस्यों को कुछ कार्यों से रोकना है।

धर्म, जादू और विज्ञान का सम्बन्ध

रैडक्लिफ ब्राउन के अनुसार धर्म का कार्य मानव मस्तिष्क को विभिन्न प्रकार के तनावों और अर्थों से स्वतन्त्र करना मात्र न होकर अलौकिक शक्तियों पर आधारित होने की भावना का निर्माण करना है। व्यक्ति से अधिक समूह का अस्तित्त्व आवश्यक होने की भावना का निर्माण करना है। व्यक्ति से अधिक समूह का अस्तित्त्व आवश्यक होता है और इसलिये समूह के लिये व्यक्ति को अनेक त्याग करने होते हैं। व्यक्ति में सामाजिक धारणा धर्म उत्पन्न करता है धर्म एक ओर व्यक्ति की समाज पर निर्भरता उत्पन्न करता है और दूसरी ओर उसे सामाजिक नियमों के अनुसार जीवन व्यतीत करना सिखाता है। इस प्रकार धर्म की सहायता से सामाजिक जीवन बना रहता है।

धर्म, विज्ञान और जादू के परस्पर सम्बन्ध की व्याख्या करते हुये कुछ मानवशास्त्रियों ने कार्यात्मक सिद्धान्त उपस्थित किये हैं। इनमें

मैलिनोवस्की और रैडक्लिफ ब्राउन के सिद्धान्त उल्लेखनीय हैं। मैलिनोवस्की के अनुसार धर्म आदिम समाज में अनेक व्यवसायात्मक परिस्थितियों में महत्त्वपूर्ण कार्य करता है। उदाहरण के लिये ट्रोब्रियण्ड द्वीप निवासियों में मछली मारने का व्यवसाय पाया जाता है इनमें अधिकतर जादू और धर्म तथा विज्ञान की क्रियायें इन्हीं से सम्बन्धित होती हैं। मछली मारने की नौकायें तथा औजार बनाने में ये वैज्ञानिक कुशलता दिखाते हैं, किन्तु समुद्र पर मछली मारने में तूफान और ज्वार भाटे के भयप्रद अवसर भी आते हैं जिनमें भावात्मक रूप से असन्तुलित हो उठता है। इस प्रकार धर्म भी समायोजन का एक यन्त्र है, उसका प्रयोजन मानव मस्तिष्क को नाना प्रकार के तनावों से बचाये रखना है। यह मनुष्य का अलौकिक शक्तियों से समायोजन स्थापति करता है, उससे मनुष्य के जीवन में मानसिक स्थायित्व उत्पन्न होता है। मैलिनोवस्की और रैडक्लिफ ब्राउन के विचार परस्पर पूरक हैं, क्योंकि व्यक्ति और समाज एक-दूसरे के लिए समान रूप से महत्त्वपूर्ण हैं। दुर्खीम का कहना था कि धार्मिक धारणायें सामूहिक परिस्थितियों में उत्पन्न होती हैं। धर्म व्यक्ति के ऊपर समष्टि की नैतिक और भौतिक श्रेष्ठता को मान्यता देता है। धर्म में विश्वास और क्रियायें होती हैं, विश्वास उनका स्थायी पहलू है और कर्मकाण्ड गतिशील पहलू है। धार्मिक अवसरों पर विश्वास कर्मकाण्ड में परिणित किये जाते हैं।

विज्ञान और जादू दोनों ही यन्त्रवत् प्रविधियों पर निर्भर हैं, जबकि विज्ञान का सम्बन्ध लौकिक जगत से है, जादू अलौकिक से सम्बन्धित होता है। इसी प्रकार जादू और धर्म भी परस्पर घनिष्ठ रूप से सम्बन्धित हैं। ये विज्ञान की स्थिति से पहले आते हैं। इन दोनों में जगत के प्रति रहस्यवादी दृष्टिकोण है, जबकि धर्म में जगत की अनेक बातों की व्याख्या देवी-देवताओं से की जाती है जादू में उनकी व्याख्या शक्ति से की जाती है धार्मिक और जादुई दोनों प्रकार की क्रियाओं से संकेतात्मक परिवेश का निर्माण होता है। दोनों में ही कर्मकाण्ड को विशेष महत्त्व दिया जाता है। दोनों से ही आदिम मनुष्य मनचाहा परिणाम प्राप्त करने का प्रयास करता है। वास्तव में केवल धर्म ही नहीं बल्कि जादू और विज्ञान भी मनुष्य के अपने चारों ओर के परिवेश से समायोजन करने और इस समायोजन में आने वाली कठिनाइयों का अतिक्रमण करने के साधन हैं। आदिम मनुष्य अलौकिक शक्तियों को बाध्य करने के लिये अनेक बार जादू का सहारा लेता है और इसी कार्य के लिये कभी-कभी धर्म का प्रयोग करता है। सभ्य समाज में ऐसे अनेक काम विज्ञान की सहायता से किए जाते हैं। आदिम समाजों में खेती, पशुपालन, मछली

मारने आदि से सम्बन्धित अनेक कामों में कभी विज्ञान, कभी धर्म और कभी जादू की सहायता ली जाती है। किस अवसर पर इनमें से किसकी सहायता ली जायेगी यह उनके विश्वासों पर निर्भर है।

मुख्य विशेषतायें

जनजातीय धर्म की मुख्य विशेषताएँ मानववाद या बोंगावाद, जीववाद, जीवीवाद, प्रकृतिवाद, आत्मा की अमरता में विश्वास, पुनर्जन्म में विश्वास, जादू-टोना, टोटम और टैबू आदि हैं।

(1) जीववाद–कुछ विद्वानों के अनुसार भारत में जनजातीय धर्म की विशेषताओं में सबसे प्रमुख विशेषता जीववाद है। रिजले ने तो जीववाद को ही जनजातीय धर्म कह दिया है। उसके अनुसार भारतीय आदिमवासी ऊँचे पहाड़ों में, बाढ़ लाने वाली नदियों में, बड़े-बड़े वृक्षों में तथा हैजा, चेचक आदि महामारियों में अनेक शक्तियों के प्रभाव को मानता है। उनके दुष्प्रभावों से बचने के लिये वह अनेक प्रकार की भेंट, पूजा और बलिदानों द्वारा उन्हें प्रसन्न करने की चेष्टा करता है। कभी-कभी वह बिना नाम लिये ही उनकी पूजा करता है। रिजले ने एक शाल के बहुत ऊँचे और बड़े पेड़ का उदाहरण दिया है जिसमें किसी नाम रहित यक्ष का निवास माना जाता था।

पूर्वजों की पूजा जीववाद का एक मुख्य तत्त्व है। भारत में संथाल और औरांव जनजातियों में पितरों की आत्माओं की पूजा करने का रिवाज मिलता है। संथालों में कुल देवताओं तथा ग्राम देवताओं की पूजा प्रचलित है मिर्जापुर के कोरवा लोगों में एक देवी फसल की और एक पशुओं की तथा एक वर्षा की अधिष्ठात्री है। इन सब देवी-देवताओं को प्रसन्न करने के लिये आदिवासी उनका पूजन करते हैं और उनके सामने पशु-पक्षियों का बलिदान करते हैं।

भारत के जनजातीय धर्म में जीववाद के बहुत से चिन्ह मिलते हैं। औरांव लोग प्रेतात्माओं के प्रति अत्यधिक श्रद्धा रखते हैं। प्रत्येक उत्सव पर इनका आह्वान और पूजन किया जाता है। झाड़-फूँक और जादू-टोना करके प्रेतात्माओं की शक्ति से रोगियों को अच्छा करने की चेष्टा की जाती है। धानों की नई फसल तैयार होने पर पितरों के लिये एक मुर्गी की बलि चढ़ाई जाती है। मिर्जापुर के कोरवा लोगों में एक फसल की देवी होती है, एक वर्षा की देवी होती है और एक पशुओं की देवी होती है। जनजातीय पुरोहित, मुखिया तथा पड़ोसी जनजातियों के विषय में भी कुछ देवियाँ ही कोरवा लोगों का

निर्देशन करती हैं। संथाल लोग भी अपने पुरखों की आत्मा में विश्वास करते हैं। वे एक स्थान पर अपने पितरों की स्थापना करते हैं। वह स्थान माझिस्तान कहलाता है। दीवाली तथा नई फसल के आगमन पर संथाल इन आत्माओं की पूजा करते हैं। उनका विश्वास है कि ये आत्मायें फसल के साथ-साथ मनुष्य की नित्य प्रति की क्रियाओं को भी नियन्त्रित करती हैं।

जीववाद के सिद्धान्त के दो रूप हैं–(i) शक्तिशाली देवताओं के अलावा भी अन्य आत्मायें हैं। इन आत्माओं का मनुष्यों से भी सम्बन्ध होता है और ये मनुष्य के सम्पर्क से आनन्द अथवा कष्ट का अनुभव करती हैं। ये भौतिक संसार की सब घटनाओं को नियन्त्रित तथा प्रभावित करती हैं। (ii) मनुष्य की आत्मा का अस्तित्त्व मृत्यु के पश्चात् भी बना रहता है। एडवर्ड बी. टेलर ने मानविकी साहित्य में जीववाद शब्द का प्रयोग किया। उसके मत के अनुसार "आदिम से सभ्य मनुष्य तक धर्म के दर्शन का आधार" जीववाद है।

(2) मानावाद–मानावाद की परिभाषा करते हुए कौडरिंगटन ने कहा है कि "माना भले-बुरे दोनों के लिये सब प्रकार के काम करने वाली एक प्रचण्ड शक्ति है।" यह एक अलौकिक तथा अप्राकृतिक शक्ति है जो कि ऐसे बहुत से कामों को करती है जो मनुष्य की शक्ति से परे हैं। भिन्न-भिन्न माना में शक्ति भी कम या अधिक हो सकती है।

इस सम्बन्ध में मैरेट के विचारों का स्पष्टीकरण करते हुए मजूमदार और मदान ने लिखा है "आदिवासियों का सम्पूर्ण धार्मिक जीवन उनके इस विशेष झेच, निर्वैयक्तिक, अभौतिक और अवैयक्तिक अलौकिक शक्ति में विश्वास से उत्पन्न हुआ है जो कि संसार में अस्तित्त्व रखने वाली सजीव और निर्जीव सभी वस्तुओं में निवास करती है।"

मैक्समूलर के अनुसार प्राकृतिक घटनाओं की व्याख्या करने के प्रयत्न से जनजातियों में एक अवैयक्तिक शक्ति के रूप में 'माना' का विचार उत्पन्न हुआ। इस प्रकार आदिवासियों के लिए प्रकृति के सारे व्यापार, ऊँचा पहाड़, बहती नदी, कड़कती बिजली आदि सभी माना के कारण हैं। कौडरिंगटन ने लिखा है कि शक्ति से सर्वथा भिन्न है। वह भले-बुरे दोनों के लिये सब प्रकार का कार्य करता है और उसको नियन्त्रण में रखना अत्यन्त लाभदायक है।

"माना" को जिन वस्तुओं से सम्बन्धित माना जाता है वे है–(i) आत्मा, (ii) मृत मनुष्य की प्रेतात्मा, (iii) जीवित मनुष्य। आत्मा के साथ प्रकट होने के माना के रूप हैं–(i) साधारण मनुष्य की आकृति। (ii) भूत की

आकृति। भारतीय जनजातियों में माना का उदाहरण छोटा नागपुर की "हो", "मुण्डा" तथा अन्य जनजातियों में मिलता है। ये लोग उसे बोंगा कहते हैं। प्रकृति के सभी व्यापारों, वर्षा, तूफान, ओले, बाढ़, शीत, महामारियाँ, नदियों का प्रवाह, भंवर, आवर्त्त, साँपों का विष, चीते आदि जानवरों की शक्तियाँ तथा वनस्पतियाँ सभी को ये लोग एक रहस्यमय अलौकिक तथा अशरीरी शक्ति बोंगा के कारण समझते हैं। हट्टन के अनुसार हिन्दू समाज की जाति व्यवस्था के मूल में जंगली जातियों का यह मानावाद ही है।

(3) **बोंगावाद**—भारत में छोटा नागपुर की "हो", 'मुण्डा' तथा अन्य जनजातियों में माना जैसी एक अलौकिक तथा अशरीरी शक्ति मानी जाती है जिसे ये लोग बोंगा कहते हैं। प्रकृति में जहाँ कहीं भी अलौकिक शक्ति दिखलाई देती है उसका कारण बोंगा समझा जाता है। इस तरह साँप, चीते, भालू आदि पशु, रेल, हवाई जहाज, नदी, भंवर, बाढ़, बिजली, हल, वर्षा, तूफान, ओले सभी की शक्ति बोंगा के कारण है। उसी से इन सब में गति है। इस तरह जनजातियों में बोंगावाद के रूप में मानावाद प्रचलित है।

(4) **जादू-टोना में विश्वास**—भीलों में महामारी फैलने पर एक बड़े विचित्र जादू-टोने का सहारा लिया जाता है। कुछ व्यक्ति एक बाँस के डण्डे में कुछ घड़े तथा टोकरियाँ लटकाकर 'तोड़का' चिल्लाते हुये मुख्य मार्ग पर दौड़ते हैं। उनकी आवाज सुनकर दूसरे लोग कुछ लोगों को यह भार लेकर आगे छोड़ आने के लिए भेज देते हैं। इस प्रकार ले जाते हुए यह भार नदी या जंगल में फेंक दिया जाता है। इससे यह समझा जाता है कि महामारी को गाँव से निकाल कर बाहर फेंक दिया गया। जादू-टोने की प्रथा भिन्न-भिन्न जनजातियों में भिन्न-भिन्न रूपों में पाई जाती है। गाँव में किसी व्यक्ति की बीमारी का कोई कारण पता न लगने पर ओझा उसका कारण गाँव की किसी बूढ़ी चुड़ैल को बतलाता है। अब बूढ़ी चुड़ैल होने की परीक्षा की जाती है। उनकी आँखों में लाल मिर्च डाली जाती हैं यदि उससे आँसु नहीं आते तो यह समझा जाता है कि वह चुड़ैल नहीं है। उपर्युक्त विशेषताओं के अतिरिक्त जनजातीय धर्म की एक अन्य विशेषता जादू में विश्वास है। जादू की परिभाषा करते हुए कीसिंग ने लिखा है। "अपने पारिभाषिक अर्थ में 'जादू' एक ऐसा शब्द है जो उन विभिन्न पद्धतियों को सम्मिलित करता है जिनसे कि मनुष्य अलौकिक के स्पर्श से घटनाओं के क्रम को स्वाभाविक रूप से प्रभावित करने की चेष्टा करता है। एक जादू की क्रिया एक संस्कार है जो कि मानव इच्छा को सन्तुष्ट करने के लिये प्रकृति को मोड़ने हेतु किया जाता है।"

(5) **आत्मा की अमरता में विश्वास**—नागा जनजाति के लोगों में तथा नीकोबार द्वीप समूह में लकड़ी की मूर्तियों पर मृत व्यक्ति की खोपड़ियाँ रख कर यह समझते हैं कि आत्मा खोपड़ी से निकल कर मूर्ति में आ जाती है। अब इन मूर्तियों की मनुष्यों के समान सभी आवश्यकतायें पूर्ण की जाती हैं। मध्य भारत के कुबड़िये भी इसी उद्देश्य से काँसे की मूर्ति बनाते हैं। हट्टन ने भारतीय जनजातियों में उपरोक्त तत्त्वों के अतिरिक्त तीन तत्त्व और भी माने हैं—आत्मा की अमरता, पुनर्जन्म में विश्वास, टोटम और टैबू। जनजातियों में दो बार दाह संस्कार 'जंगटोपा' कहलाता है। 'हो' और टोडा दोनों दूसरे संस्कार को महत्त्वपूर्ण मानते हैं। सभी आदिमवासी यह मानते हैं कि मरने के बाद आत्मा नष्ट नहीं होती और उसे पर्याप्त समय तक भोजन आदि की आवश्यकता बनी रहती है। आसाम के गारो और गंजाम के सावरों में भी यही प्रथा थी। दक्षिणी भारत में केरल के मलयरयन मृत व्यक्तियों की प्रतिमा बनाकर वर्ष में एक बार उनकी पूजा करते हैं। आदिवासी आत्म तत्त्व को फसलों की संख्या तथा उर्वरता बढ़ाने और जीवन को उत्पन्न करने वाला मानते हैं। नागा लोगों में फसल बोते समय तथा वर्षा के लिये और पितरों के पर्व मनाने के लिए नर बलि का रिवाज है। आसाम के कचारी, संथाल तथा मध्य प्रदेश के आदिवासी मृतक की अस्थियों को नदी में डालते हैं।

(6) **टोटम**—जनजातीय धर्म का एक अन्य आवश्यक अंग टोटम की प्रथा है। भारत की सभी जनजातियों में टोटम पाये जाते हैं। थर्सटन ने दक्षिणी भारत की जनजातियों में पाये जाने वाले जिन टोटमों को गिनाया है, उनमें लगभग सभी जीव-जन्तुओं और पेड़-पौधों के नाम आ जाते हैं। टोटम को जनजाति का मूल पुरुष समझा जाता है। टोटम के जीव को मारना तथा खाना दोनों का वर्जन है। उसको भक्ति और आदर से देखा जाता है। टोटम के कारण अन्तर्जातीय विवाह का भी वर्जन है। एक टोटम को मानने वाले अपने को समान रक्त का समझते हैं और परस्पर विवाह नहीं करते हैं।

(7) **जीवीवाद**—जनजातीय धर्म की एक अन्य विशेषता जीवीवाद है। जीवीवाद के अनुसार चेतन पदार्थों के अतिरिक्त अनेक अचेतन पदार्थों में भी एक अवैयक्तिक शक्ति होती है। जनजातीय धर्म में हड्डी तथा गुरियों और पंख आदि में भी एक अलौकिक शक्ति मानी जाती है। समाज की सुख शान्ति के लिये इस सब में इस शक्ति की उपासना की जाती है।

साधारण रूप से जीवीवाद और जीववाद में यह अन्तर किया जाता है कि जीवीवाद के अनुसार अनेक व्यक्तियों और वस्तुओं में एक रहस्यमय

अज्ञात और अवैयक्तिक शक्ति है और जीववाद के अनुसार संसार की चल और अचल सभी वस्तुओं में जीव होता है। जीवीवाद का एक उदाहरण बोंगावाद है। 'बोंगा' एक सर्वव्यापी शक्ति है। यह निराकार होते हुए भी किसी आकार को धारण कर सकती है। यह शक्ति सभी पदार्थों में नहीं होती वरन् कुछ निश्चित पदार्थों में ही मानी जाती हैं। इनमें भी कुछ मुख्य माने जाते हैं। मुख्य बोंगे अधिक नहीं हैं। साधारणतया ये दो माने जाते हैं—सिंग बोंगा या सबसे बड़ा ईश्वर तथा नागे बोंगा या नदियों की देवी। नागे बोंगा सिंग बोंगा की पत्नी समझी जाती है। मुण्डा लोग सिंग बोंगा की पूजा करते हैं और उसे प्रसन्न करने के लिए मुर्गी और बकरी की बलि चढ़ाते हैं। आसाम के गारो लोग सूर्य और चन्द्र का पूजन करते हैं। और उनको प्रसन्न करने के लिए अनेक पशुओं की बलि चढ़ाते हैं।

जीवीवाद आदिम धर्म की एक महत्त्वपूर्ण व्याख्या है। इसके अनुसार जड़ वस्तुओं में भी चेतन जीवों के समान जीवन होता है क्योंकि उनमें एक अवैयक्तिक शक्ति रहती है। इसका उदाहरण इस तथ्य से दिया जाता है कि पहाड़ तथा पत्थर भी बड़े होते देखे जाते हैं। जीवीवाद के अनुसार पंख, हड्डियों तथा इसी प्रकार की छोटी-मोटी वस्तुओं में अवैयक्तिक शक्ति होती है। आदिम जातियों में यह विश्वास पाया जाता है कि इन अचेतन पदार्थों की पूजा से समाज में शान्ति और सुख बढ़ते हैं।

जनजातीय धर्म में जीवीवाद—भारत में बिहार की जनजातियों में जीवीवाद के प्रमाण मिलते हैं। बहुत-सी जनजातियों में हड्डी और गुरियों, पत्थर, पंख आदि में जादू की शक्ति समझी जाती है और उन्हें जीवन से ओत-प्रोत माना जाता है। पत्थरों को भूमि माता के बच्चे समझा जाता है और उनकी पूजा की जाती है परन्तु कभी-कभी उन शक्तियों की भी पूजा की जाती है जो कभी हानि नहीं पहुँचातीं जैसे मुण्डा लोगों में सिंग बोंगा की पूजा। सिंग बोंगा दयालु है और कभी हानि नहीं पहुँचाता।

जीववाद की अपेक्षा जीवीवाद अधिक प्रचलित है—यह कहना कठिन है कि जीवीवाद अथवा जीववाद में कौन भारतीय जनजातीय धर्म का अधिक प्रतिनिधित्व करता है क्योंकि जनजातियों में दोनों ही के चिन्ह मिलते हैं। समूचे जनजातिय धर्म को जीववाद का नाम नहीं दिया जा सकता क्योंकि एक तो जनजातियों में जीवीवाद के भी चिन्ह मिलते हैं, दूसरे जनजातीय धर्म हिन्दू और ईसाई धर्मों के सम्पर्क से बराबर बदलता जा रहा है। फिर भी तुलनात्मक

दृष्टि से यह कहा जा सकता है कि जनजातियों में जीववाद की अपेक्षा जीवीवाद अधिक प्रचलित है।

(8) **पुनर्जन्म में विश्वास**–भीलों में किसी व्यक्ति के मरने पर एक दीपक के चारों ओर रखे गये आटे में बने निशानों से यह निश्चित किया जाता है कि आत्मा किस योनि में जायेगी। आसाम के ल्होटा नागा, बंगाल के कमी तथा अहीर, मुम्बई के कुणबी, कमार और गोंड लोग व्यक्ति के मर जाने पर उसके कीड़े का रूप धारण करता मानते हैं।

(9) **प्रकृतिवाद**–प्रकृतिवाद जनजातिय धर्म की एक सार्वभौम विशेषता है। आसाम के गारो सूर्य और चन्द्र के उपासक हैं। मुण्डा लोग भी सूर्य देवता को पूजते हैं। इसके अतिरिक्त अनेक जनजातियों में नदियों, पहाड़ों, नक्षत्रों तथा वृक्षों आदि प्राकृतिक वस्तुओं की उपासना की जाती है।

❑❑❑

4

आदिम समाज और विवाह-समाजशास्त्रीय विश्लेषण

नर और मादा में इस प्रकार के प्रकृतिप्रदत्त गुण हैं जिनके कारण जैवकीय एवं मनोवैज्ञानिक दृष्टि से विचार किया जाना अपेक्षित है। ये गुण मात्र स्त्री-पुरुष में नहीं अपितु पशु, पक्षी एवं अन्य जीवों में भी पाये जाते हैं, यहाँ तक कि आज विज्ञान ने पेड़, पौधों तक में इस आकर्षण की अनिवार्यता को सिद्ध कर दिया है।

विशेषतः मानव समाज के साथ सभ्यता व संस्कृति का लैवल चिपका हुआ है अतः वह उन समस्त कुकृत्यों एवं अमानवीय कृत्यों से निषेध करता है जो असामाजिक हैं। मानव समाज में विवाह एक महत्त्वपूर्ण घटना होती है। यही पूरे परिवार की नींव व समाज का सूत्रधार है। प्रस्तुत अध्याय में हम विभिन्न आदिम जातियों में प्रचलित विवाह परम्परा को देखेंगे तथा जानेंगे कि किस भाँति वे उन परम्पराओं का निर्वाह कर रहे हैं। जो कहीं न कहीं स्त्री-पुरुषों के सम्बन्ध के अलावा विशेषतः स्त्री स्थिति व अवस्था को भी व्यक्त करते हैं।

स्त्री-पुरुष के साधारण सम्बन्ध और विवाह में बड़ा अन्तर है। विवाह एक सामाजिक समझौता है जिसके द्वारा स्त्री-पुरुष एक-दूसरे की जैवकीय,

मनोवैज्ञानिक और आध्यात्मिक आवश्यकतायें पूरी करने और एक परिवार बनाकर रहने का निश्चय करते हैं। इनमें यौन प्रसंग और सन्तानोत्पत्ति स्वाभाविक है। विवाह के अतिरिक्त अन्य किसी भी स्त्री-पुरुष सम्बन्ध में इनको उचित नहीं समझा जाता।

जब से स्त्री और पुरुष इस पृथ्वी पर एक-दूसरे के सम्पर्क में आये, तब से कुछ जैवकीय और कुछ मनोवैज्ञानिक कारणों से उनमें एक-दूसरे के प्रति आकर्षण हुआ और फलस्वरूप परस्पर घनिष्ठ सम्बन्ध स्थापित हुए। स्त्री और पुरुष का परस्पर आकर्षण एक जैवकीय और मनोवैज्ञानिक तथ्य है। मनोवैज्ञानिक दृष्टि से उनमें अनेक गुण परस्पर पूरक होते हैं। इसलिये उनके भिन्न-भिन्न गुण दूसरे को आकर्षित करते हैं। जैवकीय दृष्टि से सम्भोग के शारीरिक सुख और सन्तानोत्पत्ति के लिए स्त्री-पुरुष का मिलन आवश्यक है। अतः समाज में जहाँ कहीं स्त्री-पुरुष को निकट सम्पर्क में आने का अवसर मिलता है बहुधा वहाँ उनमें परस्पर आकर्षण और फिर किसी न किसी प्रकार के सम्बन्ध बढ़ने लगते हैं। उदाहरण के लिए वे बातचीत करना, साथ उठना-बैठना, घूमना-फिरना और नाना प्रकार के मनोरंजन में सम्मिलित होना पसन्द करते हैं। वे कठिनाई में एक-दूसरे की सहायता करते हैं। स्त्री की सहायता करने को अधिकतर पुरुष स्वभावतया तैयार रहते हैं। परस्पर विचारों का आदान-प्रदान सम्बन्धों को और भी घनिष्ठ बनाता है।

वैस्टरमार्क के अनुसार, ''विवाह एक या अधिक पुरुषों का एक या अधिक स्त्रियों के साथ होने वाला वह सम्बन्ध है जो कि प्रथा या कानून द्वारा स्वीकृत होता है और उसमें इस संयोग में सम्मिलित होने वाले दोनों पक्षों तथा उनमें उत्पन्न बच्चों के अधिकारों और कर्त्तव्यों का समावेश होता है।'' वैस्टरमार्क की इस परिभाषा में बहुपति विवाह और बहुपत्नी विवाह दोनों आ जाते हैं और विवाह संस्कार से उत्पन्न होने वाले अधिकारों और कर्त्तव्यों को महत्त्व दिया गया है।

जैकब्स और स्टर्न के अनुसार, ''विवाह एक अथवा अनेक पति-पत्नी के सामाजिक सम्बन्ध का नाम है अथवा वह पति-पत्नी को जोड़ने वाले संस्कार के लिये भी प्रयोग किया जाता है।'' इस परिभाषा के अनुसार विवाह वह संस्कार है जो स्त्री-पुरुष को पति-पत्नी के रूप में संयुक्त करता है। कहना न होगा कि विवाह की वह परिभाषा विवाह संस्कार के सबसे अधिक महत्त्वपूर्ण कार्य को स्पष्ट करती है।'' मजूमदार और मदान ने सामाजिक संस्कार के रूप में विवाह की परिभाषा करते हुए लिखा है,''इसके अन्तर्गत साधारणतया दीवानी तथा

धार्मिक संस्कार के रूप में सामाजिक मान्यता निहित है जो कि दो भिन्न-लिंगीय व्यक्तियों को यौन तथा अन्य आनुवंशिक और सह सम्बन्धित सामाजिक, आर्थिक सम्बन्धों में सम्मिलित होने का अधिकार देती है।" विवाह की इस परिभाषा से स्पष्ट है कि–

(अ) वह दीवानी अथवा धार्मिक संस्कार का परिणाम है।

(ब) वह भिन्न लिंगीय व्यक्तियों के संयोग का साधन है।

(स) इससे स्त्री-पुरुषों को परस्पर जैवकीय और सामाजिक, आर्थिक सम्बन्धों में सम्मिलित होने का अधिकार मिलता है।

विवाह की यह परिभाषा दी गयी अन्य परिभाषाओं से अधिक सर्वांग परिभाषा है। सामान्य रूप से विवाह सम्बन्ध जैवकीय, मनोवैज्ञानिक, आर्थिक तथा सामाजिक संतोष प्राप्त करने के लिए किये जाते हैं। विवाह सम्बन्ध से परिवार की संस्था की स्थापना होती है और स्त्री-पुरुष के संयोग से जन्म लेने वाली सन्तान को सामाजिक मान्यता प्राप्त होती है। इसके अतिरिक्त विवाह से जैवकीय, मनोवैज्ञानिक और सामाजिक, आर्थिक आवश्यकताओं की पूर्ति होती है।

रौबर्ट लोबी के अनुसार, "विवाह उन स्वीकृत संयोगों का परिचायक है जो ऐन्द्रिक संतोषों के बाद भी बने रहते हैं और इस प्रकार पारिवारिक जीवन की आधारशिला बन जाते हैं।" विवाह की इस परिभाषा में इस तथ्य पर जोर दिया गया कि व्यावहारिक सम्बन्धों से परिवार की संस्था की स्थापना होती है।

मानव समाज में विवाह का विकास

मानवशास्त्री ल्यूइस मार्गन के अनुसार आदिम समाजों में त्यौहारों के अवसरों पर पाए जाने वाले व्याभिचार, पत्नियों के आदान-प्रदान, पत्नियों को उधार दिया जाना इत्यादि अनेक रिवाजों से यह मालूम पड़ता है कि अति प्राचीन काल में आदिम समाजों में परिवार और विवाह की संस्थायें नहीं थी। चूँकि यौन सम्बन्धों पर किसी प्रकार की रोक-टोक नहीं थी इसलिए पिता का महत्त्व बहुत कम था और अधिकतर सन्तान को उसकी माता से ही पहचाना जाता था। परिवार और विवाह के विषय में मार्गन के विचार यथार्थ और ऐतिहासिक न होकर अधिकतर तर्क पर आधारित हैं। उसने परिवार की संस्था में विभिन्न स्थितियों से होकर क्रमशः विकास दिखलाया। विकासवादियों के अनुसार मानव समाज में विवाह की संस्था का आदिम

कामाचार की अवस्था से क्रमशः विकास हुआ है। कामाचार की अवस्था में स्त्री-पुरुष में यौन सम्बन्धों पर किसी भी प्रकार की रोकथाम नहीं थी। इस आदिम स्थिति से विवाह की संस्था क्रमशः विकसित होकर उन्नीसवीं शताब्दी में एक विवाह की स्थिति तक पहुँच गयी। परिवार और विवाह की संस्था के क्रमशः विकास में निम्नलिखित विभिन्न सोपान पाए जाते हैं–

(1) **जोड़ा विवाह**–समूह विवाह के पश्चात् मोर्गन सिण्डेस्मियन या जोड़ा विवाह की स्थिति बतलाता है। इस प्रकार का विवाह परस्पर सहमति से होता था और इसमें किसी भी प्रकार की सीमा नहीं बांधी जाती थी। इच्छा होने मात्र से स्त्री-पुरुष एक-दूसरे को छोड़ सकते थे।

(2) **एक विवाही परिवार**–इसमें एक पुरुष एक ही स्त्री से विवाह करता है और यौन सम्बन्ध परिवार की सीमा के अन्तर्गत ही हो सकते हैं।

(3) **पितृसत्तात्मक परिवार**–इस परिवार में एक पुरुष अनेक स्त्रियों से विवाह करता था और उसकी पत्नियाँ एक-दूसरे से अलग-अलग रहती थी।

(4) **रक्त सम्बन्धी विवाह**–सबसे पहले कामाचार की स्थिति से मनुष्यों के रक्त सम्बन्धी परिवार बने जिनके समूह में रक्त सम्बन्धियों के अन्तर्विवाह होते थे।

(5) **समूह विवाह**–रक्त सम्बन्धी परिवार के बाद अनेक बहनों के एक दूसरे के पतियों से विवाह के कारण समूह परिवार बने। अनेक बहनों के अनेक पतियों से परस्पर सम्बन्ध होना आवश्यक नहीं था। कभी-कभी अनेक भाइयों के एक-दूसरे की पत्नी से सामूहिक विवाह होते थे और इन पत्नियों का परस्पर सम्बन्धित होना आवश्यक नहीं माना जाता था फिर भी बहुधा समूह परिवार बनाने वाले पति और पत्नी आपस में सम्बन्धित होते थे। दूसरे शब्दों में, एक समूह के व्यक्तियों का किसी अन्य भिन्न व्यक्तियों के समूह से विवाह होता था।

ब्रिफाल्ट ने वैस्टर मार्क के विचारों की आलोचना की है और मौर्गन की योजना का समर्थन किया है। आधुनिक मानवशास्त्री इनमें से किसी भी दृष्टिकोण से पूरी तरह सहमत नहीं हैं। डी. एस. मजूमदार के अनुसार विशेष त्यौहार पर पाये जाने वाले कामाचार तथा विवाह पूर्व और विवाहेतर यौन व्याभिचार के प्रचलित होने से अनुमान नहीं लगाया जा सकता कि आदिम समाजों में कामाचार पाया जा सकता है। कुछ लोगों ने यौन सम्बन्धों के

विषय में इस प्रकार की ढिलाई की व्याख्या अन्य प्रकार से की है। भारतवर्ष में अण्डमान द्वीप निवासी, काडर, पनियन, मलपटारम, चेंचू और बिरहोर इत्यादि अत्यन्त सरल जनजातीय संस्कृतियों में भी कामाचार के उदाहरण नहीं मिलते। अधिकतर भारतीय जनजातियों में एक विवाह की प्रथा पाई जाती है, यद्यपि विवाह पूर्व और विवाहेतर यौन सम्बन्ध की भरमार दिखाई पड़ती है। मध्य प्रदेश के कमार लोगों में एक विवाह की प्रथा मिलती है। बैगा लोगों में बहु विवाह की प्रथा कम होती जा रही है। लोवी के अनुसार, भले ही हजारों वर्ष पूर्व मानव समूह में कामाचार पाया जाता रहा हो किन्तु वर्तमान काल में संसार में कहीं भी ऐसी संस्कृतियाँ नहीं पाई जा सकतीं जिनमें कामाचार या समूह विवाह मिलते हों।

भारतवर्ष में टोडा लोगों में एक प्रकार के समूह विवाह की प्रथा मिलती है। इनमें पहले बहुपतिविवाह की प्रथा थी जिसका कारण कन्या वध था। ब्रिटिश राज्य की स्थापना होने पर कन्या वध को अपराध घोषित कर दिया गया जिससे स्त्री-पुरुष का अनुपात लगभग समान होने लगा। अस्तु, बहुपतिविवाह की प्रथा कम होने लगी। दूसरी ओर बहुपत्नी विवाह की प्रथा बढ़ने लगी। इस प्रकार जबकि पहले अनेक भाई मिलकर एक पत्नी से विवाह करते थे अब वे अनेक स्त्रियों से विवाह करने लगे। यह समूह विवाह का उदाहरण है। समूह विवाह का अन्य उदाहरण खस जनजाति में दिखलाई पड़ता है।

डी.एन. मजूमदार के अनुसार भारतीय जनजातियों में एक विवाह की प्रथा को किसी भी प्रकार से मानव स्वभाव पर आधारित नहीं माना जा सकता। यह देखा गया है कि जहाँ पर एक विवाह की प्रथा मिलती है वह अधिकतर सामाजिक, आर्थिक कारणों से है, नैतिक और मनोवैज्ञानिक कारणों से नहीं है। उदाहरण के लिए हो लोगों में एक विवाह इसलिए प्रचलित है क्योंकि हो पुरुष कई बार कन्या का मूल्य नहीं चुका सकता। हिन्दुओं और ईसाइयों के प्रभाव से भी जनजातियों में एक विवाह का प्रचार हुआ है। डी.एन. मजूमदार के अनुसार मानव समाज में परिवार के उद्‌गम अथवा विकास के सोपान खोजने का प्रयास ही व्यर्थ है और उससे कोई भी महत्त्वपूर्ण निष्कर्ष नहीं निकाले जा सकते। ऐतिहासिक अनुसन्धान से केवल यही पता चल सकता है कि विशिष्ट समाज में विशिष्ट सामग्री के आधार पर मानव समाज में विवाह की संस्था के विषय में कोई भी अनुमान नहीं लगाए जा सकते। विवाह के विकास के विभिन्न स्तरों के विषय में मौर्गन की उपरोक्त योजना से स्पष्ट

है कि विश्व में मानव विवाह की संस्था आदिम कामाचार की स्थिति से क्रमशः रक्त सम्बन्धी विवाह, समूह विवाह, जोड़ा विवाह, पितृसत्तात्मक विवाह और एक विवाह की स्थितियों से गुजरी। मौर्गन की इस योजना का वैस्टर मार्क ने खण्डन किया। वैस्टर मार्क मानव समूह में एक विवाह की स्थितियों से गुजरी। मौर्गन की इस योजना का वैस्टर मार्क ने खण्डन किया। वैस्टर मार्क मानव समूह में एक विवाह की परम्परा को पशु-पक्षियों से ली गयी बतलाया है। इसके बाद मानव विवाह में जो परिवर्तन होते रहते हैं वे विवाह की संस्था में परिवर्तन नहीं; बल्कि मनुष्यों के नैतिक विचारों में परिवर्तन हैं।

हो विवाह

विवाह के समय कन्या की कम से कम आयु 18 वर्ष और वर की 24 वर्ष होती है। इससे कम आयु के लड़के-लड़कियों के विवाह नहीं हो सकते। कभी-कभी वधू का चुनाव वर स्वयं करता है और उसके मित्रगण उसके माता-पिता को इस सम्बन्ध में सूचना देते हैं जो कि दूतम के द्वारा विवाह की बातचीत चलाते हैं। विवाह सम्बन्ध निश्चित करने में शकून अपशकुन पर विशेष रूप से विचार किया जाता है। गोनोंग निश्चित करने के लिए कन्या पक्ष के लोग वर-पक्ष के यहाँ पहुँचते हैं। बाद में विवाह के लिए वर पक्ष के लोग वर के साथ कन्या पक्ष के यहाँ पहुँचते हैं। बाद में विवाह के लिए वर पक्ष के लोग वर के साथ कन्या पक्ष के घर जाते हैं।

हो लोगों में विवाह संस्कार अण्डी कहलाता है। इसमें हिन्दू विवाह संस्कार की कुछ बातें शामिल हो जाने पर इसे डीकू कहते हैं। विवाह में वर-कन्या का चुनाव उनके माता-पिता या संरक्षक करते हैं। चुनाव के बाद कोई मध्यस्थ व्यक्ति जो दूतम कहलाता है वर-कन्या के परिवारों में मध्यस्थता करता है तथा कन्या मूल्य जो कि गोनोंग कहलाता है, निश्चित करने में सहायता देता है। गोनोंग परस्पर सहमति से निश्चित किया जाता है। उसमें गाँव के मुखिया की भी राय ली जाती है। अधिकतर विवाह सम्बन्ध गोत्र के बाहर किये जाते हैं। विवाह का उत्सव विशेष परिवार का ही उत्सव नहीं होता;बल्कि समूचे गाँव का उत्सव होता है और इसलिये उसके लिए एक ऐसी ही तारीख चुनी जाती है जो गाँव के सभी लोगों के लिए सुविधाजनक हो। अस्तु, बहुधा वर्ष के ऐसे महीनों में विवाह संस्कार किए जाते हैं जबकि खेतों में अधिक काम नहीं होता।

विवाह संस्कार सम्पन्न कराने के लिए पुजारी की आवश्यकता होती है जो कि देवरी कहलाता है। यह जनजातीय देवताओं के बोंगा और सिंह

बोंगा आदि की प्रार्थना और पूजा करता है तथा विवाह संस्कार सम्पन्न कराता है। हिन्दू विवाह संस्कार के अनुरूप होने वाली वैवाहिक विधि डीकू में जनजातीय पुजारी के अतिरिक्त हिन्दू पुजारी भी उपस्थित होता है जो कि हिन्दू संस्कार कराता है।

हो लोगों में प्रचलित विवाह का एक अन्य प्रकार अनादर विवाह है। जब कभी कोई कन्या अपनी व्यक्तिगत योग्यताओं के आधार पर अथवा माता-पिता के प्रयत्न से किसी नवयुवक को विवाह के लिए सहमत नहीं कर पाती तो वह कुछ भेंट आदि लेकर अपने मनचाहे युवक के घर में घुस जाती है और उसकी पत्नी के रूप में रहने का इरादा अभिव्यक्त करती है। उसे घर से निकालने की सब प्रकार से कोशिश की जाती है। उसे गालियाँ दी जाती हैं, मारा-पीटा जाता है, भूखा रखा जाता है और सब प्रकार के कष्ट दिये जाते हैं किन्तु यदि वह घर से नहीं जाती और जब उसके मामले में पास-पड़ौसी भी रुचि लेने लगते हैं तो अन्त में उसे घर की बहू स्वीकार कर लिया जाता है और इसके लिए किसी विवाह संस्कार की आवश्यकता नहीं होती।

पिछले कुछ वर्षों में हो लोगों में गोनोंग की माँग बढ़ती जा रही है जिससे अण्डी विवाह कठिन हो गये हैं क्योंकि उनमें अधिक व्यय होता है। इसके परिणामस्वरूप अनेक कन्यायें बड़ी आयु तक अविवाहित रह जाती हैं। अन्य अनेक के राक्षक विवाह होते हैं जिनमें नवयुवक कन्या को बलात् उठा ले जाता है। अस्तु, आजकल हो लोगों में ओपोरतिपी नामक राक्षक विवाह बढ़ता जा रहा है किन्तु इस राक्षस विवाह में बल प्रयोग दिखावा मात्र होता है क्योंकि विवाह सम्बन्ध पहले से ही निश्चित किए गए होते हैं। इसका अर्थ यह नहीं है कि असली राक्षस विवाह नहीं होते। कहीं-कहीं वास्तव में ही कोई नवयुवक किसी कन्या को अपनी पत्नी बनाने के लिए बलपूर्वक भगा ले जाता है। अण्डी विवाह और ओपोरतिपी के अतिरिक्त इन लोगों में विवाह का एक अन्य प्रकार राजी-खुशी विवाह कहलाता है। यह विवाह, जैसा कि इसके नाम से स्पष्ट है, वर कन्या की राजी-खुशी से किया जाता है। इस प्रकार यह प्रेम विवाह है जिसमें कन्या वर के साथ भाग जाती है और बाद में वर-कन्या के मिलन को सामाजिक स्वीकृति दे दी जाती है।

खासी विवाह

विवाह संस्कार में वर पक्ष के लोग बन्धु बान्धवों और मित्रों को साथ लेकर बारात के रूप में कन्या पक्ष के घर पहुँचते हैं। अब यहाँ पर

कुछ धार्मिक संस्कार किए जाते हैं जिनमें मुर्गियों और सूअरों का बलिदान भी होता है। विवाह संस्कार पूर्ण हो जाने के बाद पति पत्नी के ही पास रूक जाता है। कुछ खासी जनजातियों में पति केवल रात में पत्नी के घर में रहते हैं, दिन में कभी नहीं रहते। पति-पत्नी के कुछ वर्ष तक एक साथ रहने के बाद जब उनकी सन्तानें उत्पन्न हो जाती हैं तो वे एक नया घर बसा सकते हैं। इसके बाद पति-पत्नी एक दूसरे की चीजों को खुलकर इस्तेमाल कर सकते हैं। इसके पहले उन्हें ऐसा करने का अधिकार नहीं होता।

खासी जनजाति में विवाह धार्मिक और सामाजिक विधान है। विवाह के लिए वर पक्ष की ओर से कन्या पक्ष के पास प्रस्ताव भेजा जाता है। कन्या के माता-पिता विवाह के विषय में सबसे पहले अपनी कन्या की राय का पता लगाते हैं और तब शकुनं और अपशकुन पर विचार किया जाता है और यदि वे अनुकूल होते हैं तो साधारणतया वर पक्ष का प्रस्ताव स्वीकार किया जाता है।

वर कन्या का चुनाव गोत्र के बाहर किया जाता है किन्तु किसी भी स्थिति में जनजाति के बाहर विवाह नहीं होते। चूँकि खासी लोगों में मामा को पिता के बराबर स्थान दिया जाता है। अस्तु, उसके जीवनकाल में मामा की कन्या से विवाह नहीं किया जाता। चाचा की सन्तान से विवाह सम्बन्ध नहीं हो सकते; किन्तु पिता की मृत्यु के पश्चात् बुआ की सन्तान से विवाह किया जा सकता है। खासी लोगों में बहुविवाह की प्रथा बहुत कम पाई जाती है। इस प्रकार बहुपतित्त्व और बहुपत्नित्व दोनों ही नहीं मिलते। पुरुष अपनी मृत पत्नी की छोटी बहन से विवाह कर सकता है परन्तु पत्नी के जीते जी ऐसा नहीं हो सकता। कुछ पुरुष रखैल भी रखते हैं और उनसे उत्पन्न सन्तान को पत्नी से उत्पन्न सन्तान के बराबर सम्पत्ति के अधिकार दिये जाते हैं।

विवाह के प्रकार : बहुपतित्त्व

मार्टिन ने मध्य भारत के औरावों में और मेन ने संथालों में भी इसके चलन का उल्लेख किया है। कश्मीर से असम तक के मंगोल लोगों में भी यह प्रथा पाई जाती है। दक्षिण भारत में नायर लोगों में आज भी इसके उदाहरण मिलते हैं। लद्दाख में, पंजाब के कुछ पहाड़ी भागों में जैसे कांगड़ा जिले के स्पीती तथा लाहौल परगनों में, और चम्बा, कुल्लु तथा मण्डी के ऊँचे प्रदेशों में जनजातियों में बहुपतित्त्व प्रथा पाई जाती है। किसी समय यह प्रथा केरल के ऐरावन निवासियों में भी प्रचलित थी। भारत में आजकल

यह प्रथा विशेष रूप से खासी अथवा खस और टोडा आदिम समाजों में दिखलाई पड़ती है। आदिम समाजों में कुछ समाज ऐसे हैं जिनमें एक स्त्री अनेक पुरुषों से विवाह करती है यह बहुपतित्त्व विवाह कहलाता है। भारतवर्ष में देहरादून जिले में जौनसार बावर, खस जनजाति और केरल के लिऑन, कुरुम्ब, कोट, लडारवी बोट, नीलगिरी पर्वत के टोडा आदि लोगों में बहुपतित्त्व विवाह की प्रथा देखी जाती है।

डॉ. मजूमदार और डॉ. रामनारायण सक्सेना ने जौनसार बावर की खासी जनजाति में बहुपतित्त्व प्रथा का विस्तृत वर्णन किया है। इनमें बड़ा भाई विवाह करता है और उसकी पत्नी सब भाइयों की पत्नी समझी जाती है। जौनसार बावर के सामाजिक विधान, दस्तूर उल अम्ल के अनुसार किसी भी छोटे भाई को अपने लिए पृथक् या अतिरिक्त स्त्री से विवाह की अनुमति नहीं है। यदि विवाह के समय छोटे भाई अल्पवयस्क हैं या उनका जन्म विवाह के पश्चात् हुआ है तब भी वे युवा होने पर उस स्त्री के पति माने जाते हैं। परन्तु यदि छोटे भाई युवा होने पर दूसरी स्त्री से विवाह कर लेते हैं तो उस स्त्री पर भी बड़े भाई तथा अन्य भाइयों का अधिकार समझा जाता है। यद्यपि विवाह हो जाने के पश्चात् स्त्री सभी भाइयों की पत्नी समझी जाती है परन्तु उस बड़े भाई का विशेष रूप से अधिकार माना जाता है। उसके साथ सम्भोग करने से इन्कार करना स्त्री का अक्षम्य अपराध समझा जाता है और इसी आधार पर उसे त्यागा जा सकता है। यदि बड़े भाई ने स्त्री से यह कह दिया कि वह किसी अन्य भाई के साथ सहवास न करे तो स्त्री को उसकी आज्ञा मानकर वैसा ही करना पड़ता है। यदि दूसरे भाई इस विषय में कोई झगड़ा करते हैं तो केवल बड़े भाई को ही विवाह विच्छेद की अनुमति देने का अधिकार है। यदि उस स्त्री के कोई सन्तान उसके विवाह से पूर्व उत्पन्न हो गयी है तो उस पर बड़े भाई का ही अधिकार माना जाता है। उसी पर सबके पालन-पोषण का उत्तरदायित्व होता है। सम्पत्ति का बँटवारा होने पर उसे अन्य भाइयों की अपेक्षा अधिक सम्पत्ति मिलती है। बँटवारा होने पर स्त्री और बच्चे उसी के पास रहते हैं। किन्तु बच्चों का अधिकार केवल बड़े भाई की सम्पत्ति पर ही नही;बल्कि सब भाइयों की सम्पत्ति पर होता है।

भ्रातृत्व बहुपतित्त्व विवाह, जिसमें सभी पति आपस में भाई होते हैं, नीलगिरी के टोडा आदिम समाज में भी प्रचलित है। इन लोगों में किसी पुरुष का किसी स्त्री से विवाह हो जाने पर उस पुरुष के सभी भाई उस स्त्री के पति समझे जाते हैं चाहे उनका जन्म विवाह के बाद ही क्यों न हुआ हो। पत्नी

के गर्भवती होने पर सबसे बड़ा पति धनुष -बाण के द्वारा एक संस्कार करता है जिससे उसे सामाजिक रूप में सन्तान का पिता समझा जाता है। स्त्री के दूसरी बार गर्भवती होने पर दूसरा पति इसी प्रकार संस्कार करता है और वह दूसरी सन्तान का पिता माना जाता है। इसी प्रकार यह क्रम चलता रहता है और पिता का निश्चय इस सामाजिक संस्कार से किया जाता है। यदि कोई भाई संयुक्त परिवार से पृथक् हो जाता है तो वह न तो पत्नी का पति रहता है और न बच्चों का पिता ही रहता है।

इन लोगों में पिता बनने की एक सामाजिक रीति होती है, क्योंकि स्त्री के सभी भाइयों के साथ सम्भोग करने के कारण यह निश्चित करना कठिन होता है कि नवजात शिशु किस की सन्तान है। फ्रेजर के अनुसार इनमें सबसे बड़ा लड़का बड़े भाई का, दूसरा लड़का उससे छोटे भाई का तथा इसी क्रम से लड़के अन्य भाइयों के पुत्र माने जाते हैं। परिवार में बच्चे भिन्न-भिन्न भाइयों को अलग-अलग नामों से पुकारते हैं। उदाहरण के लिए सबसे बड़ा भाई जो कि सबसे बड़ा पिता होता है, बारी बाबा कहलाता है, दूसरे को डांगर बाबा और तीसरे को भेदी बाबा कह कर पुकारा जाता है। इन लोगों में यदि परिवार में एक से अधिक स्त्रियों की आवश्यकता होती है तो साधारणतया पहली स्त्री की बहिन से ही विवाह किया जाता है जिससे कि पारिवारिक शान्ति बनी रह सके।

बहुपतित्त्व विवाह में कुछ सामान्य लक्षण सब कहीं दिखलाई पड़ते हैं। इनमें एक स्त्री एक से अधिक पुरुषों से विवाह करती है। उसके एक से अधिक पति आपस में भाई भी हो सकते हैं और इनमें भ्रातृत्व सम्बन्ध होना आवश्यक भी नहीं है। स्त्री पर सबसे अधिक बड़े भाई का अधिकार माना जाता है। परिवार में एक से अधिक स्त्रियाँ होने पर प्रत्येक पुरुष को प्रत्येक स्त्री के साथ यौन सम्बन्ध स्थापित करने की स्वतन्त्रता होती है। सम्पत्ति और सन्तान पर बड़े भाई का सबसे अधिक अधिकार होता है। मातृवंशीय समाजों में स्त्री स्वयं अपने पति को चुनती है और बारी-बारी से प्रत्येक के घर जाकर रहती है। स्त्री और पुरुष दोनों को ही विवाह विच्छेदन का अधिकार होता है।

अधिकतर आदिम समाजों में केवल वहीं पर बहुपतित्त्व विवाह की प्रथा है जहाँ लोग इतने निर्धन होते हैं कि वे अकेले अपनी आय से स्त्री का लालन-पोषण नहीं कर सकते। पीछे जो उदाहरण दिये गये हैं उनमें स्त्री के अनेक पति परस्पर सगे भाई होते हैं। इसके अतिरिक्त कुछ स्थानों पर स्त्री

के अनेक पति आपस में भाई नहीं होते। यह अभ्रातृक बहुपतित्त्व प्रथा कहलाती है। इसमें स्त्री भाइयों के अतिरिक्त भी अन्य पुरुषों को अपना पति चुन सकती है। उसके सब पति एक ही स्थान पर नहीं रहते। इसलिये वह बारी-बारी से अपने भिन्न-भिन्न पतियों के पास उनके घरों में जाकर रहती है। जब तक वह किसी एक पति के पास रह रही होती है तब तक अन्य पतियों का उस पर कोई अधिकार नहीं होता। भारत में इस प्रकार के बहुपतित्त्व विवाह का उदाहरण मलाबार के नायर लोगों में देखा जाता है। आजकल नायर लोगों में यह अपवाद ही है। यह प्रथा ईयागूँ लोगों में पाई जाती है।

बहुपतित्त्व विवाह के अनेक कारण बतलाये जाते हैं जिनमें सबसे अधिक प्रमुख कारण निर्धनता है। उदाहरण के लिए लद्दाख में दरिद्रता के कारण अनेक पुरुष मिलकर एक स्त्री से विवाह करते हैं। जब किसी पुरुष के पास काफी सम्पत्ति एकत्रित हो जाती है तो वह अकेला ही एक स्त्री से विवाह करके परिवार बसाकर रहता है। समनर ने तिब्बत का उदाहरण देते हुए यह बतलाया है कि यहाँ उपज इतनी कम है कि अनेक पुरुष एक पत्नी रखते हैं। निर्धनता के कारण स्त्री भी इस बात के लिए इच्छुक होती है कि उनका पालन-पोषण करने वाले अनेक पुरुष हों। वैस्टरमार्क के अनुसार बहुपतित्त्व विवाह की प्रथा का मुख्य कारण निर्धनता न होकर स्त्रियों की कमी है। नीलगिरि के टोडा लोगों में बालिका वध की कुप्रथा के कारण पुरुषों के अनुपात में स्त्रियों की संख्या बहुत कम है, इसलिये इन लोगों में बहुपतित्त्व विवाह पाया जाता है। बालिका वध का कानून से निषेध हो जाने से स्त्रियों की संख्या बढ़ रही है जिससे बहुपतित्त्व विवाह कम होते जा रहे हैं। राबर्ट ब्रिफाल्ट ने यह दिखलाया है कि लाहौल, सिक्किम, तिब्बत और लद्दाख आदि प्रदेशों में स्त्री-पुरुषों की संख्या में विशेष अन्तर न होने पर भी बहुपतित्त्व विवाह की प्रथा पायी जाती है। कनिंघम के अनुसार, लद्दाख में पुरुषों की अपेक्षा स्त्रियों की संख्या अधिक है। अस्तु, बहुपतित्त्व के कारण निर्धनता, स्त्रियों की कमी अथवा अन्य कोई भी कारण हो सकते हैं। सभ्य समाज में बहुपतित्त्व प्रथा को अच्छा नहीं माना जाता।

भारत सहित दुनिया के अनेक भागों में आज भी बहुपति प्रथा मौजूद है। प्रसिद्ध मानवशास्त्री प्रो. मनीष कुमार के अनुसार एशिया, अफ्रीका, अमेरिका, आस्ट्रेलिया और ओसेनिया के अनेक भागों में बहुपति प्रथा विभिन्न रूपों में प्रचलित है।

एशिया के जिन देशों में यह प्रथा जारी है उनमें भारत, श्रीलंका और नेपाल शामिल हैं। तिब्बत में बहुपति प्रथा का ऐसा रूप मौजूद है, जिसमें पिता और पुत्र एक ही औरत से शादी करते हैं। भारत में लद्दाख के बोध और भोट जनजातीय समुदाय में, हिमाचल प्रदेश के सिरमौर जिले में ऊँची जातियों में, दक्षिण भारत में टोडा, इरावा, नायर, तियास, कांपलांस, मानस, पुलुवंस आदि समुदायों में, पूर्वोत्तर भारत में भोटिया और लेपचा और उत्तर प्रदेश के देहरादून जिले के जौनसार भाबर में भी यह प्रथा है।

कुछ विद्वानों का मानना है कि यह प्रथा वैदिक काल में मौजूद नहीं थी। दूसरी तरह अनेक विद्वानों का दृढ़ मत है कि यह प्रथा प्राचीन भारत में मौजूद थी। अथर्ववेद में स्पष्ट तौर पर कहा गया है कि कोई औरत दस पति रख सकती है। ऋग्वेद में कहा गया है, कि प्रत्येक नारी को पहले सोम देवता प्राप्त करते हैं, उसके बाद गंधर्व, उसके बाद अग्नि और बाद में उसे मनुष्य प्राप्त करता है।

मानव विज्ञानी एस. डी. सिंह ने अपनी पुस्तक 'पालिएंड्री इन एंशियेंट इंडिया' में वेदों से ऐसे अनेक उदाहरण निकाले हैं, जिनसे प्रथा के प्रचलित होने के प्रमाण मिलते हैं। ऋग्वेद में इस बात का जिक्र है कि जुड़वाँ भाई आश्विन सूर्य देवता की पुत्री सूर्या से और रोडसी ने मरुत भाइयों से शादी की।

वैसे प्राचीन भारत में बहुपति प्रथा का सबसे प्रसिद्ध उदाहरण महाभारत में मिलता है, जब द्रोपदी पाँच पाण्डव भाइयों की पत्नी बनती है हालाँकि अनेक विद्वान उसे अपवाद मानते हुए प्राचीन भारत में बहुपति प्रथा होने की बात को गलत बताते हैं।

महाभारत के द्रोपदी प्रकरण के अलावा एक और प्रकरण यह है कि ब्रहस्पति अपने बड़े भाई की पत्नी ममता के साथ अधिकारपूर्वक यौन संबंध स्थापित कर सकते थे। अनेक विद्वानों ने प्राचीन भारत में प्रचलित नियोग की प्रथा का संबंध बहुपति या बहुपत्नी प्रथा से जोड़ा है।

रामायण में भी बहुपति प्रथा का जिक्र मिलता है। बाली और सुग्रीव ने मिलकर तारा और रुमा को पत्नी बनाया था। कामसूत्र में भी बहुपति विवाह का वर्णन किया गया है।

लद्दाख के कुछ समुदायों में बहुपति प्रथा का जो रूप मौजूद है, उसके तहत एक परिवार के सभी भाइयों की एक ही पत्नी होती है। लेह के आसपास

यह प्रथा मौजूद है। एच.आर.एच. प्रिंस पीटर के अध्ययन के अनुसार लेह में और उसके आसपास 90 प्रतिशत परिवारों में यह प्रथा जारी है।

प्रिंस पीटर ने 1938 में पाया कि लाहौल के किलांग में और उसके आसपास 60 घरों में से 40 में यह प्रथा चल रही थी। इन घरों के भाई एक ही औरत से शादी करते थे। लाहौल में यह प्रथा अत्यंत प्राचीनकाल से जारी है और इसे सामाजिक मान्यता प्राप्त है। यहाँ आमतौर पर परिवार का बड़ा भाई किसी औरत से शादी करता है और बाद में सभी भाई उस औरत के साथ दाम्पत्य व यौन सम्बन्ध रखते हैं।

किन्नौर में 130 वर्ष पहले भी बहुपति प्रथा प्रचलित थी और आज भी यह जारी है। पी.सी. कौमार और एस.एन. महतो ने किन्नौर में किए गए अपने अध्ययन में पाया कि 307 मामलों में से 26.38 प्रतिशत में बहुपति प्रथा जारी थी।

हिमाचल प्रदेश के सिरमौर जिले में खासतौर पर ऊँची जातियों में यह प्रथा मौजूद है। वाई.एस. पामर के अनुसार इस जिले की सभी जातियों और जनजातीय समुदायों में यह प्रथा जारी है। सिरमौर के जिला गजट के अनुसार यह प्रथा मुख्य तौर पर ब्राह्मणों और राजपूतों में और कुछ अनुसूचित जातियों में प्रचलित है। हाल के एक अध्ययन में पाया गया कि 98 विवाहों में 20.4 प्रतिशत विवाह बहुपतित्त्व विवाह थे।

उत्तर प्रदेश के देहरादून जिले के जौनसार भाबर में भाइयों की एक ही औरत से शादी करने की प्रथा मौजूद है। जौनसार में जारी प्रथा की तरह शादीशुदा औरत अपने पतियों के घर में रयति कहलाती है और वह पतियों के पूर्ण नियंत्रण में होती है। जब वह अपने मायके जाती है तो वह वहाँ धयंति कहलाती है और वह पूरी तरह स्वतंत्र व स्वच्छंद होती है। वह सामूहिक नृत्य में भाग लेती है।

दक्षिण भारत में कई समुदायों में सबसे बड़ा भाई किसी औरत से शादी करता है। इसके बाद वधू के सामने मीठे दूध पीने की रस्म पूरी की जाती है और फिर सभी भाई उस औरत के सहपति बन जाते हैं।

इस प्रथा के जन्म के बारे में मानव विज्ञानियों में मतभेद हैं। प्राचीन भारत में बहुपति प्रथा के अस्तित्त्व पर भी विवाद हैं। अनेक मानव विज्ञानी 880 ईसा पूर्व में लिखे गए 'एतरेय ब्राह्मण' के आधार पर इस बात से इन्कार करते हैं कि प्राचीन भारत में बहुपति प्रथा थी। एतरेय ब्राह्मण में कहा गया

है कि हालाँकि कोई पुरुष कई पत्नियाँ रख सकता है, लेकिन कोई औरत एक समय में एक से अधिक पुरुष नहीं रख सकती।

बहुपत्नित्व

जिन समाजों में बहुविवाह की प्रथा है, उनमें यह आवश्यक नहीं है कि स्त्रियों की स्थिति नीची ही हो। उदाहरण के लिए उत्तरी अमेरीकन इण्डियनों में स्त्री की सामाजिक स्थिति उच्च है और कभी-कभी तो उसकी राजनीतिक और आर्थिक स्थिति पुरुषों से भी ऊँची होती है, परन्तु फिर भी यहाँ बहुविवाह की प्रथा पाई जाती है। इसका एक मुख्य कारण यह है कि युद्ध, शिकार तथा खतरे के अन्य कामों में बड़ी संख्या में पुरुष मारे जाते हैं और इसलिए समूह में स्त्रियों की बहुतायत हो जाती है। जैसा कि पहले अनेक बार कहा जा चुका है, आदिम समाजों में यौन सम्बन्धों को केवल नैतिक व धार्मिक दृष्टि से न लेकर व्यावहारिक दृष्टि से ही सोचते हैं क्योंकि वे उससे ऊपर नहीं उठ सकते। इसलिए स्त्री को यह स्वाभाविक प्रतीत होता है कि उसका पति उसकी बहनों को भी पत्नियों के रूप में रखे और इसके लिए वह स्वयं प्रस्ताव करती है। कहीं-कहीं पर बुआ भतीजी का विवाह एक पुरुष से होता है। केलिफोर्निया के आदिवासियों में पुरुष न केवल स्त्री की बहनों से विवाह करता है बल्कि यदि उसकी माता विधवा है तो उससे भी विवाह कर लेता है। इसमें प्रत्येक स्त्री पति के घर में अलग चूल्हा रखती है। कभी-कभी स्त्री मुख्य पत्नी मानी जाती है और उसे अन्य पत्नियों पर अधिकार होते हैं।

आदिम समाजों में बहुविवाह की प्रथा व्यापक रूप से प्रचलित है। बहुविवाह के दो रूप माने जा सकते हैं। बहुपत्नित्व अर्थात् एक पुरुष का अनेक स्त्रियाँ रखना और बहुपतित्त्व अर्थात् एक स्त्री का अनेक पुरुषों से विवाह करना। बहुविवाह के इन दोनों अर्थों में सामान्य रूप से पहला ही अधिक प्रचलित है। आदिम समाजों में इस रूप में बहुविवाह का व्यापक प्रचार दिखलाई पड़ता है। भारतवर्ष में नागा, गोण्ड, बैगा, टोडा और मध्य भारत की जनजातियों में बहुविवाह की प्रथा प्रचलित है। फीजी द्वीप के मैलेनीसियन आदिम समाज में सरदार कभी-कभी कई सौ स्त्रियाँ रखते थे जो सब उनकी विवाहित पत्नियाँ होती थीं, परन्तु अधिकतर दासी का कार्य करती थीं। अफ्रीका में अनेक आदिम समाजों में सरदार बहुत-सी स्त्रियों से विवाह करते हैं जो कि उनकी खेती-बाड़ी तथा अन्य काम-काज की देखभाल करती हैं। इससे उन्हें बिना खर्च का विश्वासपात्र श्रमिक मिल जाता है। कुछ दिनों पूर्व समाचार

पत्र में अफ्रीका के ऐसे कारखाने का समाचार छपा जिसमें आज तक भी श्रमिकों ने हड़ताल नहीं की थी। इसका कारण यह था कि सभी श्रमिक स्त्रियाँ थी और वे कारखाने के मालिक की विवाहित स्त्रियाँ थी। इस प्रकार आर्थिक कारणों से अनेक स्थानों पर बहुत से विवाह किये जाते हैं। इतनी अधिक पत्नियाँ होने पर सभी की सामाजिक स्थिति एक सी नहीं होती, कुछ मुख्य पत्नियाँ कहलाती हैं, कुछ उप-पत्नियाँ कहलाती हैं। विवाहित पत्नियों के अतिरिक्त बहुत से आदिम समाजों में सरदार लोग एक बड़ी संख्या में रखैल भी रखते हैं। अनेक आदिम समाजों में विभिन्न समूहों में संघर्ष होने पर पुरुष दूसरी समूह की स्त्रियाँ उठा लाते हैं और उनको पत्नी बनाकर रखते हैं। इस रूप में भी बहुविवाह प्रचलित है। कुछ आदिम समाजों में कुछ थोड़े से अत्यधिक बलशाली सरदार, पुजारी या जादूगर आदि समूह की समस्त स्त्रियों पर एकाधिकार किये रहते हैं यहाँ तक कि बहुत से पुरुषों को तीस वर्ष की आयु तक भी विवाह करने का अवसर नहीं मिलता । स्मरण रहे कि अधिकतर आदिम समाजों में यौवनारम्भ के शीघ्र बाद ही विवाह करने की प्रथा है और विवाह की दृष्टि से तीस वर्ष की आयु बहुत अधिक मानी जाती है।

बहुविवाही आदिम समाजों में स्त्रियाँ पुरुष के अधिक विवाह करने का विरोध नहीं करतीं। अनेक स्थानों पर तो पुरुष किसी नवजात बालिका को खरीद लाता है और उसकी पत्नी ही उसको पाल-पोस कर बड़ा करती है और जब वह युवती हो जाती है तो उसे नहला-धुलाकर, कंघी-चोटी करके फूलों से सजाकर नग्नावस्था में अपने पति के पास ले जाती हैं। जुलू लोगों में पहली पत्नी अनेक प्रकार से यह प्रयत्न करती है कि उसका पति एक दूसरी स्त्री भी ले आए जो काम में उसकी सहायता करे और जिसके आने से उसको बड़प्पन के विशेषाधिकार मिल जाएँ। इन समाजों में पुरुष इतने अधिक सत्ताशील माने जाते हैं कि स्त्रियाँ कभी भी उनकी बराबरी करने की बात नहीं सोचतीं। बचपन से ही उनका पालन-पोषण इस प्रकार किया जाता है कि उन्हें बहुविवाह केवल सामान्य बात ही मालूम नहीं पड़ती बल्कि वह सर्वथा वांछनीय प्रतीत होता है। अधिकतर खेती-बाड़ी के काम स्त्रियाँ ही करती हैं। स्वभावतया वे चाहती हैं कि उनका हाथ बँटाने वाली अन्य स्त्रियाँ हों तो अच्छा है। जिन आदिम समाजों में बहुविवाह की प्रथा है उनमें बाल विवाह भी दिखलाई पड़ता है क्योंकि जब एक पुरुष अनेक स्त्रियों से विवाह करता है तो स्वभावतया वयस्क स्त्रियों की संख्या कम हो जाती है। लिविंगस्टन के

अनुसार अनेक आदिम समाजों में किसी भी पुरुष की सामाजिक स्थिति और धन सम्पत्ति का मूल्यांकन उसकी पत्नियों की संख्या से किया जाता है। इसलिए न केवल पुरुष अधिक से अधिक विवाह करते हैं; बल्कि अपनी पत्नियों की संख्या भी बढा-चढ़ाकर बतलाते हैं। जिन आदिम समाजों में बहुविवाह की प्रथा नहीं भी है वहाँ भी अधिकतर पुरुष विवाहित पत्नी के अतिरिक्त कामगर पत्नी अथवा रखैल रखते हैं और यह एक सामान्य बात मानी जाती है। उदाहरण के लिए मैलिनोवस्की ने ट्राब्रियण्ड लोगों के बारे में लिखा है कि यद्यपि उनमें एक विवाह की प्रथा है किन्तु उच्चवर्ग के लोगों से, जादूगरों और सरदारों से बहुविवाह की आशा की जाती है। अनेक स्थानों पर सरदार राजनीतिक कारणों से अनेक विवाह करते हैं।

साधारणतया बड़े आदिम समाज का सरदार समाज के प्रत्येक गोत्र समूह से एक स्त्री पत्नी के रूप में लेता है। इससे उसका सब गोत्रों से सम्पर्क बना रहता है। तिब्बत में बहुपतित्त्व के साथ-साथ बहुपत्नित्व की भी प्रथा है। इन लोगों में यदि कोई स्त्री किसी पुरुष से विवाह करती है तो वह उसके सब भाइयों की पत्नी मानी जाती है। दूसरी और यदि कोई पुरुष किसी स्त्री से विवाह करता है तो उसकी छोटी बहनें उसकी पत्नियाँ मानी जाती हैं। किन्तु छोटी बहनों से विवाह करने पर बड़ी बहनें पत्नियाँ नहीं मानी जातीं।

साली विवाह

वास्तव में साली विवाह समूह विवाह का ही एक रूप है। विवाह की संस्था के विकास में यह समूह विवाह से उच्चतर सोपान है। अफ्रीका की अमेजोन और रायोनीगो जनजातियों में पुरुष एक परिवार की सभी बहनों से विवाह करते हैं। यह प्रथा अफ्रीका के बहुत से अन्य आदिम समाजों में भी प्रचलित है। बुशमैन लोगों में पुरुष स्त्री की बहनों अथवा चचेरी बहनों से विवाह करते हैं। यह प्रथा काफिर लोगों में, पूर्वी पोर्तुगीज अफ्रीका और मौजम्बिक के आदिमवासियों में भी प्रचलित है। अनेक स्थानों पर छोटी बहनों से विवाह करने की पत्नी की सहमति लेना आवश्यक होता है। दक्षिणी पश्चिमी अफ्रीका के हैरीनो आदिम समाज में ऐसी ही प्रथा है। किन्तु दूसरी ओर पूर्वी अफ्रीका के वसोगा लोगों में जब वधू वर के साथ उसके घर के लिए प्रस्थान करती है तो उसकी बहनें भी पुरुष की उपपत्नियों के रूप में उसके साथ जाती हैं। साईबेरिया और पश्चिमी मंगोलिया के आदिमवासियों में भी साली विवाह प्रचलित है। अधिकतर बहुविवाही आदिम समाजों में साली विवाह के

रूप में बहुविवाह पाया जाता है। उत्तरी अमेरीकन इण्डियन जनजातियों में अधिकतर यह प्रथा पाई जाती है कि यदि पुरुष किसी परिवार की सबसे बड़ी कन्या से विवाह करता है तो उसे विवाह योग्य होने पर उसकी अन्य बहनों से विवाह करने का अधिकार होता है यद्यपि वह उसके लिए बाध्य नहीं होता। यदि वह उनका भरण-पोषण नहीं कर सकता तो वह इनको विवाह करने की अनुमति दे देता है।

ऐसी स्थिति में लड़की का अन्य पुरुष से विवाह होने पर वह पुरुष उसके सम्बन्धियों को नहीं बल्कि उसके जीजा को ही कन्या मूल्य देता है। साली विवाह की प्रथा में स्त्रियों में परस्पर ईर्ष्या और द्वेष के अवसर बहुत कम आते हैं। बहुविवाह के इस रूप के इतने अधिक प्रचलित होने का यह एक मुख्य कारण हैं। इसलिए कुछ आदिम समाजों में इसे सौभाग्य का सूचक माना जाता है। स्त्रियाँ भी इस प्रबन्ध को पसन्द करती हैं क्योंकि उनकी बहनें किसी अन्य स्त्री के अधिकार में पड़ने की अपेक्षा अपनी बहनों के अधिकार में ही रहना पसन्द करती हैं। साली विवाह की प्रथा क्वीन्स, आस्ट्रेलिया में विशेष रूप से दिखलाई पड़ती है। इन लोगों में पुरुष को सालियों से विवाह किए बिना ही उनसे यौन सम्बन्ध स्थापित करने का अधिकार होता है। दक्षिणी पूर्वी आस्ट्रेलिया में यदि कोई पुरुष किसी स्त्री को लेकर भाग जाता है तो माता-पिता का क्रोध शान्त हो जाने के बाद वे अपनी अन्य कन्याएँ भी उसको सौंप देते हैं।

भाभी विवाह

साली विवाह से मिलता-जुलता बहुविवाह का एक रूप भाभी विवाह है जिसमें कि पुरुष के मर जाने पर उसका भाई विधवा का पति माना जाता है। भाभी विवाह का एक मुख्य कारण यह है कि जब पति की मृत्यु के बाद स्त्री का कोई भी सहारा नहीं रह जाता तो यही अधिक स्वाभाविक है कि उसके पति का भाई उसकी देखभाल करे। जहाँ तक यौन सम्बन्धों का प्रश्न है, जनजातियों में इस विषय में विशेष रोक-टोक नहीं होती।

उनके यहाँ इसको प्राकृतिक नियम समझा जाता है। साली विवाह और भाभी विवाह की प्रथाएँ विकल्प रूप से नहीं होतीं बल्कि रिवाज के रूप में मानी जाती हैं। दूसरे शब्दों में, अधिकतर समाजों में इन प्रथाओं का अनिवार्य रूप से पालन किया जाता है।

चचेरे भाई-बहनों में विवाह

विवाहित पत्नियों के अतिरिक्त अधिकतर आदिम समाजों में पुरुष रखैल स्त्रियाँ रखते हैं और उनसे यौन सम्बन्ध स्थापित करते हैं। यह वेश्यावृत्ति से अधिक उन्नत स्थिति है और बहुविवाही समाजों में व्यापक रूप से दिखलाई पड़ती है। रखैल रखने की प्रथा विवाह की संस्था में कोई भी व्यवधान नहीं पहुँचाती। सामान्य रूप में पुरुष एक अथवा अधिक स्त्रियों को पत्नी के रूप में रखता है और उनके अतिरिक्त अनेक स्त्रियों को रखैल बनाकर रखता है। आदिम समाजों में सरदार, जादूगर, पुजारी तथा शक्तिशाली पुरुष बड़ी संख्या में रखैल रखते हैं।

जिन आदिम समाजों में विवाह सम्बन्ध स्थापित नहीं होते अथवा उनके विधि-विधान अधिक जटिल नहीं होते उनमें पत्नियों में और रखैलों में बहुत कम अन्तर होता है। रखैलों की सामाजिक स्थिति पत्नियों से थोड़ी बहुत भिन्न होने पर भी अनिवार्य रूप से निम्न नहीं होती बल्कि कुछ समाजों में तो उन्हें काफी उच्च सामाजिक स्थिति दी जाती है। अनेक योरोपियन विद्वानों ने आदिम समाजों के सरदारों के हरम में स्त्रियों के व्यवहार और सम्बन्धों का अध्ययन करके अनेक मनोरंजक विवरण प्रस्तुत किये हैं। लिटिल ने ग्रीस में इस प्रथा का विस्तृत वर्णन किया है। मोरक्को के सुल्तानों के हरमों में हजारों की संख्या में स्त्रियाँ रहती थीं।

भिन्न-भिन्न आदिम समाजों में चचेरे भाई-बहनों के विवाह के सम्बन्ध में अलग-अलग रीति-रिवाज प्रचलित हैं। कुछ आदिम समाजों में इसका पूर्ण निषेध है जबकि अन्य में इसकी अनुमति है। टोडा, वेद्दा, मेलेनीसियन तथा फीजी द्वीप के आदिमवासियों में, दक्षिणी और पूर्वी अफ्रीका की अनेक जनजातियों में और साउथ अमेरीकन इण्डियन लोगों में अन्तर्विवाह की यह प्रथा देखी जाती है।

जैसा कि पहले बतलाया जा चुका है, आदिम समाजों में बहुविवाह का एक मुख्य कारण घर का काम-काज चलाने के लिए अधिक स्त्रियों की आवश्यकता है। दूसरे, कई स्थानों पर स्त्रियाँ भी यही चाहती हैं कि उनके कामों में हाथ बँटाने के लिए उनके पति की कुछ पत्नियाँ हों। तीसरे, जिन समाजों में स्त्रियों की संख्या से सामाजिक स्थिति का मूल्यांकन किया जाता है वहाँ बहुविवाह स्वाभाविक स्थिति है। चूँकि अधिकतर शक्तिशाली, धनवान और ऊँची सामाजिक स्थिति के लोग ही बहुविवाह करते हैं, इसलिये इससे

एक लाभ यह होता है कि समूह में अच्छी सन्तानों की संख्या बढ़ती है। पुनः बहुविवाह से समूह में व्याभिचार कम होता है क्योंकि पुरुष को यौन सम्बन्धों में विविधता भी मिल जाती है। इन व्यावहारिक कारणों से अनेक आदिम समाजों में स्त्री-पुरुष बहुविवाह को सामान्य स्थिति मानते हैं। जहाँ इसके कारण परिवार की स्त्रियों में ईर्ष्या द्वेष बढ़ने से शान्ति भंग होने का प्रश्न है, उसको साली विवाह की प्रथा से सुलझा लिया जाता है। आदिम समाजों में स्त्रियों का मानसिक विकास इतना अधिक नहीं होता कि वे मानसिक अथवा आध्यात्मिक प्रेम के अर्थ को समझ सकती हों, इसीलिए उन्हें बहुविवाह में कोई विशेष आपत्ति नहीं होती।

बहिर्विवाह

बहिर्विवाह के कारणों के विषय में भिन्न-भिन्न विद्वानों ने भिन्न-भिन्न मत उपस्थित किये हैं। रिजले ने इसका कारण यह बतलाया है कि चूँकि पुरुष नवीनता चाहता है इसलिये वह अपने समूह की परिचित स्त्रियों से विवाह करना पसन्द नहीं करता। मनोवैज्ञानिक दृष्टि से रिजले का मत कुछ हद तक ठीक है परन्तु नवीनता की इच्छा को बहिर्विवाह का एकमात्र कारण नहीं माना जा सकता। वैस्टरमार्क के अनुसार बहिर्विवाह का एक कारण निकट सम्बन्धियों के साथ यौन सम्बन्ध को टालना है। आडरे रिचार्ड्स के अनुसार बहिर्विवाह की प्रथा का कारण इन जनजातियों में लड़कियों की कमी है। जिन आदिम समाजों में कन्या वध की कुप्रथा पाई जाती है उनके समूह में इतनी पर्याप्त स्त्रियाँ नहीं होती कि प्रत्येक पुरुष को स्त्री मिल सके। इसलिये यह स्वाभाविक है कि स्त्री की आवश्यकता पड़ने पर ये लोग दूसरे समूह से स्त्री चुरा लाते हैं या उसे बलपूर्वक उठा लाते हैं। बहिर्विवाह का एक अन्य प्रमुख कारण यह है कि टोटम अथवा एक गोत्र के स्त्री-पुरुष भाई-बहन माने जाते हैं। वास्तव में बहिर्विवाह का कोई एक कारण नहीं बतलाया जा सकता। भिन्न-भिन्न समाजों में उपरोक्त कारणों में विभिन्न कारण हो जाते हैं।

प्रत्येक आदिम समाज में विवाह सम्बन्धी कुछ निषेध जाये जाते हैं। इनमें एक मुख्य निषेध बहिर्विवाह है। हॉबेल के शब्दों में,"उसकी परिभाषा एक सामाजिक नियम के रूप में दी जा सकती है जो कि एक व्यक्ति को एक निश्चित सामाजिक समूह के अन्दर विवाह करने से रोकती है जिसका कि वह सदस्य है।" इस प्रकार पुरुष विशिष्ट समूह के बाहर विवाह कर सकता है। यह समूह गोत्र या टोटम समूह, झुण्ड अथवा जनजाति कोई भी हो सकता

है। अधिकतर जनजातियों में गोत्र और टोटम समूह के बाहर विवाह करने की प्रथा है। भारतीय जनजातियों में यह प्रथा लगभग सब जगह देखी जाती है और इसका उल्लंघन करना बहुत बुरा माना जाता है। कुछ जनजातियों में ग्राम बहिर्विवाह का प्रचलन है। इनमें गाँव की स्त्रियों से विवाह न करके गाँव के बाहर की स्त्रियों से विवाह किया जाता है। भारतवर्ष में इसका एक उदाहरण छोटा नागपुर की मुण्डा जनजाति में पाया जाता है। दक्षिण भारत की ईरुला और उत्तर पूर्व की नागा जनजातियों में वर्ग बहिर्विवाह का नियम माना जाता है।

अन्तर्विवाह

अन्तर्विवाह की प्रथा के अनेक कारण हैं। इनमें सबसे प्रमुख कारण अपरिचित लोगों का भय है। आदिम समाजों में अपरिचितों से जादू-टोने का भय पाया जाता है। दूसरे, अपरिचित व्यक्ति के स्वभाव, चरित्र आदि से भी भय हो सकता है। इसलिए साधारणतया अपने समूह में ही विवाह करना निरापद प्रतीत होता है। भारतवर्ष में कोरवा समाज में अन्तर्विवाह का यही कारण है। प्रजातीय और भौगोलिक अन्तरों से विभिन्न आदिम समाजों में परस्पर मिलना-जुलना कठिन हो जाता है जिससे वे एक-दूसरे से भय खाते हैं और उनमें परस्पर विवाह नहीं होता। इसके अतिरिक्त प्रत्येक आदिम समाज में अपनी सामाजिक, सांस्कृतिक और भाषा सम्बन्धी विशेषताओं को बनाये रखने की इच्छा होती है। यह इच्छा भी अन्तर्विवाह का एक कारण है क्योंकि दूसरे समूह में विवाह करने से अपनी विशेषताओं को बनाये नहीं रखा जा सकता। उपरोक्त कारणों के अतिरिक्त यातायात के साधनों का अभाव, प्रत्येक आदिम समाज की आत्मनिर्भर प्रकृति और शिक्षा का अभाव आदि आदिम समाजों में अन्तर्विवाह के मुख्य कारण हैं।

बहिर्विवाह के विपरीत विवाह सम्बन्धी निषेध अन्तर्विवाह कहलाता है। हॉबेल के शब्दों में, ''यह एक सामाजिक नियम है जो कि एक व्यक्ति के एक निश्चित सामाजिक समूह में विवाह करने की अपेक्षा रखता है जिसका कि वह सदस्य है।'' इस प्रकार अन्तर्विवाह की प्रथा में पुरुष अपने समूह के अन्तर्गत ही विवाह कर सकता है। यह समूह उसकी जनजाति, वर्ग, गोत्र अथवा ग्राम कोई भी हो सकता है। भारतवर्ष में भील लोगों में उजले भील और मैले भील अन्तर्विवाह के नियम को मानते हैं। टोडा जनजाति में तारथारोल और तिवालियल नामक दो अन्तर्विवाही गोत्र पाये जाते हैं।

पत्नी प्राप्त करने की विधियाँ : राक्षस विवाह

आदिम समाजों में स्त्री प्राप्त करने की अनेक विधियाँ प्रचलित हैं। इन विधियों के अनुसार विवाह के अनेक रूप हो जाते हैं। इनमें सबसे अधिक प्रचलित विवाह राक्षस विवाह कहलाता है। भारतवर्ष में अनेक आदिम जातियों में राक्षस विवाह की प्रथा पाई जाती है। इसमें पुरुष स्त्री को जबर्दस्ती उसके समूह में से उठा लेता है और उसकी इच्छा के विरुद्ध उससे विवाह करता है। अस्तु, स्त्री लेकर भाग जाने मात्र को राक्षस विवाह नहीं कहा जा सकता जबकि स्त्री की इच्छा के विरुद्ध विवाह भी नही किया जाए। पहाड़ी प्रदेशों में रहने वाले लोगों में राक्षस विवाह की प्रथा पाई जाती है। अनेक आदिम समाजों में इसका अध्ययन किया गया है। भारतवर्ष में अनेक लोगों में राक्षस विवाह प्रचलित हैं यद्यपि इनमें बहुधा घरवालों के दुर्व्यवहार के कारण लड़कियाँ स्वयं यह पसन्द करती हैं कि उनको कोई भगा ले जाए। अपहरण करने वाले नवयुवक कन्या के ललाट पर सिन्दूर भर लगा देने से उनका विवाह मान लिया जाता है। संथाल, मुण्डा, भूमिज, गोण्ड, भील और नागा जनजातियों में भी राक्षस विवाह की प्रथा प्रचलित है। इनमें से अनेक स्थानों पर वस्तुतः राक्षस विवाह नहीं होता बल्कि वह केवल विवाह की विधि के रूप में दिखलाई पड़ता है। बिहार के खारिया और बिरहोर आदिम समाजों में लड़की को बलात् सिन्दूर और तेल लगा देने से वह सिन्दूर लगाने वाले की पत्नी मान ली जाती है। सरायकेला के भूमिजों में राक्षस विवाह एक विधि के रूप में दिखलाई पड़ता है। विवाह तय करने के पश्चात् कन्या के माता-पिता वर से स्वयं यह प्रार्थना करते हैं कि वह कन्या को भगा ले जाए। भारत में जनजातीय क्षेत्रों में भी भारतीय दण्ड विधान के लागू होने से अब यहाँ राक्षस विवाह की प्रथा उठती जा रही है।

संसार के उन आदिम समाजों में राक्षस विवाह की प्रथा विशेष रूप से दिखलाई पड़ती है जो किसी कारण से अपने समूह के बाहर विवाह करते हैं। अधिकतर परस्पर संघर्षरत रहने वाले आदिम समाजों में पुरुष एक-दूसरे के समाज से स्त्रियों को जबर्दस्ती उठा ले जाते हैं और उनसे जबर्दस्ती विवाह करते हैं। आस्ट्रेलिया के मावरी लोगों में राक्षस विवाह की प्रथा पाई जाती है। किन्तु उसका सबसे अधिक प्रसिद्ध उदाहरण आस्ट्रेलिया के ब्लेक नामक आदिम समाज में दिखलाई पड़ता है। इन लोगों में स्त्रियों को बोझ ढोने वाले पशु माना जाता है और पुरुषों के साथ में स्त्रियाँ भारी बोझ लेकर चलती हैं। इनमें कोर्टशिप जैसी कोई प्रथा नहीं है। जब किसी योद्धा को स्त्री

की आवश्यकता अनुभव होती है तो वह अपनी बहन देकर अपने किसी रिश्तेदार से उसकी बहन ले लेता है। यदि यह सम्भव नहीं होता तो वह अन्य लोगों के खेमों के चारों ओर चक्कर काटता रहता है जब तक कि उसे उनकी किसी स्त्री को उठा ले जाने का अवसर नहीं मिलता। स्त्री दिखलाई पड़ते ही यदि वह पसन्द आ गई तो वह उसके सिर पर गदा से चोट करके बेहोश कर देता है और घसीटता हुआ उसे अपने स्थान पर ले जाता है। जब वह होश में आ जाती है तो उसे वह अपने घर ले जाता है। कभी-कभी दो पुरुष मिल कर भी यह कार्य करते हैं। वे कई-कई दिनों तक किसी खेमे के चारों ओर मँडराते रहते हैं और बराबर यह ध्यान रखते हैं कि कोई उन्हे देख न पाए। अन्धेरी और तेज हवा वाली रातों में वे बिल्कुल नग्न अपने भाले लेकर चुपचाप खेमों के निकट पहुँच जाते हैं। वे रेंगकर वहाँ पहुँचते हैं जहाँ स्त्रियाँ सो रही होती हैं। अब उनमें से एक भाले को किसी स्त्री के घने बालों में घुसा देता है और धीरे से इस तरह घुमता है कि बाल भाले में उलझ जाते हैं। अब वह झटके से उसे उठा देता है, आँखें खोलते ही वह अपनी गर्दन पर भाले की नोक चुभती हुई पाती है। वह न तो चिल्लाती है, न बेहोश होती है क्योंकि वह जानती है ऐसा करने से उसे जान से हाथ धोना पड़ेगा इसलिए वह चुपचाप उठकर उन पुरुषों के पीछे चल देती हैं। काफी दूर ले जाकर वे उसे एक पेड़ से बाँध देते हैं और तब दोनों मिलकर इसी प्रकार एक दूसरी स्त्री को उठा ले जाते हैं। दोनों के लिए एक-एक स्त्री मिल जाने पर वे उन्हें लेकर खेमे में लौट आते हैं जहाँ पर उनका भारी स्वागत किया जाता है। यदि स्त्री चुराने की कोशिश में शोर मच जाता है तो वे चुपचाप भाग निकलते हैं और फिर मौका देखकर प्रयास करते हैं। अनेक आदिम समाजों में स्त्री का स्वयं अपनी इच्छा से पुरुष के घर जाना अनुचित समझा जाता है जब तक कोई उसको जबर्दस्ती उठा न ले जाए। एस्किमो लोगों में जब कोई नवयुवक स्त्री चाहता है तो वह उसके लम्बे बाल या फरदार पोशाक को पकड़कर घसीटते हुए उसे अपनी गुफा में ले जाता है। ग्रीनलैण्ड में धनिक लोग अपने मित्रों के एक दल को इसी काम के लिए भेजते हैं।

बलात्कार विवाह

आस्ट्रेलिया के आदिम समाजों में सुन्दर लड़की को कितनी बार कितने ही पुरुषों के बलात्कार सहन करने पड़ते हैं और वह एक पुरुष से दूसरे पुरुष के हाथों में जाती रहती है। इसमें उससे बड़ी क्रुरता का व्यवहार

किया जाता है और उसके अनेक घाव लगते हैं। जब किसी आदिम समाज की कोई स्त्री उठा ली जाती है तो वह उसका बदला लेता है जिसमें भयंकर युद्ध होते हैं। न्यूगायनास के पकुवन और फिजी आइलैण्ड के आदिवासियों में भी बलात्कार विवाह की प्रथा है। इनमें यदि पुरुषों को कोई स्त्री अकेली मिल जाती है तो वे उसको जबर्दस्ती उठा ले जाते हैं और उससे बलात्कार करते हैं। यह उनके यहाँ बड़े यश की बात समझी जाती है।

राक्षस विवाह से मिलता-जुलता विवाह का रूप बलात्कार के द्वारा विवाह है। साधारणतया आदिम समाजों में यदि पुरुषों को भिन्न समूह अथवा शत्रु समूह की स्त्री मिल जाती है तो उससे बलात्कार करना उनके यहाँ बिल्कुल सामान्य समझा जाता है। आस्ट्रेलिया के आदिवासी भिन्न समूह की स्त्री को अपने समूह में बलपूर्वक उठा लाकर समूह के अन्य पुरुषों की उपस्थिति में बलात्कार करते हैं। दक्षिणी अमेरीका के चिली प्रदेश में आदिवासियों में जब वर के सभी कन्या के पिता से विवाह की बातचीत करते हैं तो वर उसके घर में घुसकर कन्या को जबर्दस्ती उठा कर घोड़े पर बिठाकर ले भागता हैं। इससे पड़ौस वाले शोर मचा देते हैं, किन्तु यदि वह पुरुष जंगल में पहुँच जाता है तो स्त्री के माता-पिता की इच्छा के विरुद्ध भी वह उसकी पत्नी मान ली जाती है। मासकिटो इण्डियन आदिम समाज में वर के कन्या मूल्य चुका देने पर और विवाह निश्चित हो जाने पर वर कन्या को घोड़े पर बिठा कर ले भागता है और स्त्रियाँ उसको बचाने का नाटक करती हैं। जब वर कन्या दोनों जंगल में पहुँच जाते हैं तो वे कुछ समय तक औरों से छिपकर रहते हैं। इसी प्राचीन परम्परा का आधुनिक रूप विवाह के बाद वर वधु के किसी एकान्त स्थान पर हनीमून मनाने के रूप में देखा जाता है। उत्तरी अमेरीकन इण्डियन आदिम समाजों में राक्षस विवाह की प्रथा नहीं है क्योंकि ये लोग समूह से बाहर विवाह पसन्द नहीं करते। युद्ध में भिन्न समाजों की स्त्रियों को पकड़ लेने पर ये उनसे श्रमिकों का काम लेते हैं और उन पर किसी प्रकार का अत्याचार नहीं करते। क्रमशः उनके विवाह कर दिये जाते हैं और उन्हें समूह की अन्य स्त्रियों के समान अधिकार दिये जाते हैं।

अनेक आदिम समाजों में वास्तविक राक्षस विवाह न होकर उसका नाटक मात्र किया जाता है। उदाहरण के लिए ब्रिटिश न्यूगायना के रो रो आदिम समाज में विवाह के निश्चित दिन वर पक्ष के लोग कन्या के घर को घेर लेते हैं और तरह-तरह से शोर मचाकर युद्ध का सा वातावरण उपस्थित

करते हैं। इसी बीच लड़की घर से निकल भागती है और जब उसे पकड़ लेते हैं तो वह हाथ पैरों और दाँतों से काम लेते हुए भरसक छूट जाने की कोशिश करती है। इस बीच वर पक्ष और कन्या पक्ष के लोगों में संघर्ष छिड़ जाता है। कन्या की माता हाथ में लकड़ी की गदा लेकर उसकी कन्या को उठा ले जाने वालों को गालियाँ देते हुये उन पर चोट करती है और इससे कुछ नहीं होता तो रोती हुई गिर जाती है। गाँव की अन्य स्त्रियाँ भी उसके साथ मिलकर रोने लगती हैं। यह शोक तीन दिन तक चलता रहता है और कन्या की माता कभी भी कन्या की ससुराल नहीं जाती।

जिन आदिम समाजों में राक्षस विवाह की प्रथा है वहाँ इसे शौर्य का चिह्न माना जाता है और ऐसे लोगों का बड़ा सम्मान किया जाता है। आदिम समाज में उनको ऊँचा पद मिलता है। इसका कारण यह है कि उनके द्वारा पकड़कर लाई गयी स्त्री समाज में नया रक्त प्रदान करती है। फिलिपाइन द्वीप के नीग्रिटो लोगों में अभी तक राक्षस विवाह की प्रथा थी। चकची आदिम समाज में नवयुवक भिन्न समूहों की लड़कियों को पकड़ कर उनका समाज के पुरुषों से विवाह कर देते हैं। तिब्बत में पुरांग जिले में यदि कोई युवक किसी कन्या से विवाह करना चाहता था तो वह उपयुक्त अवसर पर अपने कुछ मित्रों की सहायता से उसको उठा ले जाता था। अब इस कन्या को अलग मकान में रखा जाता था और अच्छा भोजन तथा वस्त्र आदि देकर सन्तुष्ट किया जाता था। इसके बाद वह नवयुवक उसका प्रेम जीतने का प्रयास करता है। यदि कन्या इस पर भी राजी नहीं होती थी और उसके माता-पिता भी विवाह पसन्द नहीं करते थे तो गाँव के पंच लोग इस बात का फैसला करते थे। पंचों की आज्ञा से विवाह का दिन निश्चित कर दिया जाता था और विवाहोत्सव मनाया जाता था भारत के गोंड लोगों में यदि कन्या के माता-पिता किसी युवक को अपनी कन्या देने से इन्कार कर देते हैं तो वह उस कन्या के घर से बाहर निकलने की टोह में रहता है और जब वह नदी में पानी भरने जाती है तो अपने मित्रों की सहायता से उसे उठा ले जाता है। क्रमशः वह विवाह के लिए राजी हो जाती है और दोनों पति-पत्नि की तरह रहने लगते हैं। अफ्रीका में कांगों प्रदेश में एक आदिम समाज में पुरुष किसी स्त्री को बलपूर्वक जंगल में ले जाता है और वहाँ शिकार करते हुये उसके साथ तब तक रहता है जब तक कि उसके सन्तान उत्पन्न होकर बच्चे का दूध नहीं छुड़ा दिया जाता। अब वह अपनी स्त्री और बच्चे समेत गाँव लौट जाता है।

उत्तरी ध्रुव की खोज करने वाले नानसेन ने लिखा है कि ग्रीनलैण्ड के पूर्वी किनारे पर यदि कोई पुरुष विवाह करना चाहता है तो वह कन्या की झोंपड़ी पर जाता है और उसके बाल पकड़ कर उसे घसीटते हुए अपने घर पर ले आता है। बहुध स्त्री और पुरुष में हाथापाई और संघर्ष होता है क्योंकि ये लोग साधारणतया पड़ौसियों के कामों में हस्तक्षेप करना अच्छा नहीं समझते। एस्किमो लोगों में तो सुहागरात के अवसर पर भी स्त्री किसी भी प्रकार से यौन सम्भोग को सहमत नहीं होती। यदि पुरुष उसका आलिंगन करना चाहता है तो वह अपने को छुड़ाने का प्रयास करती है, हाथ पैर फेंकती; काटती और चिल्लाती है। जब इस व्यवहार के बावजूद भी पुरुष स्त्री को अपने घर उठा लाता है तो वह खुशी से उसकी पत्नी बनकर रहती है। अनेक अन्य समाजों में भी यह प्रथा पाई जाती है कि विवाह निश्चित हो जाने के बाद भी कन्या अपनी इच्छा से वर के साथ न जाए। यदि वर कन्या को एक अलग तम्बू में नग्नावस्था में सोते हुये भी पाता है तो भी वह उसको नहीं छूता क्योंकि इनमें इस तरह राजी से प्रेम बढ़ाना अनुचित माना जाता है। पुरुष के आगे बढ़ने का स्त्री जितना ही अधिक विरोध करती है उतना ही अधिक वह उसके कौमार्य का चिह्न माना जाता है। इस प्रकार वर और वधु में अच्छी-खासी फ्री स्टाईल कुश्ती होती है।

बर्मा और चीन की सीमा पर लेसू आदिम समाज में विवाह के निश्चित दिन गाँव के वयस्क पुरुष नवयुवकों के साथ कन्या के घर पहुँचते हैं और कन्या को वहाँ से उठाकर लाते हैं। इस दौरान कन्या बराबर अपने उठा ले जाने वालों को नोचती-खसोटती और काटती रहती है। उसके सम्बन्धी रोते चिल्लाते हुये अपने देवताओं से प्रार्थना करते हैं। वर के गाँव की सीमा में आकर कन्या को छोड़ दिया जाता है। अब वह अपनी खुशी से वर पक्ष के लोगों के साथ अपने नये घर पहुँचती है।

अफ्रीका के उत्तरी बण्टू क्षेत्र में बनियान कोल लोगों में राक्षस विवाह की एक विचित्र प्रथा है। इसमें वर को एक झोंपड़ी तक ले जाया जाता है। जहाँ पर कन्या उसकी प्रतीक्षा में खड़ी होती है। वर कन्या का हाथ पकड़कर उसे उपस्थित मेहमानों तक लाता है। अब वधु की एक टांग में एक मजबूत रस्सी बाँध दी जाती है। इसके बाद वर पक्ष और कन्या पक्ष में रस्सा कसी होती है। इस बीच कन्या रोती रहती है और वर उसके बराबर में उसका हाथ पकड़े खड़ा रहता है। अन्त में जब वर पक्ष के लोग रस्सा खींच लेते हैं तो वह कन्या के टखने से रस्सी खोल देता है और उसे अपने मित्रों की

ओर लेकर दौड़ता है जहाँ पर एक गाय की खाल बिछी रहती है। वधु इस पर बैठ जाती है। नवयुवक उसको उठा लेता है और अपने माता-पिता के घर की ओर लेकर भागता है। वधु के मित्र और सम्बन्धी उसका पीछा करते हैं। वर के अपने घर पहुँच जाने पर विवाह सम्पन्न हुआ माना जाता है।

अनेक आदिम समाजों में राक्षस विवाह के नाटक के रूप में वधु के दरवाजे पर भाई वर का रास्ता रोकता है और वर पक्ष और वधु पक्ष में कुछ देर संघर्ष का नाटक होता है।

परस्पर सहमति और सह-पलायन विवाह

अनेक आदिम समाजों में तो किसी युवक-युवती का सह-पलायान मात्र ही उनके विवाह की घोषणा होता है। डकोटा इण्डियन लोगों में यदि कोई युवक-युवती इस प्रकार से भाग जाते हैं तो उनके कभी भी वापिस आने पर विवाह कर दिया जाता है। कुछ स्थानों पर जहाँ माता-पिता अपनी मर्जी से विवाह सम्पन्न किया हुआ दिखलाना नहीं चाहते वहाँ वे वर को कन्या को लेकर भाग जाने के लिए प्रोत्साहित करते हैं। अधिकतर आदिम समाजों में कन्या के इस प्रकार भाग जाने के बाद माता-पिता उसके विवाह का विरोध नहीं करते। इसका एक व्यावहारिक कारण है। कन्या को लेकर भाग जाने वाला नवयुवक उससे यौन सम्भोग अवश्य करता है और आदिम समाजों की धारणा के अनुसार जब किसी पुरुष ने किसी स्त्री के साथ सम्भोग किया है तो माता-पिता के अधिकार से भी उनके विवाह को अवैध नहीं ठहराया जा सकता। इस प्रकार सह पलायन की स्थिति में चाहे माता-पिता अपनी कन्या को वापस लौटा भी लाये तो भी विवाह निश्चित रूप से ही हो जाता है। राक्षस विवाह और बलात्कार विवाह से मिलता-जुलता विवाह का प्रकार परस्पर सहमति और सह-पलायन विवाह है। प्राचीन हिन्दू धर्मशास्त्र में इसी को गांधर्व विवाह कहा जाता है। बिहार के हो लोगों में यह राजी-खुशी विवाह कहलाता है। इसमें कन्या अपनी मर्जी से किसी युवक के साथ भाग जाती है और तब तक नहीं लौटती जब तक कि माता-पिता उनका विवाह स्वीकार नहीं कर लेते। स्पष्ट है कि आदिम समाजों में सह-पलायन विवाह माता-पिता के विरोध को समाप्त करने के लिए होता है। सभ्य समाज में कभी-कभी जब माता-पिता किसी परस्पर घनिष्ठ प्रेम में बँधे हुये युवक-युवती के विवाह को नामंजूर कर देते हैं तो वे साथ मिलकर घर से भाग जाते हैं और तभी लौटते हैं जबकि यह जान लेते हैं कि उनके माता-पिता विवाह को राजी

हैं। आस्ट्रेलिया के अनेक आदिम समाजों में सह पलायन, विवाह का प्रचलित प्रकार है बहुधा जनजाति का चिकित्सक इन युवक-युवतियों की सहायता करता है किन्तु यदि युवक-युवती परस्पर इस प्रकार से सम्बन्धित हैं कि उनमें विवाह का निषेध है तो उन दोनों को कठोर दण्ड दिया जाता है क्योंकि आदिम समाजों में निषेध भंग होने से न केवल निषेध भंग करने वालों पर बल्कि उनके समूहों पर भी आपत्ति आने की सम्भावना होती है। ऐसी स्थिति में नवयुवक को कन्या पक्ष के बहुत से पुरुष भाले लेकर घेर लेते हैं। नवयुवक के हाथ में भी एक भाला दिया जाता है और उसे इन सबसे लड़ना पड़ता है। यदि वह उसमें जीत जाता है तो उसको स्त्री रखने की अनुमति दे दी जाती है। अनेक आदिम समाजों में जब कन्या युवक के साथ भाग कर गाँव पहुँच जाती है तो युवक के गाँव वाले कन्या के गाँव वालों से विवाह की बातचीत चलाते हैं और विवाह सम्पन्न कर दिया जाता है। भारत में चटगाँव पहाड़ियों के चकमा समाज में कन्या के तीन बार किसी युवक के साथ भाग जाने से विवाह नहीं होता किन्तु यदि उसे युवक चौथी बार भी ले भागता है तो विवाह मान लिया जाता है।

क्रय विवाह तथा सेवा विवाह

कुछ समाजों में कन्या का मूल्य वर के द्वारा शारीरिक परिश्रम में चुकाया जाता है। यह सेवा विवाह कहलाता है जो कि क्रय विवाह का ही एक रूप है यह प्रथा गोण्ड लोगों में देखी जाती है। जो नवयुवक निर्धन होते हैं और धन के रूप में कन्या का मूल्य नहीं चुका सकते, वे कुछ समय तक कन्या के माता-पिता की सेवा करके उसका मूल्य चुकाते हैं। गोण्ड लोगों में इस प्रकार विवाह के इच्छुक नवयुवक लमनई और वैगा जनजाति में लमसेना कहलाता है। हिमाचल प्रदेश में इसे कमाऊस कहते हैं। इसे तीन से पाँच वर्ष तक कठोर परिश्रम करके कन्या के पिता को प्रसन्न करना पड़ता है और यदि इस पर भी कन्या का पिता प्रसन्न नहीं होता तो इसको भगाकर दूसरे नवयुवक को अवसर दिया जाता है। माता-पिता की सेवा के दौरान में नवयुवक उनकी कन्या से मिल तो सकता है परन्तु यौन सम्बन्ध स्थापित नहीं कर सकता।

आदिम समाजों में पत्नी प्राप्त करने का सबसे प्रचलित उपाय क्रय विवाह है। हिन्दू धर्मशास्त्रों में इसको असुर विवाह कहा गया है। इसमें वर अथवा उसके माता-पिता कन्या के माता-पिता को कन्या मूल्य देकर खरीद

लेते हैं। राबर्ट लोवी के अनुसार यह धन कन्या का मूल्य नहीं है; बल्कि उसकी उपयोगिता का एक प्रतीक है और कन्या को देने से माता-पिता को हुई क्षति की पूर्ति है। कुछ जनजातियों में कन्या मूल्य के साथ-साथ कन्या पक्ष से दहेज भी लिया जाता है। स्पष्ट है कि कन्या मूल्य को कन्या को खरीदना नहीं कहा जा सकता। क्रय विवाह की प्रथा भारतीय जनजातियों में विशेषतया संथाल, हो, ओराँव, गोण्ड, नागा, कुकी तथा भील आदि लोगों में पाई जाती हैं। आदिम समाजों में कन्या को दूसरों की सम्पत्ति नहीं समझा जाता । पुत्र के समान वह भी घर के भी काम-काज में भाग लेती है। इसलिए कन्या देने से माता-पिता को काम में हाथ बँटाने वाले से हाथ धोना पड़ता है। इस कारण भी अनेक स्थानों पर क्रय विवाह की प्रथा है और इसे स्त्री के आदर का मूल्य दिया गया है वह उसके लिये उतनी ही सम्मान की बात समझी जाती है और कन्या मूल्य बढ़ने के साथ-साथ कन्या का आदर भी बढ़ता जाता है। याकूत लोगों में तो बिना कन्या मूल्य चुकाए लाई गई स्त्री सामाजिक रूप से बहिष्कृत समझी जाती है। इस प्रकार की स्त्री को आवारा स्त्री समझा जाता है।

उत्तरी अमेरिका की कुछ जनजातियों में पुरुष अपनी पत्नियों को पर्याप्त मूल्य मिलने पर बेच दिया करते हैं। कन्या मूल्य के लिए साधारणतया कन्या से कोई राय नहीं ली जाती और माता-पिता ही उसका सौदा करते हैं। भिन्न-भिन्न आदिम समाजों में कन्या मूल्य की मात्रा में अन्तर देखा जाता है। केलीफोर्निया के शास्तिका आदिम समाज में सुन्दर कन्या को प्राप्त करने के लिए युवक को, उसके पिता को बारह खच्चर देने पड़ते हैं। हूपा जनजाति में किसी पुरुष का सम्मान उसकी माता के विवाह के समय दिये गये क्रय मूल्य के अनुपात में होता है यदि वह बहुत अधिक होता है तो उस व्यक्ति को समाज के गणमान्य व्यक्यिों में मान लिया जाता है। दूसरी ओर, उत्तरी अमेरीकन इण्डियन जनजाति में विवाह में नाम मात्र का कन्या मूल्य दिया जाता है।

अफ्रीका में विभिन्न आदिम समाजों में कन्या के मूल्य की प्रथा व्यापक रूप से प्रचलित है। कन्या मूल्य खाने-पीने की वस्तुओं, कम्बलों या फरदार खालों या पशुओं के द्वारा चुकाया जाता है। कभी-कभी किसी सुन्दर कन्या का मूल्य सौ या उससे अधिक पशुओं के रूप में चुकाया जाता है। जनजातियों के सरदार बड़ी मात्रा में कन्या मूल्य चुकाकर अपने बड़प्पन का परिचय देते हैं। यूगैण्डा में एक स्थान पर उच्च स्तर के पुरुष सौ बकरियों और सोलह

गायों के रूप में कन्या मूल्य चुकाते हैं। निर्धन लोग तीन चार बैल और कभी-कभी सोने की छः सुइयों के बदले में स्त्री प्राप्त कर लेते हैं। अंगोला आदिम समाज में पुरुष स्त्री से विवाह करने के लिए उसके माता-पिता को दो दास और दो दासियाँ भेंट करता है। काफिर समाज में कन्या मूल्य के रूप में दस बारह चौपाए दिये जाते हैं। बहुधा कन्या मूल्य के रूप में दिये गये बहुत से पशु विवाहोत्सव की दावतों में काम आ जाते हैं। कन्या मूल्य का निर्धारण जहाँ कन्या की सुन्दरता, स्थिति, वर की आयु और गुण से होता है वहाँ पर वर और कन्या की सामाजिक स्थिति, वर की आयु और गुण तथा विशेष समूह में स्त्री-पुरुष में अनुपात, समुदाय की आर्थिक स्थिति और अन्य बहुत सी बातों से भी निश्चित किया जाता है। कुछ आदिम समाजों में कन्या मूल्य निश्चित होता है और सभी को एक सा कन्या मूल्य देना पड़ता है। साधारणतया कुमारी कन्या का मूल्य विधवा अथवा तलाक पायी हुई स्त्री से अधिक होता है। नवयुवती स्त्री का मूल्य अबोध बालिका से अधिक होता है क्योंकि उसके शारीरिक लक्षण स्पष्ट हो चुके होते हैं जब कि अबोध बालिका के विषय में यह नहीं कहा जा सकता कि वह आगे चलकर कैसी निकलेगी।

अनेक आदिम समाजों में कन्या का मूल्य किश्तों पर चुकाया जाता है। ऐसा विशेषतया तब होता है जबकि अल्पायु में ही लड़के-लड़की का विवाह कर दिया जाता है। पूरा कन्या मूल्य चुकाये जाने पर ही विवाह किया जाता है। पश्चिमी अफ्रीका में कुछ आदिम समाजों में इसी प्रकार की प्रथा है। कभी-कभी इनमें कन्या के जन्म से पूर्व ही उसका विवाह निश्चित कर दिया जाता है। यदि किसी पुरुष को कोई स्त्री पसन्द आ जाती है तो वह उससे उत्पन्न होने वाली कन्या के लिए विवाह का प्रस्ताव कर देता है। यदि यह प्रस्ताव मान लिया जाता है तो कन्या पक्ष वालों को पेशगी के रूप में कुछ भेंट दे दी जाती हैं। इसके बाद कन्या उत्पन्न होने पर प्रतिमाह उसके घर वालों को भेंटें दे दी जाती है। ये भेंटें सेवा के रूप में भी हो सकती हैं। साइबेरिया के आदिवासियों में यदि कन्या मूल्य काफी सीमा तक चुका दिया जाता है तो पुरुष को विवाह के पूर्व ही भावी पत्नी से सम्भोग करने का अधिकार दे दिया जाता है। कभी-कभी पूरा कन्या मूल्य चुकाये जाने से पहले भी विवाह कर दिया जाता है और शेष कन्या मूल्य अगले कुछ वर्षों में चुका दिया जाता है। कभी-कभी तो स्त्री की पहली सन्तान के आठ-दस वर्ष की आयु के होने तक उसके माता-पिता को कन्या मूल्य दिया जाता है। कुछ स्थानों पर अत्यधिक कन्या मूल्य की प्रथा है जिससे पति उसके बोझ से दबे रहते हैं

और कभी-कभी सुसराल वालों से उनके संघर्ष भी हो जाते हैं। इस कारण बहुत से लोग एक बार में कन्या मूल्य देना पसन्द करते हैं। कुछ स्थानों पर पूरा कन्या मूल्य दिये बिना पुरुष का अपने बच्चे पर भी अधिकार नहीं होता और न वह स्त्री पर ही पूर्ण अधिकार रखता है। उसके बच्चें उसके श्वसुर के अधिकार में माने जाते हैं और उसे फिर उनको वापिस लेने के लिए भी कुछ मूल्य चुकाना पड़ता है। कभी-कभी स्त्री और बच्चों को श्वसुर के घर में रख दिया जाता है और जब तक उनका मूल्य चुका नहीं दिया जाता तब तक वे वहीं रहते हैं।

अनेक आदिम समाजों में पुरुष स्त्री के घर रहकर कई वर्ष उनके माता-पिता की सेवा करके उसका मूल्य चुकाते हैं। यूकाटन इण्डियन लोगों में यह समय चार-पाँच वर्ष का होता है और यदि यह काल पूरा नहीं किया जाता तो विवाह नहीं होता। दक्षिणी अफ्रीका में तो किसी कन्या का पाणिग्रहण चाहने वाले अनेक युवक एक साथ ही उसके पिता के खेतों और बागों में काम करते हैं और इस प्रकार अपनी कार्य करने की शक्ति का परिचय देते हैं। इनमें जिसका काम सबसे अधिक पाया जाता है, उसी से कन्या का विवाह कर दिया जाता है। चकची, कोरिया और अवोक आदिम समाजों में कन्या का मूल्य चुका देने के बाद भी पुरुष को कुछ समय तक अपने भावी श्वसुर की सेवा करनी पड़ती है किन्तु कुछ धनिक पुरुष अतिरिक्त कन्या मूल्य चुकाकर सेवा से बच जाते हैं। जबकि दूसरी और कुछ समाजों में ऐसा नहीं होता इसमें धनी से धनी नवयुवक के साथ उसके ससुराल में नौकर का सा व्यवहार किया जाता है और इस प्रकार उसके चरित्र और शक्ति का परिचय प्राप्त किया जाता है। दक्षिणी अफ्रीका, जापान, हिन्द द्वीप समूह, भारत, चीन और इण्डोचीन में आदिवासियों में सेवा विवाह की प्रथा देखी जाती है। कभी-कभी तो पुरुष सन्तानोत्पत्ति तक और इसके बाद भी श्वसुर की सेवा करता है। असम की कूकी तथा लूशाई जनजाति में जब कोई नवयुवक किसी कन्या से विवाह करना चाहता है यदि उन्हें मन्जूर होता है तो वह तीन वर्ष तक उनके यहाँ खेती का काम करता है। इसके बाद उसका विवाह हो जाता है किन्तु विवाह के पश्चात् भी उसे अगली दो ऋतुओं तक अपने श्वसुर के यहाँ काम करना पड़ता है। इस तरह पाँच वर्ष सेवा करने के बाद वह स्त्री को लेकर अपना परिवार अलग बसा सकता है। पाँच वर्ष पूरे होने पर कन्या के माता-पिता को दो रुपये देकर सौदा पक्का कर लिया जाता है। सेवा के काल के विषयों में भिन्न-भिन्न समाजों में भिन्न-भिन्न रिवाज हैं। इसी प्रकार भिन्न-

भिन्न समाजों में भिन्न-भिन्न प्रकार की सेवायें ली जाती हैं। अलास्का के एस्किमो लोगों में विवाह का इच्छुक पुरुष कन्या के पिता के लिए भोजन बनाता है, पानी भर कर लाता है, गुसलखाने को गर्म करता है और इस प्रकार एक वर्ष सेवा करने के बाद कन्या को लेकर अपने घर लौट जाता है। उत्तरी अमेरीकन इण्डियन में तो कभी-कभी कुछ नवयुवक जीवन भर अपने श्वसुर की सेवा करते हैं। यदि स्त्री से कोई सन्तान उत्पन्न नहीं हुई तो स्त्री अपने पति को छोड़ भी सकती है। सन्तान उत्पन्न हो जाने के बाद भी वह पिता के अधिकार में ही समझी जाती है। इन समाजों में पति को पत्नी के परिवार के नौकरों की तरह समझा जाता है। इनमें स्त्रियों को समाज में ऊँचा स्थान प्राप्त है। सेवा के दौरान स्त्री के परिवार वालों को भावी दामाद के चरित्र और शक्ति की परीक्षा करने का अच्छा अवसर मिल जाता है। इस दौरान स्त्री के प्रति उसका व्यवहार भी स्पष्ट हो जाता है। यदि यह व्यवहार सन्तोषजनक नहीं है तो उसे निकालकर दूसरे नवयुवक को अवसर दिया जाता है। इस प्रकार सेवा विवाह क्रय विवाह की तुलना में स्त्री की ऊँची सामाजिक स्थिति का परिचायक है।

विनिमय विवाह

आदिम समाजों में जनजाति के सभी सदस्य परस्पर भाई-बहन माने जाते हैं इसलिए यदि किसी युवक के कोई सगी बहन नहीं है तो वह अपनी किसी सम्बन्धी लड़की या अपनी जाति की लड़की को बदले में देकर विवाह करता है इस प्रकार के समाजों में किसी भी स्त्री के लिए ऐसा पति लेना अपमानजनक समझा जाता है जिसने कि बदले में स्त्री के परिवार वालों को कन्या दे दी हो। कुछ आदिम समाजों में कन्याओं के अदल-बदल के साथ-साथ कुछ कन्या मूल्य भी देना पड़ता है, अधिकतर ये समाज बहुविवाही होते हैं। कभी-कभी कोई युवक अपने किसी मित्र या सम्बन्धी से कोई कन्या उधार ले लेता है और उसके बदले में कन्या देने का या उसका मूल्य चुका देने का वायदा करता है।

आदिम समाजों में विवाह का एक अन्य प्रचलित ढंग विनिमय विवाह कहलाता है। इसके अन्तर्गत जब एक व्यक्ति का पुत्र दूसरे व्यक्ति की पुत्री से विवाह कर कर लेता है तब दूसरे व्यक्ति का पुत्र पहले व्यक्ति की कन्या से विवाह कर लेता है। इसके मूल में यह सिद्धान्त है कि इस लेन-देल से किसी को भी हानि नहीं होती। कभी-कभी युवक स्वयं किसी दूसरे युवक की

बहन से विवाह करने के बदले में उसकी पत्नी के रूप में अपनी बहिन उसको देता है।

परीक्षा विवाह

अस्थायी विवाह के काल में भी स्त्री-पुरुष के सम्बन्ध विवाह की सीमा के अन्तर्गत ही सीमित रहते हैं। साधारणतया इस विवाह का लक्ष्य अस्थायी विवाह को निश्चित करना माना जाता है भले ही वह निश्चित न हो सके। विवाह निश्चित न होने पर युवक-युवती अलग होकर अन्य व्यक्तियों से यौन सम्बन्ध स्थापित करते हैं। इसमें उनका पिछला अनुभव भी सहायक होता है और इस बार यौन सम्बन्धों के स्थायी हो जाने की अधिक आशा होती है। यदि परीक्षा विवाह के दौरान स्त्री के गर्भ रह जाता है तो सन्तान को वैध बनाने के लिए कानूनी रूप से उनका विवाह कर दिया जाता है किन्तु इसके लिए दोनों की सहमति आवश्यक है। यदि उनमें से कोई सहमत नहीं है तो सन्तानोत्पत्ति के बावजूद भी विवाह नहीं होता क्योंकि आदिम समाजों में सन्तान की वैधता केवल सामाजिक होती है। कानूनी रूप से वैध और अवैध में कोई अन्तर नहीं किया जाता और न इससे अधिकारों में कोई अन्तर पड़ता है।

आदिम समाजों में विवाह का एक अन्य प्रचलित प्रकार परीक्षा विवाह है। इस विवाह में, जैसा कि उसके नाम से स्पष्ट होता है, स्त्री-पुरुष एक-दूसरे की शक्ति, स्वभाव और अनुकूलता आदि की परीक्षा करने के लिए अस्थायी रूप से पति-पत्नि बनकर रहते हैं। इस परीक्षण काल में यदि वे एक-दूसरे को पसन्द करते हैं तो विवाह का निश्चित हो जाता है अन्यथा वे सदैव के लिए अलग हो जाते हैं। विवाह निश्चत नहीं होने पर कभी-कभी पुरुष को कन्या के पिता को कुछ हर्जाना देना पड़ता है, भारत में असम में कूकी जनजाति में परीक्षा विवाह की प्रथा है। अस्थायी काल के लिए ये विवाह पूर्णतया वैध माने जाते हैं। अनेक विद्वानों के अनुसार ये उस समय के अवशेष हैं जब कि स्त्री-पुरुष परिवार बसाने के पूर्व अनेक स्त्री-पुरुषों से अस्थायी रूप से यौन सम्बन्ध स्थापित करते थे। यद्यपि इस प्रकार के अस्थायी यौन सम्बन्ध सब कहीं सम्भोग की स्थिति तक नहीं पहुँचते; किन्तु अधिकतर स्थानों पर युवक-युवती में अनिवार्य रूप से सम्भोग के सम्बन्ध होते हैं। यहाँ यह ध्यान रखना आवश्यक है कि आदिम समाजों में स्त्री पुरुष के यौन सम्बन्ध अधिकतर सम्भोग की क्रिया में ही केन्द्रित होते हैं, अन्य प्रकार की यौन

क्रीड़ाएँ सम्भोग क्रिया की भूमिका मात्र होते हैं। अनेक समाजों में तो स्त्री-पुरुष के परस्पर सम्पर्क का एकमात्र मार्ग यौन सम्भोग ही है। दूसरी और सभ्य समाज में कभी-कभी वर्षों तक युवक-युवती में प्रेम चलता रहता है जब कि सम्भोग का अवसर नहीं आता।

परीक्षा विवाह की प्रथा उगावा ज़िले के ऐस्किमो लोगों में भी पाई जाती है। आइसलैण्ड के आदिवासियों में स्त्री-पुरुष एक वर्ष तक साथ-साथ रहते हैं और यदि इसमें वे परस्पर अनुकूलन कर लेते हैं तो एक वर्ष के बाद वे पति-पत्नी बन जाते हैं। किन्तु यदि एक वर्ष के सम्पर्क से वे अनुकूलन नहीं कर पाते तो फिर वे अलग-अलग हो जाते हैं। पश्चिमी अफ्रीका के नीग्रो समाज में और उत्तरी अमेरीकन इण्डियन जनजाति में भी यही प्रथा पाई जाती है। पूर्वी हिन्द द्वीप समूह के आदिवासियों में स्त्री-पुरुष एक माह अथवा कुछ वर्षों के लिए परस्पर यौन सम्बन्ध स्थापित करते हैं और उसके बाद विवाह निश्चित होता है। तिब्बत में एक सप्ताह से लेकर छः माह तक स्थायी विवाह किये जाते हैं। अबीसीनिया के आदिवासियों में भी यही प्रथा है। ब्रिटिश न्यूगायना के टोब्रियण्डर लोगों में यौनवनारम्भ के बाद युवक-युवतियाँ स्थायी विवाह होने तक अस्थायी रूप से कितने ही यौन सम्बन्ध स्थापित करते हैं। इन अस्थायी यौन सम्बन्धों में पूरे जोर-शोर से भाग लिया जाता है और युवक-युवती में पर्याप्त प्रेम दिखलाई पड़ता है, किन्तु इस प्रेम में यह आवश्यक है कि वे विवाह भी कर लें क्योंकि स्थायी रूप से जीवन साथी ग्रहण करने के पूर्व वे अनेक लोगों से प्रयोग करते हैं इसके लिए इनके यहाँ युवागृह एक अत्यन्त उत्तम संस्था है। इसमें इस प्रकार के जोड़े अस्थायी रूप से कुछ काल तक रहते हैं। वे दिनभर अपने परिवार के साथ रहते हैं और रात्रि यहाँ पर बिताते हैं। उनमें आपस में किसी भी प्रकार के व्याभिचार के सम्बन्ध नहीं होते। एक जोड़े में आपस में अधिकतर सम्भोग के ही सम्बन्ध होते हैं और इनके अतिरिक्त और कोई घनिष्ठ सम्बन्ध नहीं होते। इस प्रकार से कुछ वर्ष व्यतीत करने के बाद युवक-युवती को जो व्यक्ति पसन्द आता है उससे वे स्थायी रूप से विवाह कर लेते हैं। अमेरीकन इण्डियन जनजातियों में कहीं-कहीं पर युवकों को रात्रि में युवतियों के पास सम्भोग के लिए जाने की पूर्ण स्वतन्त्रता है और इससे विवाह होना आवश्यक नहीं माना जा सकता। वास्तव में इन समाजों में युवक-युवतियों को विवाह करने की कोई जल्दी नहीं होती। वे गर्भ निरोध की विधियाँ भी जानते हैं। इसलिए वे व्यापक यौन अनुभव प्राप्त करने से पहले कभी भी विवाह नहीं करते। इस प्रकार के समाजों में

स्त्री की स्थिति निश्चय ही अन्य समाजों से ऊँची होती है क्योंकि उनको यौन सम्बन्धों में अत्यधिक स्वतन्त्रता मिली हुई होती है। उत्तरी अमेरीकन आदिम समाज में कभी-कभी शिकार पर जाते हुए पुरुष किसी युवती को साथ ले लेता है। शिकार के दौरान दोनों एक-दूसरे की सहायता करते हैं और सब प्रकार के यौन सम्बन्धों में प्रवृत्त होते हैं। शिकार के लाभ में स्त्री को बराबर का हिस्सा मिलता है। शिकार का अभियान समाप्त हो जाने पर वे एक-दूसरे से हमेशा के लिए अलग हो जाते हैं। वास्तव में इन लोगों को अस्थायी यौन सम्बन्ध बिल्कुल स्वाभाविक लगते हैं। इन लोगों को सभ्य समाज के व्यक्तियों की विवाह संस्था पर आश्चर्य होता है जिसमें स्त्री-पुरुष आजीवन भर एक-दूसरे से बँधकर रहते हैं। कांगो के निचले प्रदेश में विवाह के पूर्व स्त्री-पुरुष एक-दूसरे से सम्भोग करके काफी समय तक यह परीक्षा करते हैं कि वे एक-दूसरे को पसन्द करते हैं या नहीं। टोकिन के लोलो समाज में लड़की अपने मंगेतर के यहाँ एक रात रहती है और फिर अपने घर वापिस आकर अन्य पुरुषों से उन्मुक्त रूप से काम क्रीड़ाओं में लगी रहती है। इस बीच यदि उसको गर्भ रह जाता है तो वह अपने मंगेतर के पास चली जाती है। यदि वह मंगेतर के पास नहीं जाती तो सगाई खत्म मानी जाती है। आदिम समाजों में विवाह के पूर्व गर्भ धारण से कन्या के चरित्र पर कोई धब्बा नही लगता; बल्कि कभी-कभी तो उसकी विवाह की योग्यता बढ़ जाती है क्योंकि गर्भ रुक जाने से उसकी उत्पादकता सिद्ध होती है।

टुण्ड्रा के समोयड लोगों में यदि विवाह के एक वर्ष के अन्दर-अन्दर पुरुष को स्त्री पसन्द नहीं आती है तो वह उसको उसके माता-पिता के पास लौटा देता है और उसके माता-पिता पूरा कन्या मूल्य पुरुष को वापिस कर देते हैं। अकम्बा आदिम समाज में अस्थायी विवाह में पुरुष यह पता लगाता है कि स्त्री परिश्रमी है सम्पर्क रखते हुये भी उससे विवाह नहीं करता। अधिकतर आदिम समाजों में वैवाहिक जीवन में सफलता के लिए विवाह से पूर्व स्त्री-पुरुष का काम क्रीड़ाओं और सम्भोग सम्बन्धी अनुभव आवश्यक माना जाता है। इस अनुभव के अभाव में यदि विवाह असफल होता है तो उसके लिए युवक-युवतियों को ही दोषी ठहराया जाता है। अस्तु, अधिकतर युवक-युवतियाँ विवाह से पूर्व भिन्न-भिन्न व्यक्तियों से यौन सम्बन्ध स्थापित करके इस विषय में व्यापक अनुभव प्राप्त करते हैं और जब वे काम सम्बन्धों में अच्छी तरह मंज जाते हैं तभी स्थायी रूप से विवाह करते हैं। अफ्रीका के पश्चिमी किनारे पर लड़कियाँ पति की तलाश में समुद्र के किनारे फिरती हैं।

कभी-कभी वे किसी पुरुष से दस-पन्द्रह दिन तक सम्भोग करती हैं और तब घर लौट आती हैं। यदि इससे गर्भ रह जाता है तो वे उस पुरुष को समाचार भेज देती हैं। यदि वह पुरुष चाहता है तो विवाह कर लेता है और यदि नहीं तो उसके सम्बन्ध समाप्त हो जाते हैं। प्राचीन पीरु देश में युवक-युवतियाँ एक वर्ष के काल के लिए विवाह करते थे। एक वर्ष बीतने पर यदि वे एक-दूसरे को पसन्द करते थे तो सम्बन्ध स्थापित हो जाता था, अन्यथा वे अलग हो जाते थे। उत्तरी नाईजीरिया की मुंशी जनजाति में यदि कोई युवक किसी स्त्री को दस कपड़े और एक सूअर भेंट करता है तो वह उसकी कन्या से स्थायी रूप से विवाह कर सकता है। शर्त यह है कि विवाह से उत्पन्न सन्तान पर उस स्त्री के परिवार का ही अधिकार समझा जाएगा।

समूह विवाह

आदिम समाजों में अतिप्राचीन काल में कुछ स्थान पर समूह विवाह हुआ करते थे। समूह विवाह कामाचार की स्थिति से उच्चतर स्थिति है। इसमें एक समूह के युवक दूसरे समूह की युवतियों से विवाह करते हैं और सभी युवक सभी युवतियों के सामान्य पति और सब सन्तानों के सामान्य पिता माने जाते हैं। समूह विवाह में यह भी ध्यान रखा जाता है कि ये विवाह निकट सम्बन्धियों में न किये जाएँ।

अनादर या बलात्प्रवेश विवाह

भारतीय आदिम समाजों में विवाह का एक विचित्र प्रकार अनादर या बलात्प्रवेश विवाह है। यह विवाह तभी किया जाता है जबकि विवाह करने के अन्य समस्त मार्ग बन्द हो चुके हों यहाँ तक कि कन्या के माता-पिता भी उसका विवाह अभीष्ट युवक से न करा सकें। इसमें कन्या जबर्दस्ती अपने मनचाहे युवक के घर में घुस जाती है और सब प्रकार का अनादर सहन करके भी वहाँ से नहीं निकलती। विवाह की यह प्रथा 'हो' और बिरहोर जनजातियों में पाई जाती हैं।

शौर्य परीक्षा विवाह

भारत में भील लोगों में वर के शोर्य की परीक्षा करके उसका विवाह किया जाता है। यह बहुत कुछ स्वयंवर की प्रथा से मिलता-जुलता है। अन्तर केवल यह है कि इसमें कन्या वर नहीं चुनती बल्कि वर स्वयं कन्या का चुनाव करता है। भील लोगों में शौर्य की यह परीक्षा गोल-गाधेड़ों कहलाती है। इसमें

एक प्रकार का उत्सव मनाया जाता है जिसमें एक लट्ठे अथवा वृक्ष में नारियल का फल और कुछ गुड़ बांध दिया जाता है युवक-युवतियाँ मिलकर इस वृक्ष के चारों ओर नाचते हैं। स्त्रियों का घेरा वृक्ष के समीप होता है। पुरुषों का घेरा उसके बाहर होता है। परीक्षा तब होती है जबकि एक नवयुवक स्त्रियों के घेरे को पार करके गुड़ खाने और नारियल तोड़ने का प्रयास करता है। स्त्रियाँ उसे पीटती हैं और रोकती हैं। इस पर भी यदि वह सफल हो जाता है तो उसे यह अधिकार दिया जाता है कि वह उस घेरे की चाहे जिस युवती को अपनी पत्नी चुन ले।

यौन व्यभिचार

भारतवर्ष में टोडा समाज में पत्नी अपने पति के अतिरिक्त एक या अधिक प्रेमी रख सकती है। इनमें व्यभिचार के विरुद्ध कोई नियम नहीं हैं वास्तव में इनकी भाषा में व्यभिचार जैसा कोई शब्द ही नहीं है। इनमें अधिकतर स्त्री या पुरुष भिन्न स्त्री और पुरुष से यौन सम्बन्ध रखते हैं। इनमें बहुपतित्त्व की प्रथा होने के कारण स्त्री और पुरुष से यौन सम्बन्ध रखते हैं। इनमें बहुपतित्त्व की प्रथा होने के कारण स्त्री अनेक पतियों से यौन सम्बन्ध स्थापित करती है। कभी ये पति आपस में भाई होते हैं और कभी भाई नहीं होते। भाई होने पर इनमें स्त्री के लिये प्रतिद्वन्द्विता कम होती है। सामाजिक मानवशास्त्री वैस्टरमार्क ने विवाह की संस्था को किसी न किसी रूप में प्रत्येक काल में प्रत्येक मानव समाज में प्रचलित माना है। इस दृष्टिकोण से संसार में कहीं भी स्त्री-पुरुष के परस्पर सम्बन्ध में नितान्त अनियन्त्रण नहीं देखा जाता। सभी समाजों में इस पर किसी न किसी प्रकार के नियन्त्रण अवश्य लगाये गये हैं। फिर भी कुछ समाजों में स्त्री-पुरुष के परस्पर यौन सम्बन्धों में इतनी अधिक स्वतन्त्रता और व्यभिचार देखा जाता है कि उनके सम्बन्धों को कठिनता से ही वैवाहिक सम्बन्धों का नाम दिया जा सकता है। आदिम समाजों में जहाँ कुछ समाजों में विवाह की संस्था के नियमों का कठोरता से पालन किया जाता है और पति-पत्नी के यौन सम्बन्ध अधिकतर एक-दूसरे तक ही सीमित रहते हैं, वहाँ पर अन्य समाजों में विवाह एक प्रकार का पासपोर्ट मात्र है या एक प्रकार का लाइसैन्स है जिसे प्राप्त कर लेने के बाद विवाहित स्त्री पुरुष चाहे जिस स्त्री-पुरुष से यौन सम्बन्ध स्थापित कर सकते हैं। अनेक आदिम समाजों में विवाह के सम्बन्ध चलते हुए भी स्त्री या पुरुष अन्य स्त्री-पुरुषों से यौन सम्बन्ध स्थापित कर सकते हैं।

सम्बन्धियों में यौन सम्बन्ध

कुछ आदिम समाजों में यौन व्यभिचार कुछ सीमित सम्बन्धों में ही किया जा सकता है। उदाहरण के लिए सिरियानो समाज में, जिसमें कि बहु विवाह की प्रथा नहीं है, पुरुष अपनी पत्नी की बहनों से और भाइयों की पत्नियों और उनकी बहनों से यौन सम्बन्ध स्थापित करते हैं। इसी प्रकार स्त्री अपने पति के भाइयों और उसकी बहनों के पतियों से यौन सम्बन्ध स्थापित करती हैं। कुछ आदिम समाजों में जब पुरुष किसी स्त्री से विवाह करता है तो उस स्त्री की सभी बहनें उसकी पत्नियाँ मानी जाती हैं।

पत्नियों का आदान-प्रदान

एस्किमो लोगों में पत्नियों का यह आदान-प्रदान इतना सामान्य है कि साधारणतया प्रत्येक स्त्री-पुरुष कुछ महीनों में कम से कम एक या दो सप्ताह के लिए पति-पत्नी बदल लेते हैं। साामूहिक त्यौहारों के अवसरों पर सामान्य रूप से पत्नी बदलने का रिवाज है। पत्नियों की अदला-बदली संध्या से ही हो जाती है और फिर प्रातःकाल वे अपने घर पर पहुँचती हैं। इन लोगों में अदला-बदली इतनी अधिक चलती है कि टोली का प्रत्येक व्यक्ति लगभग प्रत्येक स्त्री से सम्भोग करता है। बाहर से आने वाले यात्रियों को एस्किमो स्त्रियों से यौन सम्भोग करने में कोई कठिनाई नहीं होती क्योंकि ये लोग इस बात का स्वागत करते हैं, बल्कि अतिथि का इस प्रकार स्वागत करना अपने लिए गर्व की बात समझते हैं। कुछ लोग जिनके कई पत्नियाँ होती हैं कभी-कभी उनमें से किसी पुरुष को उधार या किराये पर भी दे देते हैं। आवश्यकता पड़ने पर प्रत्येक पड़ौसी, पड़ौसी से उसकी स्त्री कुछ समय के लिए उधार माँग लेता है और इसमें पड़ौसी को कभी भी इन्कार नहीं होता। इन लोगों में स्त्रियों के आदान-प्रदान का मूल कारण कुछ अन्धविश्वास भी हैं। इनके देवता अंगफूट कहलाते हैं। अंगफूट की पूजा करने के बाद साधारणतया इनमें आपस में पत्नियों का बदलना अनिवार्य माना जाता है और इसमें स्त्रियाँ इनकार नहीं कर सकती। कुछ समाजों में यौन व्यभिचार पत्नियों के आदान-प्रदान के रूप में देखा जाता है। एस्किमो लोगों में साधारणतया मेहमान के आने पर मेजबान अतिथि सत्कार के रूप में अपनी पत्नी भी मेहमान के पास भेजता है। इनमें विभिन्न अवसरों पर एक-दूसरे से पत्नियाँ उधार देने-लेने की भी प्रथा है। यह स्त्री और पुरुष दोनों की सहमति से होता है। इसके अनेक व्यावहारिक कारण हैं। उदाहरण के लिये यदि कोई पुरुष किसी यात्रा

पर जा रहा है और उसके अनेक बच्चे होने के कारण वह अपनी पत्नी को साथ नहीं ले जा सकता तो वह अपने किसी मित्र की पत्नी से अपनी पत्नी बदल लेता है क्योंकि उसके मित्र को कैम्प में ही रहना है। इसी प्रकार यदि कोई पुरुष अपनी पत्नी की रुग्णावस्था या अधिक आयु के कारण उसे यात्रा पर नहीं ले जा सकता तो वह किसी से उसकी कम आयु की और स्वस्थ पत्नी बदल लेता है।

साइबेरिया के चकची लोगों में पत्नियों की अदल-बदल के सम्बन्ध में एक से अधिक व्यावहारिक रिवाज हैं। चकची पुरुष बहुधा दूर-दूर की यात्रा करते हैं और इन यात्राओं में उनको बहुत सी कठिनाइयों का सामना करना पड़ता है। अस्तु, वे जिन समुदायों में पहुँचते हैं वहाँ के पुरुषों की स्त्रियों का उपभोग करते हैं और उसके बदले में जब इन स्त्रियों के पुरुष उनके अपने समुदाय में आते हैं तो वे उनकी पत्नियों के साथ यौन सम्बन्ध स्थापित करते हैं। इस प्रकार स्त्रियों को इधर-उधर ले जाने की असुविधा से बचकर भी यौन आनन्द बना रहता है।

अफ्रीका के बनियानकोल लोगों में जब कोई मित्र किसी पुरुष से मिलने आता है तो जब तक वह उसके यहाँ रहता है तब तक वे अनिवार्य रूप से पत्नी बदल लेते हैं। हवाई द्वीप के आदिवासियों में इसी प्रकार की प्रथा है।

हिमालय के अनेक पहाड़ी समूहों में पत्नियों का आदान-प्रदान एक सामान्य बात समझी जाती है। कभी-कभी इसका कारण यह भी होता है कि पति-पत्नी आपस में एक दूसरे से ऊब जाते हैं और इसलिए कम से कम कुछ समय की छुट्टी चाहते हैं। कभी-कभी पति-पत्नी बदलने से नये पति-पत्नी अपना वैवाहिक अनुकूलन अधिक अच्छा पाते हैं। ऐसी स्थिति में यह अदल-बदल स्थायी रूप से मान ली जाती है। पत्नियों की अदल-बदल करने वाले इन समाजों में एक महत्त्वपूर्ण बात यह है कि साधारणतया यह स्त्री और पुरुष दोनों की राय से ही होता है।

विशेष अवसरों पर व्यभिचार

पूर्वी तिब्बत के बारे में मार्कोपोलो ने लिखा है कि इन लोगों में किसी भी विदेशी की पत्नी, पुत्र, बहन अथवा परिवार की किसी भी अन्य स्त्री से यौन सम्बन्ध स्थापित करना बुरा नहीं समझा जाता, बल्कि एक प्रकार से सौभाग्य का चिह्न समझा जाता है क्योंकि इन लोगों में यह माना जाता

है कि इससे उनके देवी-देवता प्रसन्न होते हैं और उनकी सुख समृद्धि बढ़ती है। कुछ अन्य समाजों में अपनी पत्नियों को अच्छी सन्तान के लिए विदेशियों के पास भेजा जाता है।

कुछ आदिम समाजों में कुछ विशेष अवसरों पर वैवाहिक सम्बन्धों में सीमित रहने का नियम उठा लिया जाता है और कुछ समय के लिए प्रत्येक से यह आशा की जाती है कि वह अपने वैवाहिक साथी के अतिरिक्त अन्य स्त्री अथवा पुरुष से यौन सम्बन्ध स्थापित करेगा। बहुधा इस प्रकार के अवसर धार्मिक और सामाजिक महत्त्व के अवसर होते हैं। उदाहरण के लिए समाज के देवता की पूजा करने के अवसर पर अथवा अनाज काटने के अवसर पर ऐसा होता है।

समूह विवाह

मानवशास्त्री वैस्टरमार्क ने भी समूह विवाहों के विषय में लिखा है जिसमें किसी टोटम के सारे पुरुष दूसरे टोटम की सारी स्त्रियों से विवाह कर लेते हैं और बदले में दूसरे टोटम के सारे पुरुष पहले टोटम की सारी स्त्रियों से विवाह कर लेते हैं। समस्त स्त्रियाँ समूह के समस्त सदस्यों की स्त्रियाँ मानी जाती हैं और इस प्रकार पूरा समूह एक परिवार माना जाता है। बहुपतित्त्व और बहुपत्नित्व भी एक प्रकार का समूह विवाह ही है। अनेक समाजों में सरदार की पत्नियों और पुत्रों को छोड़कर पुरुष किसी भी स्त्री से यौन सम्बन्ध स्थापित कर सकते हैं। सरदार की पत्नियों और पुत्रों से व्यभिचार करने वाले पुरुष को एक बकरी जुर्माने में देनी पड़ती है।

मॉर्गन ने ऐसे अनेक समाजों का सहवासी अवलोकन के द्वारा अध्ययन किया है जिनमें समूह की समस्त स्त्रियों पर समूह के समस्त पुरुषों का अधिकार माना जाता था और सभी पुरुष सभी बच्चों के पिता समझे जाते थे। अगली पीढ़ी के समस्त स्त्री-पुरुष भी आपस में पति-पत्नी का सम्बन्ध रखते थे। इस प्रकार के समाज का एक उदाहरण ईरोक्यूओई इण्डियन समाज है। इन लोगों में यौन प्रसंग के विषय में रक्त सम्बन्ध का भी कोई निषेध नहीं है क्योंकि प्रत्येक के समस्त स्त्री-पुरुष, पति-पत्नी समझे जाते हैं।

कामाचार

मैडागास्कर द्वीप में शाही परिवार में सन्तानोत्पत्ति होने के अवसर पर पूरे गाँव में यौन सम्बन्धों में पूरी स्वतन्त्रता दे दी जाती थी और गलियों

तथा सड़कों पर खुले रूप में व्यभिचार होता था। तिब्बत में एक विशेष धार्मिक अवसर पर जब कोई पुरुष किसी लड़की या स्त्री की चोली उतार लेता था तो उसको पुरुष के साथ रात्रि व्यतीत करनी पड़ती थी। इसी प्रकार के रिवाज अन्य अनेक आदिम समाजों में विशेष उत्सवों के अवसर पर देखे गये हैं।

अण्डमान द्वीप में आदिम स्त्री-पुरुष बहुधा मुक्त रूप से परस्पर व्यभिचार करते थे और किसी भी स्त्री का समाज के किसी भी पुरुष को सम्भोग से इन्कार करना अनुचित समझा जाता था। मेजर रोक्सकिंग ने कुछ ऐसे भारतीय आदिम समाजों का वर्णन किया है जिनमें विवाह की कोई धारणा प्रचलित नहीं है और जो पूर्णतया कामाचार का जीवन व्यतीत करते हैं। इनमें केवल भिन्न जाति या वर्ग के लोगों से निकट सम्बन्ध का निषेध है। स्ट्राबो ने प्राचीन आयरलैण्ड के केन्अकी समाज में इसी प्रकार की प्रथा बतलाई है।

व्यभिचार के निषेध वाले समाज

आदिम समाजों में सभी यौन सम्बन्धों में इतनी स्वतन्त्रता नहीं देते। बहुत से समाजों में स्त्रियों को अपने पति के अतिरिक्त अन्य पुरुषों से यौन सम्बन्ध स्थापित करने का निषेध होता है। कुछ अन्य समाजों में इसी प्रकार का निषेध पुरुषों के विषय में भी होता है। इन समाजों में इन निषेधों को भंग करने पर दण्ड का विधान है यद्यपि इससे यह नहीं कहा जा सकता कि इनमें व्यभिचार होते ही नहीं। किन्तु जिन समाजों में यौन सम्बन्धों को विवाह के साथी तक सीमित करने के अतिरिक्त अविवाहित लड़कियों से पवित्रता की आशा की जाती है, उनमें व्यभिचार की सम्भावना बहुत कम हो जाती है। जिन समाजों में अविवाहित लड़कियों से विवाहित पुरुषों के यौन सम्बन्धों पर रोक-टोक नहीं है वहाँ भी इसके अवसर कम आते हैं क्योंकि अविवाहित लड़कियाँ बहुधा अपनी समान की आयु के अविवाहित युवकों से ही यौन सम्बन्ध बढाती हैं। इसके अतिरिक्त जिन समाजों में स्त्री के व्यभिचार को दण्डनीय माना जाता है उनमें स्त्री के मन से पकड़े जाने के भय को दूर करना कठिन होने के कारण इस प्रकार के अवसर कम आते हैं। अस्तु, इन समाजों में मौखिक रूप से पुरुषों को स्वतन्त्रता होते हुए भी वैवाहिक सम्बन्धों के व्यभिचार बहुत कम होते हैं। अफ्रीका के बोना समाज में पति को पत्नी पर यौन सम्बन्धों के विषय में एकाधिकार होता है। यद्यपि फिर भी व्यभिचार बहुधा होते रहते हैं। यदि पति पत्नी के व्यभिचार को देख पाता है अथवा पत्नी पति को यौन सम्बन्धों में पकड़ पाती है तो उनमें भारी झगड़ा होता है, परन्तु कुछ समय बाद वे फिर से उसी खेल में लग जाते हैं।

निकट सम्बन्धियों में व्यभिचार

विभिन्न मानव समाजों में निकट रक्त सम्बन्धियों से यौन प्रसंग के विषय में व्यापक निषेध का मुख्य कारण यह है कि इससे निकट सम्बन्धियों में यौन सम्बन्धी प्रतिद्वन्द्विता के अवसर बहुत कम हो जाते हैं। अनेक समाजों में प्रसंग विषयक निषेध केवल भाई-बहनों और पुत्र-पुत्रियों तक ही सीमित न होकर चचेरे भाइयों और चचेरी बहनों तथा अन्य सम्बन्धियों में भी माने जाते हैं। कुछ समाजों में तो इतने अधिक सम्बन्धियों से यौन सम्बन्धों का निषेध होता है कि विवाह का क्षेत्र अत्यन्त सीमित हो जाता है।

जैसा कि पहले बतलाया जा चुका है, आदिम समाजों में पाए जाने वाले व्यभिचार में कुछ अपवाद भी हैं। उदाहरण के लिए लगभग सभी आदिम समाजों में अपनी सन्तान से यौन सम्बन्ध स्थापित करना अनुचित समझा जाता है। कुछ समाजों में सरदार अथवा उच्च स्तर के लोगों को अपनी सन्तान से यौन सम्बन्ध करने की इजाजत होती है। उदाहरण के लिए अफ्रीका समाज में सबसे बड़े सरदार अपनी पुत्रियों से यौन सम्बन्ध स्थापित करते हैं। इसी प्रकार कुछ अन्य समाजों में भी देखा जाता है। परन्तु सामान्य स्त्री-पुरुषों के लिए निकट रक्त सम्बन्धियों से यौन प्रसंग का पूर्ण निषेध पाया जाता है इसी प्रकार लगभग सभी आदिम समाजों में भाई-बहन के परस्पर यौन प्रसंग का निषेध है यद्यपि इसके अपवाद भी सब जगह मिलते हैं। कुछ ऐसे समाज भी पाए गए हैं जिनमें शाही परिवारों में तथा उच्च वर्गों में भाई-बहनों का विवाह होता है।

वैस्टरमार्क, हैवलॉक ऐलिस तथा अन्य वैज्ञानिकों ने निकट सम्बन्धियों से यौन सम्बन्ध के निषेध में एक मनोवैज्ञानिक कारण यह भी माना है कि चूँकि वे एक-दूसरे को जन्म से ही देखते आये हैं इसलिये उनमें यौन आकर्षण नहीं होता। फिर भी यह बात सभी लोगों के लिए सत्य नहीं मानी जा सकती। अनेक वैज्ञानिकों ने यह स्वीकार किया है कि सभ्य समाजों में भी निम्न वर्ग की तरह लोगों में रक्त सम्बन्धियों में यौन प्रसंग व्यापक रूप से देखा जा सकता है। फिर आदिम समाजों का तो कहना ही क्या। वास्तव में इस सम्बन्ध में बहुत कुछ इस बात पर भी निर्भर है कि समूह में स्त्री-पुरुषों का अनुपात कहाँ तक उचित है। जिन समाजों में स्त्रियाँ बहुत कम होती हैं उनमें रक्त सम्बन्धियों में यौन सम्बन्ध के अवसर अधिक आते हैं। प्रजनन शास्त्र की दृष्टि से रक्त सम्बन्धियों से यौन सम्बन्ध उचित नहीं माना जाता, इसलिए भी अधिकतर मानव समाजों में इसका निषेध पाया जाता है।

व्यभिचार के लिए दण्ड–अनेक समाजों में जिस स्त्री के साथ व्यभिचार किया जाता है उसके पति को व्यभिचार पुरुष हर्जाने के रूप में कुछ धन देता है। जावा में शाही परिवार की किसी भी स्त्री को व्यभिचार में पकड़े जाने पर उसको भयंकर यातनाएँ देकर मार डालने की प्रथा थी। अनेक स्थानों पर दोनों को ही जिन्दा जला देने या एक-दूसरे के साथ बाँधकर जिन्दा दफना देने की प्रथा थी। कुछ स्थानों पर दण्ड अपेक्षाकृत हल्का होता था। उदाहरण के लिए उत्तरी अमेरीका में मुस्खोगी जनजाति में व्यभिचारी को कुछ समय तक ब्रह्मचर्य से रहने का आदेश दिया जाता था। अबीसीनिया में व्यभिचारिणी का सिर मुड़ा दिया जाता था। जिन आदिम समाजों में वैवाहिक सम्बन्धों के बाहर व्यभिचार का निषेध है उनमें स्त्री अथवा पुरुष को इस प्रकार के व्यभिचार के लिए कठोर दण्ड का विधान है। अनेक आदिम समाजों में तो व्यभिचारी स्त्री-पुरुष दोनों को प्राण दण्ड देने की प्रथा है। कुछ समाजों में केवल अपराधी व्यक्तियों को ही नहीं; बल्कि माता-पिता को भी अपराधी माना जाता है।

कौमार्य

स्त्री कौमार्य–विवाह की इन शर्तों में एक शर्त स्त्री कौमार्य भी है, किन्तु आदिम समाजों में सभी जगह कौमार्य अनिवार्य शर्त नहीं है। कौमार्य की परीक्षा साधारणतया सभी मानव समाजों में योनि की झिल्ली फटने और उससे होने वाले रक्त स्त्राव के द्वारा की जाती है यद्यपि आधुनिक शरीर शास्त्र यह आवश्यक नहीं मानता कि यह पर्दा सम्भोग से ही फट जाता है, फिर भी अनेक आदिम समाजों में जिनमें विवाह के लिए कन्या का कुमारी होना आवश्यक समझा जाता है, सुहागरात को चादर पर खून के धब्बे को ही कौमार्य का प्रमाण माना जाता है।

जिन आदिम समाजों में विशेष अवसरों पर यौन सम्भोग का निषेध होता है उनमें कभी-कभी स्त्रियों के लिए कुछ ऐसे उपकरणों का प्रयोग किया जाता है जिनसे सम्भोग असम्भव हो जाता है। कौमार्य बनाये रखने वाली इस प्रकार की करधनियाँ अनेक आदिम समाजों में पाई गयी हैं। वर्जित काल में स्त्री को यह करधनी पहने रहनी पड़ती है और इसके रहते हुये उनका सम्भोग करना असम्भव होता है।

जैसा कि पहले बतलाया जा चुका है, अधिकतर आदिम समाजों में जादू और धर्म के मामलों में कौमार्य का बड़ा मूल्य माना जाता है। काँगों

के अनेक सरदार अपने अस्त्र-शस्त्रों की रक्षा करने के लिए कुमारी कन्याओं को नियुक्त करते हैं और यह समझा जाता है कि उनका कौमार्य इनकी प्रभावशीलता को बनाये रखता है। यदि यह कन्या अपना कौमार्य खो देती हैं तो इन अस्त्र-शस्त्रों को नष्ट कर दिया जाता है। पराग्वे में गुवारानी आदिम समाजों में चिकित्सक स्त्रियाँ कौमार्य बनाये रखती हैं। कौमार्य खो देने से उनकी औषधि की शक्ति जाती रहती है। इसी प्रकार अनेक स्थानों पर धर्म के काम करने वाली स्त्रियाँ कुमारी रहती हैं।

कौमार्य की अक्षुण्णता के अतिरिक्त विवाह की अन्य आवश्यक शर्तों में स्त्री-पुरुष की आयु भी महत्त्वपूर्ण है। जिन समाजों में बाल विवाह की प्रथा है उनमें अत्यन्त अल्पायु में ही कन्या को विवाह योग्य मान लिया जाता है किन्तु अधिकतर आदिम समाजों में युवास्था में ही कन्याओं के विवाह किये जाते हैं। यद्यपि अधिकतर आदिम समाजों में समान आयु के स्त्री-पुरुष का विवाह किया जाता है, परन्तु बाल विवाह के समाजों में पुरुष की आयु स्त्री से अधिक होती है। इनमें से बहुत से समाजों में विवाह की एक अनिवार्य शर्त पुरुष का कन्या के माता-पिता को कुछ भेंट अथवा धन देना है। यह भेंट अनिवार्य रूप से देनी पड़ती है। कहीं-कहीं पर विवाह का इच्छुक युवक कन्या के माता-पिता की सेवा करके कन्या का मूल्य चुकाता है। जो लोग पर्याप्त धन नहीं दे सकते, उन्हें कभी-कभी अविवाहित रहना पड़ता है। दूसरी और धनी व्यक्ति विवाह करते हैं। विवाह के बाजार में अल्पायु की कन्या का मूल्य युवती कन्या से बहुत कम होने के कारण भी अनेक स्थानों पर बाल विवाह की प्रथा है।

विवाह सम्बन्धी निषेध

लगभग सभी आदिम समाजों में विवाह से सम्बन्धित कुछ निषेध माने जाते हैं। इनमें से एक निषेध कुछ विशेष वर्ग के व्यक्तियों तक ही विवाह का सीमित होना है। उदाहरण के लिये अधिकतर समाजों में रक्त सम्बन्धियों से विवाह करने का निषेध है। इसी प्रकार कुछ समाजों में समूह से बाहर विवाह किया जाता है जबकि अन्य में विवाह समूह के अन्दर ही होना चाहिये।

(1) **गर्भपात सम्बन्धी निषेध**—यदि स्त्री के मृत शिशु का जन्म होता है अथवा गर्भपात हो जाता है तो उसे और भी दुर्भाग्य का चिन्ह समझा जाता है। इस असवर पर काफी समय तक उसे सबसे दूर रखा जाता है। उसे एक लम्बी लकड़ी से भोजन दिया जाता है। इस प्रकार तीन-चार सप्ताह तक दूसरों से अलग रखकर तब उसे घर लाया जाता है।

कुछ आदिम समाजों में स्त्री के गर्भपात को छिपा देना भंयकर बात समझी जाती है। इससे न केवल पति-पत्नी पर और परिवार पर बल्कि सम्पूर्ण देश पर आपत्ति आने की सम्भावना होती है। ऐसी स्थिति में इस स्त्री को गिरफ्तार करके उसे यह बतलाने के लिये बाध्य किया जाता है कि उसने गर्भपात को कहाँ छिपाया है। उस स्थान को खोदकर उसे पवित्र किया जाता है और वहाँ की मिट्टी नदी में फेंक दी जाती है। नदी से कुछ पानी ले जाकर उस स्थान पर छिड़का जाता है जहाँ पर उसने रक्त बहाया है। उसे अनेक औषधियों से स्नान करना होता है और इस प्रकार भूमि को पवित्र करने के पश्चात् देश की अपवित्रता दूर हुई मानी जाती है।

(2) विधवा पुनर्विवाह सम्बन्धी निषेध–कुछ समाजों में विधवा के पुनर्विवाह की अनुमति बिल्कुल ही नहीं है किन्तु अन्य समाजों में ऐसा नहीं है। अधिकतर आदिम समाजों में पति की मृत्यु हो जाने पर स्त्री आसानी से दूसरा विवाह कर लेती हैं। बहुधा यह विवाह पति के भाइयों के साथ हो जाता है। जिन लोगों में बहुपतित्त्व की प्रथा हैं वहाँ पर पति के जाने से स्त्री को कोई अन्तर नहीं पड़ता। इसी प्रकार समूह विवाह के समाजों में पति का संस्कार और शोक काल समाप्त होने से पूर्व विवाह नहीं किये जाते। बोर्नियों में पति की मृत्यु के एक वर्ष तक स्त्री विवाह नहीं करती। वास्तव में विधवा को पुनर्विवाह के पूर्व और पति की मृत्यु के बीच में काफी समय अविवाहित रखने का एक मुख्य कारण यह पता लगाना है कि वह मृत पति से गर्भवती तो नहीं है। वर्ष भर में यह बात पता लग जाती है और उसके बाद स्त्री पुनर्विवाह कर सकती है।

(3) मासिक धर्म सम्बन्धी निषेध–जैसा कि पहले बतलाया जा चुका है, अनेक आदिम समाजों में मासिक धर्म के दिनों में स्त्री को घर की वस्तुओं को छूने का निषेध होता है क्योंकि यह समझा जाता है कि इस काल में वह अपवित्र होती है और उस पर भूत-प्रेत आया हुआ होता है। मावरी लोगों में इस काल में स्त्रियों को खाना पकाने का निषेध है। आस्ट्रेलिया के एक आदिम समाज में तो यदि पति को यह भी पता चल जाये कि स्त्री मासिक धर्म के काल में उसके कम्बल पर लेटी है तो वह उसको मार डालता था और भय के कारण स्वयं भी कुछ दिनों में मर जाता था। अन्य समाजों में पुरुषों की वस्तुओं को छूने और उनके मार्ग पर चलने तक का निषेध पाया जाता है। स्त्रियों से सम्बन्धित इन निषेधों का मूल कारण यह है कि आदिम पुरुष विभिन्न अवसरों पर स्त्रियों के रक्त स्राव से शारीरिक कारण को नहीं समझ

पाता और उसे रहस्यमयी शक्तियों से जोड़ लेता है। इसलिये वह इन अवसरों पर स्त्रियों से डरता है और उनसे दूर रहना चाहता है।

(4) धार्मिक निषेध–आदिम समाजों के जीवन में निषेध का धार्मिक महत्त्व होता है यद्यपि जैसा कि पहले बतलाया जा चुका है, इनमें धार्मिक और व्यावहारिक में अन्तर बहुत कम होता है। दूसरे शब्दों में, इनका धर्म व्यावहारिक धर्म है। उदाहरण के लिये बाँस के घने जंगलों में रहने वाली जनजातियाँ बाँस की पूजा करती हैं और उसको पवित्र मानती हैं। इसलिये इनमें बाँस से सम्बन्धित बहुत से निषेध पाये जाते हैं। अधिकतर आदिम समाजों में किसी विशेष वस्तु, पशु या वनस्पति को टोटम माना जाता है इस टोटम में रहस्यमय शक्ति है जो कि विशेष अवसरों पर जनजाति की रक्षा करती है। इसलिये इस वस्तु से लगे हुए बहुत से टैबू या निषेध होते हैं जिनका पालन करना आवश्यक माना जाता है। आदिम समाजों में ये निषेध विवाह की विभिन्न क्रियाओं से सम्बन्धित होते हैं जैसे–स्त्री का मासिक धर्म, कौमार्य भंग, गर्भाधान, सन्तान का जन्म इत्यादि। इन विभिन्न अवसरों पर स्त्रियों को अनेक निषेधों का पालन करना पड़ता है।

(5) सन्तानोत्पत्ति सम्बन्धी निषेध–मासिक धर्म के अतिरिक्त गर्भधारण, गर्भपात अथवा सन्तानोत्पत्ति के अवसर पर भी स्त्रियों को अनेक कार्यों का निषेध होता है। गर्भधारण को मासिक धर्म के समान ही अपवित्रता की स्थिति समझा जाता है। इन दिनों पुरुष स्त्रियों से अलग रहते हैं। अफ्रीका की ईशोगोश जनजाति में जुड़वाँ सन्तान उत्पन्न होने पर एक विचित्र प्रथा देखी जाती है। इन लोगों को यह विश्वास है कि यदि जुड़वाँ सन्तान उत्पन्न होने के बाद उनकी माता उनमें से किसी के सम्पर्क में आती है तो उनमें से एक की मृत्यु की सम्भावना है। इसलिये जुड़वाँ बच्चों की माता को तब तक उनसे दूर रखा जाता है जब तक कि बच्चे बड़े नहीं हो जाते और खतरा टल नहीं जाता। इस काल में केवल उस स्त्री के माता-पिता ही उसके निकट जा सकते हैं। यह काल समाप्त हो जाने के पश्चात् त्यौहार मनाया जाता है और रात्रि भर जोर-शोर से गाना बजाना होता है। किसी-किसी स्त्री को तो कभी-कभी छः वर्ष तक एकान्तवास करना पड़ता है इसलिये सन्तानोत्पत्ति के अवसर पर स्त्रियाँ एक से अधिक बच्चों के उत्पन्न होने से बहुत भय खाती हैं।

सन्तानोत्पत्ति के समय दुष्ट आत्माओं को दूर रखने के लिए और सन्तान की रक्षा करने के लिए लगभग सभी मानव समाजों में कुछ विशेष आयोजन किये जाते हैं। आदिम समाजों में इस अवसर पर तरह-तरह के

झाड़-फूँक और जादू-टोने किये जाते हैं। गायना के केरीबी समाज में जब पति-पत्नी को तनिक भी यह आभास होता है कि गर्भ रह गया है तो वह अपनी सन्तान को दुष्ट आत्माओं से बचाने के लिए कुछ विशेष पशुओं के गोश्त नहीं खाते क्योंकि इन पशुओं में और बालक में सम्बन्ध मान लिया जाता है। उदाहरण के लिए यह समझा जाता है कि छोटे पशु खाने से शिशु छोटा हो जायेगा इत्यादि। गर्भधारण के दिनों में अधिकतर स्त्री की अन्य सन्तानों को भी उससे मिलने नहीं दिया जाता।

विभिन्न आदिम समाजों में शिशु के जन्म के समय स्त्री पर अनेक प्रकार के निषेध लगाये जाते हैं जिनका लक्ष्य भी दुष्ट आत्माओं से शिशु की रक्षा करना है। दूसरे, क्योंकि इस समय स्त्रियों पर दुष्ट आत्माएँ आई रहती हैं और वे अपवित्र मानी जाती हैं इसलिये उनके छूने से वस्तुओं और व्यक्तियों के अपवित्र होने का भय रहता है। ताहिती समाज में इस अवसर पर स्त्री को पवित्र भूमि पर बनाई गई एक स्थायी झोंपड़ी में दो-तीन सप्ताह तक सबसे अलग रहना पड़ता है। उसे कुछ भी छूने का निषेध होता है तथा अन्य कोई भी उसको या बच्चे को नहीं छूता। जच्चा-बच्चा का संस्कार होने तक केवल एक स्त्री उनकी देखभाल करती है। अलास्का के कडियाक समाज में संतानोत्पत्ति के समय स्त्री सरकण्डों से बने हुये एक निचले गढ़े में चली जाती है और उसे कोई नहीं छूता। उसको एक लम्बी लकड़ी से भोजन दिया जाता है।

(6) जीवन साथी की मृत्यु सम्बन्धी निषेध—स्त्री-पुरुष के जीवन साथी की मृत्यु हो जाने के बाद भी कुछ समय तक उसे कुछ निषेधों का पालन करना पड़ता है। साधारणतया शोक के काल के दौरान में स्त्री-पुरुष किसी अन्य व्यक्ति से यौन सम्बन्ध स्थापित नहीं करते। यह काल कुछ दिन, कुछ माह से लेकर कभी-कभी कई वर्षों तक चलता है। पुरुष की तुलना में स्त्री पर अधिक निषेध लागू किये जाते हैं क्योंकि यह समझा जाता है कि जिस स्त्री का पति मर जाता है वह अभागिनी होती है, विशेषतया यदि उसके पति की मृत्यु युवावस्था में अथवा विवाह के कुछ ही वर्ष बाद हुई हो। इस प्रकार की स्त्री को खतरनाक समझा जाता है क्योंकि यह समझा जाता है कि उसके साथ उसके मृत पति का प्रेत लगा रहता है। इसलिये अनेक स्थानों पर उनकी अवहेलना और तिरस्कार किया जाता है। उसको भूखों मरने के लिए छोड़ दिया जाता है और कभी-कभी तो उसके मर जाने पर उसके बच्चों का भी पालन-पोषण नहीं किया जाता और यदि वे दुधमुहें हैं तो उन्हें उसके साथ ही

दफना दिया जाता है। इस प्रकार कोई भी अभागिनी विधवा का उत्तरदायित्व लेना नहीं चाहता।

(7) विशिष्ट सम्बन्धियों से मिलने-जुलने का निषेध—आदिम समाजों में रक्त सम्बन्धियों से यौन सम्बन्धों का निषेध होने के कारण उनके परस्पर मिलने-जुलने के विषय में भी अनेक निषेध पाये जाते हैं। साधारणतया इन निषेधों का तात्पर्य रक्त सम्बन्धी स्त्री-पुरुषों को एक-दूसरे से दूर रखना होता है। विशेषतया पुरुष अपने से कम आयु की स्त्रियों से दूर रहते हैं। लगभग सभी आदिम समाजों में माता और पुत्र का विवाह अत्यधिक अनुचित समझा जाता है। इसी प्रकार पिता और पुत्री, भाई और बहन के यौन सम्बन्ध अनुचित समझे जाते हैं। कुछ आदिम समाजों में सास और दामाद के सम्बन्धों में भी कठोर निषेध लगे होते हैं। अनेक स्थानों पर दामाद को सास को छूने या उससे बोलने का निषेध होता है। इसी प्रकार के निषेध सास को पालन करने पड़ते हैं। अनेक स्थानों पर वे एक-दूसरे का नाम भी नहीं ले सकते क्योंकि नाम लेना भी एक प्रकार का सम्पर्क समझा जाता है। इसी प्रकार के निषेध केवल आदिम समाजों में ही नहीं बल्कि अनेक सभ्य समाजों में भी पाये जाते हैं।

विवाह विधान के रूप

भिन्न-भिन्न आदिम समाजों में विवाह के भिन्न-भिन्न विधि विधान पाये जाते हैं। क्योंकि अधिकतर आदिम समाजों में विवाह में सामाजिक साक्षी आवश्यक होती है, इसलिये उसका उत्सव सार्वजनिक रूप से मनाया जाता है और उसमें नृत्य, गान, सहभोज आदि का आयोजन होता है। संस्कार के रूप में भिन्न-भिन्न आदिम समाजों में भिन्न-भिन्न प्रकार की क्रियाएँ की जाती हैं जो प्रतीक रूप से स्त्री पुरुष के मिलने का चिन्ह होती हैं। आदिम समाजों में विवाह धार्मिक संस्कार नहीं होता। अन्य सामाजिक संस्थाओं के समान विवाह का भी उनके लिए व्यावहारिक मूल्य होता है और इसका अर्थ यौन सम्बन्धों में साथी या अधिक से अधिक जीवन के कार्यों में साथी प्राप्त करना होता है।

जिप्सियों में विवाह के विधि विधान अत्यन्त विचित्र होते हैं। इनमें विवाह का समारोह पूरे तीन दिन चलता है और बराबर दावत, नाच, गाने और शराब का दौर चलता रहता है। सब बारातियों के हो जाने पर पुरोहित एक लकड़ी के बने हुये तसले को वधू को देता है और वधू उसमें पेशाब

करके लौटा देती है। कभी-कभी इसमें कुछ शराब भी मिला दी जाती है। अब यह तसला वर वधु के सामने रखा जाता है और उनसे इसमें मिली हुई वस्तुओं को अलग करने के लिए कहा जाता है। फिर तसले को उनके मध्य में रखकर उनके हाथ मिलवाए जाते हैं और मन्त्रों का उच्चारण किया जाता है। इसके पीछे यह धारणा है कि जिस प्रकार तसले में मिली हुयी चीजों को अलग नहीं किया जा सकता उसी प्रकार विवाह संस्कार के बाद पति-पत्नी को आजन्म कोई अलग नहीं कर सकता।

आदिम समाजों में विवाह के अवसरों पर धर्म से अधिक जादू के संस्कार का महत्त्व होता है जिससे स्त्री-पुरुष के परस्पर मिलन को हानि पहुँचाने वाले अशुभ प्रभावों को दूर किया जाता है और यह माना जाता है कि उनका वैवाहिक जीवन सुरक्षित रहेगा। अनेक आदिम समाजों में विवाह के संस्कार के रूप में स्त्री पुरुष का हाथ मिलाना ही काफी समझा जाता है। इसके अतिरिक्त कुछ भेंटों का आदान-प्रदान भी होता है। विवाह का प्रस्ताव कुछ भोज्य सामग्री देने के रूप में किया जाता है। जहाँ कुछ आदिम समाजों में विवाह के पश्चात् स्त्री-पुरुष में यौन सम्भोग होता है वहाँ अन्य समाजों में सम्भोग के बाद विवाहोत्सव मनाया जाता है। अफ्रीका के होटेनटोट समाज में ऐसी ही प्रथा है। इनमें स्त्री-पुरुष में सम्भोग की रात्रि गुजर जाने के एक दिन बाद एक बैल काटा जाता है। उपस्थित मेहमान केवल उसका गोश्त ही नहीं खाते; बल्कि उसका रक्त और चर्बी अपने शरीर पर मल लेते हैं और नाना प्रकार के रंग-बिरंगे पदार्थों से अपने को पोतकर नाचते गाते हैं। वर-वधु को केन्द्र में बैठाया जाता है, उसके चारों ओर स्त्रियों का घेरा रहता है। विवाह संस्कार में पुजारी पहले वधु और फिर वर पर पेशाब करता है और मन्त्र का पाठ करता है।

अफ्रीका के अनेक समाजों में विवाह के अवसर पर वर कन्या के वस्त्र धारणा करता है। सियरालोओने के अफ्रीकी आदिम समाज में विवाह के योग्य कन्याएँ अपने सबसे सुन्दर वस्त्र धारण करके समूह के सब लोगों की उपस्थिति में नाच गाकर अपनी कुशलताओं का प्रदर्शन करती हैं। इसके बाद नवयुवक उनमें से मनचाही कन्या को चुनकर उसके पिता को भेंट देकर उससे विवाह कर लेते हैं।

अफ्रीका के घने जंगलों में मूर आदिम समाजों में विवाह की विचित्र प्रथा है। विवाह के अवसर पर संध्या के समय नगाड़ा बजाकर सब लोगों को विवाह की सूचना दी जाती है। इसे सुनकर स्त्री-पुरुष एकत्रित हो जाते

हैं। एक स्त्री ढोल पीटती है और दूसरी स्त्री अपनी जीभ घुमाती हुयी चीखें लगाती हैं। अब एक पुजारी एक प्याले में कुछ मंत्रयुक्त तरल पदार्थ लेकर आता है और उसे नवविवाहित जोड़े के मुँह पर फेंक देता है। इस बीच नगाड़ा बजता रहता है और सारी रात यह क्रिया चलती रहती है। अगले दिन सुबह कन्या को उसकी माता के तम्बू से बाहर लाया जाता है, उसके साथ बहुत-सी स्त्रियाँ होती हैं। ये एक तम्बू का सामान लिये हुये चलती हैं जो कि वर ने भेंट किया है। विवाह के स्थान पर पहुँचकर यह तम्बू गाड़ दिया जाता है अब वर कुछ लोगों को लेकर चार बैल लिये हुये वहाँ पहुँचता है। इन बैलों को काट कर इनका गोश्त उपस्थित लोगों में बाँट दिया जाता है।

काफिर लोगों में विवाह निश्चित हो जाने पर वधू और उसकी पड़ौसी सब नवयुवती स्त्रियाँ पुरुष सम्बन्धियों की देख-रेख में वर के यहाँ पहुँचती हैं। कन्या के आने पर तुरन्त या अगले दिन विवाहोत्सव मनाया जाता है। इसमें वर और उसके साथी जमीन पर बैठते हैं, वधु और उसकी साथी युवतियाँ कुछ अन्तर पर अर्धवृत बनाकर नाचती हैं। शीघ्र ही वर के साथी युवक भी इस नृत्य में शामिल हो जाते हैं। कुछ दूरी पर वर के घर की बूढ़ी स्त्रियाँ नृत्य करती हैं। कन्या के साथ आयी हुयी स्त्रियाँ उसके सौन्दर्य और चरित्र का बखान करती हैं जबकि वर पक्ष की स्त्रियाँ उसकी आलोचना करती हैं। यह नृत्य कुछ समय तक चलता रहता है और इसके बाद कन्या दो युवतियों के साथ वर के निकट जाती है जो कि अपने सम्बन्धियों से घिरा रहता है। अब वह उसके साथ नाचती है और वर के सम्बन्धियों को कुछ वस्तुयें बाँटती हैं। वर एक बैल का वध करता है और दावत शुरू हो जाती है। अब कन्या की माता को वध करने के लिए बैल या गाय दी जाती है। इस प्रकार विवाह समारोह पूर्ण होता है। इनमें सन्तान उत्पन्न किये बिना या घर का काम संभाले बिना स्त्री को पत्नी नहीं कहा जाता।

इस प्रकार लगभग सभी आदिम समाजों में विवाह के अवसर पर कुछ पशुओं को मारकर उपस्थित मेहमानों को उनके मांस की दावत दी जाती है। स्त्री और पुरुष मिलकर नाचते गाते हैं और पुजारी कुछ जादू की क्रियाएँ करता है। उत्तरी अमेरीकन इण्डियन समाज में विवाह का विधि-विधान अपेक्षाकृत सरल है।

मैक्सिको के कुछ हिस्सों में आदिवासियों में विवाह का एक विचित्र विधान देखा जाता है। इनमें वर कन्या को अपनी पीठ पर लादकर थोड़ी दूर ले जाता है। एक अन्य स्थान पर विवाह का इच्छुक नवयुवक मन्दिर में खड़ा

होकर पुजारी को अपनी इच्छा बताता है कि नवयुवक को पत्नी की आवश्यकता है। मन्दिर में जो भी पहली अविवाहित कन्या आती है उससे उसका विवाह कर दिया जाता है।

बोर्निया के एक आदिम समाज में भारतीय आदिम नागाओं की तरह विवाह के इच्छुक नवयुवक को शत्रु पक्ष के किसी पुरुष का सिर काटकर लाना पड़ता है। एक पत्नी की मृत्यु हो जाने पर दूसरी पत्नी प्राप्त करने के लिये उसे फिर से शत्रु पक्ष के किसी पुरुष का सिर काटकर लाना पड़ता है। विवाह के दिन दावत के बाद वर ताजे मारे हुये मुर्गे के खून में हाथ धोकर और कन्या मुर्गी के खून में हाथ धोकर रक्त से सने हुये एक-दूसरे के सामने उपस्थित होते हैं। इसके बाद एक दूसरी दावत होती है और विवाह सम्पन्न हो जाता है। दक्षिणी अमेरीका में पीरू के आदिवासियों में विवाह की अत्यन्त विचित्र प्रथा देखी जाती है। ये लोग सूर्य के उपासक हैं और वर्ष में एक बार उसकी पूजा के लिए एकत्रित होते हैं इस समूह में चौबीस वर्ष की आयु के नवयुवक और अट्ठारह वर्ष की नवयुवतियाँ विवाह के योग्य माने जाते हैं। ये सूर्य के प्रमुख पुजारी के चारों ओर घेरा बना लेते हैं। वह उनमें से एक-एक स्त्री और एक-एक नवयुवक को बुलाता जाता है और उन दोनों का विवाह सम्पन्न करके उनसे सदाचार का वायदा लेता है।

कुछ स्थानों पर विवाह के विधि-विधान अत्यन्त सरल होते हैं। यहाँ पर वर और कन्या पक्ष के सम्बन्धी एकत्रित होते हैं। पुरुष झोंपड़ी बनाने का सामान एकत्रित करते हैं और स्त्रियाँ दावत का सामान एकत्रित करती हैं। पुरुष वर के लिये गीत गाते हैं और स्त्रियाँ वधू के लिये गीत गाती हैं। रात्रि होने तक नाचना, गाना और दावत चलती रहती है और तब वधू वर को भेंट कर दी जाती है और इस प्रकार उत्सव समाप्त हो जाता है। अन्य अनेक आदिम समाजों में विवाह के विधि-विधान के रूप में नाना प्रकार की जादू की क्रियाएँ की जाती हैं जिनका उद्देश्य वैवाहिक जीवन पर अशुभ आत्माओं का प्रभाव समाप्त करना होता है।

तलाक

भील लोगों में स्त्री को तलाक देना चाहने वाला पुरुष गाँव की पंचायत बुलाकर उसमें सबके सामने अपने स्त्री को अपनी पगड़ी से एक टुकड़ा फाड़ कर देता है और यह घोषणा करता है कि पत्नी के दुर्व्यवहार के कारण वह उसका परित्याग कर रहा है और आज से उसे अपनी बहन मानेगा।

पगड़ी के इस टुकड़े को स्त्री अपने पिता के घर में छत की शहतीर से बड़ी सावधानी से टांग देती है। यह कपड़ा एक माह तक टँगा रहता है। यह इस बात का सबूत है कि अब उसके पति का उस पर कोई अधिकार नहीं है और वह फिर से विवाह कर सकती है।

चूँकि आदिम समाजों में विवाह का अर्थ जीवन के कार्यों में साथी प्राप्त करना मात्र होता है अस्तु यह स्वाभाविक है कि इन लोगों में विवाह सम्बन्ध अविच्छेद नहीं होते। अधिकतर आदिम समाजों में तलाक देने की विधि अत्यन्त सरल होती है। उदाहरण के लिए उत्तर प्रदेश के मिर्जापुर जिले के कोरवा लोगों में जब पति असन्तुष्ट होकर पत्नी से यह कहता है कि तुम चली जाओ, मैं तुम्हारा भरण-पोषण नही करूँगा तो उसे तलाक मिला समझ लिया जाता है और वह पति को छोड़कर पिता के घर चली जाती है। अब वह फिर से विवाह करने के लिए स्वतन्त्र है। तलाक मिलने से उसका सामाजिक सम्मान भी कम नहीं होता बल्कि वह बढ़ जाता है। सात पतियों से तलाक पाने वाली स्त्री धार्मिक कार्यों और विवाहों में अगुवा बनाई जाती है।

गोण्ड लोगों में यदि पत्नी पति की इच्छा के विरुद्ध तलाक दे देती है तो उसका पुनर्विवाह होने पर दूसरा पति पहले पति को हर्जाना देता है। मुड़िया गोण्डों में स्त्री जब पति को तलाक देती है तो हर्जाना दिये बिना तलाक वैध नहीं होता। हर्जाने की रकम पंचायत तय करती है। असम की लूशाई जनजाति में पत्नी को तलाक देने पर पति को देने से शेष बचा हुआ कन्या शुल्क भी कन्या पक्ष को देना पड़ता है। व्यभिचार में पकड़े जाने या पति को छोड़ देने पर पत्नी का पति द्वारा दिया गया कन्या शुल्क वापिस करना पड़ता है।

जहाँ कुछ आदिम समाजों में तलाक एक अत्यन्त सामान्य बात है और छोटी-छोटी बातों पर तलाक होते रहते हैं वहाँ कुछ अन्य आदिम समाजों में तलाक लगभग नहीं के बराबर होते हैं। उदाहरण के लिए लंका के वेद्दा लोगों में यह कहावत प्रचलित है कि केवल मृत्यु ही पति-पत्नी को पृथक् कर सकती है। इन लोगों में व्याभिचार लगभग नहीं होता और तलाक के अवसर भी बहुत ही कम आते हैं। पूर्वी हिन्द द्वीप समूह के अनेक आदिम समाजों में भी तलाक की प्रथा लगभग नहीं है। अण्डमान के आदिवासियों में सन्तान उत्पन्न होने के बाद विवाहित स्त्री-पुरुष में तलाक नहीं होता। मलाया प्रायद्वीप के आदिवासियों में भी इसी प्रकार की प्रथा है। यहाँ यह स्मरणीय है कि जो आदिम समाज सभ्य मनुष्यों के सम्पर्क से दूर रहते हैं

केवल उन्हीं में उनके रीति-रिवाज ज्यों के त्यों बने रहते हैं। सभ्य समाजों के सम्पर्क में आने के बाद इन लोगों में व्यभिचार और तलाक बढ़ने लगते हैं। कुछ आदिम भाषाओं में तो तलाक जैसा कोई शब्द ही नहीं होता। इनमें वे समाज भी हैं जहाँ एक स्त्री से असन्तुष्ट हो जाने पर या उब जाने पर या उसको छोड़कर दूसरी स्त्री ग्रहण कर लेना एक सामान्य बात समझी जाती है। कहीं-कहीं पर दूसरी स्त्री से विवाह करने के बाद भी पहली स्त्री को छोड़ा नहीं जाता, इसलिए तलाक का प्रश्न ही उपस्थित नहीं होता। उत्तरी अमेरीकन इण्डियनों में पहली पत्नी से ऊब जाने पर उसे तलाक देने की कोई आवश्यकता नहीं होती, पुरुष उसके रहते हुए भी अस्थायी या स्थायी विवाह कर सकता है। इस प्रकार के समाजों में स्त्री से ऊब जाने पर भी उसको इसलिए नहीं छोड़ा जाता क्योंकि आर्थिक दृष्टि से वह मूल्यवान होती है। केलीफोर्निया के विण्ट्रुन आदिम समाज में स्त्री से रुष्ट हो जाने पर क्रोध में पुरुष उसको मार डालता है, तलाक देने का विचार उसके मन में कभी नहीं आता।

चूँकि अधिकतर आदिम समाज पितृसत्तात्मक हैं इसलिए अधिकतर पुरुष को ही तलाक देने का अधिकार होता है। राक्षस विवाह अथवा क्रय विवाह के समाजों में यही प्रथा है किन्तु मातृसत्तात्मक समाजों में या तो तलाक स्त्री-पुरुष की परस्पर सहमति से होता है या स्त्री ही पति को तलाक देती है। वोंगो लोगों मं स्त्री के पति को तलाक देने पर उसका पिता भूतपूर्व दामाद को उस कन्या का मूल्य वापिस कर देता है। कुछ समाजों में पति को छोड़ने पर पत्नी को उसके विवाह के लिए दिया हुआ कन्या मूल्य भी उसको वापिस करना पड़ता है। अफ्रीका में गोल्डकोस्ट के फन्टीस लोगों में यही प्रथा है। पोलीनीसिया के लोगों में परस्पर सहमति से तलाक होता है यदि पति की सहमति के बिना पत्नी उसको छोड़ जाती है तो अवसर पाकर वह पत्नी से उसका बदला लेता है। अबीसीनिया के आदिम लोगों में विवाह करने अथवा तलाक देने की कोई शर्त नहीं होती। इनमें वैध और अवैध सन्तान में कोई अन्तर नहीं होता। पति-पत्नि में तलाक होने पर पुत्रियाँ पिता के पास और पुत्र माता के पास रह जाते हैं। अलजीरिया के कबायली लोगों में, जहाँ स्त्रियाँ पति की जर खरीद सम्पत्ति समझी जाती हैं, केवल तीन बार तलाक कह देने से तलाक हो जाता है और इसके बाद पति पत्नी को बेच देता है। विक्रय की पूरी रकम गिन लेने के बाद उसका पत्नी पर कोई अधिकार नहीं रह जाता। कभी-कभी यदि पत्नी पति को एक निश्चित रकम चुका देती है

तो उसे पुनर्विवाह करने का अधिकार मिल जाता है परन्तु इसके पहले तलाक पाने पर भी वह पुनर्विवाह नहीं कर सकती। यदि पुनर्विवाह के पश्चात् स्त्री फिर से विधवा हो जाती है तो उसका पहला पति बिना कुछ खर्च किये हुए उसको फिर से वापिस ले जा सकता है। यदि पत्नी व्यभिचार में पकड़ी जाती है तो पति उसका सिर मुंडा कर उसको उसके माता-पिता के पास भेज देता है। साधारणतया कोई पुरुष इस तरह की स्त्री से विवाह नहीं करता चाहे वह कितनी ही सुन्दर क्यों न हो।

भारत वर्ष में आदिम समाजों में भिन्न-भिन्न स्थानों पर विवाह विच्छेद की भिन्न-भिन्न शर्तें होती हैं। गोण्ड लोगों में निम्नलिखित अवस्थाओं में तलाक हो सकता है—घर के कामों में पत्नी की लापरवाही, पत्नी का बाँझपन, पति अथवा पत्नी का झगड़ालू स्वभाव, पति अथवा पत्नी का वैवाहिक व्रत को भंग करना, इत्यादि। खारिया लोगों में आलस्य, बाँझपन, पतिव्रत भंग, पति के साथ रहने से इन्कार करना अथवा ग्राम पंचायत का पत्नी को जादूगरनी घोषित करना। इनमें से कोई भी तलाक के कारण हो सकते हैं। तलाक देने का अधिकार साधारणतया स्त्री-पुरुष दोनों को ही होता है।

जिप्सियों में तलाक अपेक्षाकृत अपवाद रूप में होता है किन्तु तलाक की विधि बड़ी विचित्र है। इनके यहाँ तलाक का निश्चय करने के बाद लाटरी डालकर एक घोड़ा चुना जाता है। इस घोड़े को इच्छानुसार घूमने के लिए छोड़ दिया जाता है और उसकी गतित-विधि पर दृष्टि रखी जाती है क्योंकि उससे स्त्री के अपराध का अनुमान लगाया जाता है और उस पर स्त्री के तथाकथित अपराधों का दोष लगाया जाता है। इस मुकदमे के बाद पुरोहित घोड़े के कलेजे में लम्बा सा छुरा भोंक देता है जिससे क्रमशः रक्त निकल जाने से वह मरकर गिर पड़ता है। घोड़े के मर जाने पर स्त्री और पुरुष उसके अगल-बगल खड़े हो जाते हैं और आगे बढ़कर विदाई सूचक हाथ मिलाते हैं और फिर उनमें से एक उत्तर की ओर दूसरा दक्षिण की ओर चला जाता है। इसके तुरन्त बाद स्त्री को डेढ़ इंच वर्गाकार का एक लोहे का ताबीज मिलता है जो कि तलाक का चिन्ह होता है। अब स्त्री उस स्थान से चली जाती है। पति और उसके मित्र घोड़े का दिल निकालकर अग्नि पर भूनकर उसमें सिरका या शराब छिड़क कर खाते हैं। घोड़े का शेष शरीर उसी स्थान पर दफना दिया जाता है और इसके बाद कई वर्षों तक पति और उसके मित्र इस स्थान पर यह देखने के लिए आते हैं कि घोड़े की कब्र ठीक से बनी हुयी है या नहीं।

सती प्रथा

हडसन की खाड़ी के इण्डियन आदिवासियों में मृत शरीर को लकड़ी की चिता पर जलाने की प्रथा थी। यदि उसकी पत्नी जीवित होती तो वही चिता में आग लगाती थी। आग लगाने के बाद वह चिता के निकट खड़ी होकर मृत शरीर से निकलने वाली चर्बी को अपने स्तनों पर मलती थी। यह क्रिया तब तक करनी पड़ती थी जब तक कि पूरी चिता जलकर राख न बन जाए। इस बीच वह भाग न जाए यह रोकने के लिए पुरुष के सम्बन्धी हाथ में भाले लिए हुए उसके पीछे खड़े रहते थे। इस क्रिया में वह इतनी अधिक जल जाती थी कि चिता के समाप्त होने तक बहुधा उसकी भी मृत्यु हो जाती थी। कभी-कभी विधवा के सम्बन्धी इस अवसर पर उपस्थित होकर बलपूर्वक उसको बचा लेते थे जिसमें काफी रक्तपात भी होता था।

कुछ आदिम समाजों में भारतीय सती के ढंग की प्रथा भी देखी जाती है। अनेक स्थानों पर सरदार की मृत्यु के बाद उसकी विधवा पत्नियों को उसके साथ ही दफना दिया जाता है। फिजी द्वीप में आदिवासियों के सरदारों के बीस से लेकर सौ तक पत्नियाँ होती थीं। सरदार की मृत्यु हो जाने पर उसकी मुख्य पत्नी को खूब सजाया जाता था। और तब उसे पति के मृत शरीर के पास लाया जाता था फिर उसके गर्दन के चारों ओर एक रस्सी का फंदा डाला जाता था और आठ-दस शक्तिशाली पुरुष उसको पूरी शक्ति से खींचते थे जिससे वह मरकर गिर पड़ती थी और उसके शरीर को सरदार के शरीर के साथ रख दिया जाता था। इस प्रकार क्रमशः उसकी सभी पत्नियों की हत्या करके पति के चारों ओर एक के ऊपर एक उनके ढेर लगा दिए जाते थे। इससे यह समझा जाता था कि उनकी आत्माएँ पति की आत्मा के साथ रहेंगी और परलोक में भी उसका आनन्द सुरक्षित रहेगा।

वैवाहिक जीवन

प्रत्येक मानव समाज में वैवाहिक जीवन, सामाजिक संरचना, विवाह और परिवार के रूप, स्त्री-पुरुष के अधिकार और कर्त्तव्य इत्यादि अनेक बातों पर निर्भर रहता है। इन सब बातों में आदिम समाजों में अन्तर होने के कारण आदिम समाज में वैवाहिक जीवन सभ्य समाज के वैवाहिक जीवन से भिन्न दिखलाई पड़ता है। अस्तु, आदिम समाज में वैवाहिक जीवन की प्रथाओं का अध्ययन महत्त्वपूर्ण है।

(1) **पत्नी विनिमय**–कुछ आदिम समाजों में, जैसा कि पीछे बतलाया जा चुका है, अपने पड़ौसियों या परिचित व्यक्तियों को पत्नी उधार देने की प्रथा है। अनेक समाजों में विशेष अवसरों पर पत्नियों का विनिमय किया जाता है। अनेक स्थानों पर मेहमान का स्वागत करने के लिए पत्नियों और कुमारी कन्याओं को उनके पास भेजा जाता है।

(2) **प्रथम रात्रि का अधिकार**–अनेक आदिम समाजों में प्रथम रात्रि का अधिकार पति को नहीं होता। कुछ स्थानों पर सरदार को प्रथम रात्रि का अधिकार होता है और विवाह के बाद वधु सबसे पहले सरदार के पास भेज दी जाती है। कुछ अन्य स्थानों का प्रथम रात्रि का अधिकार केवल नाममात्र का होता है और वह बहुधा पति से कुछ धन लेकर उसको यह अधिकार बेच देता है। इसलिये वस्तु स्थिति में पति द्वारा सरदार को कौमार्य कर के रूप में कुछ धन भेंट करना पड़ता है। जिन समाजों में गुलाम रखने की प्रथा हैं वहाँ गुलामों की पत्नियों पर स्वामियों का अधिकार समझा जाता है। आदिम समाजों में कुछ स्थानों पर यह अधिकार पुजारियों का होता है जो कि देवताओं के प्रतिनिधि माने जाते हैं। ईस्ट इण्डीज के समोरिन लोगों में मुख्य पुजारी के पास पत्नी को भेजे बिना कोई भी पुरुष उससे सम्भोग नहीं कर सकता क्योंकि उसके वैवाहिक जीवन के प्रथम पुष्प देवता को अर्पित किये जाने चाहियें। कभी-कभी यदि पुजारी चाहता है तो वधू को तीन रात तक अपने पास रखता है।

(3) **कौमार्य भंग**–अधिकतर आदिम समाजों में विवाह पूर्व और विवाहेतर यौन सम्बन्धों पर अत्यधिक रोक-टोक नहीं होती। यद्यपि व्यभिचार को बुरा माना जाता है परन्तु विवाह के पूर्व अथवा पति से मिलने के पूर्व स्त्री का कौमार्य भंग अनुचित नहीं माना जाता बल्कि कभी-कभी तो उसे वांछनीय समझा जाता है। अनेक आदिम समाजों में विवाह के बाद पति स्वयं पत्नी का कौमार्य भंग नहीं करता, यह कार्य उसके कुछ सम्बन्धी, मित्र, कौमार्य भंग का व्यवसाय करने वाले पुरुष या स्त्रियाँ करती हैं।

(4) **व्यभिचार का निषेध**–फिर भी आदिम समाजों में भी व्यभिचार को उतना ही बुरा समझा जाता है जितना कि सभ्य समाजों में। स्त्री को व्यभिचार में पकड़ लिये जाने पर कभी-कभी तो पति को उसे प्राणदण्ड देने का अधिकार होता है। स्त्रियों को व्यभिचार से रोकने के लिए अफ्रीका के कुछ आदिवासियों में एक विचित्र उपाय अपनाया जाता है। इनमें छाल और फूँस की बनी हुई एक भयंकर आकृति को एक पुरुष ओढ़ लेता है और डरावनी

आवाज निकालते हुए वह रात को गाँव की गलियों में घूमता है। यह मम्बो जम्बो कहलाता है। इन लोगों में यह धारणा प्रचलित है कि मम्बो जम्बो सब बातों को जान लेता है और वह स्त्रियों के व्यभिचार पर विशेषतया रुष्ट होता है। अस्तु, व्यभिचार के पकड़े जाने और फलस्वरूप कठोर दण्ड पाने के भय से अधिकतर स्त्रियाँ उससे दूर रहती हैं। कुछ आदिम समाजों में ऐसी पेटियों के भी चिन्ह मिले हैं जिनको स्त्रियों के गुप्तागों पर पहना दिया जाता है ताकि उनमें कोई पुरुष सम्भोग न कर सके और यदि करे तो उसका पता चल जाए। इस प्रकार आदिम समाजों में अनेक स्थानों पर व्यभिचार पर नियन्त्रण रखने का प्रयास किया जाता है।

(5) पत्नियों को पीटना–आदिम समाजों में स्त्री-पुरुष कठोर प्राकृतिक परिवेश में रहते हैं। इसलिए बहुधा उनके पारिवारिक जीवन में कठोर व्यवहार दिखलाई पड़ता है। शिकार, खेती, मछली पकड़ना आदि कार्यों के द्वारा जीवनयापन करने के दौरान में बहुधा क्रोध आने पर पति पत्नि को मार बैठता है। फिजी द्वीप में तो अपनी इच्छा को पूर्ण करने के लिए पति को पत्नी को पीटने का पूर्ण अधिकार माना जाता है। अनेक लोग इसके लिए घर में विशेष प्रकार का डण्डा रखते हैं। अफ्रीका में कुछ नीग्रो समाजों में अनेक पति अपनी अनेक स्त्रियों के परस्पर झगड़ों को निबटाने के लिए डण्डे का प्रयोग करते हैं और डण्डे से उनकी पत्नियों में शान्ति बनी रहती है।

(6) कुवेद की प्रथा–आदिम समाजों में बहुधा जीवन के विभिन्न कार्यों में पति-पत्नी में साथ पाया जाता है, यद्यपि कहीं-कहीं पर कुछ क्षेत्रों में श्रम-विभाजन भी देखा जाता है। इस प्रकार अधिकतर स्त्रियाँ खेती बाड़ी और घर के काम करती हैं जबकि पुरुष शिकार और युद्ध करते हैं। केवल जीवन के सामान्य कामों में ही नहीं; बल्कि कुछ स्त्री सुलभ क्रियाओं में भी पुरुष कम से कम सांकेतिक दृष्टि से भाग लेते हैं। इस प्रथा के अनुसार जब प्रसव के लिए स्त्री सौरगृह में चारपाई पर लेटती है तो दूसरी ओर उसका पति भी खाट पकड़ लेता है। वह सब प्रकार से प्रसव का नाटक करता है और शिशु के उत्पन्न होने तक बिस्तर पर ही रहता है। इस विचित्र व्यवहार को कुवेद नाम सबसे पहले सर ई.बी. टेलर ने दिया। अनेक मानवशास्त्रियों ने भिन्न-भिन्न समाजों में इस प्रथा का वर्णन किया है। जे. रास्कों के अनुसार अफ्रीका की बागेसू जाति में जब पत्नी गर्भवती होती है तो पति को ऊँचे स्थानों जैसे–ओर पेड़ों, चट्टानों, मकानों की छतों आदि पर चढ़ने का निषेध होता है। पहाड़ों से उतरते समय भी सावधानी से काम लेता है क्योंकि यदि उसका पैर फिसल जाए या वह गिरे पड़े तो पत्नी के गर्भपात की आशंका

होती है। आदिम पुरुष का यह व्यवहार सहानुभूतिमय जादू पर आधारित है जिसमें यह समझा जाता है कि जादू करने वाला व्यक्ति जब एक स्थान पर कोई क्रिया करता है तो दूसरे स्थान पर वहीं क्रिया होती है। उदाहरण के लिए वर्षा करने की सहानुभूतिमय जादू की क्रिया में धुएँ के बादल उड़ाये जाते हैं और बादलों की गर्ज की आवाज पैदा की जाती है। इससे यह समझा जाता है कि बादल उठेंगे और गरजेंगे और वर्षा होगी। मध्य और दक्षिणी अमेरीका के अनेक आदिम समाजों में कुवेद की प्रथा आज भी पाई जाती है। कई स्थानों पर तो कुवेद की अवधि में पिता बच्चे को स्तनपान कराने का भी अभिनय करता है। कुवेद की प्रथा आदिम समाजों के अतिरिक्त फ्रांस, स्काटलैण्ड, इंग्लैण्ड, भारत, चीन, तुर्किस्तान, एशिया माइनर, मिस्र, यूनान, रोम, वैस्ट इण्डीज और पूर्वी द्वीप समूह आदि संसार के अधिकतर भागों में पाई जाती है। यह प्रथा अति प्राचीन समाजों में भी पाई जाती है। इसका मूल उद्देश्य भूत प्रेतों और दुष्ट आत्माओं से स्त्रियों और बच्चों की रक्षा करना है। वह पट्टी बांधता और कराहता है। उसे जच्चा की तरह भोजन दिया जाता है और जच्चा की तरह नहलाया भी जाता है। कभी-कभी उसे चालीस दिन तक सौरगृह में रहना पड़ता है। कुछ अन्य स्थानों पर कुवेद की अवधि एक सप्ताह से अधिक नहीं होती। इस काल में पुरुष किसी भी प्रकार का कठोर काम नहीं करता। उसे मांस खाने, धूम्रपान करने, स्नान करने और किसी भी प्रकार के अस्त्र-शस्त्र छूने का निषेध होता है। जहाँ इसमें सहानुभूतिक जादू का अंश है वहाँ इसमें पति-पत्नि के कष्ट में हिस्सा भी बँटाता है क्योंकि वह बहुत कुछ स्वयं इस कष्ट का कारण है। टायलर और वैसटरमार्क के अनुसार कुवेद एक प्रकार से पिता और सन्तान में सम्बन्ध को प्रतीक रूप में अभिव्यक्त करता है। इसका एक प्रमाण इस तथ्य से दिखाई पड़ता है कि जिन आदिम समाजों में सन्तानोत्पत्ति में पिता के अंश का पता नहीं होता उनमें कुवेद की प्रथा नहीं मिलती। फैरे के अनुसार कुवेद की स्थिति में कभी-कभी कई-कई दिन तक होती हैं। ये उल्टियाँ तब से ही शुरू हो जाती हैं जब से पत्नि को गर्भधारण के कारण उल्टियाँ शुरू होती हैं। इसके आधार पर फैरे ने यह निष्कर्ष निकाला है कि कुवेद में पति का पत्नी से सहानुभूति का अंश है।

आदिम समाज में वैवाहिक जीवन के रीति-रिवाज धार्मिक और नैतिक धारणाओं की तुलना में व्यावहारिक धारणाओं पर आधारित होते हैं। इन लोगों में अपने चारों ओर के परिवेश से ऊपर उठकर चिन्तन बहुत कम होता है। इनकी मुख्य समस्याएँ अपनी शारीरिक आवश्यकताओं को संतुष्ट करना है

जिनमें भोजन की आवश्यकताएँ और यौन सम्बन्धी आवश्यकताएँ मुख्य हैं। ये ही दो आवश्यकताएँ वैवाहिक जीवन का आधार हैं। यौन सम्बन्धी आवश्यकताओं में स्त्री-पुरुष के कामुक सम्बन्ध के अतिरिक्त सन्तान का पालन-पोषण भी सम्मिलित है। चूँकि स्त्री-पुरुष सब कहीं सामूहिक जीवन व्यतीत करते हैं इसलिए सब कहीं किसी न किसी प्रकार के सामाजिक नियम भी बन जाते हैं जिसका पालन करना उनके लिए आवश्यक होता है। इसलिए वैवाहिक जीवन का स्वरूप सामाजिक परिस्थितियों और विधियों के अनुसार भी बदलता है। व्यक्तिगत शारीरिक आवश्यकताओं और समाज के नियमों को सन्तुष्ट करने के अतिरिक्त आदिम स्त्री-पुरुष विवाह की संस्था से और अधिक कुछ नहीं चलते। इससे यह नहीं समझा जा सकता कि उनमें पति-पत्नी में प्रेम के मनोवैज्ञानिक तत्त्व नहीं देखे जाते परन्तु ये मनोवैज्ञानिक तत्त्व शारीरिक तत्त्वों के अधीन होते हैं यद्यपि कुछ स्त्री-पुरुष इसके अपवाद भी हो सकते हैं।

(7) लज्ञा की भावना और नग्नता—वास्तव में आदिम मनुष्य कौमार्य को जादू से जोड़ लेता है और इसलिये व्यभिचार को अशुभ मानता है क्योंकि उसकी यह धारणा होती है कि इससे दुष्ट आत्माओं का प्रकोप बढ़ जाता है। अस्तु, सभी आदिम समाजों में स्त्रियों में लज्ञा की भावना देखी जाती है किन्तु शरीर के किस अंग पर पुरुष की निगाह पड़ जाने से लज्ञा की बात है इस विषय में भिन्न-भिन्न आदिम समाजों में भिन्न-भिन्न रिवाज हैं। शरीर की नग्नता को अधिकतर आदिम समाजों में लज्ञा की बात नहीं समझा जाता। फिर भी अधिकतर आदिम समाजों में स्त्री-पुरुष के गुप्तांग ढँके रखने की प्रथा है। जब कभी विदेशी लोग आदिम स्त्री-पुरुष को अपनी संस्कृति के अनुसार लज्जा रखने की बात बतलाते हैं तो वह उनकी समझ में नहीं आती। लिविंगस्टर ने अफ्रीका के एक पुरुष को यह कहा कि उसे श्वेत स्त्रियों के सामने लज्ञा ढक कर रहना चाहिए। अगले दिन यह पुरुष सिर पर सिल्क का लम्बा टोप और पैरों में स्लीपर पहन कर उपस्थित हुआ जबकि उसका बाकी शरीर नंगा था। अफ्रीका के डिम्ब का आदिम समाज के बारे में लोम्ब्रोसो ने लिखा है कि इनमें लज्जा की भावना इतनी देखी गई है कि पुरुषों को गुप्तेन्द्रियों की परीक्षा और स्त्रियों को उनके स्तनों की परीक्षा के लिए राजी करना बड़ा कठिन काम हो गया।

❑❑❑

5

आदिम समाज में नारी का स्वरूप

आज नारी और उसकी सामाजिक स्थिति का प्रश्न एक ज्वलन्त मुद्दे के रूप में विश्व पटल पर छाया हुआ है। विशेषतः स्त्री जाति को लेकर भारत में घोर विचार मंथन हो रहा है। हमारे यहाँ नारी को शास्त्रीय, सामाजिक व पारम्परिक आधार पर बाँट दिया गया है। एक स्थान पर वह देवी है तो दूसरे स्थान पर संगिनी है तो तीसरे स्थान पर अबला के रूप में है। वहीं कहीं एक स्थान पर हमें वह योग्या रूप में भी दिखाई पड़ती है। यदि आज हम पश्चिम की बात करते हैं तो यह भी जान लेना होगा कि स्त्रियों ने अपनी स्वतन्त्रता हेतु सैकड़ों वर्ष संघर्ष किया है किन्तु वास्तविक रूप में आज भी वह पुरुष के समतुल्य नहीं आ पाई है। इसका एक मुख्य कारण है प्रकृति प्रदत्त शारीरिक व मानसिक क्षमता, दूसरा सामाजिक संरचनात्मक ढाँचा।

प्रस्तुत अध्याय में हम विशेषतः आदिम समाज में स्त्रियों की स्थिति पर विचार करेंगे।

यदि किसी भी समाज में स्त्रियों को पुरुष के समान कार्य करने दिये जाते हैं तो सामाजिक संगठन में उनकी स्थिति पुरुष के समाज ऊँची होती है। किन्तु जैसा कि दिए गए उदाहरण से स्पष्ट होता है सामाजिक कार्य ही सब कुछ नहीं हैं। उदाहरण के लिये अण्डमान द्वीप के निवासियों में धार्मिक, आर्थिक कार्यों में स्त्रियाँ पुरुषों के साथ कन्धे से कन्धा मिलाकर काम करती

हैं। परन्तु ऐसा करने से उन्हें स्त्रियों के कार्य तो करने ही पड़ते हैं और साथ ही साथ पुरुष के कार्य भी करने पड़ जाते हैं। इससे उनकी सामाजिक स्थिति टोडा स्त्री की तुलना में कहीं अधिक बुरी हो जाती है।

किसी भी समाज में नारी का स्थान उसके सामाजिक कार्य के अनुरूप होता है। जैसे-जैसे उसके सामाजिक कार्य बदलते जाते हैं उनकी सामाजिक स्थिति में भी महत्त्वपूर्ण परिवर्तन होता रहता है। उदाहरण के लिये यदि किसी समाज में स्त्री महत्त्वपूर्ण सामाजिक आर्थिक कार्य करती है तो उसे उच्च सामाजिक स्थिति प्राप्त होती है। दूसरी ओर जिन समाजों में स्त्रियों का कार्य इतना अधिक महत्त्वपूर्ण नहीं होता वहाँ पर उन्हें ऊँचा स्थान प्राप्त नहीं होता। उदाहरण के लिस भारतवर्ष में टोडा लोगों में दुग्धशाला का काम सबसे अधिक महत्त्वपूर्ण माना जाता है। दुग्धशालाओं में दूध और उससे बनी चीजों का उत्पादन किया जाता है। दुग्धशाला का उनके लिये इतना अधिक महत्त्व है कि टोडा जनजाति के सामाजिक, धार्मिक विचार भी दुग्धशालाओं से लगे हुए होते हैं। चूँकि आदिम समाजों में स्त्रियों को अशुद्ध माना जाता है इस लिये टोडा समाज में उन्हें दुग्धशाला में काम नहीं करने दिया जाता। वे गाय, भैंसों का काम नहीं कर सकतीं और न दूध से किसी प्रकार की चीजें बना सकती हैं। इस प्रकार के निषेध से उनकी सामाजिक स्थिति बहुत नीची हो गयी है किन्तु उनसे दुर्व्यवहार नहीं किया जाता बल्कि दूसरी ओर उन्हें बड़े लाड़ प्यार से रखा जाता है। इससे अन्य आदिम जातियों की तुलना में टोडा जनजाति में स्त्री की सामाजिक स्थिति काफी अच्छी है।

गोण्ड लोगों में विभिन्न क्षेत्रों में स्त्रियों को पुरुष के बराबर स्वतन्त्रता मिली हुई है। उदाहरण के लिए पति के चुनाव, विवाह पूर्व यौन सम्बन्ध और विवाह विच्छेद आदि के विषय में स्त्रियाँ पुरुष के समान ही स्वतन्त्र हैं, किन्तु अन्य क्षेत्रों में वे पति के लिये श्रमिकों के समान कार्य करती हैं और अनेक पुरुष उन्हें श्रमिकों के रूप में ही मूल्यवान समझते हैं। यही कारण है कि गोण्ड लोगों में अविवाहित पुरुष बहुत कम मिलते हैं।

थारू जनजाति पितृसत्तात्मक होते हुए भी थारू स्त्रियाँ पुरुषों पर हावी रहती हैं। थारू स्त्रियाँ सुन्दर और यौन सम्बन्धों में अनियन्त्रित होती हैं। थारू लोगों में स्त्रियों में जादू टोने की सामर्थ्य मानी जाती है।

खस जनजाति में भ्रातृक बहुपति विवाह की प्रथा है। अनेक पतियों के साथ रहते हुए स्त्रियों पर इस दबाव को दूर करने की एक विचित्र विधि निकाली गई है। इनमें प्रचलित रिवाज के अनुसार पति के घर में स्त्री को

किसी भी प्रकार की स्वतन्त्रता नहीं होती, किन्तु पिता के घर में उस पर किसी प्रकार का नियन्त्रण नहीं होता और चूँकि स्त्रियाँ बहुधा पिता के घर जाती रहती हैं इसलिये उनको पति गृह में बने हुए तनावों को निकालने का अवसर मिलता रहता है।

काडर जनजाति में स्त्री पुरुष में सुव्यवस्थित श्रम विभाजन पाया जाता है और दोनों ही अपने-अपने क्षेत्रों में सर्वोच्च अधिकार रखते हैं। इससे किसी पर भी आवश्यकता से अधिक बोझ नहीं पड़ता है और स्त्रियों की स्थिति उच्च तथा आराम देह बनी रहती है।

जिन भारतीय जनजातियों के उदाहरण पीछे दिये गये हैं वे पितृसत्तात्मक समाज के उदाहरण हैं। पितृसत्तात्मक समाज में स्त्रियों की स्थिति उनसे लगे हुए विभिन्न निषेधों से भी निर्धारित होती हैं। ये निषेध निरोधात्मक अथवा उत्पादक हो सकते हैं। उदाहरण के लिए टोड स्त्री को दुग्धशाला में काम करना इसलिए निषेध होता है क्योंकि उसे अशुद्ध माना जाता है। इससे उसकी सामाजिक स्थिति गिर जाती है किन्तु सभी पितृसत्तात्मक समाजों में पत्नियों की स्थिति पतियों से न्यून नहीं होती। उदाहरण के लिए हो लोगों में कुछ पुरुष पत्नियों पर हावी होते हैं जबकि अन्य उनके आधीन होते हैं।

मातृसत्तात्मक समाजों में स्त्रियों की स्थिति

साधारणतया यह समझा जाता है कि पितृसत्तात्मक समाज की तुलना में मातृसत्तात्मक समाज में स्त्रियों की स्थिति अधिक ऊँची होती है, किन्तु भारतीय जनजातियों में मातृसत्तात्मक समाजों के अध्ययन से यह स्पष्ट होता है कि वास्तविकता ऐसी नहीं है। भारतवर्ष में खासी जनजाति में मातृस्थानीय निवास और मातृवंशीय परम्परा पाई जाती हैं। ये लोग वंश परम्परा किसी पूर्वज स्त्री से बतलाते हैं जो कि जनकथाओं में राजकुमारी के रूप में मानी जाती है। इनमें सृष्टा में स्त्रियों के अनेक गुण माने जाते हैं। इनमें वंश परम्परा माता से चलती है। माता की सम्पत्ति पर पुत्री का अधिकार माना जाता है। पुरुष की कमाई विवाह से पूर्व माता के परिवार की और विवाह के पश्चात् पत्नी के परिवार की मानी जाती है। अधिकतर धार्मिक अधिकार स्त्रियों के हाथ में होते हैं। जिन पूर्वजों की पूजा की जाती है उनमें अधिकतर स्त्रियाँ ही हैं। घर में बिमारी, मृत्यु और सुरक्षा आदि का सम्बन्ध विभिन्न देवियों से माना जाता है। विभिन्न उत्सवों पर स्त्रियाँ ही पुजारियों का कार्य करती हैं। वे ही धार्मिक और सामाजिक मामलों में नेता होती हैं। खिरिम राज्य

का सर्वोच्च पुजारी और शासन स्त्री ही होती थी, किन्तु इन सब के बावजूद खासी समाज में पुरुषों से दुर्व्यवहार के उदाहरण नहीं मिलते। दूसरी ओर उनको स्त्रियों से भारी सम्मान प्राप्त होता है और विवाह के पश्चात् वे घर में व्यापक अधिकारों का उपभोग करते हैं। खासी स्त्री अपने पति को स्वामी मानती हैं। विवाह विच्छेद पति-पत्नी दोनों के रूप में धन दिया जाता है। जिस प्रकार से पत्नियाँ स्वतन्त्र होती हैं उसी प्रकार पति भी पत्नियों से बहुत कुछ स्वतन्त्र होते हैं। मातृस्थानीय निवास होने पर भी पुरुष की स्थिति पत्नी से गिरी हुई नहीं होती। इससे स्पष्ट है कि केवल मातृस्थानीय निवास से पितृवंशीय परम्परा और पितृसत्तात्मक समाजों की तुलना में वह कम नहीं होती, बल्कि कुछ बेहतर अवश्य हो सकती है।

मातृसत्तात्मक समाज का एक अन्य उदाहरण गारो जनजाति में मिलता है। इसमें बच्चे माता के परिवार के अंग माने जाते हैं। गारो जनजाति के लोग अपने को किसी पूर्वज स्त्री की सन्तान मानते हैं। इनमें वंश परम्परा माता से ही चलती है। माता की सम्पत्ति पुत्री को प्राप्त होती है। कोई भी व्यक्ति अपनी सम्पत्ति अपने पुत्र को नहीं दे सकता यद्यपि वह अपने जीवन काल में अपनी पत्नी की सम्पत्ति का पूर्ण उपयोग कर सकता है। विवाह प्रस्ताव कन्या पक्ष की ओर से उपस्थित किया जाता है, किन्तु पुरुष अनेक विवाह कर सकता है। साधारणतया तीन से अधिक पत्नियाँ नहीं देखी जातीं। वर अथवा कन्या पक्ष में से किसी को भी वर मूल्य अथवा कन्या मूल्य नहीं सिखाना पड़ता। विधवाओं को काफी समय तक पुनर्विवाह करने की अनुमति नहीं मिलती। ऐसा इसलिए होता है जिससे कि अल्पायु सन्तान वयस्क होकर सम्पत्ति की विरासत सम्भाल सके और सम्पत्ति परिवार में ही बनी रहे। इस प्रकार स्त्रियों को अपनी उच्च स्थिति का मूल्य मानसिक कष्ट के रूप में चुकाना पड़ता है। विधवा को अपने मृत पति के भतीजे से ही विवाह करना पड़ता है। गारो समाज में वेश्यावृत्ति नहीं मिलती यद्यपि व्यभिचार की घटनाएँ होती हैं। व्यभिचारी पुरुषों को मृत्यु दण्ड दिया जाता है जब कि स्त्रियों को केवल फाड़ कर या कान छेदकर छोड़ दिया जाता है, किन्तु बारम्बार व्यभिचार के अपराध में पकड़े जाने से स्त्री को भी प्राण दण्ड मिलता है। व्यभिचार के आधार पर विवाह विच्छेद किया जा सकता है। कार्य करने से इन्कार करने पर भी विवाह विच्छेद हो सकता है।

अनेक पितृसत्तात्मक जनजातियों में स्त्रियों की भिन्न-भिन्न स्थिति देखी जा सकती है। उदाहरण के लिए असम के नागा पितृसत्तात्मक हैं। इनमें

सीमा नागा लोगों में स्त्रियाँ की स्थिति आओ और अंगामी नागाओं से अधिक उच्च है। विवाह सम्बन्ध निश्चित करने में सीमा स्त्री की राय को महत्त्व दिया जाता है। पति के घर में उसे उच्च स्थान प्राप्त होता है। जन समाजों में आर्थिक क्षेत्र में स्त्रियों को पुरुषों के समान अधिकार प्राप्त हैं। जिन समाजों में आर्थिक क्षेत्र में स्त्रियों को पुरुषों के समान अधिकार प्राप्त हैं वहाँ उनकी स्थिति अनिवार्य रूप से अच्छी नहीं है क्योंकि कहीं-कहीं उन पर स्त्री सुलभ कार्यों के साथ-साथ पुरुष सुलभ कार्यों का भी बोझ पड़ जाता है। वास्तव में केवल अधिकारों से ही स्त्री की सामाजिक स्थिति का निश्चय नहीं होता। वह बहुत कुछ उनके प्रति पुरुष के व्यवहार से भी निश्चित होती है। इसके अतिरिक्त माता के रूप में भी उनके महत्त्व होता है। इसी कारण अनेक समाजों में बांझ स्त्रियों की बड़ी अवहेलना की जाती है। जिन जनजातियों पर हिन्दू शास्त्रों का प्रभाव पड़ा है उनकी तुलना में हिन्दुओं से अप्रभावित जनजातियों में स्त्रियों की स्थिति कहीं अधिक अच्छी है।

भारतीय जनजातियों में पितृसत्तात्मक समाजों और मातृसत्तात्मक समाजों में स्त्रियों की स्थिति के उपरोक्त विवेचन से यह स्पष्ट होता है कि किसी भी प्रकार के समाज में स्त्रियों की स्थिति को अनिवार्य रूप से उच्च अथवा निम्न नहीं माना जा सकता। जैसा कि पीछे बतलाया जा चुका है, टोडा लोगों में स्त्रियों पर अनेक रोक-टोक होने पर भी उनकी सामाजिक स्थिति नीची नहीं कही जा सकती। यह ठीक है कि साधारणतया पितृसत्तात्मक समाज में पुरुष की और मातृस्थानीय निवास की प्रथा नहीं हैं। उदाहरण के लिए खासी लोगों में मातृवंशीय समाज होने पर भी पुरुष विवाह के बाद अपनी पत्नी को लेकर अपना अलग घर बसा लेता है। दूसरी ओर कुछ पितृसत्तात्मक समाजों में भी घर जमाई के रूप में मातृस्थानीय निवास देखा जा सकता है जिसमें पुरुष विवाह के बाद पत्नी के घर रहता है।

स्त्रियों की स्थिति पर उनसे लगे हुए निषेधों का महत्त्वपूर्ण प्रभाव पड़ता है और निषेध बढ़ने से सामाजिक स्थिति गिरती है किन्तु इसे कोई सामान्य नियम नहीं माना जा सकता।

जनजातीय समाज में स्त्रियों की स्थिति का मूल्यांकन

जनजातीय समाज में स्त्रियों की स्थिति का मूल्यांकन करने के लिये उनकी सामाजिक स्थिति के साथ-साथ उनकी आर्थिक तथा राजनीतिक स्थिति की ओर भी ध्यान देना पड़ेगा।

स्त्री की सामाजिक स्थिति परिवार में उसकी स्थिति, पति-पत्नी के अधिकार और कर्त्तव्य, विवाह के पूर्व कन्या के अधिकार और कर्त्तव्य आदि से मालूम पड़ती है। यदि कुछ अपवादों को छोड़ दिया जाये तो सामान्य रूप से जनजातीय समाजों में स्त्रियों की सामाजिक स्थिति पुरुषों से किसी प्रकार नीची नहीं है। पुत्र-पुत्रियों के अधिकार लगभग समान होते हैं और पुत्रों के समान पुत्रियों को भी घूमने-फिरने की स्वतन्त्रता होती है। जहाँ कुमार गृहों की संस्था है वहाँ लड़के-लड़कियाँ सभी कुमार गृहों में रहते हैं और उनके कार्यों में कुछ अन्तर होने पर भी उनकी स्थिति में अन्तर नहीं होता।

जनजातीय स्त्री को विवाह में स्वतन्त्र चुनाव करने की भी स्वतन्त्रता होती है। इसी प्रकार तलाक के नियम भी स्त्री-पुरुष दोनों के लिये एक से ही होते हैं। कुवेद की प्रथा से तो सन्तानोत्पत्ति के समय पति भी पत्नी के समान कठोर जीवन व्यतीत करता है। यौन सम्बन्धों की स्वतन्त्रता के विषय में भी स्त्री पुरुषों के लिये एक से नियम होते हैं।

जहाँ तक राजनीतिक अधिकारों का प्रश्न है, जनजातीय स्त्री के अधिकार पुरुष से कम होने पर भी इससे उसकी स्थिति किसी भी प्रकार से नीची नहीं होती क्योंकि जनजातीय जीवन में राजनीतिक अधिकारों से अधिक कर्त्तव्यों पर जोर है। जनजाति के मुखिया को बहुत से अधिकार होते हैं परन्तु फिर उस पर जनजाति की रक्षा का भार भी होता है। इस गुरुत्तर कर्त्तव्य को पूरा न करने पर कोई भी व्यक्ति अपने अधिकारों को अक्षुण्ण नहीं रख सकता। वास्तव में जनजातीय समाजों में राजनीति के क्षेत्र में अधिकारों की निर्णात्मक शारीरिक और शस्त्र सम्बन्धी शक्ति होती है। अतः यह नितान्त स्वाभाविक है कि पुरुषों के अधिकार अधिक हैं। परन्तु ऐसे आदिम समाज भी हैं जहाँ सारे राजनीतिक अधिकार स्त्रियों के हाथ में होते हैं।

जीवन के विभिन्न क्षेत्रों में जनजातीय स्त्री की स्थिति के उपरोक्त विवेचन से स्पष्ट है कि उसकी स्थिति पुरुष से किसी भी प्रकार कम नहीं है। जिस प्रकार पितृवंशीय समाजों में पुरुष की स्थिति कुछ श्रेष्ठ होती है उसी प्रकार मातृवंशीय समाजों में स्त्री की स्थिति श्रेष्ठ होती है और जनजातीय समाजों में दोनों ही प्रकार की व्यवस्थायें पाई जाती हैं।

सामाजिक के साथ-साथ जनजातीय समाज में स्त्री की आर्थिक स्थिति भी पुरुष से किसी प्रकार भी नीची नहीं होती। अर्थोपार्जन की क्रियाओं, खेती, पशुपालन आदि में स्त्री-पुरुष मिलकर काम करते हैं। साधारणतया पुरुष स्त्रियों से अधिक कठोर काम करते हैं। शिकारी जनजातियों में पुरुष शिकार पर

जाते हैं और स्त्रियाँ घर का काम-काज, सीना-पिरोना आदि करती हैं। सब काम परस्पर सहयोग से होता है और सहयोग तथा प्रेम न रहने पर स्त्री-पुरुष एक दूसरे को छोड़ सकते हैं। इस प्रकार जनजातीय स्त्री के जीवन में कभी ऐसा समय नहीं आता कि उसको मजबूर होकर, प्रेम तथा सहयोग न पाते हुये, सब प्रकार के अत्याचार सहन करके पुरुष की दासी के समान जीवन व्यतीत करना पड़े और घर की चारदीवारी में तिल-तिल करके जलना पड़े। इस दृष्टि से वह अपनी बहुत सी सभ्य बहिनों से बहुत अच्छी स्थिति में है।

❑❑❑

6

आदिवासी समाज में कानून

कानून, समिति या सरकार किसी भी समाज का एक अनिवार्य घटक होता है। प्राचीन काल से आज तक यह सामाजिक अनिवार्यता अक्षुण्य रूप से चली आ रही है। आदिम व आधुनिक समाज में कानून व सरकार की अपनी छवि व उसका एक स्थान होता है।

समाज चूँकि विभिन्न वर्गों, समुदायों व व्यक्तियों के संयोग का प्रतिफल है अतः एक समानान्तर व सुचारु व्यवस्था स्थापित करने के लिए एक सार्वभौमिक नियम स्थापित होना अनिवार्य हो जाता है।

विशेषतः आदिवासी समाजों में आज भी उनके अपने कुछ ऐसे विशेष नियम, कायदे व कानून हैं जो सार्वजनिक रूप से उस विभिन्न आदिवासी समाज में व्याप्त ऐसे कानूनों के विषय में जानेंगे एवं उनका समाजशास्त्रीय विश्लेषण करने का प्रयास करेंगे।

संसार की अनेक जनजातियों में सरदार की समिति देखी जा सकती है। उदाहरण के लिए अधिकतर जनजातियों में सरदार की संस्था होती है और यह सरदार ही सरकार के लिए सारे कामों को करता है। भारतवर्ष में असम की अनेक जनजातियों में सरदार की संस्था पाई जाती है। ये ग्रामीण समितियों की सहायता ही से जनजाति सरदारों की शक्ति घटती गयी है किन्तु अभी भी जनजातीय कानून पूरी तरह से समाप्त नहीं हुए हैं। जनजातीय क्षेत्रों

में ग्रामीण पंचायतों की स्थापना से जनजातीय सरकारों की फिर से स्थापना हो सकी है। सामान्य रूप से जनजातीय क्षेत्रों में दो प्रकार की सरकारें पाई जाती हैं–प्रजातान्त्रिक और अप्रजातान्त्रिक।

(1) अप्रजातान्त्रिक शासन–सरकार के इस वर्ग में वे सब शासन व्यवस्थायें आती हैं जो प्रजातन्त्र पर आधारित नहीं हैं। जबकि प्रजातान्त्रिक सरकारें सरल कृषक समाजों और निम्न आर्थिक स्तर के आदिम समाजों में पाई जाती हैं, जटिल आर्थिक व्यवस्था के समाजों में अप्रजातान्त्रिक सरकारें मिलती हैं। इस प्रकार की शासन व्यवस्था के उदाहरण अफ्रीका की जनजातियों में दिखाई पड़ते हैं। इसमें कुछ जनजातियों में दृढ़ एकतन्त्रीय शासन हैं और अन्य घुमक्कड़ जनजातियों में कोई नेता नहीं है। कहीं-कहीं पर राजा और धार्मिक पुजारी दोनों में शक्ति का विभाजन देखा जाता है तो दूसरा व्यक्ति धार्मिक क्षेत्र में नेता होता है। कुछ जनजातियों में विशेष अवसरों पर कुछ लोग सरदार या नेता चुन लिए जाते हैं। इस तरह के अवसर शिकार या युद्ध के अवसर होते हैं। भारतवर्ष में नागा लोगों में एकतन्त्रीय शासन के उदाहरण मिलते हैं। अनेक जनजातियों में सरदार का शासन होता है। विभिन्न जनजातियों में इसके काम और अधिकार भिन्न-भिन्न होते हैं। अधिकतर सरदार शिकारी और योद्धा होते हैं और शिकार तथा युद्ध के अवसर पर जनजाति का नेतृत्व करते हैं ये सरदार बहुधा राजा की तरह होते हैं। कहीं-कहीं पर एक राजा के अधीन अनेक सरदार होते हैं। पूर्वी अफ्रीका के यूगाण्डा प्रदेश में अनेक जनजातियाँ एक राजा के आधिपत्य में रहती हैं। प्रत्येक जिला एक प्रधान के अधिकार में था और दो प्रधान राजा के मन्त्रियों का कार्य करते थे।

भारतीय आदिम समाजों में अधिकतर जनजातियों में सदस्यों द्वारा चुने हुए सरदार सरकार चलाते हैं। कुछ जनजातियों में सदस्यों द्वारा चुने हुए बड़े-बूढ़े मिलकर ग्राम पंचायत बनाते हैं और वही सरकार चलाती है। इस तरह यहाँ पर प्रजातान्त्रिक और अप्रजातान्त्रिक दोनों प्रकार की सरकारों के उदाहरण मिलते हैं। अंग्रेज शासन की स्थापना के बाद से भारतीय जनजातियों में केवल प्रजातान्त्रिक सरकारें ही शेष रह गयी हैं।

(2) प्रजातांत्रिक सरकार–सरकार का यह रूप अधिकतर उन आदिम समाजों में पाया जाता है जिनमें कन्द-मूल एकत्रित करने का काम होता है। इन लोगों में वृद्ध और अनुभवी पुरुष कानून की व्याख्या करते हैं और न्याय व्यवस्था लागू करते हैं। पंचायतों के नेता अधिकतर चुने हुए होते हैं और

शासन व्यवस्था बहुमत से काम करती है। इस प्रकार की सरकार का एक उदाहरण उत्तरी अमेरीका के इण्डियन लोगों में मिलता है।

आदिवासी समाजों में कानून

किसी भी समाज में सदस्यों के व्यवहार को नियन्त्रित करने के लिए किसी न किसी प्रकार की राजनीतिक व्यवस्था की आवश्यकता होती है। यह राजनीतिक व्यवस्था सदस्यों के व्यवहार के लिए तरह-तरह के नियम बनाती है। इन नियमों से उसका अपना व्यवहार भी परिचालित होता है। यह राजनीतिक व्यवस्था ही राज्य है। राज्य अपने क्षेत्र के अन्तर्गत सदस्यों के व्यवहार पर नियन्त्रण रखता है और ऐसा करने में आवश्यकतानुसार बल प्रयोग करता है। कानून वे नियम हैं जिनके पीछे राज्य की मान्यता होती है और जिनका उल्लंघन करने के लिए राज्य द्वारा दण्ड निर्धारित किया जाता है। इस प्रकार कानून अन्य प्रकार के नियमों से राज्य की मान्यता और दण्ड विधान के द्वारा अलग पहचाना जाता है। कानून का उल्लघंन करने पर आर्थिक और शारीरिक दण्ड दिये जाते हैं और कभी-कभी प्राण दण्ड तक दिया जाता है। राज्य के क्षेत्र में कोई भी अन्य समिति अपने सदस्यों पर इतने व्यापक अधिकार नहीं रखती। कानून से ही अन्य समितियों के नियमों को मान्यता मिलती है। यदि किसी समिति के नियम कानून के विरुद्ध हैं तो राज्य की सहायता से उनका खण्डन किया जा सकता है। इस प्रकार राज्य के क्षेत्र में कानून ही वह शक्ति है जिसकी सहायता से सभी समितियाँ अपनी व्यवस्था चलाती हैं।

कानून संस्था कहलाता है क्योंकि उसके पीछे एक मान्यता है, वह प्रथा मात्र नहीं है। किसी भी प्रथा के पीछे जब राजनीतिक सत्ता की मान्यता मिल जाती है तो वह कानून बन जाती है। अधिकतर देशों में कानून अधिनियमित होते हैं और राज्य पुलिस की सहायता से उनका पालन करवाता है। कानूनों की व्याख्या न्यायालयों में की जाती है और न्यायालयों द्वारा ही कानून का उल्लंघन करने पर दण्ड का विधान किया जाता है सभ्य देशों में अनेक प्रकार के ऊँचे-ऊँचे न्यायालय होते हैं, नीचे न्यायालय के फैसले की अपील ऊँचे न्यायालय में की जा सकती है, किन्तु सर्वोच्च न्यायालय का फैसला मानना ही पड़ता है।

कानून की उपरोक्त परिभाषा के विवेचन से यह प्रश्न उपस्थित होता है कि आदिम समाजों में जहाँ पुलिस और न्यायालय नहीं होते वहाँ कानून

और न्याय का प्रवेश कैसे माना जा सकता है? वह ठीक है किन्तु इससे केवल यही मालूम पड़ता है कि आदिम समाज में कानून का रूप सभ्य समाज में कानून के रूप से भिन्न होता है। उसको लागू करने के लिए नियन्त्रण अवश्य होता है, परन्तु वह पुलिस के रूप में नहीं होता और न उनकी व्याख्या करने के लिए न्यायाधीश की आवश्यकता होती है। अनेक आदिम समाजों में सरदार की बात कानून होती है और सरदार ही न्यायाधीश होता है। कभी-कभी यह स्थान धर्म पुजारी को दिया जाता है क्योंकि आदिम समाजों में कानून को प्राकृतिक अथवा दैवी नियम का ही एक अंग माना जाता है।

आदिम कानून का स्वरूप

कुछ लोगों का विचार था कि चूँकि आदिम मनुष्य अधिकतर आपस में लड़ते-भिड़ते रहते हैं। इसलिए उनमें प्रचलित कानून फौजदारी कानून ही होगा, किन्तु लोबी नाम के मानवशास्त्री ने यह दिखलाया कि आदिम समाजों में फौजदारी कानून के साथ-साथ दीवानी कानून भी मिलते हैं क्योंकि विभिन्न व्यक्तियों की भिन्न-भिन्न सामाजिक स्थिति के कारण उनके परस्पर सम्बन्धों, सम्पत्ति के अधिकार आदि अनेक बातों के विषय में आदिम समाजों में कुछ न कुछ नियम काम करते हैं।

आदिम और सभ्य कानून में अन्तर

लोबी के अनुसार आदिम कानून और सभ्य समाज के कानून में निम्नलिखित तीन मुख्य अन्तर पाए जाते हैं–

(1) आदिम कानून बन्धु व्यवस्था पर आधारित होता है और भूमिगत सम्बन्धों पर आधारित नहीं होता। दूसरी ओर आधुनिक कानून का सम्बन्ध विशिष्ट क्षेत्र से है।

(2) आदिम कानून बहुत कुछ नैतिक नियमों और जनमत के विरुद्ध भी हो सकता है।

(3) आदिम कानून सार्वजनिक और निजी अपराधों में अन्तर नहीं करता, आधुनिक कानून में यह अन्तर पाया जाता है।

इस प्रकार आदिम कानून का आधार बन्धु व्यवस्था है। बन्धु व्यवस्था ही आदिम समाज के विभिन्न सदस्यों को एक-दूसरे से बाँधे रखती है इसके लिए क्षेत्रगत सम्बन्ध की आवश्यकता नहीं होती। वास्तव में आदिम सामाजिक संगठन में एक स्थान पर आवास से अधिक बन्धु व्यवस्था महत्त्वपूर्ण है।

आदिम कानून का दूसरा मुख्य आधार जनमत है। आदिम समाज में अधिकतर समस्यायें जनमत से ही सुलझायी जाती हैं। चूँकि आदिम समाज छोटा होता है। बहुधा प्रत्येक व्यक्ति दूसरे व्यक्ति को जानता है और इसलिए साधारणतया जनमत सही निर्णय देता है। चूँकि दलबन्दी नहीं होती इसलिए जनमत एक ही होता है और चूँकि जनमत एक होता है इसलिए उसके पीछे सम्पूर्ण समाज की शक्ति होती है। वह किसी विशेष व्यक्ति या समूह का मत नहीं होता और इसलिए उसका पालन करवाना समाज के सभी सदस्य आवश्यक समझते हैं। जनमत अच्छे और बुरे की धारणाओं पर आधारित होता है और समाज का प्रत्येक सदस्य यह देखभाल करता है कि प्रचलित नैतिक नियमों का पालन किया जाए। स्पष्ट है कि इसके लिए पुलिस की आवश्यकता नहीं है। जो काम सभ्य समाजों में पुलिस नहीं कर सकती वह आदिम समाजों में अपने आप हो जाता है क्योंकि इनमें नैतिकता और कानून अलग-अलग नहीं होते। इसके अतिरिक्त आदिम समाज में व्यक्ति की समूह से अलग कोई सत्ता नहीं होती और न उसकी कोई अपनी नैतिक धारणायें ही होती हैं। इसलिए प्रत्येक व्यक्ति के लिए समाज के नियमों का पालन करना आवश्यक हो जाता है।

चूँकि आदिम समाज में कानून क्षेत्र पर आधारित नहीं होता इसलिए अपराध राज्य के प्रति अनुचित कार्य न होकर किसी व्यक्ति के बन्धु-बाँधव औश्र अभियुक्त के बन्धु-बाँधव दोनों ही गलती का प्रतिकार करना चाहते हैं। बहुधा वे आपस में ही निबट लेते हैं, किन्तु कभी-कभी ऐसे मामलों में पूरे समाज की आवश्यकता पड़ती है जो सम्पूर्ण समाज से सम्बन्धित होते हैं अथवा जिनका प्रभाव सम्पूर्ण समाज पर पड़ता है। उदाहरण के लिए एस्किमो समाज में मानव हत्या के मामले को विशेष महत्त्व नहीं दिया जाता और उसको सम्बन्धित व्यक्ति आपस में ही सुलझा लेते हैं, क्योंकि यह समझा जाता है कि इससे पूरे समाज का कोई सरोकार नहीं है, किन्तु यदि दूसरी ओर कहीं भी जादू-टोना की कोई घटना दिखलाई पड़ती है तो सारा समाज आपस के भेदभाव भूलकर उसका प्रतिकार करने के लिए खड़ा रहता है, क्योंकि यह माना जाता है कि इसका सभी पर बुरा प्रभाव पड़ेगा। यही बात अन्य आदिम समाजों के भी विषय में कही जा सकती है। बहुधा आदिम समाजों में यह धारणा प्रचलित होती है कि जादू-टोना, निकट सम्बन्धियों से यौन प्रसंग, व्याभिचार जैसे जघन्य कामों का प्रतिकार न किया जाने पर देवताओं की ओर से सम्पूर्ण समाज को दण्ड दिया जाता है इसलिये ये लोग इस प्रकार

के अपराधों पर बराबर ध्यान रखते हैं और उनके पता लगते ही अपराधी व्यक्तियों को सर्वसम्मति से कठोर दण्ड दिया जाता है।

आदिम और सभ्य कानून में एक अन्य अन्तर यह था कि सभ्य कानून में अपराध का निर्णय करते समय अभियुक्त के अभिप्राय पर ध्यान दिया जाता था, आदिम कानून में उसके अभिप्राय से नहीं, बल्कि कर्म पर ही ध्यान दिया जाता था। सभ्य समाजों में अभिप्राय सही होने पर कभी-कभी बुरे से बुरे काम के लिये भी बहुत ही कम दण्ड दिया जाता था अथवा केवल चेतावनी देकर छोड़ दिया जाता है, किन्तु आदिम समाज में अभियुक्त का चाहे कैसा भी अभिप्राय क्यों न रहा हो उसके बुरे काम के लिए उसको अवश्य सजा दी जाती है और इस प्रकार कर्म को अभिप्राय से अधिक मान्यता दी जाती है। यद्यपि इससे यह निष्कर्ष नहीं निकाला जा सकता कि आदिम कानून में अभिप्राय का कोई महत्त्व ही नहीं है।

आदिम और सभ्य कानून में एक अन्य अन्तर उत्तरदायित्व सम्बन्धी है। आदिम कानून के पीछे सामूहिक उत्तरदायित्व होता है क्योंकि यह बन्धु व्यवस्था के सिद्धान्त पर आधारित होता है। दूसरी ओर सभ्य कानून में सामूहिक उत्तरदायित्व नहीं माना जाता और इसीलिए राज्य की कार्यवाहियों पर न्यायालयों में अपील की जा सकती है।

जबकि सभ्य समाजों में न्यायाधीश अभियुक्त से किसी भी प्रकार से सम्बन्धित नहीं होते, आदिम समाजों में न्यायाधीश अभियुक्त के बन्धु-बांधव में से ही होते हैं। अपराधों पर निर्णय ग्राम समितियाँ देती हैं और प्रत्येक ग्राम समिति में जनजाति के प्रत्येक बन्धु समूह का प्रतिनिधि अवश्य होता है। जहाँ कहीं जनजाति के सरदार अपराधों का निर्णय करते हैं वहाँ भी अधिकतर सरदार परिवार के मुखिया और गाँव के मुखिया अथवा बन्धु समूह के प्रतिनिधि से विचार-विमर्श करने के बाद ही निर्णय देते हैं।

आदिम और सभ्य कानून में साक्षी की प्रकृति में भी थोड़ा-बहुत अन्तर पाया जाता है। आदिम समाजों में अपराध पर निर्णय देने केलिए निम्नलिखित दो प्रकार की साक्षियों का प्रयोग किया जा सकता है।

(1) प्रायश्चित—कभी-कभी आदिम समाजों में अपराध का निश्चय करने के लिए अपराधी व्यक्तियों को कुछ कष्ट दिये जाते हैं। यदि वे उनसे बच जाते हैं तो उन्हें निरपराध मानकर छोड़ दिया जाता है। उदाहरण के लिए कहीं-कहीं पर अभियुक्त को उबलते हुए पानी में अथवा खौलते हुए तेल में हाथ डालने के लिए कहा जाता है और यदि वह बिना चोट खाये ऐसा कर

सकता है तो उसे छोड़ दिया जाता है। यदि उसके हाथ जल जाते हैं तो उसे अपराधी मान लिया जाता है। इस प्रकार के व्यवहार के पीछे यह धारणा है कि दैवी शक्तियाँ निरपराध व्यक्ति की सहायता करती हैं और खोलते हुए पानी व तेल में हाथ डालने से भी उसके हाथ नहीं जलते।

जबकि सभ्य समाजों में दण्ड या तो जेल या जुर्माने के रूप में दिया जाता है, आदिम समाजों में जेल की संस्था लगभग नहीं मिलती। अधिकतर आदिम समाजों में अंग-भंग के विधान पाए जाते हैं जिससे कभी-कभी अपराधी की मृत्यु तक हो जाती है। हत्या के अपराध के लिए बहुधा प्राणदण्ड दिया जाता है, किन्तु कभी-कभी प्राणदण्ड हत्या करने वाले को न देकर उसके परिवार के किसी सदस्य अथवा उसके बन्धु-बाँधवों में से किसी को दिया जाता है, क्योंकि यह माना जाता है कि अभियुक्त को दण्ड व्यक्ति को दण्ड न होकर परिवार अथवा बन्धु समूह को दण्ड है इसलिये कभी-कभी व्यक्ति को दण्ड न होकर परिवार अथवा बन्धु समूह को उसका बदला लेता है। आदिम समाजों में सभी लोगों के प्रति अपराध के लिये समान दण्ड की व्यवस्था नहीं होती। सामान्य व्यक्ति के प्रति जिस दुर्व्यवहार के लिये बहुत ही कम दण्ड दिया जाता है। उसी के सरदार के प्रति होने पर अत्यन्त कठोर दण्ड की व्यवस्था होती है। उदाहरण के लिए सरदार की पत्नी के साथ व्यभिचार में पकड़े जाने वाले व्यक्ति को प्राणदण्ड दिया जाता है जबकि समाज की किसी भी अन्य स्त्री के साथ यह करने पर इतना कठोर दण्ड नहीं दिया जाता।

आदिम समाजों में अपराधों के लिए दण्ड देने में जुर्माने की व्यवस्था लगभग नहीं पाई जाती। जहाँ कहीं आर्थिक दण्ड दिया भी जाता है तो वह मुआवजे के तौर पर हानि उठाने वाले पक्ष को दे दिया जाता है। अनेक अपराधों के बदले में अभियुक्त को सारे गाँव की दावत करनी होती है। अन्य प्रकार के अपराधों के समान मुआवजा देने में भी यह ध्यान रखा जाता है कि किसने किसके प्रति अपराध किया है। ऊँची स्थिति के व्यक्ति के निम्न स्थिति के व्यक्ति के प्रति अपराध करने पर मुआवजा कम होता है। दूसरी ओर यदि कोई निम्न स्थिति का व्यक्ति ऊँची स्थिति के व्यक्ति के प्रति अपराध करता है तो मुआवजा बहुत अधिक होता है।

आदिम कानून के उपरोक्त विवेचन से यह स्पष्ट होता है कि अधिकतर उसका पालन स्वभावयता, जान-बूझकर और आँखें मूँदकर किया जाता है। ऐसा क्यों होता है? जैसा कि पीछे बतलाया जा चुका है, आदिम कानून जनमत, नैतिक नियम और धार्मिक नियम पर आधारित होता है। इस प्रकार कानून

भंग केवल अपराध ही नहीं; बल्कि पाप और अनुचित भी होता है। यदि अपराधी अपने अपराध का दण्ड नहीं पाता तो यह माना जाता है कि अलौकिक शक्तियाँ उसको उसके अपराध का दण्ड देती हैं और कभी-कभी उसके साथ-साथ उसके परिवार और बन्धु समूह को भी दैवी शक्तियों के प्रकोप का भाजन बनना पड़ता है। आदिम समाजों में सभी सम्बन्ध परस्पर होते हैं। प्रत्येक सदस्य यह भली प्रकार जानता है कि यदि वह अपने प्रति दूसरों का व्यवहार अच्छा चाहता है तो उसे उनके प्रति भी अच्छा व्यवहार करना पड़ेगा। इस प्रकार कर्त्तव्य पारस्परिक हो जाते हैं और उनका पालने करना प्रत्येक का धर्म बन जाता है। ये पारस्परिक कर्त्तव्य ही आदिम कानून हैं और इसलिए आदिम कानून का पालन स्वभावतया होता चलता है।

(2) **कसम खाना**–अभियुक्त को कसम दिलाई जाती है और फिर उसे यह बतलाने के लिए कहा जाता है कि वह अपराधी है अथवा नहीं। साधारणतया यह माना जाता है कि यदि अभियुक्त झूँठ बोलता है तो झूँठी कसम खाने के अपराध में उसे दैवी प्रकोप का भाजन बनना पड़ता है।

कुछ भारतीय जनजातियों में कानून

विभिन्न भारतीय जनजातियों का अध्ययन करने से आदिम कानून का स्वरूप और भी अधिक स्पष्ट होता है। इस सम्बन्ध में यहाँ पर छोटा नागपुर की हो जनजाति, मध्य प्रदेश के कमार, बिहार उड़ीसा के खरिया और पूर्वीय सीमा प्रदेश के रेंगमा नागाओं का उदाहरण दिया जाएगा।

(1) **हो जनजाति**–भारतीय जनजातियों में छोटा नागपुर की हो जनजाति का आर्थिक और सांस्कृतिक स्तर काफी ऊँचा है, अस्तु इनके समाज में प्राचीन और नवीन का समन्वय देखा जा सकता है। इनके क्षेत्र में सरकारी प्रशासकों का शासन प्रबन्ध गाँव में से चुने हुए कुछ कर्मचारियों के माध्यम से होता है। आधुनिक कानून और न्याय व्यवस्था के प्रवेश से इन लोगों में परम्परागत आदिम कानून का प्रभाव घटता जा रहा है और साथ ही साथ अपराध तथा मुकदमे बाजी की घटनाएँ बढ़ती जाती हैं। हो लोगों में जो व्यक्ति सरकारी प्रशासकों और जनजातीय सदस्यों के बीच मध्यस्थता करते हैं वे मंकी और मुण्डा कहलाते हैं। इनमें व्यापक भ्रष्टाचार पाया जाता है और ये अपने लोगों के स्वार्थों की रक्षा कर जाते हैं। इसका परिणाम यह होता है कि ये अधिकतर स्वार्थसिद्धि में लग जाते हैं। इनकी कार्यवाहियों से स्थानीय पंचायत की बड़ी हानि हुई है। फिर भी सरकार की ओर से पंचायत को बनाए रखने का प्रयास

होता रहा है। जनजाति की व्यवस्था के लिये एक जनजातीय इन्सपेक्टर होता है। पंचायत के फैसलों की देखभाल कोल्हन सुपरिटेन्डेन्ट करता है जो कि डिप्टी कलेक्टर के पद का होता है। यह पंचायत की अन्तिम बैठकों में भाग लेता है और इस प्रकार पूरे मुकदमे को समझता है तथा इस विषय में पंचायत के फैसले का विवेचन करता है। फैसला देने में पंचायत को सम्बन्धित पीर के मुण्डा या मंकी की राय लेनी पड़ती है। जब कभी मुखिया मुकदमे का फैसला नहीं कर पाता तो कल्हन सुपरिटेन्डेन्ट स्वयं सारे मुकदमे की छानबीन करता है और निर्णय देता है।

(2) कमार जनजाति–अन्य जनजातियों के समान मध्य प्रदेश की कमार जनजाति को भी भारत सरकार के कानूनों के साथ-साथ अपने परम्परागत कानूनों का पालन करना पड़ता है। इन लोगों में न्याय पाने के लिए अदालतों में जाने की परम्परा नहीं है। कमार लोगों में विभिन्न प्रकार के अपराधों के लिए विभिन्न कानून प्रचलित हैं। इन कानूनों में वे ही दण्ड नहीं दिये जाते जो कि सरकारी कानूनों में दिये गये हों, क्योंकि कमार लोगों की अपराध की धारणा भी सरकारी धारणा से भिन्न है। उदाहरण के लिये दूसरी जनजातियों या सरकार के गोदामों में अनाज और अन्य वस्तुएँ चुराना अथवा चोरी छिपे शराब बनाना कमार लोगों में अपराध नहीं माना जाता। आपस के झगड़े आपस में लड़-भिड़कर सुलझा लिये जाते हैं। हत्या के अपराध के बदले में अभियुक्त को सारे गाँव को दावत देनी होती हैं और इससे उसका अपराध क्षमा कर दिया जाता है। स्पष्ट है कि इन अपराधों के लिए भारतीय कानून व्यवस्था में भिन्न दण्डों का विधान है। अपराधों के निर्णय पंचायतें करती हैं और वे ही दण्ड व्यवस्था को लागू करती हैं। जिन कामों के लिए दैवी दण्ड की व्यवस्था मानी जाती है उनके लिये पंचायतें दण्ड नहीं देती क्योंकि यह विश्वास किया जाता है कि यदि अभियुक्त को दैवी दण्ड नहीं भी मिलता तो भी मरने के बाद उन्हें अवश्य उसका दण्ड भोगना पड़ेगा इस प्रकार के अपराध का एक उदाहरण निकट सम्बन्धियों से यौन प्रसंग है जिसके लिये कमार लोगों में अभियुक्त को कोई भी दण्ड नहीं दिया जाता क्योंकि यह समझा जाता है कि सम्बन्धित स्त्री-पुरुष को अवश्य ही दैवी प्रकोप का भाजन बनना पड़ेगा। अपराध के लिये एक विशेष दण्ड समाज में होने वाली बदनामी है। कुछ अपराधों के बदले में अपराधी को समाज अथवा गाँव से बहिष्कार का दण्ड दिया जाता है। धार्मिक कर्त्तव्यों की अवहेलना के लिये कोई दण्ड नहीं दिया जाता क्योंकि यह समझा जाता है कि अभियुक्त को दैवी दण्ड प्राप्त होगा।

अनेक प्रकार के निषेधों को तोड़ने पर अलौकिक दण्ड मिलने की धारणा प्रचलित है। उदाहरण के लिये यह माना जाता है कि यदि मासिक धर्म के दिनों में कोई स्त्री निषेधों का पालन नहीं करती तो अलौकिक शक्तियाँ न केवल उसका बल्कि उसके पूरे परिवार को दण्ड देती हैं।

सभी प्रकार के अपराधों का निबटारा पंचायत नहीं करती। अनेक अपराधें के लिये बड़े-बूढ़ों की डांट फटकार ही काफी समझी जाती है, अन्य अनेक को अलौकिक शक्तियों के लिये छोड़ दिया जाता है। पंचायतें तो केवल ऐसे ही मामलों का निर्णय करती हैं जिनमें अपराध अधिक जघन्य हो अथवा कानून की गम्भीर रूप से अवहेलना की गयी हो। सामाजिक आर्थिक मामलों में पंचायत की सहायता करते हैं। पंचायत का सभापतित्त्व सरपंच करता है। चपरासी पंचायत की बैठकों की तारीख, स्थान और प्रयोजन आदि के विषय में जनता को सूचित करता है, गाँव का मुखिया अपराधों के निर्णय में पंचायत की सहायता करता है, किन्तु ये सब अधिकारी पंचायत के फैसले में कोई आवाज नहीं रखते, ये उसकी सहायता भर करते हैं। केवल बड़े-बूढ़े ही पंचायत के सदस्य बन सकते हैं, बच्चों, नवयुवकों और स्त्रियों को पंचायत की सदस्यता नहीं मिलती। पंचायत के फैसले एकमत या बहुमत से दिये जाते हैं। पंचायत में उपस्थित लोग भी अपने विचार प्रकट कर सकते हैं किन्तु उनकी संख्या का निर्णय पर कोई प्रभाव नहीं पड़ता। पंचायत के फैसलों की अपील कहीं नहीं हो सकती। फैसला करने से पहले पंच वादी और प्रतिवादी दोनों पक्षों के बयान ध्यानपूर्वक सुनते हैं, दोनों पक्षों से गवाह पेश किये जाते हैं और अभियुक्त को भी अपनी सफाई देने का अवसर दिया जाता है। दण्ड का विधान करने में अपराध के पीछे अभिप्राय या हेतु को विशेष महत्त्व नहीं दिया जाता, बल्कि अभियुक्त के काम के परिणाम पर गौर किया जाता है। इसलिये जान बूझकर या अनजाने किये गये कामों के लिये इसको दण्ड दिया जाता है। अनेक प्रकार के अपराधों का प्रायश्चित सारे गाँव की दावत करना होता है। इस तरह की दावतों की तफसील पंचायत ही निश्चित करती है और अभियुक्त के प्रार्थना करने पर खर्चे को कम किया जा सकता है। कभी-कभी दावत का प्रबन्ध करने के लिये अभियुक्त को पर्याप्त समय दिया जाता है। इस अवधान में उसे उसके अपराध के लिये कुछ न कुछ दण्ड ग्रहण करना पड़ता है, कम से कम उसका सामाजिक बहिष्कार तो चलता ही रहता है। जनजातीय क्षेत्रों में सरकारी न्यायालयों में दण्ड दिये जाते हैं। अन्य प्रकार के ऐसे अपराधों के लिये पंचायत ही दण्ड देती है। जो सरकारी नियम से अपराध नहीं होते।

कमार लोगों में इस प्रकार के अपराधों के उदाहरण हैं व्यभिचार, जादू-टोना, घोड़े को छूना या उस पर चढ़ना, निम्न जाति के व्यक्तियों के साथ खाना, काला जादू, गाय या बैल को मारना, घाव में कीड़े होना, निम्न जाति के व्यक्ति के द्वारा पीटा जाना, चार पति को छोड़कर पाँचवे पुरुष से शादी करना, पर-पुरुष के साथ भाग जाना और गोत्र बहिर्विवाह के नियम का पालन न करना इत्यादि। कमार लोगों में सम्पत्ति के प्रति अपराधों को विशेष महत्त्व नहीं दिया जाता। बहुत कम लोग अपना अपराध छिपाते हैं और गवाहियाँ अधिकतर सच्ची होती हैं। अधिकतर अपराधों को पाप माना जाता है और जुर्माना या दावत के रूप में उनका प्रायश्चित किया जा सकता है। न्याय की सत्ता बड़े-बूढ़ों के हाथ में होती है। वे ही कानून की व्याख्या भी करते हैं।

(3) **खारिया जनजाति**–खारिया जनजाति में न्याय और कानून के मामले में गाँव के मुखिया का सबसे अधिक महत्त्व है। यह मुखिया न्याय करने में मुख्य परिवारों के नेताओं की सलाह लेता है। ये नेता मिलकर ही गाँव पंचायत बनाते हैं। गाँव पंचायत में सामाजिक, धार्मिक और राजनैतिक सभी प्रकार के नियमों के उल्लंघन पर विचार किया जाता है। गाँव पंचायत सार्वजनिक पूजा और विवाह तथा मृत्यु आदि के समारोह में भी शामिल होती है। विभिन्न प्रकार के अपराधों के लिये भिन्न-भिन्न दण्ड दिये जाते हैं। सबसे कठोर दण्ड गाँव से बहिष्कार के रूप में होता है। गाँव से बहिष्कार अन्तर्विवाह के नियम का पालन न करने, किसी गाय बछड़े या बैल को मार डालने या गोत्र के अन्दर व्यभिचार करने आदि के लिये दिया जाता है। अनेक प्रकार के अपराधों के लिए सूर्य देवता के सामने सफेद मुर्गा या बकरा बलिदान करने की व्यवस्था होती है। खारिया लोगों में सम्पत्ति के उत्तराधिकार के विषय में परम्परागत कानून पाये जाते हैं। साधारणतया स्त्री भी पिता की सम्पत्ति की अधिकारिणी समझी जाती है। इन लोगों में खारिया समाज के बाहर के लोगों के साथ मिलना-जुलना, खान-पान और यौन प्रसंग भी अपराध माने जाते हैं और अभियुक्तों को पवित्र होने के भी प्रायश्चित करने होते हैं। इस तरह के प्रायश्चित के बिना इनको समाज में रहने नहीं दिया जा सकता। जादू-टोना गम्भीर अपराध माना जाता है और इनमें लगने वाले स्त्री-पुरुष समाज और देवी-देवता सभी के शत्रु माने जाते हैं, इनको ग्राम बहिष्कार का दण्ड दिया जाता है।

(4) रेंगमा नागा–अंग्रेजी राज्य के पहले नागा लोगों में शासन प्रबन्ध गाँव के सरदार के हाथ में होता था। सरदार इस कार्य को विभिन्न गोत्रों के

नेताओं की सहायता से करता था। सरदार का पद गोत्र में परम्परागत होता था किन्तु एक ही परिवार में सीमित नहीं था। साधारणतया सरदार की शक्ति असीम थी यद्यपि उसके अत्यधिक अयोग्य सिद्ध होने पर उसे हटाया भी जा सकता था। सरदार की आज्ञा का उल्लंघन करने पर व्यक्ति का घर तहस-नहस कर दिया जाता था। अंग्रेजी राज्य की स्थापना के बाद से सरदारों की यह शक्ति न रही, किन्तु अब भी सम्पत्ति के उत्तराधिकार पिता से पुत्र को मिलता है किन्तु विधवा को भी मृत्यु पर्यन्त अथवा पुनर्विवाह पर्यन्त गुजारा प्राप्त करने का अधिकार प्राप्त है। हत्या और आग लगाने जैसे अपराधों के मामले में अपराधी का घर नष्ट कर दिया जाता है। ये लोग दण्ड का निर्णय करने में अपराधी के अभिप्राय पर भी ध्यान देते हैं। जान-बूझकर किये गये अपराधों के लिए अति कठोर दण्ड की व्यवस्था है। इस प्रकार के अपराध का एक उदाहरण जंगल में आग लगा देना है जिससे जंगल कई वर्ष के लिये व्यर्थ हो जाता है। अनाज की चोरी गम्भीर अपराध माना जाता है। अनाज की चोरी गम्भीर अपराध माना जाता है किन्तु जुर्माने की रकम अपराधी के मरने के बाद उसकी सम्पत्ति से वसूल की जाती है। अविवाहित कन्या से उसकी इच्छा से यौन सम्बन्ध स्थापित करना अपराध नहीं है किन्तु इसके लिये जुर्माना किया जा सकता है। जुर्माने की इस रकम को गरीबों में बाँट दिया जाता है। सही बात का पता लगाने के लिये साक्षियों को कसमें दिलाई जाती हैं। अनेक प्रकार के अपराधों के लिये अलौकिक शक्तियों द्वारा दण्ड दिये जाने की धारणा प्रचलित है। इनमें कानून के सामने स्त्री-पुरुष दोनों को समान अधिकार प्राप्त हैं।

कुछ प्रमुख भारतीय जनजातियों में कानून और न्याय व्यवस्था के उपरोक्त विवरण से कुछ सामान्य बातें स्पष्ट होती हैं। भारतीय जनजातियों में अनेक प्रकार के अपराधों के लिए दण्ड अलौकिक शक्तियों पर छोड़ दिया जाता है। अपराध का निर्णय ग्राम पंचायत करती है, पंचायत के फैसले की कहीं अपील नहीं होती। अनेक अपराधों के लिये गाँव से बहिष्कार का दण्ड दिया जाता है। अधिकतर कानून और न्याय व्यवस्था, प्रथाओं और परम्पराओं से निर्धारित होती है। कानून की व्याख्या और न्याय करने का काम जनजाति के बड़े-बूढ़ों के हाथ में होता है यौन सम्बन्धी अपराधों के विषय में कठोर दण्ड की व्यवस्था नहीं है। आर्थिक अपराधों को अधिकतर मजबूरियों की वजह से माना जाता है। अपराधों पर निर्णय देने में पंच लोग वादी और प्रतिवादी के अतिरिक्त साक्षियों के भी बयान लेते हैं।

आदिम कानून के स्रोत

(1) **जनमत**—आदिम समाज में जनमत में बहुत बल होता है। जनमत के विरुद्ध काम करने पर व्यक्ति को जाति से दण्ड भी मिल सकता है। इस प्रकार यह जनमत ही कानून के रूप में स्त्री पुरुषों के व्यवहार का नियन्त्रण करता है।

(2) **पंचायत का फैसला**—कुछ जनजातियों में सामाजिक पंचायतें होती हैं जो कि समाज के व्यक्तियों पर नियन्त्रण रखती हैं और उनके आपस के झगड़े निपटाती हैं। पंचायत का फैसला कानून समझा जाता है और उसका पालन न करने पर अपराधी को दण्ड दिया जाता है। बहुधा यह दण्ड बिरादरी के भोज के रूप में होता है और जब तक अपराधी भोज नहीं देता तब तक बिरादरी उसका बहिष्कार करती है।

(3) **सामाजिक प्रथा**—सभ्य समाजों के समान आदिम समाज में भी किसी न किसी प्रकार के कानून दिखाई पड़ते हैं जो कि व्यक्तिगत तथा सामाजिक जीवन को नियन्त्रित रखते हैं। आदिम समाज में इन कानूनों के कई स्रोत हैं। इनमें सबसे मुख्य है सामाजिक प्रथा। वास्तव में यदि यह कहा जाये तो अतिश्योक्ति नहीं होगी कि आदिम समाज में कानून सामाजिक प्रथाओं से निकलते हैं। अपना अस्तित्त्व कायम रखने के लिए तथा अपनी जरूरतों को पूरा करने के लिए मनुष्य जो सब हानिकारक पाता है। धीरे-धीरे वह हानिकारक व्यवहारों को छोड़ता जाता है और व्यवहार लाभदायक पाये जाते हैं उनको ग्रहण करता जाता है। इस तरह समाज के जीवन में जो व्यवहार लाभदायक पाये जाते हैं उनको ग्रहण करने वाले अच्छे समझे जाते हैं और उनके विरुद्ध आचरण करने वाले बुरे समझे जाते हैं। इससे अधिकतर लोग उन व्यवहारों को अपनाना शुरू कर देते हैं और वे सामाजिक प्रथा का रूप ले लेते हैं। ये सामाजिक प्रथायें एक पीढ़ी से दूसरी पीढ़ी को मिलती जाती हैं और परम्परायें बनती जाती हैं। इन सामाजिक प्रथाओं में बाध्यता भी लगी होती है क्योंकि इनका पालन न करने पर व्यक्ति का समाज में तिरस्कार होता है। क्रमशः कुछ प्रथाओं को तोड़ने पर दण्ड का भी विधान बन जाता है। आमतौर पर किसी प्रथा को तोड़ना पाप समझा जाता है। जब जनजाति का राजनैतिक संगठन किसी सामाजिक प्रथा का समर्थन करता है और उसको तोड़ने पर दण्ड का विधान करता है तो वह प्रथा सामाजिक कानून बन जाती है। इस प्रकार आदिम समाजों में अधिकतर कानूनों का स्रोत प्रथा में होता है।

(4) मुखिया की आज्ञा–आम तौर से हर एक आदिम समाज में एक सामाजिक संगठन होता है। बहुधा इस सामाजिक संगठन में सबसे ऊँची स्थिति में एक सरदार या मुखिया होता है जो कि समाज के सदस्यों पर नियन्त्रण रखता है। इस मुखिया को पर्याप्त रूप से विस्तृत अधिकार दिये जाते हैं यद्यपि वह जनजाति के हित के विरुद्ध कोई भी कार्य नहीं कर सकता। बहुधा इस मुखिया की आज्ञा ही कानून होती है और प्रत्येक स्त्री-पुरुष उसका पालन करता है।

(5) धर्म–आदिम समाजों में धर्म भी जीवन का एक अंग होता है। धार्मिक देवी-देवताओं के नाम के साथ लगे नियम कानून की सी बाध्यता रखते हैं और आमतौर से कोई उनके उल्लंघन का साहस नहीं करता।

❑❑❑

7

आदिम समाज की सामाजिक अवस्थायें

असम के चाय बगीचों में काम करने वाले सन्थाल अपने को बिहार या बंगाल का ही बतलाते हैं। इसी प्रकार यद्यपि किसी भी जनजाति के सभी सदस्य परस्पर नातेदारी से सम्बन्धित नहीं होते परन्तु उनमें दृढ़ और घनिष्ठ सम्बन्ध पाए जाते हैं। प्रत्येक जनजाति अनेक गोत्रों और उपगोत्रों में बँटी होती है जिनमें परस्पर विवाह के विषय में विशेष नियम प्रचलित होते हैं। जनजाति के सदस्य एक सामान्य भाषा बोलते हैं। साधारणतया सम्पत्ति पर समस्त जाति का अधिकार माना जाता है। राजनीतिक रूप से जनजातियाँ राज्य सरकारों के क्षेत्र में आती हैं, किन्तु जनजातियों की अपनी पंचायतें भी शासन प्रबन्ध का काम करती हैं। भारतीय जनजतियों की एक अन्य विशेषता कुमार गृह भी है।

आदिम सामाजिक संगठन में अधिकतर सामाजिक संरचना जनजातियों पर आधारित होती है। जनजाति के क्या लक्षण हैं अथवा इस सामाजिक संगठन में कौन सी विशेषतायें पाई जाती हैं, इस विषय में मानवशास्त्रियों में एकमत नहीं मिलता। जहाँ कुछ लोगों ने नातेदारी, सामान्य निवास स्थान, सामान्य भाषा, संयुक्त स्वामित्व और एक राजनतिक संगठन

को जनजाति के मुख्य लक्षण माना है वहाँ अन्य लोगों ने इनमें से एक या अधिक को छोड़ दिया है। उदाहरण के लिए रिवर्स सामान्य निवास स्थान को जनजातीय संगठन का अनिवार्य लक्षण नहीं मानता यद्यपि पैरी तथा अन्य ने इस पर जोर दिया है। रैडक्लिफ ब्राउन ने जनजाति के लक्षण बतलाने में आन्तरिक संघर्ष के अभाव को आवश्यक नहीं माना है और आस्ट्रेलिया की एक ऐसी जनजाति का उदाहरण दिया है जिसमें एक वर्ग दूसरे वर्ग से लड़ता रहता है। सच तो यह है कि प्रत्येक मानवशास्त्री ने जनजाति की परिभाषा करने में उस जनजाति के संगठन पर विशेष ध्यान दिया है जो कि उसके निरीक्षण में आई है। भारतवर्ष में भिन्न-भिन्न जनजतियाँ परम्परागत रूप से भिन्न-भिन्न क्षेत्रों में रहती हैं और वहाँ से अन्य स्थान पर जाकर बसने पर भी अपने मूल स्थान को याद रखती हैं।

जनजाति के प्रत्यय को और भी स्पष्ट करने के लिये विभिन्न मानवशास्त्रियों द्वारा दी गई कुछ परिभाषाओं पर विचार करना आवश्यक है। इस सम्बन्ध में कुछ मुख्य परिभाषाएँ निम्नलिखित हैं–

डॉ. रिवर्स के अनुसार जनजाति एक सेसा सरल सामाजिक समूह है जिसके सदस्य एक सामान्य भाषा का प्रयोग करते हैं। और युद्ध आदि सामान्य प्रयोजनों के लिए सम्मिलित रूप से कार्य करते हैं। रिवर्स ने जनजातियों की परिभाषा में एक सामान्य स्थान में निवास करने को अवश्यक नहीं माना है। क्योंकि अधिकांश जनजातियाँ 'घुमन्तू' स्वभाव की होती हैं।

जनजतियों की इस व्याख्या में विद्वान निम्नलिखित दोष बतलाते हैं–

(अ) डॉ. डी. एन. मजूमदार के अनुसार जनजातियों की व्याख्या में उनका निश्चित स्थान न मानना ठीक नहीं है। घुमन्तू आदतों के होते हुए भी प्रत्येक जनजाति का एक निश्चित निवास स्थान होता है।

(ब) रिवर्स ने अपनी परिभाषा में युद्ध में जनजातियों की एकता पर बल दिया है। प्रो. ब्राउन के अनुसार अनके जनजतियाँ ऐसी भी हैं जिनमें उसी जनजाति का एक भाग दूसरे भाग से लड़ता है। इसी प्रकार अनेक जनजातियों में न तो कोई नेता है और न कोई केन्द्रीय या अन्य प्रकार का शासन होता है।

ल्वीस गिलिन तथा फिलिप गिलिन के अनुसार जनजाति एक ऐसे स्थानीय समुदायों का समूह है जो एक सामान्य प्रदेश में रहता हो, एक सामान्य भाषा बोलता हो और एक सामान्य संस्कृति का अनुसरण करता हो। गिलिन के इस मत मेंदो बातों पर विशेष जोर दिया गया है–

(अ) सामान्य निवास स्थान–इसकी अनुपस्थिति में परस्पर सम्पर्क के लुप्त हो जाने से उनकी बोली तथा संस्कृति की एकता भी छिन्न-भिन्न हो जायेगी।

(ब) एकानुभूति की भावना–इनके कारण जनजाति के सदस्य अपने को अन्य जनजातियों के सदस्यों से पृथक् समझते हैं। जनजाति के बनने के लिये कुछ लोगों का एक स्थान पर रहना ही काफी नहीं है, उनमें सुहानुभूति की भावना भी होनी आवश्यक है। यह मत अधिकांश लोग मानते हैं।

इम्पीरियल गजेटियर के अनुसार, ''जनजाति परिवारों का एक ऐसा समूह है जिसका एक सामान्य नाम होता है, जो एक सामान्य बोली का व्यवहार करता है और जो एक सामान्य प्रदेश में रहता है अथवा रहने का दावा करता है और प्रायः अन्तर्विवाह करने वाला नहीं होता चाहे आरम्भ में उसमें अन्तार्विवाह करने की प्रथा रही हो।''

डी. एन. मजूमदार ने जनजाति की परिभाषा करने में इसी व्याख्या को और अधिक स्पष्ट किया है। इसके अनुसार ''एक जनजाति परिवारों अथवा परिवार समूहों का एक ऐसा समुदाय है जिसका एक सामान्य नाम होता है, जिसके सदस्य एक सामान्य भू भाग में रहते हैं, एक सामान्य भाषा बोलते हैं और विवाह, व्यवसाय या उद्योग के विषय में कुछ वर्जनों का पालन करते हैं और उन्होंने परस्पर आदान-प्रदान और कर्त्तव्यों की पारस्परिकता की एक अच्छी तरह जाँची हुई व्यवस्था विकसित कर ली है।''

डॉ. मजूमदार का यह मत सभी जनजातियों पर लागू नहीं होता। प्रारम्भ में जनजाति के सदस्य अवश्य ही अपनी जाति में ही विवाह करते थे परन्तु आजकल उनमें जाति के बाहर विवाह करने का अधिक चलन है। इस दृष्टिकोण से इम्पीरियल गजेटियर की परिभाषा अधिक उपयुक्त पड़ती है।

Dictionary of Sociology में जार्ज पीटर मरडोक ने जनजाति की परिभाषा करते हुए लिखा है कि यह सामाजिक समूह होता है जिसके अन्दर अनेक गोत्र, खानाबदोश जत्थे, गाँव या अन्य उप-समूह होते हैं। जिसका साधारणतया एक निश्चित भौगिलिक क्षेत्र होता है, एक अलग भाषा होती है, एक एकरूप और सब से भिन्न संस्कृति होती है और या तो एक सामान्य राजनैतिक संगठन होता है या कम से कम बाहर के लोगों के विरुद्ध सामान्य दृढ़ता की एक भावना होती है। **बोगार्डस के अनुसार** ''जनजाति समूह, रक्षा की आवश्यकता पर, रक्त सम्बन्धों पर और एक सामान्य धर्म की शक्ति

पर आधारित था।" पैरी के अनुसार जनजाति के दो आवश्यक तत्व समान भाषा और समान भूभाग हैं।

विशेषतायें

जनजाति की विभिन्न परिभाषाओं से जनजाति की अग्रलिखित विशेषतायें स्पष्ट होती हैं–

(1) **निश्चित सामान्य भूभाग**–जनजाति का एक निश्चित और सामान्य भूभाग होता है जिस पर वह निवास करती हो। सामान्य भूभाग की अनुपस्थिति में जनजाति में उसकी अन्य विशेषतायें सामुदायिक भावनायें, सामान्य बोली आदि भ्‍ज्ञी नहीं रेंगी। इसलिये जनजाति के लिये एक सामान्य निवास स्थान आवश्यक है।

(2) **एकता की भावना**–परन्तु किसी विशेष भौगिलिक क्षेत्र में रहने वाले प्रत्यके समूह को जनजाति नहीं कहा जा सकता जब तक कि उसके सदस्यों में परस्पर एकता की भावना न हो। यह मानसिक तत्व जनजाति की एक अनिवार्य विशेषता है।

(3) **सामान्य बोली**–जनजाति के सदस्य एक सामान्य भाषा बोलते हैं। इससे भी उनमें एकता की सामुदायिक भावना का विकास होता है।

(4) **अन्तर्विवाही समूह**–जनजाति के सदस्य सामान्यतया अपनी जाति में ही विवाह करते हैं परन्तु अब यातायात और सन्देशवहन के साधनों के विकास से अन्य जातियों से सम्पर्क आने के कारण जनजाति से बाहर विवाह करने की प्रथा भी बढ़ती जा रही है।

(5) **रक्त सम्बन्धों का बन्धन**–जनजाति में पाई जाने वाली सामुदायिक एकता की भावना का एक बड़ा कारण उसके सदस्यों में परस्पर रक्त सम्बन्धों का बन्धन है। जनजाति के सदस्य अपनी उत्पत्ति किसी सामान्य वास्तविक या काल्पनिक पूर्वज से मानते हैं और इसलिये सदस्यों से रक्त सम्बन्ध मानते हैं।

(6) **रक्षा की आवश्यकता का अनुभव**–जनजाति के सदस्य रक्षा की आवश्यकता को सदैव अनुभव करते हैं। इस आवश्यकता को ध्यान में रखकर जन जाति का राजनीतिक संगठन स्थापित किया जाता है और किसी एक व्यक्ति को शासन क सब अधिकार सौंप दिये जाते हैं। यह नेता अपनी मानसिक शक्ति और चतुराई से सम्पूर्ण जनजाति की रक्षा करता है। जनजातीय मुखिया की सहायता करने के लिये एक जनजातिय समिति होती है जो मुखिया

को परामर्श देती है। आमतौर से मुखिया समिति के परामर्श को मानता है। जनजाति अनेक छोटे-छोटे समूहों में बँटी रहती है। जिसके अपने-अपने मुखिया होते हे। ये मुखिया अपने-अपने समूहों की समस्याओं को हल करते हैं और जनजाति के आरेश के अनुसार काम करते हैं।

(7) राजनीतिक संगठन–इस प्रकार प्रत्येक जनजाति का एक राजनीतिक संगठन होता है जो जाति के सदस्यों में समंजस्य रखता है और उनकी रक्षा करता है।

(8) धर्म का महत्त्व–जनजाति में धर्म का बड़ा महत्त्व है। जनजातीय रानीतिक तथा सामाजिक संगठन इसी धर्म पर आधारित है क्योंकि धार्मिक स्वीकृति प्राप्त कर लेने पर सामाजिक और राजनीतिक नियम अनुलंघनीय बन जाते हैं। बोगार्डस के अनुसार "धर्म ने विशेषतः पितृपूजा के रूप में आज्ञा पालन की आदम का विकास करने में महत्त्वपूर्ण सेवा की है।" सामान्य धर्म की शक्ति जनजाति की एक महत्त्वपूर्ण विशेषता है।

(9) सामान्य नाम–जनजाति का एक सामान्य नाम होता है।

(10) सामान्य संस्कृति–एकता की भावना, सामान्य भाषा, सामान्य धर्म, सामान्य राजनीतिक संगठन आदि क कारण जनजाति में एक सामान्य संस्कृति पाई जाती है।

(11) गोत्रों का संगठन–जनजाति अनेक गोत्रों से मिलकर बनती है। उसक सदस्यों में परस्पर आदान-प्रदान के नियम हैं।

जनजाति और जाति में अन्तर

जनजाति और जाति दोनों में अपने गोत्रों में विवाह करना मना है। दोनों में सामान्य रूप से समूह के बाहर विवाह अच्छा नहीं माना जाता। आजकल यातायात तथा सन्देशवहन के विाकस से अन्य समूहों से सम्पर्क बढ़ने के कारण दोनों में अन्तर्विवाह के नियम के बन्धन ढीले पड़ते जा रहे हैं। इन सब समानताओं के होते हुए भी जनजाति में निम्नलिखित अन्तर हैं–

(1) जाति प्रथा हिन्दू समाज में विभिन्न कार्यों और पेशों के आधार पर श्रम विभाजन के हेतु से शुरु हुई थी। जनजाति एक समूह के एक निश्चित भूभाग में रहने के कारण तथा सामुदायिक भावना के विकास से बनी।

(2) जाति में व्यक्ति अधिकतर अपने निश्चित व्यवसाय करते हैं क्योंकि जाति व्यवस्था में कार्यों का विभाजन किया जाता है। जनजाति में व्यक्ति कुछ

भी व्यवसाय कर सकते हैं क्योंकि उनका व्यवसाय से से कोई निश्चित सम्बन्ध नहीं है।

(3) जाति में ऊँच-नीच का भाव जनजाति से अधिक होता है।

(4) जनजाति में अन्तर्विवाह का नियम कठोर नहीं होता परन्तु जाति में इस नियम का कठोरता से पालन किया जाता है।

परन्तु रिजले का यह मत सभी अवस्थाओं में ठीक नही मालूम पड़ता क्योंकि जनजातियों में भी अन्तर्विवाह के नियम का कठोरता से पालन किया जाता है।

(5) जातियों में गोत्रों के नाम किसी ऋषि या काल्पनिक महापुरुष के नाम पर होते है जैसे वशिष्ठ, विश्वामित्र, भारद्वाज, कश्यप आदि। जनजाति में गोत्र टोटमों के आधार पर होते हैं जैसे कि मैसूर की कोमती जनजाति में आँवला, नींबू, कद्दू, चना, लाल कमल, नील कमल, करेला, चिचिंडा, उड़द, केला, सन, अनार, गेहूँ, दाख, खजूर, गूलर, ईख, मूली, जायफल, सरसों, चन्दन, इमली, सिन्दूर, कपूर, आदि गोत्र हैं। *Castes and Tribes of Southern India* में थर्सटन ने जनजातियों के टोटमों की जो सूची दी हैं उससे यह प्रतीत होता है कि प्राणी अथवा वनस्पति जगत का शायद ही कोई नाम ऐसा बचा हो जिसके आधार पर टोटम का नाम न हो।

(6) जब कोई भारतीय जनजाति अपने प्रादेशिक महत्त्व को खो देती है तो वह भारतीय जाति का रूप धारण कर लेती है। इस प्रकार जनजाति एक स्थानीय समूह है जबकि जाति एक सामाजिक समूह है।

(7) जाति में सब व्यक्तियों का पद एक ही होता है, इसमें कोई विषमता या भेद नहीं होता परन्तु जनजाति में पद और स्थिति के अनेक भेद पाये जाते हैं।

मैक्सवेबर का मत सभी जातियों पर नहीं लागू होता। बहुत सी जातियों में भी पद और स्थिति का अन्तर होता है।

(8) जाति कभी राजनीतिक समिति नहीं होती परन्तु जनजाति राजनीतिक समिति होती है।

(9) जनजाति हिन्दू कर्मकाण्ड के अनुसरण तथा देवी-देवताओं की पूजा करते हुए भी उन्हें विधर्मी प्रथायें समझती है परन्तु जाति में ये धर्म के आवश्यक अंग माने जाते हैं। मध्य भारत की हिन्दू और क्षत्रिय कहलाने वाली जनजातियाँ हिन्दू देवताओं की अपेक्षा अपने बोंगा से अधिक परिचित हैं।

वास्तव में अब जनजातियों क्रमशः जातियों के रूप में बदलती जा रही हैं। रिजले ने इस परिवर्तन की निम्नलिखित चार प्रक्रियाओं का उल्लेख किया है–

(1) वंशावली बदलवाकर, (2) हिन्दू धर्म के किसी सम्प्रदाय के सिद्धान्तों को मानकर, (3) हिन्दू धर्म में शामिल होकर, (4) बिना नाम बदले हिन्दुओं में शामिल होकर।

डी. एन. मजूमदार के अनुसार, जनजाति किसी जाति का गोत्र और नाम ग्रहण करके भी हिन्दू समाज में घुल मिल जाती है।

इन परिवर्तनों के कारण जाति और जनजाति का अन्तर कम होता जा रहा है।

सामाजिक संगठन

जनजति का सामाजिक संगठन उसके अन्दर आने वाले विभिन्न समूहों के परस्पर सम्बन्धों से बनता है। भारतवर्ष में विभिन्न जनजातियों में आपस में मेल-जोल और सन्देशवहन बहुत कम हो जाता है। जहाँ भौगोलिक परिस्थितियों की वजह से कुछ जातियाँ एक ही क्षेत्र में निवास करती हैं वहाँ उनमें अवश्य कुछ आदान-प्रदान देखा जाता है। इसका एक उदाहरण छोटा नागपुर क्षेत्र की मुण्डा और औरांव जनजातियाँ हैं। जनजाति बनाने वाले समूहों में परिवर , गोत्र, कुमार गृह इत्यादि होते हैं। इनक अतिरिक्त जनजाति के आर्थिक संगठन्न में विभिन्न आर्थिक क्रियाओं में लगे हुए लोगों के समूह सम्मिलित होते हैं। जनजाति का राजनीतिक संगठन जनजातीय पंचायत जैसे समूहों से बनता है। आर्थिक संगठन जनजाति के पालन-पोषण में सहायक होता है। राजनीतिक संगठन जनजाति के सदस्यों के व्यवहार और अन्य जाति के सदस्यों के व्यवहार का नियमन करता है। सामाजिक, आर्थिक और राजनीतिक संगठन तीनों की व्यवस्था से किसी विशिष्ट जाति की व्यवस्था निर्माण होती है। भारतीय जनजातियाँ में बहिर्विवाही समूह और अन्तर्विवाही समूह देखे जाते हैं। अन्तर्विवाही जनजातियों के गोत्रों के प्रकार के आधार पर अनेक वर्ग हैं। कुद जनजातियों में फ्रेट्रियाँ और मोइटियाँ पाई जाती हैं।

काडर

भारतीय जनजाति के सामाजिक संगठन के उदाहरण के रूप में यहाँ पर कुछ जनजातियों के उदाहरण दिए जायेंगे। काडर (Kadar) जनजाति के

लोग भोजन की वस्तुयें एकत्रित करते और शिकार करते हैं। इनमें मछली मारने का कार्य लगभग नही होता। काडर परिवार में पति-पत्नी दोनों में किसी की स्थिति नीची नहीं होती। इनमें पितृ स्थानीय निवास की प्रथा है, परन्तु मातृक सम्बन्धों को भी किसी भी प्रकार से कम महत्त्व नहीं दिया जाता। सामाजिक व्यवस्था में मामा को विशेष स्थान प्राप्त है। इनमें नाम परम्परागत नहीं हेाते, या तो वे व्यक्ति के गुणों के आधार पर होते हैं या उसके माता-पिता के गुणों के आधार पर अथवा उन गुणों के आधार पर होते हैं। जिनके व्यक्ति में उत्पन्न होने की आकांशा की जाती है। साधारणतया इनमें सम्पत्ति बहुत कम होती है और उसके स्वामित्व के नियम भी निश्चित नहीं होते । परम्परागत रूप से सम्पत्ति पाने के बारे में कोई रिवाज नहीं पाए जाते फिर भी साधारणतया किसी भी व्यक्ति की मृत्यु हो जाने पर उसके निकट सम्बन्धी ही उसकी व्यक्गित सम्पत्ति के स्वामी माने जाते हैं। इसमें भी अधिकतर अल्पायु के व्यक्तियों को सम्पत्ति मिलती है, क्योंकि बड़ी आयु के लोग स्वयं कमाने योग्य हो गये होते हैं और वे इस प्रकार से मिली सम्पत्ति की कोई परवाह नहीं करते। काडर लोग बाँस से बनी झोंपड़ियों में रहते हैं। एक काडर गाँव में 15 से 20 तक बाँस की झौपड़ियों पाई जाती हैं।

हो

हो सामाजिक व्यवस्था में कोल्हन सबसे बड़ा विभाग होता है। एक कोल्हन में 26 पीर होते हैं और एक पीर में अनेक गाँव होते हैं। गाँव की सीमा पर बहुत से भूरे पत्थर जमीन में मजबूती से गड़े होते हैं। गाँव दो या अधिक विभागों में बँटा हुआ होता है जो कि टोला कहलाते हैं। एक टोला दूसरे टोले से साफ खुली जगह के द्वारा अलग किया जाता है। कुछ गाँवों में अखाड़े होते हैं जहाँ पर नृत्य आदि का आयोजन किया जाता है। कहीं-कहीं पर अखाड़े के पास गाँव का कुमार गृह भी होता है जो गितिओरा कहलाता है। हो जनजाति बहिर्विवाही गोत्र किल्ली में विभाजित होती है जो कि बहुधा टोटम से सम्बन्धित होते हैं। प्रत्येक किल्ली में बहिर्विवाही हो परिवार होते हैं, किन्तु हो जनजाति अन्तर्विवाही है अर्थात् विवाह, परिवार और गोत्र से बाहर होते हुए भी जनजाति से बार नहीं होते।

मुण्डा

छोटा नागुपर की मुण्डा जनजाति पीर नामक अनेक स्थानीय इकाइयों में विभाजित होती है। प्रत्येक पीर का एक मुखिया होता है। अनेक पीर मिलाकर जनजातीय क्षेत्र बनाते हैं।

खोण्ड

उड़ीसा और गंजाम क्षेत्र की खोण्ड जनजाति अनेक बहिर्विवाही ग्रामीण इकाइयों में बँटी होती है जो कि गोची कहलाते हैं। प्रत्येक गोची के पास छोटा या बड़ा भूमि क्षेत्र होता है। गोचियों में विभाजित होते हुए भी खोण्ड लोग अपनी जनजाति के प्रति स्वामिभक्ति बनाये रखते हैं।

गोण्ड

गोण्ड जनजाति में अनेक प्रकार के गोत्र पाए जाते हैं जिनको निम्नलिखित चार वर्गों में विभाजित किया जा सकता है–

(1) टोटमवादी समूह–इसमें वे गोत्र आते हैं जो टोटम का नाम ग्रहण किए हुए होते हैं। इस प्रकार के गोत्रों के कुछ उदाहरण हैं–गौह, टीकम, लोहा, त्रिगम इत्यादि।

(2) व्यंग नामों पर आधारित– इस समूह में वे गोत्र सम्मिलित हैं जिनके नाम व्यंग नामों पर आधारित जैसे–सुब्बेदार, मूजारे, पेड़म, तथा लौनचटिया इत्यादि।

(3) स्थानीय गोत्र–इसमें वे गोत्र सम्मिलिखित हैं जिनका नाम उनके निवास स्थान पर आधारित होता है जैसे महानदिया, जौनपुरिया, गुसरमुजिया, रतनपुरिया, इत्यादि।

(4) पित्रों के नाम पर आधारित गोत्र–इस वर्ग में आने वाले गोत्रों के उदाहरण हैं–शांडिल्य तथा कश्यप इतयादि।

उपरोक्त गोत्रों में से अनेक छोटी-छोटी इकाइयों में बँट गये हैं और उन्होंने नये सांस्कृतिक लक्षण ग्रहण कर लिए हैं। कभी-कभी गोण्डों को आर्थिक स्थिति के अनुसार अग्रलिखित वर्गों में बाँटा जाता है–

(1) राज गोण्ड–इनमें मालगुजार, पटेल आदि वे गोण्ड आते हैं जो उच्च आर्थिक स्तर के हैं।

(2) धूर गोण्ड–इस वर्ग में वे गोण्ड आते हैं जो लोग दूसरे की भूमि पर खेती करते हैं जैसे–प्रधान, औझा इत्यादि।

(3) श्रमिक गोण्ड–इस वर्ग में वे गोण्ड आते हैं जिनके पास जीवन यापन के लिए पर्याप्त भूमि या सम्पत्ति नहीं होती। ये लोग कमियाँ अर्थात् कृषि श्रमिक के रूप में काम करते हैं।

टोडा

नीलगिरि की पहाड़ियों में रहने वाले टोडा लोगों का सामाजिक संगठन द्वैध संगठन पर आधारित है। टोडा जनजाति अन्तर्विवाही है। यह दो गोत्रार्धों में विभाजित है जो कि क्रमशः तिवालियल और तारथारोल कहलाते हैं। तिवालियल 6 बहिर्विवाही टोटमवादी गोत्रों में बँटे हुए हैं। तारथारोल गोत्रार्ध 12 बहिर्विवाही गोत्रों में विभाजित हैं। इस प्रकार तिवालियल के मुकाबले में तारथारोल कहीं अधिक बड़ा विभाग है। तारथारोल विभाग में अधिकतर दुग्धशालायें पाई जाती हैं जबकि तिवालियल समूह में पशुपालन का काम अधिक होता है। टोडा परिवार पितृस्थानी होता है और इनमें पितृवंशीय परम्परा पाई जाती है, किन्तु मातृवंशीय परम्परा को भी महत्त्व दिया जाता है। टोडा जनजाति में बहुपत्नी विवाह और बहुपति विवाह दोनों के उदाहरण मिलते हैं। इनमें समूह विवाह होते हैं। टोडा व्यक्ति पितृवंशीय और मातृवंशीय दोनों प्रकार के गोत्र का सदस्य होता है। जहाँ तक सम्पत्ति के स्वामित्व का प्रश्न है, टोडा लोग पितृवंशी हैं अर्थात् इनमें पिता की सम्पत्ति पुत्र को मिलती है। दूसरी ओर, जहाँ तक मृत्यु संस्कार आदि विधि विधानों का प्रश्न है उनमें मातृवंशीय गोत्र के नियम काम करते हैं। भारतीय जनजातियों में द्वैध संगठन का उदाहरण टोडा के अतिरिक्त असम क गारो समाज में भी मिलता है। गारो जनजाति में मातृवंशी परम्परा पाई जाती है। ये मरक और संगमा नाम की दो कच्चियों में बँटे हुए हैं जिनमें आपस में विवाह सम्बन्ध नहीं होते।

अण्डमान द्वीप निवासी जनजाति

अण्डमान द्वीप में बौने आकार के लोग पाए जाते हैं। जहाँ पर रहने वाली जनजातियों में से प्रत्येक भाषा के आधार पर दूसरे से अलग है। प्रत्येक जनजाति अनेक स्थानीय समूहों में विभाजित होती है जिसमें अनेक परिवार होते हैं। ये स्थानीय समूह क्रमशः समाप्त होते जा रहे हैं। साधारणतया जो स्त्री या पुरुष जिस स्थान पर पैदा होता है वह वहीं के समूह का सदस्य बन जाता है कुछ समूह समुद्र के किनारों पर और कुछ जंगलों में रहते हैं। समुद्र के किनारों पर रहने वाले समूह जंगलों में रहने वाले समूहों से अधिक घुमन्तू होते हैं। ये अधिकतर कैम्पों में रहते हैं जो कि स्थायी अथवा अस्थायी होते हैं। शिकारी कैम्पों में रहने वाले समूह एक स्थान पर बहुत कम रुकते हैं। इनमें विवाहित जोड़ों के अतिरिक्त अविवाहित पुरुषों और विधुरों के भी समूह होते हैं। अविवाहित स्त्रियाँ और विधवायें अलग समूह बनाकर रहती

हैं। कहीं-कहीं पर लम्बी आयु तक अविवाहित रहने वाली स्त्रियों के झौंपड़े अलग पाए जाते हैं। अण्डमान निवासी जनजातियाँ भोज्य पदार्थ एकत्रित करतीं, शिकार करतीं अथवा समुद्र के किनारों पर मछलियों मारती हैं। इस प्रकार इनमें तीन प्रकार के आर्थिक समूह पाए जाते हैं–भोजन एकत्रित करने वाले, शिकारी और मछली मारने वाले समूह।

खासी

असम की पहाड़ियों में रहने वाली खासी जनजाति में मातृसत्तात्मक सामाजिक संगठन पाया जाता है। ये आर्थिक आधार पर विभिन्न गोत्रों में बँटे होते हैं जैसे शाही गोत्र, पुजारी गोत्र, मन्त्री गोत्र, और सामान्य गोत्र इत्यादि। विभिन्न गोत्रों में भिन्न-भिन्न सामाजिक स्तर देखा जाता है, किन्तु उनमें अन्तर्विवाह पर रोक-थाम नहीं है, जबकि गोत्र और उनमें आने वाले परिवार बहिर्विवाही होते हैं। खासी जनजाति अन्तर्विवाही है।

❑❑❑

8

आदिम समाज के विविध पक्ष

आदिवासी सामाजिक संगठनों की चर्चा करने से पूर्व हमें उनकी सामाजिक अवधारणा को जानने की आवश्यकता है।

लगभग सभी आदिवासी समाज में युवाओं का विशेष महत्त्व होता है अतः युवा लड़के एवं युवा लड़कियों के लिए कुछ युवागृहों का निर्माण कराया जाता है जहाँ पर वे लोग निर्धारित नियमानुसार अपनी दिनचर्या को व्यतीत करते हैं एवं विवाह होने तक इस परम्परा को निबाहते हैं।

प्रत्येक आदिवासी समाज की अपनी सामाजिक मान्यताओं एवं धार्मिक व सांस्कृतिक परम्पराओं के अनुसार ऐसे युवा गृह होते हैं।

इन युवा संगठनों के लिए बड़े-बड़े शयन-कक्ष या कुमार गृह होते हैं। ये शयन-कक्ष युवतियों तथा युवतियों के लिए पृथक्-पृथक होते है उपरोक्त जातियों में लड़के-लड़कियों के लिए चार-पाँच वर्ष की आयु से ही इन संगठनों की सदस्यता आवश्यक हो जाती है। इसमें सम्मिलित न होने पर समाज से दण्ड मिलता है। रात को युवक और युवतियाँ इन शयन-कक्षों में ही सोते हैं। कोई पृथक स्थान न हाने पर युवतियाँ उस स्त्री के घर में ही सोती हैं जो उनकी देखभाल करती है। मुण्डा जनजाति में ऐसी ही प्रथा है। बस्तर में 15, 16 वर्ष की आयु तक लड़के-लड़कियाँ इन्हीं युवागृहों में सोते हें। औरांव युवकों को रात में गाँव से बाहर स्थित घुमकुरिया में ही रात बितानी पड़ती है। 'हो'

लोगों में भी अविवाहित लड़के लड़कियों के लिए अलग-अलग गृह होते हैं। असम के ल्होटा नागों में लड़कियों को विवाह से पहले केवल रोगिणी और विधवा माता की सेवा करने के लिए ही 'मोरूँग' से छुट्टी मिल सकती है।

आदिवासियों के सामाजिक संगठन की एक महत्त्वपूर्ण संस्था युवा संगठन है। भारत में उत्तरी, मध्य और दक्षिण के आदिवासियों में ये पृथक्-पृथक् नामों से प्रसिद्ध हैं। असम के कोनयक नागा युवकों के संगठन को मोरुङ्ग तथा युवतियों के संगठन को 'यो' कहते हैं। अंगोमी नागा इसे 'किंचुकी' कहते हैं। मेमी नागाओं में ये क्रमशः इखुइची तथा इलोइची कहलाते हैं। यह उत्तर प्रदेश में रंग बंग, मध्य भारत की मुण्डा तथा हो जातियों में 'गितिओरा', ओरावों में 'घुमकुरिया' 'जोकेंरपा', भुँइया लोगों में 'धंगर बस्सा' तथा गोण्डों में गोटुल या घोटुल कहलाता है।

असम के मेमी लोगों में गाँव के युवक-युवतियों के सोने के लिए एक ही गृह होता है जिसके ऊपरी भाग में लड़के तथा निचले कक्ष में लड़कियाँ सोती हैं। बसतर के मुड़िया अथवा माड़िया लोगों में भी ऐसी ही प्रथा है। इनके शयनागार गाँव से बाहर होते हैं। यहाँ अविवाहित युवक-युवतियाँ एकत्रित होकर साथ-साथ खेलते तथा गाते नाचते हैं।

युवागृह की विशेषतायें

उपरोक्त वर्णन से युवागृह की अनेक विशेषतायें स्पष्ट हो गई होंगी। मुख्य विशेषतायें निम्नलिखित हैं—

(1) जब तक कि युवक या युवती का विवाह नहीं हो जाता तब तक वे कुमार गृह में रहते हैं। विवाह के पश्चात् युवागृह की सदस्यता स्वयं ही समाप्त हो जाती है।

(2) युवागृह के सदस्य कई प्रकार के सामूहिक कार्य भी करते हैं जैसे शादी-विवाह के समय या गृह-निर्माण या फसल आदि काटने में सहायता देनी इत्यादि।

(3) आयु के अनुसार युवागृह के सदस्य दो वर्गों में विभाजित हो जाते हैं—अधिक आयु वाले और कम आयु वाले। युवागृह का अधिकारी अधिक आयु वाले वर्ग से ही चुना जाता है। उसका कार्य युवागृह की सामान्य देख-रेख करना तथा उसके अनुशासन को बनाये रखना है। कम आयु वाले अधिक आयु वालों के आदेशों का पालन करते और उनकी सेवा करते हैं तथा उनसे विभिन्न प्रकार की शिक्षा प्राप्त करते हैं।

(4) प्रत्येक सदस्य का यह कर्त्तव्य है कि वह युवागृह की प्रत्येक बात को गुप्त रखे।

(5) कहीं-कहीं लड़कियों और लड़कों के लिए अलग-अलग युवागृह होते हैं और कहीं-कहीं वे एक ही सामान्य युवागृह में रहते हैं। मुड़िया जनजाति के गोटुल में लड़के-लड़कियाँ एक साथ रहते हैं। इसके विपरीत नागाओं में लड़कियों के लिए 'यो' और लड़कों के लिये 'मोरूंग' होते है।

(6) युवागृह का जीवन कुछ परम्पराओं और प्रथाओं पर आश्रित होता है जिनका पालन करना सब सदस्यों के लिए आवश्यक होता है।

युवागृह की समस्या के लिए भिन्न-भिन्न जनजातियों में भिन्न-भिन्न आयु निश्चित होती है। प्रायः यह आयु 4, 5 वर्ष होती है। इस आयु के पश्चात् प्रत्येक को इसकी सदस्यता ग्रहण करनी पड़ती है।

(7) साधारणतया युवागृह गाँव के बाहर जंगल में बने होते हैं परन्तु ये खेत के निकट भी हो सकते हैं जैसे नागाओं में युवागृह। औरांव जनजातियों में ये गाँव के बीच में होते हैं।

(8) सांयकाल को युवागृह के सदस्य अपने-अपने घरों में खा पीकर युवागृह में एकत्र होते हैं। वे आग जलाकर, उसके चारों ओर बैठकर कहानी किस्से कहते हैं या गाते, नाचते और खेलते हैं। अन्त में वे वहीं सो जाते हैं।

(9) विधवाओं को युवागृह की सदस्यता पुनः प्राप्त हो सकती है।

कुमार गृहों की उत्पत्ति—कुमार गृहों के उद्‌गम के विषय में विद्वानों में एकमत नहीं हैं। हाडसन के अनुसार यह प्रथा उस सुदूर अतीत के सामूहिक गृहों का अवशेष है जब समस्त गाँव एक ही घर में रहता था और व्यक्तिगत घर नहीं होते थे। शेक्सपीयर ने इसकी उत्पत्ति को बच्चों को माता-पिता के काम सम्बन्ध से दूर रखने के लिए माना है। श्री मजूमदार के अनुसार इस प्रथा का जन्म वन के हिंसक जन्तुओं से समाज के अशक्त व्यक्तियों की रक्षा करने के लिए हुआ। इससे अन्य जातियों द्वारा गाँव की युवतियों की चोरी का भी भय नहीं रहता था। इसके अतिरिक्त बाद में इनका कारण मकानों की कमी, सामूहिक जीवन का अनन्द तथा जातीय जीवन का विकास भी था।

लाभ—चाहे कुमार गृह का उद्‌गम कुछ भी रहा हो, इसमें कोई सन्देह नहीं कि कुमार गृह अथवा युवा संगठन आदिवासियों के सांस्कृतिक जीवन का आधार है। इसमें युवक-युवतियों को जाति की परम्पराओं, आचार-विचार

के आदर्शों, धार्मिक विश्वासों तथा जीविकोपार्जन और अनुशासन के पाठ पढ़ाये जाते हैं। राय बहादुर शरदचन्द्र राय की The Oranos नामक पुस्तक में इसके तीन लाभ बतलाये जाते हैं–"(1) खाद्य सामग्री प्राप्त करने में सहायता और आर्थिक संगठन, (2) युवक-युवतियों की सामाजिक तथा कर्त्तव्यों की शिक्षा। कुमार गृहों में यौन शिक्षा भी मिलती है। (3) स्त्रियों की गतिविधि मर्यादित रहने से अन्तर्विवाह के नियम का पालन सरल हो जाता है।"

वर्तमान स्थिति

वर्तमान समय में कुमार गृहों की प्रथा क्षीण हो रही है। इसके मुख्य कारण निम्नलिखित हैं–

(1) ईसाई मिशनरियों का प्रभाव–जो बच्चे ईसाई हो जाते हैं वे कुमार गृहों में न जाकर चर्च में जाते हैं। उपरोक्त दोनों कारणों से आजकल जनजाति के कुमार गृह क्षीण हो रहे हैं। जनजातीय गाँवों की समृद्धि की दशा उनके कुमार गृहों क समृद्धि से जानी जा सकती है। यदि वे अवनत अवस्था में हैं तो उनका गाँव उजड़ा होगा। एल्विन लिखता है कि मुड़िया और गोण्डों में गोट्टुल की प्रथा के क्षीण होने के साथ सामाजिक विघटन आरम्भ हो जाता है। वास्तव में कुमार गृहों से जनजातियों को अनेक लाभ हैं और जब तक उनके जीवन का स्तर ऊँचा न उठ जाए और उन्हें नगर निवासियों के समान आधुनिक सभ्यता के साधन सुलभ न हो जायें तब तक उनका रहना बहुत लाभप्रद ही नहीं वरन् अनिवार्य है।

(2) नगरों के साथ सम्पर्क–नगरों के साथ सम्पर्क से आदिवासी अपनी संस्थाओं को छोड़कर नागरिक संस्कृतियों का अनुकरण करने लगे हैं। पाठशालाओं में शिक्षा आरम्भ होने से बच्चे कुमार गृहों में जाना बन्द कर रहे हैं।

भारतीय जनजातियों का ऐतिहासिक पक्ष

भारत एक विशाल और विविधताओं वाला देश है जिसमें हमें भौगोलिक, सामाजिक, सांस्कृतिक एवं आर्थिक विभिन्नताओं के अतिरिक्त कुछ ऐसी विशेष जानकारियाँ भी मिलती हैं जो हमें भारत की लोकप्रियता के कारणों पर चिन्तन, मनन करने पर विवश करती है। प्रारम्भ से ही हमारे देश में संसार के शेष भाग से विभिन्न जातियाँ व समूह आते रहे हैं व यहीं अपना स्थाई निवास बनाकर स्थापित होते रहे है इसके अनेकों कारण हैं जिनका हम आगे अध्ययन करने का प्रयास करेंगे।

आज भारत में जो जनजातियाँ हैं उनके विषय में जानने का प्रयास करेंगे तथा उनकी मानवशास्त्र के आधार पर स्थापित स्थिति का अध्ययन करेंगे।

भारत की केन्द्रीय सरकार द्वारा प्रकाशित "आजकल" नामक मासिक पत्रिका के एक विशेषांक का नाम भी 'आदिवासी अक' था परन्तु डॉ. घुरिये ने इस शब्द को व्यावहारिक तथा वैज्ञानिक दोनों ही दृष्टि से अनुपयुक्त माना है। वे इन्हें पिछड़े हुए हिन्दू कहते हैं। वास्तव में इस शब्द की आड़ लेकर कुछ लोग अपनी जाति को भारत का आदिवासी बतलाकर विशेषधिकारों की मांग करते हैं। सामजशास्त्रीय दृष्टि से इनको जनजातियाँ कहना ही अधिक उपयुक्त है।

भारत में जनजातियों को अनेक नाम दिए गए हैं। कुछ लोग इन्हें वन्य जातियों अर्थात् वनों में रहने वाली जातियाँ कहते हैं। भारत सरकार ने इनको अनुसूचित जनजातियाँ कहा क्योंकि इन्हें पिछड़े वर्गों की एक विशेष अनुसूची में रखा गया है तथा इनके लिए कुछ विशेष अधिकार स्वीकृत किए गए हैं। लैसी एलविन, रिजले तथा ठक्कर बापा ने इनको आदिम जातियाँ कहा है। "आदिवासी" शब्द को प्रारम्भ में ईसाई धर्म प्रचारकों ने भारत की कुछ जनजातियों के लिये प्रयोग किया। यह अंग्रेजी के "एबोरिजिनीज" शब्द का पर्याय है। आदिवासी का शाब्दिक अर्थ है "आदिकाल से देश में रहने वाली जाति। किन्तु किसी भी जाति के लिए इस शब्द का प्रयोग नहीं है क्योंकि इनमें से लगभग सभी वर्तमान जनजातियाँ भारत में बाहर से आई मानी जाती हैं। आजकल जनजातियों के कुछ राजनीतिक नेताओं ने आदिवासी शब्द को अपना लिया है।

वर्गीकरण

निवास के क्षेत्र के अनुसार भारतीय आदिवासियों को तीन बड़े भागों में विभाजित किया जा सकता है–(1) **उत्तरी पूर्वी भाग के आदिवासी**–इसके अन्तर्गत असम के कूकी और नागा तथा उसकी बहुत-सी शाखाएँ आती हैं। (2) **केन्द्रीय भाग के आदिवासी**–इनके अन्तर्गत विन्ध्याचल, सतपुड़ा, महादेव, केकेल और अरावली पर्वत में रहने वाले आदिवासी आते हैं। इनमें विशेष उल्लेखनीय मध्य प्रदेश के गोंड, राजस्थान के भील, छोटा नागपुर के संथाल, सिंह भूमि और मान भूमि के 'हो' , उड़ीसा के खोंध और खारिया, गंजाम जिले के सावरा, उरांव और मुण्डा, गदब और बोंदा इत्यादि हैं। (3) **दक्षिण के**

आदिवासी–इसमें नीलिगिरी के टोडा, वायनाड के पनियन, इरूला और कुरुम्ब, हैदराबाद के चैंचू तथा ट्रावनकोर कोचीन की पहाड़ियों के कडार, कणीकर और कुरोवन इत्यादि आते हैं।

उत्तर-पूर्वी भारत की जनजातीय संस्कृति

उत्तर-पूर्वी भारत वही क्षेंत्र है जहाँ गारो और खासी सरीखी मातृसत्तात्मक जनजातियाँ, लूसाई, कूकी आदि तिब्बती बर्मी भाषा-भाषा जनजातियाँ और नरमुण्ड शिकार के लिये प्रसिद्ध नागा जनजातियाँ निवास करती हैं। ये बहुसंख्यक जनजातियाँ मंगोल प्रजाति की वंश परम्परा की है।

इस क्षेत्र की पहाड़ियों में इनके अलावा भी कितनी जनजातियाँ निवास करती हैं। इन सभी जनजातियों को तीन भौगोलिक हिस्सों में बाँटा जा सकता है–

(1) गारो, खासी और जयन्तिया क्षेत्र की जनजातियाँ मेघालय।

(2) (क) आसाम और तिब्बत सीमान्त प्रदेशों की जनजातियाँ।

(ख) बर्मा क सीमान्त प्रदेशों में निवास करने वाली जनजातियाँ–मणिपुर एवं मिजोरम

(3) नागा पहाड़ों में निवास करने वाली जनजातियाँ–नागालैंण्ड

ब्रह्मपुत्र घाटी के दक्षिणी और बंगाल देश के उत्तरी भागों के बीच में मेघालय में गारो, खसी और जयन्तिया नामक पर्वत श्रेणी फैली हुई हैं। इसी इलाके के पूर्व में असम में मिकिर कचार नामक पहाड़ी क्षेत्र है। इस पर्वतीय स्थल में नदियों की तंग घाटियाँ है। वर्षा के आधिक्य और पर्याप्त उष्णता के कारण, सारा भाग जंगलों से आच्छादित है। इन पर्वतीय और जंगली भागों में अनेक महत्त्वपूर्ण जनजातियाँ निवास करती हैं जिनमें गारो, खासी, कूकी, किमिर, कछारी आदि विशेष उल्लेखनीय हैं।

गारो

(1) परिवार–गारो अविवाहित लड़कियाँ परिवार में रहती हैं। लड़कियों में से एक उत्तराधिकारिणी निर्वाचित कर ली जाती है जिसे 'नोकना' कहा जाता है। 'नोकना' का निर्वाचन माता-पिता की सम्मति से होता है। मतभेद होने पर माता की सम्मति मान्य समझी जाती है। 'नोकना' सबसे बड़ी अथवा सबसे छोटी या कोई दूसरी भी होती है। इस निर्वाचन में लड़की की विलक्षणता और निपुणता का अन्दाज लगाया जाता है और उसमें सबसे दक्ष को 'नोकना'

होने की घोषणा कर दी जाती है। माँ की मृत्यु के पश्चात् 'नोकना' ही सभी परिवारिक सम्पत्ति की मालकिन होती है। उनकी अन्य बहनें अपने पतियों के साथ उसी गाँव में अलग मकान बनाकर रहती हैं। नोकना की अनुमति से वे उसके परिवार में भी रह सकती हैं। यदि किसी नोकना की पुत्री नहीं रहती है, तो वह अपनी बहन की पुत्री को गोद ले लेती है। बहनें नोकना को गोद दे देना अपना कर्त्तव्य समझती हैं। यदि कोई नोकना पुत्रीहीन रही और किसी लड़की को गोद नहीं ले सकी, तो सम्पत्ति विवाहित बहनों के बीच बंट जाती है। नोकना के पति को "नोकरोम" कहा जाता है जो पत्नी (नोकना) के घर में रहता है और सम्पत्ति की देख-रेख करता है।

(2) **व्यवसाय और वस्त्राभूषण**–भौगिलिक एवं आर्थिक दृष्टि से गारो दो श्रेणियों में विभक्त किये जा सकते हैं। प्रथम वे जो पहाड़ी हिस्सों में रहते हैं और 'झूम' प्रणाली द्वारा (अस्थाई कृषि) करते हैं; और दूसरे वे जो मैदान में रहते हैं और अधिकांशतः मछली मारकर जीवन-यापन करते हैं। प्रथम को स्थानीय बोली में पहाड़ियाँ और दूसरे को डम्बदानी की संज्ञा दी जाती है। पहाड़ पर रहने वालों का मुख्य पेशा खेती है किसी स्थान के जंगलों को जलाकर वह दो तीन वर्ष तक धान आदि पैदा करते हैं, फिर उसे छोड़ कर दूसरे स्थान के जंगलों को जलाकर खेत तैयार करते हैं। धान के अलावा रूई, बाजरा, आलू, मिरचाई इत्यादि भी पैदा होते हैं। फलों में विशेषतः नारंगी की बागवानी होती है। इसके कृषि सम्बन्धी औजार अनोखे और अपर्याप्त हैं। गारो के मकान बाँस के बने होते हैं। गारो के पोशाक भी साधारण हैं। पुरुष साधारणतः 'गांडो' नामक वसतु कमर में लपेटते हैं। यह नीले रंग का टुकड़ा होता है जिसकी किनारी लाल रंग की बनी होती है। सिर पर पगड़ी पहनने की भी परम्परा है। सर्दी के मौसम में एक कम्बल अथवा सूती चादर से काम चल जाता है। औरतें साये की तरह कपड़े का टुकड़ा कमर के चारों ओर लपेटे रहती हैं जिसे स्थानीय भाषा में रिकींग कहा जाता है। गारो औरतों के आभूषण भी अनेक नहीं है। पुरुष और नारी दोनों ही कानों में काँसे की बनी बालियाँ पहनते हैं। मर्द 12 से 20 और औरतें 50 बालियाँ तक पहनती हैं। इतनी अधिक बालियाँ पहनने के कारण औरतें के कान फट कर दो हिस्सों में विभक्त हो जाते हैं। कान के ऊपरी हिस्सों में छोटी तथा पतली बालियाँ पहनी जाती हैं। चाँदी की चूडियाँ और मूँगे की मालायें भी पहनी जाती हैं। अपने पति के निधन और अंत्येष्टि क्रिया के समय औरतें आभूषण विशेषतया कानों की बलियाँ निकाल देती हैं और गमी की समाप्ति पर पुनः पहन लेती हैं।

(3) सामाजिक वर्ग—गारो की पीढ़ी औरतों के नाम से चलती है। जितने लोगों के पूर्वज मूलतः एक ही होते हैं वे एक ही ''मचोङ्ग' या मातृत्व के सदस्य कहलाते हैं। ऐसा विश्वास है कि एक मचोङ्ग के सभी सदस्यों के मध्य रक्त सम्बन्ध है। वे आपस में शादी ब्याह नहीं करते है। इस तरह पूरी गारो जनजाति अनेक ''मचोङ्ग'' विभाजित है। मचोङ्ग के अतिरिक्त गारो जनजाति तीन सामाजिक श्रेणियों में विभक्त हैं—काराक, मोकीन और सांगमा। प्रत्येक श्रेणी में कितने ही मचोङ्ग होते है।

(4) सामाजिक संगठन—गारो का सामाजिक संगठन मातृसत्तात्मक है। परिवार में औरतों का स्थान विशिष्ट गारों परिवार का संगठन पति-पत्नी तथा उनकी पुत्री संतानों को मिला कर होता है। उनके लड़के ''नक पाण्टे'' नामक युवा गृहों में रहते हैं। ये युवा-गृह गारों युवकों के प्रशिक्षण केन्द्र हैं। प्रत्येक गाँव में एक युवा-गृह होता है। मैदानों में इसका प्रचलन कम है। अविवाहित युवक ऐसे ही गृहों में रहते हैं और दोनों समय माता-पिता के साथ खाना खाते हैं।

(5) शारीरिक लक्षण—गारो लोग प्रधानतः मेघालय के गारो पहाड़ियों के कामरूप तथा असम के गोल पाड़ा जिले में रहते हैं। मेमनसिंह जिले में भी इसकी आबादी है। सन् 1971 की जनगणना के अनुसार गारो की जनसंख्या 2,66,645 थी। गारो ''बारा'' या ''बोडो'' नामक बोली बोलते हैं जो तिब्बती बर्मा भाषा परिवार के आगामी-बर्मी भाषा की एक उपश्रेणी है। गारो के अलावा ''बोडो'' अन्य दूसरी जनजातियों की भी भाषा है और इस हेतु उनकी बोली में साम्य है। परन्तु गारो और कछारी की बोलियों में बहुत ही अधिक साम्य है। इस आधार पर प्लेफेयर का मत है कि दोनों जनजातियाँ मूलतः एक ही थीं। परन्तु सांस्कृतिक मामलों में इनमें भिन्नता भी कम नहीं है। मंगोल प्रजाति के विशिष्ट प्रभाव के कारण इनके शरीर का रंग पीला, चेहरा छोटा, परन्तु चौड़ापन लिये और कद नाटा होता है। मेजर प्लेफेयर के अनुसार पुरुषों की ऊँचाई 156.2 सेन्टीमीटर (5' 1.5'') और स्त्रियों की 147.3 सेन्टीमीटर (4' 10'') होती है। शरीर की बनावट हृष्ट-पुष्ट होती है और देखने में हट्टे-कट्टे होते हैं।

(6) विवाह—गारो लोगों में विवाह के विषय में भी निश्चित नियम हैं जिनका सीमित परिवारों में से ही निर्वाचन करना पड़ता है। फूफेरे भाई से शादी करना गारो लड़कियों के लिये आवश्यक है। फूफेरे भाई के अभाव में उसी परिवार के अन्य सदस्यों से शादी करना अच्छा समझा जाता है।

(7) रीति रिवाज और निषेध—रीति-रिवाज तथा संस्कृतिक विशेषताओं में गारो आसाम की जनजातियों में नागा से अधिक मिलते-जुलते हैं। अंगामी और सेमा नागाओं की तरह गारो में भी यह विश्वास प्रचलित है कि कुछ व्यक्ति अपने को बाघ के रूप में परिवर्तित कर सकते हैं। ऐसे लोगों को बाघ-मानव की संज्ञा दी जाती है। यदि कोई व्यक्ति बाघ द्वारा मार डाला जाता है, तो ''ल्होटा'' और ''अओ'' नागाओं के परिवार को अनेक प्रकार के सामाजिक निषेधों को मानना पड़ता है। गारों में भी यह प्रथा थोड़ी बहुत प्रचलित है। फिर ल्होटा और अओ नागाओं की तरह गारो समाज में भी कितने ही निषेधों को मानना पड़ता है। जिन्हें वे ''मारंग'' कहते हैं। उदाहरण के लिये संतान पैदा होने के दिन खेत के पास जाना गारो में निषेध या मारंग समझा जाता है। पुनः दोनों नागा और गारों बाघ के दांत से घायल होने पर शपथ लेते हैं। 'सीप' का व्यवहार दोनों जातियों के सदस्य बहुतायत से करते हैं। दोनों अपने गृह के खम्भों पर जानवर और फल की नक्काशी करते हैं। दोनों के पर्वों में नृत्य का महत्त्वपूर्ण स्थान है। दोनों नर-मुण्ड-शिकारी जातियाँ हैं परन्तु गारो में यह अधिक प्रचलित नहीं है।

(8) धर्म और पूजा पद्धति—''कोरा देव'' इनका इष्ट देव है। इनके घरों में काँसे की एक छोटी थाली पर कुछ आकृतियाँ बनी रहती हैं, जिसे किसी जगह लटका कर ''कोरा देव'' मान लिया जाता है तथा उसे बलि चढ़ाकर प्रसन्न किया जाता है। इनका विश्वास है कि जब घर वाले सोते हैं उस समय 'कोरा देव' उस थाली से निकल कर आहार की खोज में बाहर जाता है और लौटकर फिर वहीं आ जाता है। ''बांत और'' पहाड़ी दर्रे के आस-पास रहने वाले गारो सूर्य और चन्द्रमा की पूजा भी करते हैं। इनके धार्मिक कृत्यों में बैल, बकरी, सुअर, मुर्गे, कुत्ते, इत्यादि का बलिदान किया जाना आवश्यक समझा जाता है। अन्य आदिम जातियों की भाँति इनमें अनेक अन्ध विश्वास भी प्रचलित हैं। ये भूत, प्रेत, पिशाच, और जादूगरनी का अस्तित्व मानते हैं। इनकी धारणायें हैं कि कुछ व्यक्तियों की आत्मायें उनके शरीर के बाहर निकल कर अपनी इच्छानुसार बाघ तथा अन्य जानवरों का रूप धारण कर लेती है। हिन्दुओं और ईसाई पदारियों का भी इन पर प्रभाव पड़ा है।

खासी

(1) मूल निवासी—नृतत्वज्ञों का मत है कि खासी मेघालय के मूल निवासी नहीं हैं वे कहाँ से, कैसे और कब आये इनके बारे में बहुत से मत

प्रचलित हैं। रेवरेण्ड रोवट ने 'इन्ट्रोडक्शन टू खासी ग्रामर' में खासी का राजनैतिक सम्बन्ध बर्मी लोगों से स्थापित करते हुए यह प्रमाणित करने की कोशिश की है कि वे बर्मी से आये हैं। एक मत है कि वे उत्तरी हिस्से से इस क्षेत्र में आये हैं। फादर स्मीड्ट ने भाषा के पहलू में खासी का सम्बन्ध मुण्डा, हो इत्यादि से दर्शाते हुए उनकी उत्पत्ति की जाँच करने की चेष्टा की है। मिस्टर सेडवेल का मत यह है कि खासी बर्मा से पटकोई पर्वत श्रेणी से होते हुए यहाँ आये।

(2) स्थान—मेघालय की जयन्तिया और खासी की पहाड़ियों, जो 25° 1' और 26° 5 उत्तर अक्षांश तथा 90° 47' और 92° 58' पूरब देशान्तर रेखाओं में हैं, खासी जनजाति का निवास स्थान है। 1961 में जनगणना के अुसार इस जनजाति की कुल आबादी 3,56,208 थी। इन पहाड़ी इलाकों के अलावा, खासी निकटवर्ती मैदानों में भी आ बसे हैं। विलियम हण्टर के अनुसार मैदानी खासी असम के कचार और डारंग तथा बंगला देश के सिलहट जिले की समतल भूमि में पाये जाते हैं।

(3) भाषा—खासी भाषा का अध्ययन कितने ही विद्वानों ने किया है जिनमें ग्रियर्सन, जे. आर. लोगन, प्रो. अर्स्टकुन, फादर डब्लू स्मीड्ट तथा मेजर गर्डन के नाम विशेष उल्लेखनीय है। खासी भाषा तिब्बती-बर्मी परिवार की भाषा से भिन्न है। द्रविड़ परिवार की भाषा से इसका कोई सम्बन्ध नहीं। ग्रियर्सन और स्टीड्ट और गार्डन के अनुसार यह ऑस्ट्रोऐसियाटिक परिवार की भाषाओं का एक विशेष अंग है। इसे मोन-खमेर परिवार की संज्ञा दी गई है। मुण्डा तथा खासी भाषा में बहुत समानता दिखलाई गई है। फादर स्मीड्ट ने इस भाषा समूह को मोन-खमेर-मलक्का-निकाबार-खासी अथवा आस्ट्रोएसियाटिक परिवार की संज्ञा दी है।

(4) कृषि और व्यवसाय—खासी प्रधानतः कृषि प्रधान जनजाति है। इनकी कृषि प्रणाली 'झूम' ही है। जयन्तिया के दक्षिणी और पूर्वी हिस्सों में 'झूम' प्रणाली के अलावा अन्य तरह की कृषि प्रणाली अधिक प्रचलित नहीं है। 'झूम' के अलावा 'हाली' अथवा पानी रोक कर धान पैदा करने की प्रणाली प्रचलित है। खाद के उपयोग से वे परिचित हैं और खेत का उत्पादन बढ़ाने के लिए इसका उपयोग करते हैं। इनके कृषि सम्बन्धी औजार भी साधारण ही हैं।

ये हल का उपयोग करत हैं परन्तु हँसुए का उपयोग फसल की कटनी के लिए करना निषेध है। मिकिर में भी यह प्रचलित हैं। वे कटनी की जगह

बालियों को हाथ से ही तोड़ते हैं। धान के अलावा वे आलू, संतरे, पान और कसेली भी पैदा करते है। वे सूती और रेशमी कपड़े बुनने का काम करते हैं। कुछ लोग शराब बनाने में लगे है। शिकार करना, मछली मारना उनका गौण पेशा रह गया है। शिकार करने में साधारणतः तीर धनुष का प्रयोग होता है। चिड़ियों को फँसाने में वे बहुत प्रवीण होते हैं। जलाशयों के कुछ भाग को घेर कर विशेष पौधों द्वारा पानी को घेर कर विषाक्त कर देते हैं। फिर मछली पकड़ते हैं।

(5) प्रजातीय लक्षण—खासी भी गारो की तरह मंगोल प्रजाति से विशेष प्रभावित है। इनकी त्वचा का रग पीलापन लिये होता है। स्थानीय तौर पर रंग में कुछ विभेद दिखाई पड़ते हैं। उदाहरणार्थ, चेरापूँजी के खासी विशेष गोरे तथा जयन्तिया के खासी विशेष काले होते हैं। ज्यों-ज्यों उनके स्थान की ऊँचाई बढ़ती जाती है, उनकी त्वचा का रंग भी काला पड़ता जाता है। उनका कद छोटा होता है और शरीर की बनावट गठीली। नाक चपटी तथा छोटी होती है। परन्तु नाक का सुराख बड़ा होता है। ललाट ऊँचा तथा चौड़ा होता है। इनके सिर लगभग चौड़े होते हैं। कर्नल हेयर के अनुसार इनका कपालांक (सी. आई.) औसत 77.9 है। इनकी आंखें मध्यम आकार की होती है आंख की परत अधिक स्पष्ट रहती है। और उनका आकार तिरछा होता है। इनका मुँह बड़ा होता है। और होठ थोड़ा-सा मोटा होता हैं। वे हमेशा प्रसन्न, हँसमुख और स्वस्थ दीखते हैं परन्तु क्रोधित होने पर वे बड़े भयंकर हो जाते हैं।

(6) आहार और खान पान—खासी का प्रमुख आहार चावल और सूखी मछलियाँ हैं। चावल के न मिलने पर वे ज्वार का उपयोग करते हैं। खासी लगभग सभी जंगली जानवारों का मांस खाते हैं। कुत्ता पवित्र जानवर समझा जाता है। और नागा, गारो और कुकी के प्रति कूल, वे इसका मांस नहीं खाते हैं। दूध, घी और मक्खन से भी खासी को परहेज है। चेरा श्याम परिवार के सदस्य सूखी मछली भी नहीं खाते हैं। दरबार कबीले के सदस्यों के लिये सुअरी का मांस भी निषेध है। शराब इनका प्रमुख पेय है। शराब चावल या ज्वार का बनता है। अनाजों में "उखावीयाँग" नामक पौधे की जड़ मिलाकर वे दो तरह की शराब बनाते हैं, जिन्हें वे खा-इद-हीयर और खा-इद-उम कहते हैं। खा-इद-हीयर विशेष पुष्टकर और नशीला होती है। खा-इद-उम प्रत्येक उत्सव और पर्व के अवसर पर उपयोग में आती है। देशी शराब का प्रचलन बहुत है।

(7) आवास–खासी समाज स्थायी गाँवों में निवास करते हैं। इनके गाँव नागा और कूकी की तरह पहाड़ की चोटयों पर नहीं रहते। वे चोटियों के नीचे ही विशेषतः ऐसी जगह में रहते हैं जहाँ आंधियों से रक्षा हो सके। इनके मकान साधारणतया साफ होते हैं। वे जंगल की लकड़ियों और घास-फूस की बनी बड़ी झोंपड़ी-सी लगते हैं। दीवारें कहीं-कहीं पत्थर की भी होती हैं। चेरापूंजी में मकान लम्बे (22.5 मीटर) होते हैं। पुरोहितों के मकान बहुत बड़े (18.5 मीटर × 9 मीटर) होते हैं मकान की निर्माण कला में अब परिवर्तन होता जा रहा है। मकान के निर्माण में लोहा, सीसा, सीमेंट इत्यादि का उपयोग होने लगा है।

खासी अब खटिया, स्टूल, कुर्सी इत्यादि के उपयोग करते है। ढोल, बांसुरी गिटार इत्यादि उनके प्रिय वाद्य यन्त्र हैं। तीर धनुष के साथ-साथ तलवार, भाला, कवच इत्यादि उनके प्रमुख हथियार हैं। ये लोहे के बने होते हैं। लोहे को गलाने और उससे हथियार बनाने की कला इन्हें मालूक है। रेशम की कीड़े पालने, उनसे रेशम निकालने और उनके कपड़े बुनने की कला इन्हें बहुत पहले ही से ज्ञात है। रेशम के अलावा ये सूती कपड़े भी बनाते हैं। मिट्टी के बर्तन बनाने का उद्योग विशेषतः जयन्तिया पहाड़ के लारनाई स्थान में केन्द्रित है।

(8) वस्त्राभूषण–खासी समाज में कितनी ही तरह की पोशाकें प्रचलित हैं। वे विशेषतया रंगीन पोशाक पसन्द करते हैं। साधारणतया खासी पुरुष बंडी (बिना आस्तीन का कोट) पहनते हैं। यह खासी-संस्कृति की विशेषता है। कमर में लंगोट लटकती रहती है। परन्तु अब मिशनरियों के प्रभाव से उनकी पोशाकों में भी काफी परिवर्तन दीखता है। सफेद पगड़ी अब केवल बूढ़े लोग पहनते हैं, उसकी जगह अब दो पलिया लेती जा रही है। महिलाओं की पोशाकें बहुत आकर्षक होती है। रंग-बिरंग के कपड़ो से वे पूरे शरीर को विभूषित किये रहती है। शरीर के अंग-अंग इतने कपड़ों से ढके रहते हैं कि उनके आकार का पता नहीं लगता है। 'का-जम्पीयन' नामक पोशाक वे पूरे शरीर में लपेट कर कमर में बांधे रहती हैं। इसका एक हिस्सा घुटने तक लटकत रहता है।

वे भूरे रंग के रेशमी कपड़े का एक टुकड़ा जिसे "का-जैनवसेन" कहते हैं पहने रहती हैं। का-जैनवसेन के ऊपर 'का-जैनकुप' नामक पोशाक होती है। यह गले पर आगे और पीछे लटकती होती है। सिर पर कपड़े का दूसरा टुकड़ा रहता है जिसे 'का-टैप-मोह-सलीह' कहते हैं। पोशाक के साथ-

साथ खासी महिलाओं को आभूषण से भी प्रेम है। सोने और मोती के बने अनेक आभूषण पहनती हैं। मूंगे की माला उन्हें अधिक प्रिय है। पुरुष और स्त्रियाँ दोनों कानों में बालियाँ पहनते हैं। परन्तु उनकी संख्या गारो की तरह बहुत नहीं होती है।

(9) सामाजिक व्यवस्था—खासी जनजाति का सामाजिक संगठन मातृसत्तात्मक सिद्धान्त पर आधारित है। खासी कई गोत्रों में विभक्त हैं। प्रत्येक की उत्पत्ति किसी महिला पूर्वज के नाम के साथ सम्बद्ध रहती है। ऐसी महिला की खासी पूजा करते हैं। गोत्र को खासी भाषा में 'शिकुर' और उसके सदस्यों को 'का-लाकेई' की संज्ञा दी गई है। खासी अपने 'शिकुर' से बाहर शादी करते हैं। इसके अन्दर शादी करना खासी समाज में सबसे बड़ा अपराध समझा जाता है। कुछ खासी शिकुर के नाम जानवर तथा वृक्ष के नाम पर भी है। उदाहरणर्थ श्रीख (बन्दर), थाम (केकड़ा) डींगरोह (वृक्ष) इत्यादि। परन्तु अधिकांश जनजातियों की तरह ये खासी के इष्ट चिन्ह (टेटेक) नहीं कहे जा सकते हैं। इसका कारण यह है कि खासी इन्हें मारने, काटने, खाने या उपभोग में कोई परहेज नहीं करते।

प्रत्येक शिकुर परिवार में बँटा होता है। परिवार ही खासी समाज की सब से छोटी इकाई है। पुत्रियाँ, उसकी माँ तथा उसकी माँ की माँ सभी एक परिवार और मकान में रहते हैं। शादी के पश्चात् पति ही अपनी पत्नी के घर में रहने के लिये आता है। परिवार की सम्पत्ति की उत्तराधिकारिणी गारो जनजाति की तरह पुत्री ही होती है। परन्तु गारो जनजाति में माता-पिता की इच्छानुसार कोई भी पुत्री उत्तराधिकारिणी घोषित की जा सकती है। खासी में ऐसी बात नहीं है। खासी में सबसे छोटी पुत्री उत्तराधिकारिणी होती है। जिसे "का-खाद्दुह" कहा जाता है। परिवार के धार्मिक उत्सवों में भी सबसे छोटी पुत्री का विशिष्ट स्थान है। परन्तु अनेक अवसरों पर उसे अपनी बड़ी बहनों की सम्मति लेनी पड़ती है। बिना अपनी बहनों की राय लिये सम्पत्ति का कोई अंश बेचने का उसे अधिकार नहीं है। किसी निषेध (सैंग) के उल्लंघन एवं अपने धर्म बदलने पर उसे उत्तराधिकारिणाी के पद से वंचित कर दिया जाता है।

खासी समाज में मामा का स्थान बहुत ही महत्त्वपूर्ण है। भाई अपनी बहन के घर का मालिक समझा जा सकता है। प्रत्येक अवसर पर वह हस्तक्षेप कर सकता है और अपनी सम्मति दे सकता है। अपनी बहन के बच्चों के जन्म, विवाह अथवा मृत्यु के समय मामा की उपस्थिति आवश्यक है। उसे

इन अवसरों पर कुछ आवश्यक अनुष्ठान भी पूरा करना पड़ता है। फिर भी पति का अपना अलग स्थान है एक-दो बच्चे पैदा होने पर वह अलग अपना मकान बनाता है। इस मकान की मालकिन तो उसकी पत्नी हो होती है। परन्तु उसे ही उसकी पूरी देख-रेख करनी पड़ती है। गर्डन ने एक स्थान पर ठीक ही लिखा है कि पिता को ही साधारणतया बच्चों एवं घर की देख-रेख करनी पड़ती है। मामा तो उसी समय आता है। जब उनकी बहन तथा उसकी सन्तान क जीवन-मरण का प्रश्न रहता है। इस तरह यद्यपि भाई माँ के परिवार का उत्तराधिकारी नहीं होता है। और अपनी पत्नी के साथ रहते दूसरी जगह चला जाता है, परन्तु इस रीति या परम्परा के अनुसार वह अपनी माँ के परिवार अर्थात् बहन और उसी सन्तान की देख-रेख करता रहता है। जहाँ तक परिवार का प्रश्न है, वह तो विवाह के बाद पत्नी के परिवार में रहता ही है और उस पर भी देख-रेख करता ही है। इस तरह से प्रत्येक खासी व्यक्ति का उत्तरदायित्व और लगाव दोनों परिवारों से बना रहता है। परन्तु उनके सामाजिक संगठन में गड़बड़ी नहीं होती है। खासी समाज की मूल इकाई वह गृह है जहाँ बच्चे पैदा होते है, जहाँ औरतें आजीवन रहती हैं। मरने के बाद पुरुष की हड्डियाँ लाकर इसकी मूल गृह में गाड़ी जाती हैं। चाहे शादी के बाद वे कहीं भी रहने के लिये जायें। डॉ. चट्टोपाध्याय का कहना है कि खासी-समाज में कुछ ऐसी प्रथायें हैं जो पितृस्थानीय समाज में नहीं पाई जाती हैं। औरतों को कुछ अधिक अधिकार प्राप्त हैं, परन्तु इसका अर्थ यह नहीं कि उनक समाज में औरतों का एकाधिकार है। वस्तुतः पिता ही परिवार का मुखिया होता है।

(10) धार्मिक विश्वास-ईसाई मिशनरियों के प्रचार के फलस्वरूप खासी क्षेत्रों में जनजातियों के धार्मिक विश्वास में बहुत परिवर्तन आये हैं। पढ़े-लिखे खासी अपने धार्मिक रीति-रिवाज का स्वयं मखोल उड़ाते हैं। फिर भी उनके मूल धार्मिक विश्वास अभी बड़े पैमाने पर प्रचलित हैं। खासी को गर्डन ने भूत-प्रेतवादी बताया है। निश्चय ही ये शुभ और अशुभ भूत-प्रेत की पूजा करते हैं। खासी कितने ही देवी देवताओं की पूजा करते हैं। जिनमें यूलेई मुँलुक (देश के देवता) यूलेई उमटांग (पानी के देवता) यूलेई लोंग स्पाह (धन देवता), यू-र नगकेव (ग्राम देवता) इत्यादि विशेष महत्त्वपूर्ण हैं। यूलेई-मुँलुक की पूजा साल में एक बार होती है। इस अवसर पर बकरे और मुर्गों की बलि दी जाती है। यूलेई-उमटांग की भी पूजा इसी तरह एक बार होती है। उनका विश्वास है कि पानी के देवता की आराधना से स्वच्छ जल हमेशा मिलता

रहेगा। अधिक सम्पत्ति की प्राप्ति के लिये धन-देवता और ग्राम की उन्नति के लिये ग्राम-देवता की पूजा की जाती है।

इनके अलावा छोटे-छोटे देवताओं अशुभ प्रेतों का भी वर्णन मिलता है। इन देवताओं का नाम बीमारियों के नाम पर रखा गया है, जैसे कारीह मलेरिया के भूत का, खलाम हैजे के भूत का डूबा बुखार के भूत का आदि। एक मत है कि खासी धर्म मूलतः इन्हीं बीमारियों का निवारण करने के लिये देवता-विशेष की पूजा एवं बलि के साथ प्रारम्भ हुआ है। गर्डन ने भी उदाहरण देते हुए इस मत का समर्थन किया है। जेन कींस ने लिखा है कि वे चेचक को देवता के रूप में देखते हैं और उनका स्वागत करते हैं।

इनके अतिरिक्त खासी प्रकृति पूजक हैं। कितनी ही नदियाँ, पहाड़ इनके देवता हैं, जिनकी ये पूजा करते हैं। खासी अपने पूर्वजों की भी आराधना करते हैं। प्रसाद के रूप में विभिन्न तरह के खाद्य-पदार्थ साल में एक-दो बार पूर्वजों के नाम से चढ़ाये जाते हैं। उनका विश्वास है कि इस तरह करने से उनके पूर्वज उन्हें विपत्ति पड़ने पर मदद करेंगे। खासी विशेषतः जातीय माँ की आराधना करना नहीं भूलते हैं। जातीय माँ की सहमति लेने के लिये अन्य अवसरों पर भी अण्डे अवश्य फोडे जाते हैं।

खासी युद्ध देवता की भी आराधना करते हैं। यही देवता सफल योद्धाओं को शत्रुओं का सिर हस्तगत करवाती हैं। ये इस देवता के नाम मुर्गे की बलि देते हैं। बलि देने से पूर्व योद्ध वेदी के चारों ओर नाचते हैं। जिस पर मुर्गे की पांख, तलवार, कवच, तीर-धनुष, पान और फूल रखे जाते हैं। बलि देने के पश्चात् तलवार की नोंक पर मुर्गे के सिर को रखकर तीन बार जोर-जोर से चिल्लाते हैं। नर बलि से यु-थलेम नामक भयंकर सांप शान्त रह सकता है और लाभ पहुँचा सकता है। परन्तु अब नर बलि सामाप्त सी हो गई है।

(11) विवाह सम्बन्धी प्रथायें–खासी में एक-पत्नी प्रथा प्रचलित है। सन्तान रहने पर विधवा-विवाह भी करना मना है। तलाक की प्रथा प्रचलित है परन्तु इसके लिये दोनों पक्षों की स्वीकृति आवश्यक है। गर्भ की स्थिति में कोई स्त्री को तलाक नहीं दे सकता है। गोद लेने की प्रथा भी पाई जाती है। यदि किसी दम्पत्ति की पुत्री नहीं है, तो वह किसी दूसरे की सम्पत्ति की उत्तराधिकारिणी होती है। माँ के मरने के बाद वही दाह-क्रिया करती है और अन्य धार्मिक विधियों को पूरा करती है।

(12) शव संस्कार—खासी शव को जलाते हैं। शव जलाने के पूर्व अण्डा अर्पित किया जाता है। मुर्गों की बलि दी जाती है। शव के जलाने के बाद राख और हड्डियों को वे अपने गोत्र के "मावशींग" या कब्रिस्तान में लाकर गाड़ते हैं। ये लोग अपने मृतकों की अस्थियों पर स्मारक-शिलाएँ रखते हैं। पुराने समय में ये शिलाएँ सैकड़ों मन वजन की होती थीं। आश्चर्य की बात है कि ये आदिम लोग इतने बड़े पत्थर कैसे उठाकर लाते थे। आज भी यह प्रथा खासी के बीच प्रचलित है। परन्तु छोटे-छोटे पत्थर का ही उपयोग होने लगा है।

मणिपुर की जनजातियाँ

भारत की पूर्वी सीमा पर पहाड़ी श्रेणियों जहाँ हिमालय को बंगाल की खाड़ी से मिलाती हैं, वहाँ तिब्बती बर्मी भाषा-भाषी जनजतियाँ रहती हैं। कुकी भी इन्हीं जनजातियों में से एक हैं जो लुशाई के पहाड़ी इलाकों में निवास करती हैं। इसकी घनी आबादी टीपेरा, कचार और चीन पहाड़ियों के कुछ भाग हैं। चटगाँव के पहाड़ी इलाकों (जो अब बंगला देश में पड़ते हैं) में भी इनकी आबादी है। कुकी जनजातियों की वे श्रेणियाँ मानी जाती हैं—नयी कुकी या "थाड़ोस" और पुरानी कुकी। थड़ोस अधिकतर मणिपुर की इम्फाल घाटी की पहाड़ियों में निवास करती हैं। पुरानी कुकी भी इन क्षेत्रों में निवास करती हैं। जो घनिष्ठ सांस्कृतिक और वंशीय सम्बन्ध के द्योतक हैं। परन्तु इन दोनों के बीच ब्याह का सम्बन्ध नहीं है।

कुकी जनजाति

(1) सामाजिक संगठन—कुकी का सामाजिक संगठन गारो और खासी जनजातियों से भिन्न है। ये मातृसत्तात्मक नहीं है। प्रोफेसर निर्मलकुमार बोस ने अपने एक लेख में यह प्रमाणित करने की चेष्टा की है कि मातृसत्तात्मक प्रणाली के अवशेष उनके रीति-रिवाजों में अभी भी विद्यमान हैं और पहले-पहल ये भी मातृसत्तात्मक ही रहे होंगे। उदाहरण के लिये, उन्होंने कुकी परिवार में पुत्रियों के पतियों के स्थान का निरूपण किया है। प्रत्येक परिवार में दो "मक्मास" रहते है; वे अक्सर सबसे बड़ी और दूसरी लड़की के पति होते हैं "मक्सास" अपनी पत्नी के पिता के घर में प्रतिनिधि माने जाते हैं और उन्हें वहाँ अपने श्वसुर के अनेक प्रकार के उत्तरदायित्व निबाहने पड़ते हैं। धार्मिक एवं सामाजिक उत्सवों के अवसर पर उनकी उपस्थिति अनवार्य होती है। इन असरों पर विशेषतया ब्याह और मृत्यु के समय उन्हें तरह-तरह के

काम करने पड़ते हैं। इनके अलावा किसी भी बीमारी के मौके पर बलि चढ़ाने के अवसर पर उसकी उपस्थिति अनिवार्य होती है।

(2) परिवार—कुकी अनेक गोत्रों में विभक्त हैं। गोत्रों का नामकरण, जानवरों वृक्षों एवं पदार्थों के नाम पर रखे गये हैं। परिवार ही कुकी समाज की इकाई है। परिवार का मालिक पुरुष होता है। परन्तु स्त्रियों का स्थान भी महत्त्वपूर्ण है। पिता के देहान्त के बाद सबसे छोटा पुत्र परिवार की सम्पत्ति का उत्तराधिकारी होता है। बड़े लोगों को भी कुछ सम्पत्ति मिलती है। पुत्र के अभाव में गोद लेने की प्रथा प्रचलित है।

(3) धर्म और विश्वास—कुकी भूत-प्रेत में विश्वास करते हैं और ''पाथियन'' नामक प्रेत में उनकी अटूट श्रद्धा है। यही सभी जीव-जन्तुओं को स्रष्टा है और सबों की भलाई करता है। उनके अलावा, ''हुआई'' या ''राक्षस'' है जो जंगलों, पहाड़ों, नदियों में निवास करते हैं। पाथियन के विपरीत, ये जीव-जन्तुओं को हानि पहुँचाते हैं और इन्हीं कोप से बीमारियाँ होती हैं। ''खुआरैंग'' दूसरे देवता हैं जो ''पाथियन'' से सामय रखते हैं। परन्तु इनका स्थान ''पाथियन'' से निम्न है। प्रत्येक गोत्र का एक अलग इष्टदेव होता, जिसे 'सखुआ' कहा जाता है। कहा जाता कि मृतात्माएँ हमारे परिवारिक जीवन की देख-रेख करती रहती हैं। वे उनकी पूजा करते हैं और साल में कम से कम एक बार भोज देते हैं। उनका यह भी विश्वास है कि मृतात्मा ''खूट'' पर्व देखने के बड़े इच्छुक हैं और ऐसे अवसर पर माता की मृतात्मा पुत्री के शरीर में प्रवेश कर जाती है। इस कारण से लड़की बेहोश हो जाती है और उन्हें होश में लाने के लिए पूजा की जाती है।

कुकी कितने ही धाकि उत्सव-पर्व मनाते हैं। ऐसे धार्मिक उत्सवों में ''साखुआ'', ''खाल'', ''नयोहरी'' इत्यादि विशेष महत्त्वपूर्ण है। ये उत्सव देवताओं एवं प्रेतात्माओं की पूजा के उपलक्ष्य में मनाये जाते हैं। इनके अलावा बीमारियों को हटाने, स्त्री के बांझपन के निराकरण करने इत्यादि के लिये भी पूजा की जाता है। ऐसे अवसरों पर सुअर और मुर्गे की बलि दी जाती है। बलिदान के समय कुछ मन्त्रों का उच्चारण किया जाता हैं।

ये उच्चारण पुरोहित करता है। पुरोहित कोई भी हो सकता हैं उनके समाज में कोई विशेष पुरोहित नहीं होता है। हाँ मुखिया का एक खास पुराहित होता है। ग्राम में कितने ही लोग पुरोहित का काम करते हैं। इनके पर्व कृषि से सम्बन्धित हैं जिनमें से मुख्य पर्व ''चार खूट'' है। यह पर्व झूम की खेती तैयार करने और बीज बाने के समय मनाया जाता है। चार दिनों तक खूब

आरन्द मनाया जाता है। सूअर मारे जाते हैं और 'जू' डटकर पिया जाता है युवक-युवतियाँ मिलकर नृत्य-गान करत हैं और निःसंकोच जीवन का आनन्द लेते हैं।

(4) विवाह सम्बन्धी रिवाज—शादी के मामलों में लुसाई कुकी को काफी आजादी है। ये अपनी शादी के लिए अपनी बहन और माँ को छोड़कर किसी भी स्त्री को चुन सकते हैं। गोत्र के सदस्य से शादी करने की प्रथा प्रचलित है। यद्यपि परिवार के बाहर की लड़की से शादी करना अधिक उपयुक्त समझा जाता है। जहाँ तक पत्नियों की संख्या का प्रश्न है, इस पर कोई सामाजिक रुकावट नहीं है। एक कुकी अपनी आर्थिक परिस्थिति के अनुसार वह जितनी पत्नियाँ चाहे रख सकता है। परन्तु साधरण कुकी का अनुभव है कि दो पत्नियों के रहने से परिवार में कलह बढ़ती है। अतः मुखिया को छोड़कर अन्य लोग एक पत्नी विवाह में विश्वास रखते हैं। उनका वैवाहिक सम्बन्ध बहुत ही कमजोर होता है और थोड़ा मतभेद होने पर भी वे एक दूसरे से अलग हो जाते हैं। स्त्री अपने पिता के घर लौट जाती है। यदि उसका दोष नहीं रहा तो वधू मूल्य भी पति को लौटा देना हाता है। यदि स्वयं पत्नी तलाक दे अथवा पर पुरुष से सम्बन्ध रखे, तो वधू मृल्य लौटाना आवश्यक नहीं। पति के देहान्त के उपरान्त विधवा पुनः शादी कर सकती है। परनतु पुत्र और सम्पत्ति रहने पर वह अधिकतर शादी नहीं करती है और पुत्र के साथ रहती है।

(5) गाँव और आवास—कुकी के गाँव पर्वत श्रेणियों की चोटी पर स्थित रहते हैं। चोटी पर के गाँव की जलवायु भी अच्छी रहती हैं। दुश्मनों से रक्षा भी होती हैं। गाँवों से कुछ दूरी पर सड़कों तथा पगडंडियों के किनारे लकड़ी के छोटे-छोटे ऊँचे चबूतरे बने रहते हैं जिन पर मिट्टी के बर्तन, जानवरों की खोपड़ियाँ, कम्बल इत्यादि सजे रहते हैं। ये ग्राम में विशेष लब्ध प्रतिष्ठित व्यक्तियों के स्मारक चिन्ह हैं। कुकी गाँव की दूसरी विशेषता युवा गृह है जिसे "जाउल बुख" की संज्ञा दी गई है। यहीं अविवाहित युवक रात्रि में सोते हैं और क्रीड़ा, नृत्य, गान इत्यादि में अपना सम बिताते हैं। जाउल बुख का सरदार सबसे अधिक उम्र वाला युवक होता है जिसे "होदू" कहते हैं।

(6) कृषि और व्यवसाय—कृषि की कुकी का मुख्य पेशा है। झूम प्रणाली द्वारा ये चावल, मक्का, सेम, बाजरा, तम्बाकू, रूई इत्यादि फसल पैदा करते हैं। कुकी पुरुषों का काम अन्न उत्पन्न करना, शिकार करके मांस लाना,

घर बनाना इत्यादि है। उनकी औरतों का समय घरेलू कों, खाना बनाना, पानी ले आना, बच्चे की देख-रेख करने इत्यादि में बीतता है।

खेती के अलावा जीविका का दूसरा साधन शिकार करना और मछली मारना है। कुकी लगभग सभी जानवरों के मांस खाते हैं। उन्हें बाघ, हाथी बन्दर इत्यादि। जानवरों को पकड़ने के तरीके मालूम हैं। शिकारियों के बड़े-बड़े झुण्ड जंगलों में मनुष्यों की आबादी से दूर उपर्युक्त जानवरों के शिकार के लिए जाते हैं। जंगली पक्षी पकड़ने में भी वे प्रवीण हैं। मछली मारने में जाल का उपयोग होता है। बड़ी-बड़ी मछलियाँ अक्सर भाले अथवा दाउन से मारी जाती हैं। जलाशय के पानी को विषाक्त करके भी मछलियाँ मारी जाती हैं। चावल से बनी शराब जिसे ये "जू" कहते हैं, इनका मुख्य पेय है।

(7) सामान और कलायें–कुकी के मकान अधिकांशतः लकड़ी और बांस के ही बने होते हैं। इसे साधारणतया तीन हिस्सों में बांट सकते हैं जैसे सामने का बरामदा, मुख्य कमरा और इससे अलग एक छोटा कमरा। अंशतः खानाबदोश होने के कारण इनके पास घरेलू वस्तुएँ अधिक नहीं रहती हैं। उनके सरदार के पास भी लकड़ी के स्टूल पीतल के बर्तन, छोटी-छोटी चारपाई तथा मिट्टी के बर्तन के अलावा अधिक वस्तुएँ नहीं रहती हैं। इनके मुख्य वाद्य यन्त्र ढोलक 'गोंगस', 'रोचेन' अत्यादि हैं। बांस की टोकरी बनाने में भी वे प्रवीण हैं। "थुल", "डोरेन" इत्यादि विशेष प्रकार की टोकरियाँ हैं। वे तरह-तरह के मिट्टी के बर्तन बनाते हैं जिनमें एक गोलाकर बर्तन, खाना बनाने के लिए और दूसरा बड़ा घड़ा शराब तैयार करने के लिए, विशेष प्रचति है। झूम के खेतों में वे रूई भी पैदा करते हैं और अब कपड़ा बुनने का भी काम होता है। कपड़ों को नील इत्यादि के पत्तों के साथ उबाल कर रंगने की भी कला इन्हें का मालूम है। इनकी भौतिक संस्कृति में दिनों-दिन परिवर्तन होता जा रहा हैं।

(8) प्रजातीय लक्षण–कुकी का सम्बन्ध मंगोल प्रजाति से है। उनकी शारीरिक बनावट में मंगोल प्रजाति के लक्षण परिलक्षित होते हैं। उनके मुँह चौड़े और गाल की हड्डियाँ उभरी होती हैं। आँख छोटी और तिरछी, नाक छोटी और चौड़ी, परन्तु नाक के छिद्र बड़े होते हैं। दाढ़ी तो होती नहीं और मूँछ भी किसी-किसी व्यक्ति को और वह भी बहुत थोड़ी होती हैं। शरीर की अपेक्षा उनके पैर लम्बे और बाँह छोटी होती हैं। कुकी आसाम की सभी जनजातियों से प्रभावित मालूम पड़ती हैं, परनतु प्लेफेयर का मत है कि वे "चीरू", "काव" और "अरमोल" से विशेष सामय रखती हैं।

अरुणाचल प्रदेश की जनजातियाँ

अरुणाचल पर्वतीय प्रदेश में अनेक जनजातियाँ निवास करती हैं। इन जनजातियों तक तथाकथित सभ्यता का प्रकाश अभी तक नहीं पहुंचा है। इसका नेतृत्व शास्त्रीय अध्यन भी कम ही उपलब्ध है। इन सीमान्त जनजातियों को दो भागों में विभक्त जिया जा सकता है। पहला असम तथा तिब्बत की सीमा के बची में रहने वाली तथा दूसरा असम और बर्मा की सीमा के मध्य निवास करने वाली। पहले क्षेत्र में अरुणाचल प्रदेश है तथा दूसरे में नागालैंड। नागालैंड की जनजातियों की चर्चा आगे की जायेगी।

अरुणाचल की ये सीमान्त जनजातियाँ स्वतन्त्रताप्रिय हैं। पहले ये अंग्रेजों की सीमा में आकर बहुत उत्पात मचाया करती थी परन्तु स्वतन्त्र भारत सरकार इन्हें अपनी नीति के अनुरूप लाने में सफल हो रही है। इनकी शासन प्रणाली विशेष प्रकार की है। केन्द्र सरकार ने अपनी विशेष रुचि दिखाकर इसे केन्द्रशासित क्षेत्र घोषित किया है। अरुणाचल प्रदेश लगभग 81 हजार वर्ग किलोमीटर क्षेत्र में फैला है। पूरा प्रदेश निम्नलिखित पाँच जिलों में विभक्त है जिसमें प्रत्येक जिले में अनेक जलजातियाँ रहती हैं, जिनका उल्लेख निम्नलिखित है।

(1) **लोहित**–मीजू, डीगारु, पाम, खाम्पती और सींगफो।

(2) **कामेंग**–मोनापा, शेरहुकपेन, खोबा, मीजू, डाफला और अका।

(3) **तीराप**–कचीन, सींगफो, हकामती, टगसा, बाँनचो, हावा और नोकटे।

(4) **सियांग**–पाडम, मीन योंग, गैलोंग, बोकर, बोरी, पैलीबो, टागीन और मोनपा।

(5) **सुबंसीरी**–डाफला और अपातानी।

ये जनजातयाँ ऐसी हैं जिन्हें ऐसे नाम दिये गये हैं जो उनका नाम नहीं है। उदाहरणार्थ "अबोर", मिसमी इत्यादि को ही लिया जाय। अबोर एक क्षेत्र का नाम है, किसी जाति का नहीं। अबोर (सियांग) में कोई भी अबोर नाम की जाति नहीं रहती है बल्कि उस क्षेत्र में "पादम" मीन योंग और गैलोंग इत्यादि जनजातियाँ रहती हैं। उसी तरह लोहित के मिसमी पहाड़ी इलाके में मिसमी नामक कोई जाति नहीं रहती है, वहाँ तो मीजू, दीगारू, टोरोम इत्यादि जनजातियाँ रहती है।

(1) धर्म और पूजा पद्धति–मोनपा और खाम्पती के सभी गाँवों में 'गोमभा' नामक बौद्ध-मन्दिर स्थापित हो चुके हैं। इनमें दिन प्रतिदिन की पूजा के लिये महंत रहते हैं। तवांग में एक बड़ा मठ है जहाँ चार सौ महंत रहते हैं। इन जनजातियों के बीच पशु बलि निषेध है और पूजा के समय, चावल, पुष्प इत्यादि चढ़ाये जाते हैं।

(2) भाषा–सीमान्त जातियाँ तिब्बती-बर्मी समूह की बोली बोलीती हैं। केवल खाम्पती नामक जनजाति थाई समूह की बोली बोलती है, जो इण्डो-चीनी परिवार की भाषा है।

(3) विवाह–साधारणतया शादी निश्चय करने में वर-वधु के माता-पिता का ही विशेष हाथ रहता है। वर-वधू को शादी करने के मामले में आजादी नहीं रहती है। शादी क साथ सभी जनजातियों में वधू-मूल्य देने का रिवाज है। वधू-मूल्य की रकम दोनों पक्षों की समाजिक एवं आर्थिक अवस्था पर निश्चित की जाती है।

(4) शव संस्कार–दाफला, अका, खोवास, मीजू, अपातानी और खाम्पती मृत्यु के पश्चात् शव को गाड़ देते हैं। अबोर क्षेत्र में रहने वाली जनजातियाँ भी मृतक के शरीर को गाड़ देती हैं, परन्तु वे एक लाश को एक रात अपने मकान में रखने के बाद ऐसा करते हैं। शेरदुकपेन के बीच गाड़ने और जलाने दोनों ही प्रथा प्रचलित हैं। धनी परिवार में लाश को जलाते हैं और गरीबों की लाश गाड़ दी जाती है। मिशमी क्षेत्र के अधिकांश लोग लाश को जलाते ही हैं परन्तु फसल कटने के ठीक पहले मृत्यु होने पर लाश गाड़ दी जाती है।

(5) कृषि और व्यवसाय–कृषि ही इन जनजातियों का मुख्य पेशा है। अपातानी, मोनपा और शेरदुकपेन के अलावा, सभी जनजातियाँ, 'झुम' प्रणाली द्वारा खेती करती हैं। अपातानी स्थायी खेती करने में कुशल है। मोनपा स्थायी और 'झूम' दोनों प्रणालियों का उपयोग करते हैं। ढालू जमीन पर खेती करने के कारण मोनपा लोगों को झूम-प्रणाली को अपनाना पड़ता है। मोनपा और शेरदुकपा दोनों हल के उपयोग से परिचित हैं, परन्तु इनके पूरे हल लकड़ी के बने होते हैं। और स्थायी खेती में उपयोग किये जाते हैं।

मोनापा और अपातानी कुशल व्यापारी भी होते हैं। अधिकांश जनजाहतयाँ वस्त्र विनिमय (बार्टर) प्रणाली से परिचित हैं। वे अपने पास वाली वस्तुओं से बदल कर आवश्यक वस्तुयें खरीद लेते हैं। कुछ वर्ष पूर्व उन्हें 'रुपये-पैसे' का ज्ञान न था परन्तु सांस्कृतिक सम्पर्क और सरकारी शासन के फलस्वरूप वे अब 'रुपये-पैसे' से पूर्ण रूपेण परिचित हो रहे हैं।

(6) उद्योग और कारीगरी—सीमान्त प्रदेशीय लोग कला मर्मज्ञ हैं। वे बाँस और केन की नाना प्रकार चीजें बनाने में दक्ष हैं। मीजू, अका, डाफला के अतिरिक्त सभी जनजातियाँ सूत कातना और कपड़ा बुनना जानती हैं। अबोर और मिशमी क्षेत्र की जनजातियाँ तो कपड़ा बुनने में विशेष कुशल हैं और सुन्दर डिजाइन के कपड़े तैयार करने के लिये प्रसिद्ध हैं। खाम्पती जनजाति के पुरोहित अवकाश मिलने पर लकड़ी, हड्डी और हाथी के दाँत पर सुन्दर नक्काशी खोदने में कुशल हैं। आभूषण बनाने में भी वे दक्ष हैं। साधारणतया इन सीमान्त प्रदेशीय जातियों में मोनपा और खाम्पती शिक्षा, कला और सभ्यता के दृष्टिकोण से अन्य सभी पर्वतीय जनजातियों में अधिक बढ़े-चढ़े हैं। वे पढ़ना और लिखना भी अच्छी तरह जानते हैं और बुद्ध धर्मावलम्बी हो गये।

(7) कुटीर उद्योग—इन जनजातियों के सामने शैक्षिक, आर्थिक तथा आवागमन सम्बन्धी कितनी समस्याएँ हैं जिनके निराकरण के लिये प्रदेशी अरुणाच प्रदेश प्रशासन बनाई गई हैं। आर्थिक-क्षेत्र में कुटीर उद्योग की ओर विशेष ध्यान दिया जा रहा है। सीमान्त जनजातियों को कुटीर उद्योग के लिये तरह-तरह का प्रोत्साहन दिया गया है। कितने प्रशिक्षण केन्द्र खोले गये हैं जिनमें दस प्रकार के कुटीर उद्योग की शिक्षा दी जा रही है। शिक्षा के बाद उन्हें उद्योग प्रारम्भ करने के लिये ऋण देने की व्यवस्था की गई । इन योजनाओं से अउनकी आर्थिक अवस्था में अन्तर आना स्वाभाविक है। विकास के विभिन्न कार्यक्रम क्रमशः जारी हैं।

(8) रीति-रिवाज—इन जनजातियों के अपने अलग-अलग रीति-रिवाज हैं। जन्म से मरण तक उन्हें अनेक रीतियों एवं विधियों का पालन करना पड़ता है। जन्मोत्सव सभी जनजातियों में मनाया जाता है परन्तु मनाने की तिथि और प्रणाली में भिन्नता है। कोई जन्म के तीसरे दिन जन्मोत्सव मनाता है तो कोई छठे दिन। साधारणतः इसी अवसर पर बच्चे का नामरकण भी हो जाता है।

नागालैण्ड की जनजातियाँ

नागा जनजाति

नागा यहाँ के आदि निवासी नहीं हैं। विभिन्न नामधारी ''नागा'' जनजातियाँ अलग-अलग प्रदेशों तथा दिशाओं से आकर आसाम में बसी हैं। हट्टन का मत है कि यहाँ निवास करने वाली ''नागा'' जातियाँ तीन बड़े

प्रजातीय आगमन के कारण विभिन्न दिशाओं से आकर यहाँ बसी हैं। इस प्रदेश में प्रथम प्रजातीय आगमन तिब्बत और नेपाल की दिशाओं से हुआ है। इस दिशा में आधुनिक आसाम की कितनी जनजातियाँ आई जिनमें "सिंधफो" का विशेष महत्त्व है। इसी समूह के साथ "अका", "मिसमी" तथा वे सभी जातियाँ आसाम में आई जो आजकल ब्रह्मपुत्र की उत्तरी घाटी में निवास करती हैं। इसके अलावा "बोड़ो" जनजातियाँ, जैसे– "गारो", "मिकिर", "कचारी" इत्यादि भी सम्भवतया उसी दिशा में आसाम में आईं। इस प्रदेश में जातियों का द्वितीय महान् आगमन दक्षिण चीन की दिशा में हुआ है। इस समय मानव समूह इरावती नदी की घाटी पार कर यहाँ पहुँचा। इन जनजातियों "शान", "अहोम", "टामन", इत्यादि विशेष उल्लेखनीय हैं। आगन्तुकों का तीसरा झुण्ड दक्षिण के देशों से आया जो निकट भूतकाल में भी जारी था। "लुसाई कुकी" का आगमन 1918 तक और सम्भवतः उसके बाद भी जारी रहा।

असम की पूर्वी सीमा असम और बर्मा की सीमाओं के बीच फैले नागालैंड में कितनी ही जनजातियाँ रहती हैं। इस सीमान्त क्षेत्र को नागालैंड की संज्ञा मिली हैं इस क्षेत्र में सैंगटाम, चांग भी मचंगुर, कोन्यक, कोम और सेना नामक नागाओं की आबादी ह। इस सीमांत राज्य के पश्चिमी भाग नागा पहाड़ियों के क्षेत्र में अनेक ही जनजातियों, यथा अत्रो, ल्होट (ल्होटा) रेंगमा, अंगामी इत्यादि निवास करती हैं। ये सभी जनजातियाँ नागाओं की शाखयें समझी जाती हैं। परन्तु जे. एच. हट्टन और जे. पी. मिल्स के अन्वेषण और अध्ययन से स्पष्ट है कि नागा जनजातियों के वंशीय आधार, आचार-विचार, सांस्कृतिक विशेषतायें, ऐतिहासिक परम्परा इत्यादि में कोई विशेष समानता नहीं है सांस्कृतिक दृष्टिकोण से वे भिन्न-भिन्न हैं और वे अलग-अलग जगहों से आकर इस क्षेत्र में बस गई हैं। आजकल एक स्थान में सदियों से रहे जाने तथा सांस्कृतिक आदान-प्रदान के कारण सांस्कृतिक लक्षणों में समानता दीखती है। अबएव हट्टन का मत है कि "नागा" शब्द का उपयोग मनमाने ढ़ग पर इस क्षेत्र विशेष में रहने वाली जनजातियों के लिए किया गया है।

(1) प्रजातीय लक्षण–जिस तरह से विभिन्न नागाओं की अलग-अलग ऐतिहासिक परम्परायें हैं, उसी तरह उनकी शारीरिक बनावट एवं आकृति के निर्माण में भी अन्तर है। यह अन्तर केवल नागाओं की विभिन्न जनजातियों तक ही सीतिम नहीं बल्कि एक जनजति क सदस्यों के बीच भी शारीरिक

मत तथा आकार-प्रकार से विभिन्नता पाई गई है। उदाहरणार्थ अंगामी सेमा से लम्बे कद के होते हैं। उनकी आँखे लम्बी तथा नाक भी सीधी होती है। सेमा में में मंगोल प्रजाति के विशेष प्रभाव होने के कारण नाक चपटी, आँखें तिरछी, कद छोटा तथा शारीरिक बनावट भी अपने ही ढंग की होती है। अंगामी की एक दूसरी प्रधान विशेषता पैर पीर जमे माँस है जिनकी चर्चा सेमा के लोक गीतों में भी पाई जाती है। यद्यपि कुकी के पैरों में भी इसी तरह के लक्षण पाये जाते हैं, उनका कद अंगामी से अक्सर छोटा होता है।

नागाओं के शरीर के रंग में भी काफी अन्तर है। यों तो स्थान की ऊँचाई के साथ-साथ उनके रंग साफ होते जाते हैं, फिर भी विशेष प्रकार की जातीय विभिन्नता स्पष्ट है। अंगामी साधरणतः लाल तथा भूरे रंग के होते हैं। अओ तथा कोन्यक गौरवर्ण के तथा लम्बे केश वाले होते हैं। परन्तु ल्होटा में गौरवपूर्ण के लोग कम हैं और सेमा नागा तो गहरे भूरे रंग के होते हैं। उनके केश में भी अन्तर हैं। प्रत्येक जनजाति के कुछ सदस्यों के केश कुंचित होते हैं। परन्तु कोन्यक, अओ और फोम में उनकी संख्या बहुत ही कम है और अंगामी में सबसे अधिक।

(2) **मूल स्थान**—इनके आधार पर विभिन्न नागाओं के मूल निवास स्थान अलग-अलग क्षेत्रों तथा दिशाओं में बतलायें जाते हैं। कोन्यक अपने को उत्तर-पश्चिम देश के आदि निवासी बतलाते हैं जहाँ से वे आसाम में आये। अओ ''नागा'' भी उत्तर-पश्चिम के इलाके से ही इस क्षेत्र में आये। अंगामी और सेंमा तथा ल्होटा नागा दक्षिण प्रदेशों से इस क्षेत्र में आये तथा ''खोयराव'' नागा आसाम में पश्चिम के इलाकों से आकर यहाँ बसे। हट्टन का मत है कि ''दक्षिणी सैंगटाम'' दक्षिण या दक्षिण-पूर्व से तथा उत्तरी सैंगटाम केवल दक्षिण देशों से आकर यहाँ बसे।

(3) **वाद्य यन्त्र**—युद्ध सम्बन्धी ढोलक का उपयोग सभी नागा नहीं करते हैं। सैंगटाम, अओ और कोन्यक नागा वृक्ष के कुन्दे को खोदकर और चमड़े जोड़ कर बड़े-बड़े ढोल बनाने में प्रवीण हैं। ये ढोल उनके समाज की महत्त्वपूर्ण वस्तु मानी जाती है। परनतु दक्षिणी क्षेत्र के नागा-ल्होटा, सेमा, दक्षिण सैंगटाम, रेंगमा और अंगमी इत्यादि ऐसे ढोल बनाना नहीं जानते हैं।

(4) **हथियार**—नागा क्षेत्र की जनजातियों के हथियार भी तरह-तरह के हैं। कुछ हथियार इण्डोनिया के हथियारों से साम्य रखते हैं और वे वहीं से लाये गये मालूक होते हैं। इसके विपरीत कुछ हथियार उत्तरी क्षेत्रों के हथियार से मिलते हैं। अंगामी में प्रचलित भाले फिलिपाइन के इगोरौट नामक

भाले से साम्य रखता है। 'काचा' नागा के भाले भी 'इगोरौट' से मिलते-जुलते हैं। इसी तरह से खासी के "डॉसिंग दाव" और ल्होटा में प्रचलित 'यानथाग' उत्तरी क्षेत्रों की देन है। ल्होटा नागा में एक प्रकार का धनुष प्रचलित है जिनके निर्माण और उपयोग में वे दक्ष हैं, परन्तु उनके पड़ौसी नागा– अओ, रेंगमा, अंगामी तथा सेमा के बीच इस प्रकार का धनुष प्रचलित नहीं है।

(5) **सामाजिक संगठन**–इन रीति-रिवाजों से अधिक उनकी उत्पत्ति की विभिन्नता का प्रमाण उनके सामाजिक संगठन से मिलता है। नागाओं की कुछ जनजातियाँ दो या तीन सामाजिक श्रेणियाँ में बँटी हैं। उन श्रेणियों का नाम प्रत्येक जाति में अलग-अलग है। उनकी भाषाओं में भी अन्तर है। अओ जनजाति दो भाषा सम्बन्धी श्रेणियों मे विभक्त है, जिन्हें "चोंगली" और "मॉंगसेन" कहा जाता है। इन दोनों श्रेणियों के सदस्य एक ही गाँव में अगल-बगल रहते हैं। एक श्रेणी में "माँ" के लिए 'ओचा' और दूसरी श्रेणी में 'आमू' शब्द का उपयोग होता है। इसके अलावा अओ नागा का वर्गीकरण पोंगेन, लांगकाम और चामी नामक तीन गोत्र समूहों में है जो प्रधानतया बहुर्विवाही समूह हैं। इनमें पोंगेन का सामाजिक स्तर अन्य दोनों से बहुत ऊँचा है। फिर दक्षिण कोन्यक गाँवों में भी भाषा सम्बन्धी दो श्रेणियाँ हैं। प्रत्येक श्रेणी के साथ गोदना, गोदने के एक विशेष परम्परा सम्बद्ध है जैसे एक श्रेणी के योद्धा मुख पर गोदना और दूसरी अपनी छाती पर गोदना गुदवाते हैं। इन दो श्रेणियों को 'तेन्दु' आर 'देनकोह' कहा जाता है। इसके अलावा अओ की तरह एक प्रकार का विभाजन और हुआ है जिनमें तीन श्रेणियाँ है। उन तीनों में से 'लांग' नामक श्रेणी अओ की 'पोंगेन' की तरह उच्चतम है और कबीले के सदस्य मुखिया चुने जाते हैं। अंगामी नागा में भी इनसेनीकेट गनु और सेमन्यु नामक भाषा सम्बन्धी दो श्रेणियाँ हैं। इन दोनों श्रेणियों में बँटे है। इनके अलावा अंगामी एक दूसरे आधार पर पुनः दो श्रेणियों मे बँटे हैं, जिन्हें थेमोमा और थेकरोनामा कहा जाता है। प्रथम श्रेणी में 'माँ' के लिये 'अजो' और दूसरी श्रेणी में माँ के लिये 'अपफा' शब्द प्रचलित है। इनके अलावा भी मिरित वर्गीकरण के अनेक उदाहरण अंगामी में पाये जाते हैं।

ल्होटा नागा भी अंगामा की तरह दो श्रेणियोंा में बँटे हैं। उनके बची में भी माँ के लिये अलग-अलग है। सेमाओं में गाँव में मुखिया का पद वंशगत है, एक श्रेणी के कोन्य (तेन्दू) में भी मुखिया का पद वंशगत ही है। परन्तु 'तेनकोह' श्रेणी में ऐसी बात नहीं है। कोन्यक नागा में मुखिया के धर्म-सम्बन्धी

काम पर विशेष ध्यान दिया जाता है। इसके विपरीत अओ तथा टागखुल गाँवों में प्रौढ़ लोगों की समिति द्वारा शासन का कार्यक्रम चलता है। अंगामी, रेंगमा और ल्होटा नागाओं में तो शासन व्यवस्था प्रजातन्त्र के आधार पर चलती है। अंगामी नागाओं में तो प्रजातन्त्र बड़े पैमाने पर वर्तमान है। फिर भी अंगामी में पुरोहित का पद वंशगत है और ऐसा विश्वास है कि ग्राम के निर्माता के पुत्र ही पुरोहित होते चले आ रहे हैं।

(6) विभिन्न कृषि रीतियां—नागाओं के बीच अनेक ऐसी प्रथाएँ हैं जिनसे उनकी आपसी विभिन्नता टपकती है। उदहरणार्थ, कुछ नागा फसल काटने के लिए औजार का उपयोग करते हैं, परन्तु गारे की तरह 'सेमा' नागा हाथ ही से फसल तोड़ते हैं। इसी तरह अंगामी नागाओं द्वारा सीढ़ीदार खेती बड़े पैमाने पर होती है, परन्तु तथाकथित 'नंगे नागा' 'टांगकुल', 'मरम नागा' में यह प्रणाली बहुत ही कम प्रचलित है। 'झूम' प्रणाली में भी विभिन्न नागाओं में बीज बोने के अलग-अलग तरीके हैं। दक्षिण की नागा जनजातियाँ—अंगामी, ल्होटा, रेंगमा, सेमा-बड़ी सावधानीपूर्वक खेत में छोटे गड्ढे करके उनमे बीज बोते हैं, परन्तु अओ और चैंग तथा कोन्यक नागा तो बड़ी असावधानी पूर्वक झूम के खेत में बीज छींट देते हैं। सीढ़ीदार खेती के साथ 'मेगलीथ' बनाने की रीति भी सम्बद्ध है। जो जनजातियाँ सीढ़ीदार खेती करती हैं, उनमें यह रीति बड़े पैमाने पर मिलती है। इनके अलावा काचा नागा, ल्होटा, रेंगमा इत्यादि भी अल्प पैमाने पर 'मेगलीथ' के निर्माण में विश्वास करते हैं।

(7) शव संस्कार—विभिन्न नागाओं का मृत्यु संस्कार अलग-अलग है। हिन्दू से प्रभावित दक्षिण के मणिपुरी तथा उत्तर पूर्व के सिंधकों शव को जलाते हैं। इनके अतिरिक्त अन्य जनजातियाँ—अंगामी, सेमा, रेंगमा, ल्होटा, सैंगटाम या चंगुर, टंगखूल और काचा नागा मृतक शरीर को गाड़ते हैं। परन्तु गाड़ने की प्रणाली प्रत्येक जनजाति में अलग-अलग है। वस्तुतः वे शरीर को नहीं गाड़ते है। उदाहरणार्थ, कुछ धनी कूकी लाश को गलने के लिये छोड़ देते हैं। जब लाश गल जाती है तब वे सिर को शरीर से निकाल लेते हैं और उसे किसी चट्टान की छोटी कन्दरा में रख आते हैं। यह प्रचलन अब बहुत कम हो गया है। इसी तरह याचुँगर और कुछ दक्षिणी सैंगटाम लाश को अपने मकान ही में खाट के नीचे गाड़ते हैं। जब कोई दूसरा आदमी उस परिवार में मरता है, तो निःसंकोच कब्र खोद कर पहले की अस्थियाँ निकाल दी जाती हैं और दूसरे शव के लिए स्थान रिक्त कर दिया जाता है। 'रंगे रेंगमा' शव की कब्र पर छोटी-सी झोंपड़ी बना देते हैं। मृतात्मा के निवास

की झोंपड़ी में एक सीढी बनी रहती है। इसी तरह ल्होटा, सैंगटाम और सेमा के बीच भी लाश पर घास-पात का छप्पर के नीचे खुली छोड़ दी जाती थी। इसके उत्तर में निवास करने वाली जनजातियों में इसके अधिक स्पष्ट उदाहरण मिलते हैं। अओ नागाओं में धनी लोग शव को दो माह तक प्लेटफार्म पर रखकर धुयें में सुखाते हैं। यह प्लेटफार्म बाँस का बना होता है जिस पर एक छोटी झोंपड़ी-सी बनी होती है। कोन्यक नौका सदृश्य काठ के काष्ठपात्र में ही शव रखते हैं। उत्तर की ये जनजातियों पूरी तरह से शव को खुला नहीं छोड़ती हैं। कोन्यक लाश के गल जाने पर खोपड़ी को मिट्टी के बर्तन में जमा करके अलग किसी जगह में रखते हैं। कुछ लोग उन्हें पत्थर के बने चबूतरे पर रखते हैं। फोम और कोन्यक दोनों जनजातियाँ मृतक के सिर को कुछ समय के लिए अपने घर पर ले आते हैं और जब तक वह उनके पास घर में रहता है। तब तक वे कुछ पूजा-पाठ करते हैं।

चैग जनजाति की उपर्युक्त दो प्रकार की जनजातियों–प्रथम जो दक्षिण में रहती हैं वे शव को गाड़ती हैं और दूसरी जो उत्तर में रहती हैं और शव को खुल स्थान में छोड़ देती हैं। इस जनजाति के बीच मृतक संस्कार की दोनों प्रथायें हैं।

(8) मृतक विषयक विश्वास–सभी नागाओं को विश्वास है कि जिस तरह से वे पृथ्वी पर रहते हैं उसी तरह से मृत्यु के पश्चात् भी वे दूसरी दुनिया में मृतात्माओं के साथ निवास करने चले जाते हैं। अधिकांश जनजातियों का विश्वास है कि वह दुनिया पृथ्वी के नीचे है और एक पहाड़ विशेष के रास्ते से वहाँ पहुँचा जा सकता है। परन्तु अंगामी नागा का विचार इससे एकदम अलग है। उनका विश्वास है कि जो व्यक्ति इस दुनिया में पवित्रतापूर्वक रहता है, यह मृत्यु के पश्चात् आसमान पर चला जाता है जहाँ वह अन्य पुण्यात्माओं और जीव के निर्माताओं के साथ शान्तिपूर्वक निवास करता है। ये नागा आकाश की दुनिया तथा वहाँ के रहने वाले भूत-प्रेतों को तो मानते हैं, परन्तु उनका विश्वास है कि मरने पर मनुष्य वहाँ नहीं जाता है। इन्हीं के साथ-साथ सेमा नागाओं का मत है कि अच्छे लोगों की मृत्तात्मा पूरब तथा असन्तुष्टि से मरे लोगों की आत्मा पश्चिम की ओर चली जाती है।

(9) प्रजातीय मिश्रण–नागा लोगों के रक्त में कितनी ही तरह के मिश्रण होते रहे हैं। जहाँ नागा का आधुनिक निवास स्थान है, वहाँ समय-समय पर उत्तर-पूर्व, उत्तर पश्चिम दक्षिण तथा उत्तर से कितनी तरह की प्रजातियों की शाखायें आती रही हैं और आपस में मिश्रित होती रही हैं।

जातीय मिश्रण तथा सांस्कृतिक आदान-प्रदान के कारण कितनी तरह की जनजातियाँ बन गई हैं जिन्हें अलग-अलग नाम से पुकारा जाता है। यद्यपि आज भी ये जनजातियाँ अपनी-अपनी कुछ मूल सांस्कृतिक विशेषता को सुरक्षित रखे हुए हैं, फिर भी उनके अलग-अलग मूल निवास स्थान और संस्कृति का पता लगाना संभव नहीं है। हट्टन और मिल्स ने इस दिशा में खोज करने की कुछ चेष्टा की है और मोटे तौर पर कुछ बातें मालूम भी हुई हैं। हट्टन का मत है कि 'मोन खेमर' तत्व के लोग आसाम के आदि निवासी हैं। उत्तर-पश्चिम से 'बोड़ो' नामधारी जनजाति यहाँ आई। अंगामी दक्षिण की प्रजाति से ज्यादा प्रभावित हुए। अधकांश नागा जनजातियाँ, 'मोन-खमेर' 'बोदो' थाई और कुछ दक्षिणी प्रजाति मुख्यतः फिलिपाइन और बोर्नियो के निवासी के मिश्रणा से बनी हैं और उन्हीं की सांस्कृतिक विशेषता अपनाई है।

(10) **रीति-रिवाज**—अक्सर ऐसा कहा जाता है कि नागा एक जगह से दूसरी जगह जाना पसन्द नहीं करते है। उन्हें अपने गाँवों से मोह हो जाता है। दूसरी ओर पहाड़ियाँ कचारी अपने निवास स्थान अक्सर बदलते रहते हैं। परन्तु हट्टन का मत है कि अंगामी नागा के अलावा अन्य नागाओं का गाँवों के प्रति विशेष मोह नहीं हैं। यह भी धारणा है कि नागाओं में सफाई की बहुत महत्ता है। उनका विश्वास है शरीर नहीं धोने से बीमारी हो जाती है। हट्टन के अनुसार इस तरह का विश्वास अंगामी नागाओं में प्रचलित हैं परन्तु अभ्यास में अंगामी की अपेक्षा ल्होटा अधिक साफ तथा सेमा, आव नागा इत्यदि काफी गन्दे रहते हैं। सर जार्ज ग्रियर्सन की खोज है कि उत्तर-पूर्व के नागाओं की भाषा दक्षिण के कूकी और बोड़ो की भाषाओं से विशेष मिलती-जुलती है। उसकी भाषायें मध्यक्षेत्र में रहने वाली नागा जनजातियों से कोई साम्य नहीं रखती जो अपेक्षाकृत दक्षिण की जातियों से समीप हैं।

नागा जनजाति के प्रकार

ल्होटा नागा

नागा जनजातियों की उत्तरी और दक्षिणी संस्कृतियों के मध्य में ल्होटा जनजातियों की संस्कृति फैली है। ल्होटा पर सेमा और अंगामी संस्कृतियों का प्रभाव पड़ा है। उत्तर की अओ संस्कृति के भी कितने ही लक्षण परिलक्षित होते हैं। 1961 की जनगणना के अनुसार ल्होटा की आबादी 26,565 थी। यह जनजाति नागा पहाड़ी क्षेत्रों के एक छोटे हिस्से में रहती है। आसामियों

से उनका सम्पर्क बहुत दिनों से चला आ रहा है और दोनों में साधारणतया अच्छा सम्बन्ध रहा है।

प्रजातीय लक्षण—ल्होटा की उत्पत्ति और आगमन के बारे में अनेक परम्परागत कहानियों प्रचलित हैं। कहा जाता था। यह क्षेत्र नागा पहाड़ों के उत्तर या उत्तर-पूर्व में पड़ता है, वहीं से ल्होटा इस क्षेत्र में आए जहाँ वे आज निवास करते हैं। ल्होटा की शारीरिक विशेषत के बारे में जे. पी. मिल्स ने लिखा है। उनके शरीर का रंग हल्के भूरे रंग का होता है। उनके केश सीधे और खड़े होते हैं। कभी-कभी लच्छेदार और घुंघराले केश के भी उदाहरण मिलते हैं। उनके केश कटवाने के ढंग सेमा और अओ नागाओं से मिलते जुलते हैं। कोई भी मनुष्य अपने पीछे और बगल के सिर के बाल उस समय तक नहीं कटवाता है जब तक कि उसने अपने किसी शत्रु को न मारा हो। सात सालों की उम्र तक नागा लड़कियाँ सिर के बाल एकदम कटवाती रहती हैं।

गाँव की संरचना—ल्होटा नागा के सभी गाँव पहाड़ों की चोटियों पर स्थित हैं। ये गांव सुरक्षित स्थान में तथा झरने या अन्य जलाशय के पास रहते हैं। कुछ गाँव के नाम अओ भाषा में है। सम्भवतः ये गांव ल्होटा ने अओ नागाओं को भगाकर प्राप्त किए होंगे। गांव की रक्षा के लिए अंगामी बड़ी दीवार खड़ी कर देते हैं और कोन्यक बेंत की बनी झाडियां लगा देते हैं, परन्तु ल्होटा गांव की रक्षा के लिए तंग खाई खोदते हैं। ल्होटा गांव छोटे भी होते हैं। और बड़े भी। इनके गाँव में बारह से लेकर तीन सौ पचास मकान तक होते है ये मकान एक चौड़ी सड़क के दोनों किनारों पर बने रहते हैं। इन मकानों में मनुष्यों और जानवरों दोनों के रहने की व्यवस्था हैं, परन्तु ल्होटा घर में धान रखना अच्छा नहीं समझते हैं। वे उसे मकान के समीप बनी बाँस की कोठार (अन्न भण्डार) में रखते हैं।

प्रत्येक ल्होटा गांव दो या दो से अधिक 'खेल' में बँटा होता है। 'खेल' गांव के एक हिस्से या टोली को कहते हैं। दो खेलों के बीच में खुला मैदान होता है। प्रत्येक खेल में अनेक गोत्रों के सदस्य रहते हैं। कभी-कभी एक खेल में एक ही गोत्र के सदस्य रहते हैं।

युवागृह—प्रत्येक खेल में एक युवागृह रहता है, जिन्हें असम में मोरग कहा जाता है। ल्होटा इसे 'चाम्पो' कहते हैं। 'चाम्पो' ल्होटा के सामाजिक संगठन में बहुत महत्त्वपूर्ण स्थान रखता है। इसी 'चाम्पो' में गाँवों के निवासी इकट्ठा होते हैं। और सभी तरह के विचार-विमर्श करते हैं। ल्होटा की प्रथा के अनुसार

यदि वे नर मुण्ड शिकार से लौटते थे, तो सर्वप्रथम मुण्ड यहीं लाया जाता था। आज भी शादी के पहले तक ल्होटा युवा यहीं सोते हैं। औरतों के लिए युवागृह में आना वर्जित है। यह गृह गाँव के किनारे परन्तु सड़क के सामने रहता है। यद्यपि अओ और कोन्यक की तरह इनमें उतनी गृह कला नहीं रहती है, फिर भी ल्होटा के गांव में यही सुन्दरतम मकान होता है। इसकी लम्बाई लगभग बारह मीटर तथा आगे की चौड़ाई साढ़े चार मीटर तथा पीछे की चौड़ाई साढ़े तीन मीटर रहती है।

युवागृह का भीतरी हिस्सा आकर्षक नहीं होता। यह अंधेरा, गंदा और धुंआ भरा होता है। दीवारें बांस की बनी होती हैं। प्रत्येक किनारे में एक दरवाजा होता है। साधारणतया प्रत्येक नौ साल में युवागृह का पुनर्निर्माण होता है। इस अवसर पर उत्सव मनाया जाता है। चाम्पो के संचालक के लिए अलग सम्पत्ति रहती है।

प्रधान वृक्ष—ल्होटा ग्राम की दूसरी महत्त्वपूर्ण वस्तु वह वृक्ष है जिसे "मिनगेटुंग" अथवा प्रधान वृक्ष कहते हैं। यह वृक्ष गांव के बीच में एक ऊँची जगह पर रहता है। यह वृक्ष बहुत पवित्र समझा जाता है। कहा जाता है कि पहले नर मुण्ड इनकी शाखाओं में लटकते रहते थे। गाँव की भलाई-बुराई इसी वृक्ष की कृपा पर निर्भर है। इसकी पूजा होती है और इस वृक्ष से पत्ता या टहनी तोड़ने का निषेध है।

कृषि सम्बन्धी रिवाज—ल्होटा का मुख्य पेशा कृषि है। उनकी कृषि प्रणाली को 'झूम' कहते हैं। जंगल के एक खण्ड के पेड़-पौधे काट कर जलाये जाते हैं। ऐसी जमीन पर वे दो साल तक खेती करते हैं और फिर उस जगह को छोड़कर दूसरी जगह जंगल जलाकर खेती करना प्रारम्भ करते हैं। बीज बोने के पहले प्रत्येक साल धार्मिक उत्सव होता है। इसी तरह के कितने कृषि सम्बन्धी उत्सव मनाये जाते हैं। ल्होटा विशेषतया धान की खेती करते हैं। सफेद और लाल दाने के धान उपजाये जाते हैं। धान के अलावा मक्का, मिरचाई, बाजरा इत्यादि की भी खेती होती है। धान के बाद उसी खेत में रुई की फसल उपजायी जाती है। इसके अलावा तम्बाकू, नील और फल विशेषतः संतरा, पान की उपज होती है।

व्यवसाय और उद्योग धन्धा—ल्होटा शिकार करने में भी प्रवीण हैं। वे शिकार अधिकतर कुत्तों की हायता से भाले से करते हैं। शिकार पर जाने के पहले वे कुत्तों को पूजा द्वारा पवित्र बना देते हैं। जिस दिन गाँव में किसी का देहान्त हो जाता है उस दिन शिकार में जाना निषेध है। वे मांस के लिए

मुख्यतया शिकार करते हैं। वे अधिकतर जंगली सुअर, हिरन, शेर इत्यादि का शिकार करते हैं हाथी फँसा कर पकड़े जाते हैं।

ल्होटा मछुआ तथा तैराक भी होते हैं। दो या दो से अधिक गाँवों के सदस्य मिलकर किसी जलाशय को मछली मारने के लिए विषाक्त करते हैं। मछली मारने की सर्वप्रिय प्रणाली यहीं है। इसके अलावा मछली मारने के लिए अनेक तरह के जाल भी प्रचलित हैं जिनमें 'ओसा' नामक जाल विशेष प्रिय है।

ल्होटा महिलायें अनेक तरह के गृह उद्योग-धन्धों में हाथ बंटाती हैं। सूत कातना प्रत्येक ल्होटा औरत जानती है। प्रत्येक औरत से यह आशा की जाती है कि वे अपने पति तथा परिवार के सदस्यों को कपड़ा बुनकर देंगी। कपड़ा रंगने का काम भी औरतें करती है। ल्होटा औरतें मिट्टी के बर्तन पर पड़ती है, तो सब बर्तन फूट जाते हैं। टोकरी बनाने का काम मर्दों का है। वे इस उद्योग में बहुत प्रवीण होते हैं। औरतों के लिये टोकरी बनाने का निषेध है। लोहे के उद्योग में ल्होटा पिछड़े हुए हैं। दक्षिण के ल्होटा हथियार तथा औजार रेगमा से और उत्तर के ल्होटा आव नागा से खरीदते हैं। वे इस उद्योग में बहुत कुशल हैं।

आहार—ल्होटा का प्रधान भोजन चावल है। माँस भी इनका प्रिय खाद्य है। ये लगभग सभी जानवर का माँस खाते हैं। शेर तथा अन्य ऐसे जानवर जो मनुष्य का माँस खाते हैं, उनका माँस कुछ ल्होटा नहीं खाते हैं। काफी समय तक सुरक्षित रखने के लिए माँस को छोटे-छोटे टुकड़ों में काटकर तथा धुयें में सेंककर लगभग साल भर रखा जाता है। ये चावल की बनी शराब के भी शौकीन हैं। खाते समय उसके बिना उन्हें चैन नहीं मिलता।

वस्त्राभूषण—ल्होटा पुरुष कमर में एक लंगोटी पहनते हैं जिसे 'लेगटा' कहते हैं। शरीर में पहनने की पोशाक तरह-तरह की हैं। नाचने की पोशाक अलग है और शिकार करने की भी अलग है। सेमा और अओ नागाओं की तरह ल्होटा औरतें भी बाजू पहनती हैं।ले में वे हार पहनती हैं। 'दाव' ल्होटा के प्रमुख हथियार हैं जिससे वे अपने शत्रुओं की हत्या करते हैं अथवा वृक्ष काटते हैं। दूसरा हथियार 'भाला' है, जिसकी लम्बाई लगभग दो मीटर रहती है। एक विशेष प्रकार के धनुष जिसे 'ओलो' कहा जाता है, इस क्षेत्र में विशेष प्रचलित हैं इनका प्रिय वाद्य-यन्त्र बांसुरी है। जिनकी मधुर आवाज से हमेशा ल्होटा के वन-पर्वत गूँजते रहते हैं।

सामाजिक संगठन—ल्होटा का सामाजिक संगठन भी कम विशिष्ट नहीं है। पूरी जनजाति तीन गोत्र-समूहों में बँटी है। वे श्रेणियाँ हैं—टोमपाचकट्सेरा, इजमौटसेरा और मी-पोंगसाडे। इन तीनों श्रेणियों में से प्रत्येक में नौ-दस गोत्र हैं। इनमें से कुछ गोत्र छोटे-छोटे उपगोत्रों में विभक्त हैं। इन श्रेणियों और कबीलों के नाम की उत्पत्ति के साथ कितनी ही परम्परागत किंवदन्तियों प्रचलित हैं। कहा जाता है कि तीनों गोत्र-समूहों की उत्पत्ति उन तीनों भाइयों के नाम पर हुई है जो पृथ्वी से सर्वप्रथम निकले। इसी तरह प्रत्येक श्रेणी में गोत्र की उत्पत्ति के बारे में भी अलग-अलग किंवन्तियाँ प्रचलित हैं।

विवाह और परिवार—ल्होटा समाज में एक ही गोत्र के सदस्यों में विवाह नहीं होता है। कुछ गोत्रों में उप-गोत्र भी होते हैं। इन उप-गोत्रों के सदस्य एक दूसरी उपश्रेणी में विवाह कर सकते हैं। आधुनिक काल में इस तरह का विवाह एक ही गोत्र की दो श्रेणियों में शादी करना अब पसन्द किया जाने लगा है। इससे युवक-युवती दोनों को अपने मन के अनुसार प्रेमी-प्रेमिका मिल जाते हैं। समीप में शादी होने से वधू-मूल्य की किस्त वसूल करने में भी कन्या कि पिता को सहूलियत होती है। इस प्रचलन के कारण 'सेवा-विवाह' करने में भी सहूलियत होती है। अपने घर पर रह कर भी कोई युवक अपनी पत्नी के पिता के घर में काम कर सकता है। ल्होटा में बड़े भाई के मरने के बाद उसी विधवा से छोटा भाई विवाह कर सकता है परन्तु यह उसी इच्छा पर निर्भर है। वह अपने पिता की विावा से भी शादी कर सकता है, परन्तु विधवा उसी अपनी माँ नहीं होनी चाहिये। जे. पी. मिल्स का कथन है कि यद्यपि ऐसी प्रथायें प्रचलित हैं और इस तरह की कितनी ही शादियाँ भी होती हैं, परन्तु यह ल्होटा समाज में अच्छा नहीं समझा जाता है।

सम्पत्ति सम्बन्धी रिवाज—ल्होटा समाज में पारिवारिक सम्पत्ति का उत्तराधिकारी पुरुष ही होता है। पिता के मरने पर सम्पत्ति भाइयों के बीच बाँट दी जाती है। बँटवारे का ढंग बहुत ही न्यायसंगत प्रतीत होता है। बड़े भाइयों की जिनकी शादी इत्यादि हो चुकी हैं, उनहें कम सम्पत्ति मिलती है और छोटे भाई को अधिक सम्पत्ति मिलती है। पिता के द्वारा लिये गये ऋण के देनदार भी पुत्र ही होते हैं। यदि ऋण सम्पत्ति से अधिक होता है, तो वह भी उसी अनुपात में भाइयों में बाँट दिया जाता है। गोद लेने की प्रथा ल्होटा में अधिक प्रचलित नहीं है। नागा की अन्य जनजातियों में चैंग, सेमा इत्यादि में गोद लेने की प्रथा प्रचलित हैं। लड़की को गोद लेने की बात तो ल्होटा जानते ही नहीं हैं। हाँ, कभी-कभी लड़के को गोद लिया जाता है।

स्त्रियों की स्थिति—ल्होटा समाज में स्त्रियों का स्थान साधारणतया बराबरी का है। फिर भी, ल्होटा औरतों को अधिक इज्जत की नजर से नहीं देखते हैं। स्त्रियों का काम पति के लिये खाना बना, बच्चों की देख-रेख करना, परिवार के सदस्यों के लिए कपड़ा तैयार करना तथा पानी और जलावन इकट्ठा करना है। इन कामों को पूरा करने में पति यदाकदा उनकी सहायता करता है। लड़कियों की शादी छोटी उम्र ही में ही हो जाती है। उनसे शादी के मामले में सहमति नहीं ली जाती है। इस कारण बड़ी होने पर वे अपने पति को तलाक देने में नहीं हिचकतीं। वधू मूल्य नहीं लौटाने के कारण पत्नी तो अपने पति को छोड़ देती है। परन्तु ल्होटा पुरुष अलाभ में रहने के कारण इस अवसर पर अपनी पत्नी की बहुत अनुनय-विनय करता है और तलाक नहीं देने के लिये राजी करने की कोशिश करता है। अओ नागाओं में यह बात नहीं है, वहाँ वधू-मूल्य की प्रथा नहीं होने के कारण पुरुष अपनी पत्नियों को तलाक देकर नई-नई शादी किया करता है। मिल्स ने अपने एक परिचित अओ को नौ शादियों करते हुये देखा है।

धार्मिक विश्वास—साधारणतया ल्होटा के धार्मिक विश्वास को जीववाद की संज्ञा दी गई है। उन्हें किसी परम इष्टदेव में विश्वास नहीं है।उनके देवी-देवता न भले हैं और न बुरे ही हैं। कुछ ऐसे प्रेत हैं, जो ल्होटा को हानि पहुँचाते हैं। उनकी आस्था कुछ ऐसे देवताओं में है जिन्हें ''पोटसो'' कहा जाता है। पोटसो की दुनिया आसमान में है। आसमान में भी पोटसो की अनेक दुनियां है। जो तह में एक पर एक सजे हैं। ल्होटा का विश्वास है जो ''पोटसो'' पृथ्वी के अधिक नजदीक हैं, उन्हें प्रभावित करता है। पोटसो आकृति में मनुष्य से मिलते-जुलते हैं। उनके पास कितने सेवक और सेविकायें हैं। यह भी विश्वास है कि सि तरह ल्होटा के पोटसो हैं उसी तरह सेमा और अओ के पोटसो हैं। समय-समय पर पोटसो पृथ्वी पर आते हैं, गाँव के राटसेन साधुओं से बातें करते हैं। आने से पहले वे इन राटसेनों के पास अपने सेवकों को भेजते हैं। यही सेवक राटसेन को उनके आगमन की सूचना स्वप्न में दे देते है। जिस दिन उनके आने का कार्यक्रम रहता है सभी ग्रामीण अपने-अपने दरवाजे बन्द करके सवेरे ही सो जाते हैं। राटसेन भी अपने परिवार से अलग, एक कमरे में सोता हैं पोटसो अपने सेवकों के साथ आता है और राटसेन के कान में चिन्हों के बारे में बोलता है, जिन्हें उन्होंने घर के बाहर बनाया है और जिनसे भविष्य के बारे में जाना जा सकता है। सुबह को राटसेन उन्हीं चिन्हों को ग्रामीणों को दिखलाता है और उनके रहस्यों को समझाता है।

'सिटींगो' जंगली जानवर का स्वामी समझा जाता है। सिटींगो जंगल में निवास करता है और कभी-कभी जानवरों को बुलाते हुए सुना जाता है। देखने में वह मनुष्य के समान है, परन्तु उनकी उंगलियाँ लम्बी होती हैं और पूरे शरीर में धब्बे होते हैं। गाजों, जंगल का दूसरा प्रेत हैं जो सिटींगों से मिलता-जुलता है। प्रत्येक गाँव का एक अलग देवता होता है जिसे 'रांगसी' कहते हैं। उसी की कृपा से गाँव की फसल अच्छी होती है। फसल और जानवरों के प्रेत की तरह ल्होटा नदियों के देवता में भी विश्वास करते हैं। 'छुपफू' अथवा नदी का मालिक एक मनुष्य है, जो बड़ी नदी की तह में रहता है और जिसके बहुत बड़े-बड़े हाथ रहते हैं तथा जो नरमुण्डों से चूल्हा बनाता है।

ल्होटा का विश्वास है कि उनमें दो आत्मायें होती हैं, जिन्हे 'ओमोन और मोगयी' की संज्ञा दी गई है। ओमोन मनुष्य की परछाई के रूप में दीखता है। जब बदली रहती है अथवा वर्षा होती रहती है, तब यह आत्मा मनुष्य के शरीर से विलुप्त हो जाती है अथवा वर्षा होती रहती है, तब यह आत्मा मनुष्य के शरीर से विलुप्त हो जाती है। भयंकर रोग के समय भी शरीर को छोड़कर यह आत्मा पहले ही मृत्युलोक में चली जाती है। अओ नागाओं में भी इस तरह का विश्वास प्रचलित है। उनका विश्वास है कि मृत्युलोक इस दुनिया के नीचे है। वहाँ मृतात्मा उसी प्रकार रहती है, जिस प्रकार मनुष्य इस पृथ्वी पर रहता है। वे अपने परिवार के सदस्यों के स्वप्न में आते हैं और अपनी कुशलता के लिये हमेशा तत्पर रहते हैं। ल्होटा समाज में कितने धार्मिक उत्सव मनाये जाते हैं। जिनमें 'गेना' का विशेष महत्त्व है। 'गेना', सामूहिक भोज को कहते हैं जिसमें गाँव के सभी गोल शामिल होते हैं, परन्तु जो मनुष्य गेना करना चाहता है वह समाचार को उस समय तक नहीं कहता है, तब तक सभी प्रबन्ध ठीक न हो जायें।

सिरों के शिकार सम्बन्धी रिवाज–ल्होटा में अन्य नागाओं की तरह नरबलि प्रथा थी। उनके धार्मिक विश्वासों एवं सामाजिक संगठन में नरमुण्ड शिकार का महत्त्वपूर्ण स्थान था। इनके समाज में युद्ध, मारपीट, खून-खराबी तथा शत्रुओं के मुण्ड का शिकार खूब प्रचलित था परन्तु ब्रिटिश सरकार ने उनकी इस प्रथा पर प्रतिबन्ध लगाये और अब बहुत हद तक वे शांति प्रिय हो गये हैं। ल्होटा नरमुण्ड संग्रह के लिये हमेशा प्रयत्नशील रहते थे। परन्तु इसके लिये वे ऐसे खतरनाक काम नहीं करते थे जिनसे उनकी भी हत्या सम्भव हो। ल्होटा नर-नारी बच्चे का सिर काटने में भी नहीं हिचकते थे। जिस

बच्चे को दांत नहीं होता था उसे वे मार तो देते थे, परन्तु उसका सिर काट कर अपने साथ नहीं लाते थे। औरतों के सिर प्राप्त करने में विशेष इज्जत की बात समझी जाती थी। जिस दन किसी गाँव पर चढ़ाई करनी होती, उस रात योद्धाओं के लिये पत्नी के साथ सोना निषेध था। प्रातःकाल वे सभी एकीङ्ग गृह में जमा होते, नरमुण्ड की पूजा करते और सारे गाँव में घूमकर युवागृह में पुनः लौट आते। वहाँ ग्राम के वृद्ध और अनुभवी लोग उन्हें खाना खिलाते, अपनी पुरानी कहानी सुनाते और खुशी-खुशी नर शिकार के लिये उन्हें विदा करते थे।

अंगामी नागा

मूल निवास स्थान—दक्षिण नागा पहाड़ियों में अंगामी नागा जनजाति की सबसे अधिक आबादी है। यह क्षेत्र मणिपुर के उत्तर में पड़ता है। नगा पहाड़ी सम्भवतया अंगामी का मूल निवास स्थान नहीं है। हट्टन और मिल्स के महत्त्वपूर्ण अध्ययन से पता लगा है कि वे किसी दूसरी जगह से आकर यहाँ बस गये हैं। कहाँ से, कब और कैसे आये हैं, इन बातों का सही-सही पता लगाना कठिन है, परन्तु उनी सांस्कृतिक परम्परा के आधार पर यह स्पष्ट है कि वे दक्षिण के देशों से वहाँ आकर बसे हैं। अंगामी नागा कितनी श्रेणियों में बँटे हें, जिनमें खोनाम, कोहीमा, विसवेमा, टेगीमा, चकरीमा इत्यादि मुख्य हैं खोनोमा श्रेणी के नागा ही मुख्य अंगामी समझे जाते हैं। इनकी अधिकांश आबादी 6 गाँवों केन्द्रित है। अंगामी नागाओं की इन श्रेणियों की बोली तथा रीति-रिवाज में थोड़ा-बहुत अन्तर है।

प्रजातीय लक्षण—अंगामी नागा लम्बे कद के होते हैं। उनकी लम्बाई साधारणतया पौने दो मीटर होती है। पूर्वी श्रेणी के अंगामी 'खोनोमा' श्रेणी के अंगामी से कम लम्बे होते हैं। उनके शरीर पुष्ट, भारी और सुन्दर होते हैं। शारीरिक बनावट एवं आकृति के दृष्टिकोण से एक स्थान के अंगामी दूसरे स्थान के अंगामी दूसरे स्थान के अंगामी से भिन्न है। साधारणतया उनकी नाक चपटी होती है तथा आँखें का रंग भूरा होता है। केश का रंग बचपन में तो लाली लिए होता है, परन्तु प्रौढ़ होने पर काला हो जाता है। उनके केश अधिकतर 'सीधे' होते हैं और कभी-कभी लहरदार भी, परन्तु कुंचित केश का एकदम अभाव है। उनके शरीर का रंग विशेषतया उच्चतम गाँवों में गोरा वर्ण ही है। हट्टन का मत है कि अंगामी का कपाल-आयतन यूरोपियन के बराबर है और वे तीक्ष्ण बुद्धि के होते हैं। वे आगन्तुकों का भरपूर स्वागत

करते हैं। प्रहसन उनके व्यक्तित्व का एक अंग ही बन गया है और वे कठिन परिस्थितियों में भी हँसते रहते हैं।

गाँव की संरचना—अंगामी गाँव पहाड़ों की चोटियों पर स्थित रहते हैं। मकानों की सजावट किसी सड़क या गली के किनारे नहीं होती। सेमा की तरह उनके मकान भी गाँवों में इधर-उधर बने रहते हैं। ल्होटा की तरह इनमें ग्राम नियोजक का कोई ज्ञान नहीं। साधारणतया उनके मकान का मुख पूरब की ओर होती है और इसलिये ये पश्चिम को 'किसाटा' कहते है, जिसका अर्थ मकान के पीछे होता है। प्रत्येक मकान के सामने में थोड़ी खुली जमीन होती है। टेढ़ी-मेढ़ी पगडण्डी एक मकान को दूसरे मकान से मिलाती है। उनके मकान लड़की और बाँस के बने होते हैं और सामने काफी सुन्दर आंगन में नक्काशी की हुई रहती है। गाँवों में बैठने के लिये छोटे-बड़े चबूतरे बने होते हैं। ये चबूतरे पत्थर के बने होते हैं और उनकी ऊँचाई एक सवा मीटर से छः साढ़े छः मीटर तक होती है। इनके आकार की लम्बाई कहीं तिरछी और कहीं गोलाकार या आयताकार होती है। इनके गाँव की दूसरी उल्लेखनीय वस्तु ''स्मारक पाषाण'' है।

ये गोलाकार या आयताकार होते हैं और पत्थर के बनाये जाते हैं। ये 'स्मारक पाषाण' गाँव के किनारे स्थित होते हैं। कहीं-कहीं यह गाँवों के बीच में भी देखा जाता है। पूर्वी अंगामी गाँवों में इन 'स्मारक पाषाण' गाँव के किनारे स्थित होते हैं। कहीं-कहीं यह गाँवों के बीच में भी देखा जाता है। पूर्वी अंगामी गाँवों में इन ''स्मारक पाषाणों'' के ऊपर मृतक की काठ की लम्बी मूर्ति बनाकर स्थापित कर दी जाती है।

युवागृह—मोरंग या युवागृह का महत्त्व अंगामी गाँवों में विशेष नहीं है। अन्य नागा जनजातियों की तरह न मोरंग के लिये अलग मकान है और न वहाँ युवक ही जमते हैं। किसी परिवार के कमरे में सोने के लिये एक ऊँचा चबूतरा बना दिया जाता है अथवा बरामदे में ही एक ऊँचा मचान गाड़ दिया जाता है। किसी-किसी गाँव में तो मोरंग की निशानी मात्र भी नहीं हैं। जहाँ मोरंग है भी, वहाँ उसका उपयोग उत्सव या पर्व के अवसर पर ही किया जाता है। दूसरे अवसर पर यदाकदा कुछ समय के लिये युवक इकट्ठा होते हैं। आधुनिक काल में अंगामी नागाओं के बीचा मोरंग का और भी ह्रास हो चुका है।

कृषि तथा अन्य व्यवसाय-अन्य नागाओं की तरह अंगामी झूम प्रणाली द्वारा खेती करते हैं। परन्तु इसके अलावा सीढ़ीदार खेती भी बहुत प्रचलित है।

इस तरह की खेती के लिये ढालू जमीन पर चबूतरा बनाया जाता है तथा बाँध बनाकर मिट्टी कटने से रोका जाता है। पानी के आधिक्य के कारण इस खेती में काफी धान उपजता है। अनेक तरह के धान के अलावा मक्का, रूई, तथा मिर्च इत्यादि की भी उपज होती है। कुल्हारी, खूर्पी, सीमू, (गन्ती) तथा हो इनके कृषि सम्बन्धी मुख्य औजार हैं। मवेशियों में मिथन, गाय, कुत्ते, सुअर उल्लेखनीय हैं। ये मुर्गे और मधुमक्खी भी खूब पालते हैं।

कृषि के अलावा, शिकार करना तथा मछली मारना भी अंगामी गांवों में प्रचलित है। अंगामी के परम्परागत औजारों के अलावा अब बन्दूक बहुत प्रचलित है। मणिपुर की सस्ती बन्दूक का उपयोग अंगामी लोग शिकार के लिए करते हैं। अओ नागा एक तरह के फल से पानी को विषाक्त करते हैं और जैग 'वालनट' पत्ते से पानी बिषाक्त बनाकर मछली मारते हैं।

अंगामी गृह-उद्योग-धन्धे में भी प्रवीण हैं। औरतें काफी पतला सूत कातती हैं और कपड़ा बुनती हैं। कपड़े में तरह-तरह की नक्काशी निकालने की कला से भी वे परिचित हैं। प्रत्येक गाँव में कुछ अंगामी पुरुष लोहार का काम भी जानते हैं। प्रत्येक गाँव में दो तीन परिवार का काम मैदान से लौहा लाकर उसका भाला तथा अन्य औजार बनाना रहता है। टोकरी बनाने का उद्योग सभी गांवों प्रचलित है। तरह-तरह की टोकरियां अनेक कामों के लिये बनाई जाती हैं। बांस की चटाई भी बनाई जाती हैं। मिट्टी के बर्तनों का उद्योग तो कुछ ही गांवों में सीमित है। इनके अलावा वे वाद्य-यन्त्र, मकान, औजार, तीर धनुष इत्यादि भी बनाना जानते हैं।

आहार और खानपान—अंगामी का प्रमुख खाद्य-पदार्थ चावल है। चावल के साथ-साथ अनेक तरह के जानवरों का मांस भी खाया जाता है। गाय, सूअर और मुर्गे के माँस उनके लोकप्रिय खाद्य पदार्थ है। हाथी, मिथन, बिल्ली, इत्यादि के माँस भी स्वादिष्ट समझे जाते हैं। माँस खाने में औरतों, बच्चों इत्यादि को भी निषेघ का पालन करना पड़ता है। उदाहरणार्थ औरतें, बन्दर तथा ऐसे जानवरों के माँस जिन्हें किसी जंगली पशु ने मारकर छोड़ दिया है कभी नहीं खाती हैं। बच्चे के लिये गाय, सूअर, कुत्ते या दूसरे जानवरों की मज्ञा खाना "गेना" अथवा निषेध है। साधरणतया दिन भर में वे दो बार खाना खाते हैं और 'जू' नामक शराब दिन भर पि जा सकता है। जू चावल का बनाया जाता है और ये कितने ही प्रकार के होते हैं।

वस्त्राभूषण—अंगामी के आभूषण और पोशाक का अध्ययन भी बड़ा दिलचस्प है। अंगामी लाल या काले रंग की किनारी लगी धोती पहनते हैं।

किनारी चौड़ी और कहीं-कहीं पतली भी हो सकती है। इसके अला। रंग-बिरंगी किनारी लगी धोती का भी उपयोग होता है। बरसात के दिनों में पत्ते के बने टोप और उसी के बने बरसाती कोट का उपयोग होता है।

अंगामी औरतों के पोशाक नीले रंग की साड़ी है। वे काली किनारीदार सफेद साड़ी भी पहनती हैं। मर्दों की पोशाक पहनने में उन्हें कोई कठिनाई नहीं होती। अंगामी औरतें शरीर के ऊपरी भाग में बिना बांह की "वोडिस" भी पहनती हैं। अविवाहित लड़कियों के सिर पर बाल नहीं रहते हैं और विवाहित औरतों के केश अच्छी तरह सजे रहते हैं। अंगामी पुरुष तथा औरतों दोनों के लिए उत्सव के समय अधिक रंगीन तथा आभूषित पोशाक पहनने की प्रथा है। औरतें और मर्द दोनों ही आभूषण पहनते हैं। मूंगा तथा मोती की मालायें दोनों ही पहनते हैं। वे सीप की मालायें भी पहनते हैं। वे कान में अनेक प्रकार की माला पहनते हैं। वे बाँह पर हाथी दाँत की बनी बाजू पहनते हैं। पूर्वी अंगामी का यह सबसे प्रिय आभूषण है। इसके अलावा वे पैर में काले रंग के बत के कड़े पहनती हैं।

सामाजिक व्यवस्था–अन्य जनजातियों की तरह अंगामी जनजाति अनेक गोत्रों में विभक्त हैं और प्रत्येक गोत्र में कितने ही परिवार होते हैं। प्रत्येक गाँव में एक से अधिक गोत्र के परिवार रहते हैं। इन गोत्रों में तरह-तरह के मतभेद के कारण झगड़े होते रहते हैं। एक ही गाँव के कबीलों के बीच में काफी प्रतिद्वन्द्विता रहती है। यह अंगामी गाँवों की साधारण और प्रमुख विशेषता है। ये गोत्र अंगामी सामाजिक संगठन की विशेष इकाई है, परन्तु अंगामी के सामाजिक इतिहास से यह भी स्पष्अ है कि उनके रूप बदलते रहे हैं। एक गोत्र विशेषतय दो तीन छोटी-छोटी श्रेणियों में विभक्त हेाता रहा है। इन गोत्रों का नामकरण पूर्वजों के नाम पर किया गया है। एक ही गोत्र के सदस्य आपस में शादी-विवाह नहीं करते हैं, परन्तु एक ही गोत्र की उन श्रेणियों के मध्य विवाह हो सकता है।

सम्पत्ति सम्बन्धी रिवाज–अंगामी परिवार पितृसत्तात्मक हैं। सम्पत्ति का अधिकारी पुत्र होता है। पिता के जीवनकाल ही में साधरातया भाइयों के बीच में सम्पत्ति का बंटवारा हो जाता है। ज्योंही पुत्र शादी करने के पश्चात् पिता से अलग घर बनाकर रहने लगता है, उसे पैतृक सम्पत्ति में से एक भाग मिल ज़ाता है। साधारणतया बड़े छोटे सभी भाइयों को बराबर सम्पत्ति मिलती है। सबसे बड़े भाई को अधिक उपजाऊ जमीन मिलती है। पिता के मरने पर, जो सम्पत्ति उसके अधिकार में रहती है वह सबसे छोटे भाई को

मिल जाती है। पिता के मकान का अधिकारी भी उसका छोटा पुत्र होता है। यदि कोई अंगामी पुत्रहीन रह जाता है, तो उसकी उसके भाइयों के बीच बराबर-बराबर बाँट दी जाती है। पुत्री को पिता की सम्पत्ति पर कोई अधिकार नही होता। माता के आभूषण की अधिकारिणी पुत्रियाँ ही होती हैं। पिता व्यक्गित सम्पत्ति-गाय, रुपये पैसे इत्यादि भी अपनी पुत्री को दे सकता है।

अंगामी के बीच गोद लेने की प्रथा है। पुत्रहीन पिता अधिकतर अपने गोत्र के बाहर के युवकों को दत्तक पुत्र के रूप में ग्रहण करता है, ज्येंही बालक या युवक उसमें प्रवेश करता है उन्हें नये सम्बन्धियों से नाता जोड़ना पड़ता है। दत्तक पुत्र ही सम्पत्ति का अधिकारी होता है। परन्तु दूसरे गोत्र का सदस्य होने के कारण इसमें अनेक तरह क बाधायें खड़ी हो जाती हैं। उसके अपने पुराने गोत्र का अधिकार जाता रहता है। गोद लेने के समय कुछ उत्सव होता है। उत्सव उस गोत्र के पंच या पंचों द्वारा भी मनाया जाता है, जिसको छोड़कर व युवक दूसरे गोत्र में प्रवेश करता है। परन्तु गोद लेने के उदाहरण बिरले ही देखने को मिलता है।

स्त्रियों की स्थिति—अंगामी समाज में औरतों का स्थान निम्न दीखता है। औरतें कानूनी तरह से सम्पत्ति की अधिकारिणी नहीं होती हैं। परन्तु घरेलू और व्यावहारिक स्थलों पर उनका महत्त्वपूर्ण स्थान है। प्रत्येक दृष्टिकोण से वह अपने पति की सहयोगिनी है और प्रत्येक क्षेत्र में दोनों मिलकर काम करते हैं। पति प्रत्येक अवसर पर पत्नी की सम्मति लेता है। दोनों के आर्थिक कामों में सुन्दर विभाजन है।यदि पुरुष शिकार और युद्ध करता है, तो औरतें बुनाई और खाना बनाने का काम करती हैं। कृषि और वाणिज्य के काम तो दोनों के द्वारा किये जाते हैं। जब परिवार में कोई अतिथि आता है तब औरत ही अतिथि सत्कार का भार वहन करती है। यदि परिवार के सदस्यों के बीच झगड़ा शुरू होता है, तो उन्हीं का इसमें विशेष हाथ रहता है। ब्याह के अवसर पर भी महिलायें ही इस उत्सव को सफल बनाती हैं। वर के निर्वाचन में युवती को पूर्ण आजादी रहती है। तलाक की प्रथा प्रचलित है। कन्या मूल्य थोड़ा बहुत दिया जाता है। बहु-विवाह का अभाव है। विधवा पुनः विवाह कर सकती है और यौन सम्बन्ध को जारी रख सकती है। शादी के पहले भी अंगाामी लड़कियों को पूरी आजादी है। उस अवस्था में भी यौन-सम्बन्ध रहता है, परन्तु वें बड़ी सर्तकतापूर्वक इस सम्बनध को निभाती हैं।

शासन प्रणाली—अंगामी गाँव की शासन प्रणाली भी दिलचस्प है प्रत्येक गांव में एक मुखिया होता है जिसे 'पेहुमा' कहा जाता है। पेहुमा का

पद वंशानुगत होता है। मुखिया के मरने पर उसका सबसे बड़ा लड़का ही उस पद का उत्तराधिकारी होता है।पिता की बीमारी के समय भी शासन का काम देखना पड़ता है। अंग्रेजों के समय में अंगामी गांवों में एक दूसरे मुखिया की नियुक्ति उपायुक्त द्वारा की जाने लगी। इसके कारण प्रत्येक गांवों में दो मुखिया रहने लगे हैं। सभी भी यही परम्परा जारी है। इन दोनों मुखियों के बीच वैमनस्य और मतभेद रहता है और गांव का नेतृत्व दो भागों में विभक्त रहता है।

अपराध सम्बन्धी नियम—अपराध की जांच मुखिया के तत्वावधान में नियोजित पंच द्वारा होती थी। अब तो अधिक कुकदमें सरकारी कचहरियों में चले जाते हैं। अपराध की जांच में परम्परागत रीति-रिवाज को आधार माना जाता है। रीति-रिवाज के मामले में बड़े बूढ़ों की सम्मति मानी जाती है। अंगामी समाज में वृद्ध लोगों की काफी इज्ज़त है। अंगामी में किसी बात की सच्चाई प्रमाणित करने के लिए शपथ की प्रथा है। उनका विश्वास है कि झूठी शपथ लेने से धन-जन की क्षति होती है।

जब किसी अंगामी के प्रति सामाजिक अपराध प्रमाणित होता है, तो उसे परम्परागत नियमों के अनुसार कठोर दण्ड दिया जाता है। अंगामी नागाओं में अनेक तरह के परम्परागत दण्ड प्रचलित हैं। किसी 'गेना' या निषेध की अवहेलना करने के लिए दण्ड के रूप में जो आमदनी होती है वह ग्राम कोष में जाती है। कभी-कभी इसके लिये "गांव निकाला" दण्ड दिया जाता है। "बलात्कार" के अपराध के लिए अपराधी को औरतों द्वारा पीटा जाता है और तीन माह के लिए गाँव से निकाल दिया जाता है। चोरी के अपराध प्रमाणित होने पर चुराई हुई सम्पत्ति का सात गुणा अधिक वस्तुयें वसूल की जाती हैं। हत्या के अपराध के लिये भी सात से दस वर्षों के लिए गांव से निकाल दिया जाता है।

अंगामी नागा भी नियोजित रूप से एक गांव से दूसरे गांव पर चढ़ाई करता था। ब्रिटिश राजय में ऐसी चढ़ाई पर जबरदस्त रोक लगा दी गई थी, जो अभी भी जारी है। परनतु इसके पहले तो गांव के बीच की चढ़ाई बहुत प्रचलित थी और नर-मुण्ड शिकार तो खूब ही होता था। इस तरह की चढ़ाइयों से गांव की रक्षा करने के लिए अंगामी अनेक तरह के प्रबन्ध करते थे वे गांव के चारों तरफ खाई खुदवा लेते थे, फिर किनारे पर पत्थर की दीवार बनाते थे और रात में कितने अन्य उपाय किया करते थे अभी भी उनके अवशेष अंगामी गांवों में देखने को मिलते हैं।

धर्म सम्बन्धी विश्वास—अंगामी प्रेत पूजक होते हैं यद्यपि उन्हें प्रेत के आकार-प्रकार का स्पष्ट ज्ञान नहीं है। आमतौर से ये अपने प्रेतों को टरहोमा कहते हैं। टरहोमा अच्छे भी होते हैं और बुरे भी, परन्तु पादरियों ने इनके 'टरहोमा' को शैतान क संज्ञा दी और उन्हें हानिकारक प्रेत बतलाया है। प्रेतों में सबसे मुख्य 'केपेनोपफू' है। केपेनोपफू का अर्थ 'जन्मदात्री' प्रेत है। इस प्रेत का परम्परागत कार्य सृष्टिकर्ता का है। साधारणतया यह स्त्री समझी जाती है, परन्तु कुछ अंगामी उसे पुरुष भी समझते हैं। केपेनोपफू का निवास स्थान आकाश में समझा जाता है। अंगामी का यह भी यह भी विश्वास है कि जो मनुष्य अपने जीवन में पवित्रतापूर्वक रहता है, वह मरने पर आकाश लोक में चला जाता है और केपेनोपफू के साथ निवास करता है। कोपेनोपफू एक उपयोगी प्रेत है। 'रटजेह' हानिकारक प्रेत है। इसी के इच्छानुसार अकस्मात मृत्यु होती है। यदि किसी व्यक्ति की मुँह से खून गिरने के कारण अकस्मात मृत्यु हो जाती है तो ऐसी मृत्यु को 'रटजेह' का प्रकोप समझा जाता है 'मेवेनो' अंगामी का तीसरा प्रेत है। इसी प्रसन्नता से धन, जानवर इत्यादि में वृद्धि होती है, यह उत्पादन सम्बन्धी प्रेत है। इसके विपरीत टेलेपफू हानिकारक प्रेत है। यह औरत, मर्द, बच्चों, इत्यादि को ले भागती है, छिपा लेती है और विवेकहीन बना देती है। यदि उस मनुष्य का औरत का पता लग जाता है, तो वह पुनः होश में लाया जा सकता है। टसूखों और डजूराबी दो प्रेत हैं। प्रथम पुरुष और दूसरी स्त्री है और दोनों में पति-पत्नी का सम्बन्ध है। ये सभी जानवरों के मालिक हैं और इनका कद नाटा है। इसे मनुष्य से दुश्मनी नहीं है और मनुष्य को शिकार में जानवर इसी की खुशी से मिलता है। मेटसीमा स्वर्ग की राह क रखवाली करता है। टेखुरो खेरों का मालिक है। अयेपी एक प्रकार की परी हैं, जो मनुष्यों के घर में रहती है और उनकी उन्नति में सहायक होती हैं। केचीकेरो एक दूसरा प्रेत है, जो पत्थरों में निवास करता है। इसके अलावा दूसरा 'टरहोमा' प्रेत है, जिनके बारे मं अंगामी को स्पष्ट ज्ञान नहीं है। यह पूछने पर कि सूर्य क्या है उनका उत्तर होता है। कि शायद वह नहीं जानता है, परनत सम्भवतः वह टरहोमा है। इस तरह से किनते प्रेतों या टरहोमा का अस्पष्ट वर्णन अंगामी समाज में प्रचलित है, जिनकी तालिका प्रस्तुत करना यहाँ सम्भव नहीं है।

मृत्यु के पश्चात् उस व्यक्ति की क्या दशा होती है, इसके बारे में अंगामी अधिक माथा पच्ची नहीं करता। मृत्यु उसके लिये भयावह है अवश्य परन्तु फिर भी उसके लिये उसे कोई चिन्ता और भय नहीं सताता है। प्रेतों

और देवताओं की आराधना के लिए अंगामी में कुछ खास व्यक्ति निर्धारित हैं। ये अंगामी समाज में महत्त्वपूर्ण स्थान रखते हैं। ऐसे व्यक्तियों में सबसे महत्त्वपूर्ण स्थान 'केमोबो' का है। प्रत्येक अंगामी गांव मे एक केमोबो रहता है केमोबो उस गांव का मूल निवासी होता है और उसके पूर्वज गांव के निर्माताओं में से एक रहते हैं। केमोबो सार्वजनिक उत्सवों का निर्देशक होता है और उनके मानने के लिए तारीख निश्चित करता है। वही गांव के परम्परागत रीति-रिवाजों का लेखा-जोखा रखता है7 इस पद का अधिकारी परिवार का सबसे व्यस्क व्यक्ति होता है। उदाहरणार्थ पिता की मृत्यु के पश्चात् उसका सबसे बड़ा पुत्र ही 'केमोबो' हेागा और तत्पश्चात उसका दूसरा भाई, तीसरा भाई आदि।

पूजा को अंगामी लोग 'गेना' कहते हैं। गेना अंगामी बोली के 'केना' शब्द का अपभ्रंश है, जिसका अर्थ निषेध होता है। अतएव टैबू या निषेध के लिये मीगेना शब्द का उपयोग होता है, जो जाति के किसी श्रेणी पर लागू होता है परन्तु केना उन निषेधों को कहते हैं, जो पूरी जाति पर लागू होता है। 'केना' और 'गेना' के अलावा 'नानू' नामक भी एक शब्द है जो दोनों का बोधक है।

धार्मिक उत्सव और नृत्य--अंगामी अनेक तरह के गेना या धार्मिक उत्सव मनाते हैं। इस अवसन पर गम्भीरतापूर्वक नृत्य और संगीत का आयोजन होता है। युवक अपनी पोशाक में, खड़े होकर भावभंगिमा के साथ नृत्य करते हैं। इन पर्वों के नृत्य में बूढ़े लोग अकसर हाथ नहीं बँटाते हैं। नृत्य क साथ-साथ वे गीत भी गाते हैं। खास अवसर के लिए अलग-अलग गीत हैं। और ऐसे भी परम्परागत गीत हैं, जो सभी अवसरों पर गाये जाते हैं। अंगामी बहुत तरह के सार्वजनिक धार्मिक उत्सव मनाते हैं। 'से करेजगी' फरवरी या मार्च में, गनोनगी केरा की पूर्णिमा (अप्रैल) में, करांगी वाचू की पूर्णिमा में, (जून) सूँगी रेये की पूर्णिमा (सितम्बर) में, थेजू, केपू, रेये (सितम्बर) में मनाये जाते हैं। इनके अलावा लकवेगी, थेबूकूक्बी, टीथे, लीडेह, टेकेडेहे, टेकहेगी इत्यादि दूसरे पर्व हैं जो अंगामी मनाते हैं। सेकरेंगी गेना बीमारी को रोकने के लिये प्रत्येक वर्ष के प्रारम्भ में मनाया जाता है। केजूकेपी शायद अंगामियों के सभी पर्वों में ऊँचे स्थान रखते हैं और काफी दिलचस्प तरीके मनाये जाते हैं। यह धान के खेत को चूहों से रक्षा करने के लिए मनाया जाता है। थेकरंगी उस अवसर पर मनाया जाता हैं जब धान मोरी सिंचेडा खेत में लगायी जाती है।

अंगामी के ये सार्वजनिक पर्व कृषि के विभिन्न पहलुओं से सम्बन्धित हैं। कोई बीच वपन करने के समय, कोई फसल की रक्षा के लिए, कोई फसल काटने अथवा तैयार होने के समय मनाये जाते हैं। इन पर्वों के मनाने में नृत्य-गान का आधिक्य रहता है। चावल, मुर्गा, 'जू' इत्यादि का खूब उपयोग होता है। इस अवसर पर उनके परम्परागत प्रेतों की भी पूजा होती है। उनके धार्मिक उत्सव तथा पर्व उनकी आर्थिक तथा सामाजि स्थिति के परिचायक हैं।

आजकल अंगामी नागा अन्य नागाओं की तरह परिवर्तित होते जा रहे हैं। उनकी पुरानी सांस्कृतिक परम्परा उनके धार्मिक विश्वास तथा रीति-रिवाज इत्यादि में सांस्कृतिक सम्पर्क के कारण आशातीत परिवतन्र हो रहा है। जिस सांस्कृतिक विशेषता का वर्णन बटलर ने किया, उसमें हट्टन ने कितने ही उलटफेर पाये। इसके बाद तो सांस्कृतिक परिवर्तन की गति और भी तेज होती जा रही है।

बिहार की जनजातियाँ

शारीरिक मानव विज्ञान के दृष्टिकोण से इस क्षेत्र मे बहुत ही कम अध्ययन हुए हें, परन्तु वर्तमान जानकारियों के आधार पर इन जातियों के प्रजातीय तत्वों के बारे में साधारण रूप से कुछ कहा जा सकता है गुहा (1944) ने इन जनजातियों को प्रोटा ऑस्ट्रोल्वायड की संज्ञा दी है। इन सभी जनजातियों में भाषा की दृष्टि से विभिन्नता पाई जाती है। ग्रीयर्सन (1906) ने इस प्रदेश की भाषाओं का दो भागों में विभक्त किया है—ऑस्ट्रिक (जिसे स्थानीय रूप से मुंडा कहते हैं) तथा द्राविडियन। अधिकतर जनजातीय भाषायें मुण्डा समूह से मिलती-जुलती हैं। केवल उरांव लोगों की कुरूख तथा सौरिया पहाड़ियों की मालटो भाषा की द्राविडयन समूह से सम्बन्ध रखती है। इन लोगों की भाषा सम्बन्धी समानता तथा परम्परागत लोक गीत के आधार पर राय (1915) ने आर्यों के आगमन के पश्चात् छोटा नागपुर में आने वाली सभी मुण्डा जनजातियों का उत्तरी भाग से ऐतिहासिक सम्बन्ध बतलाया है। दूसरी ओर राय यह भी बतलाते हैं। कि द्राविडियन भाषा बोलने वाले कबीले के लोग जैस उरांव तथा सौरिया पहले-पहल दक्षिण में शायद नर्बदा क्षेत्र से आये तथा आकर पहले रोहतास और फिर छोटा नागपुर तथा संथाल परगना में बस गये। बिहार की जनजातियाँ राज्य के दक्षिणी हिस्से में रहती हैं जो पहाड़ी और जंगली पठार है। राज्य का उत्तरी अर्ध भाग समतल चिकनी मिट्ट की समतल भूमि है

तथा यहाँ की आबादी बहुत ही घनी है। यहाँ ग्रामीण लोग रहते हैं तथा वैदिक काल से ही यह भारतीय सभ्यता का एक केन्द्र रहा है। बिहार का जनजातीय क्षेत्र जो भूगर्भशास्त्र के दृष्टिकोण से छोटा नागपुर तथा राजमहल पठार का एक अविच्छिन्न सिलसिला है, रांची, हजारीबाग, गिरिडीह, पलामू, धनबाद, सिंहभूमि तथा संथाल परगना क प्रशासकीय जिलों को शामिल करता है। भारत की जनसंख्या के अनुसार राँची में 61.6 प्रतिशत, संथाल परगना में 38.2 प्रतिशत तथा सिंहभूमि में 4.71 प्रतिशत में उनक आबादी काफी घनी है। राज्य में तीस अनुसूचित जनजातियाँ हैं। इनमें संथाल (15,41,345), उरांव (7,12,5,025) ,मुण्डा (6,28,931), हो (4,54,746), भूमिज (1,04,061), खड़िया (1,09,357), सौरिया पहाड़िया (55,606), बिरहोर (2,438) तथा असुर (5,819) आदि कुछ प्रमुख जनजातियाँ हैं

इन जनजातियों में समकालीन (सिनक्रोनिक) अन्वेषणों के आधार पर यह कहा जा सकता है कि लगभग गत एक हजार वर्षों में इन लोगों ने आर्थिक विशिष्टता प्राप्त कर ली है तथा अपने को विभिन्न भौगोलिक वातावरण के अनुकूल कर लिया है। इन भिन्नताओं के कारण उनका भाषीय और ऐतिहासिक सम्बन्ध का महत्त्व तुलनात्मक दृष्टि से बहुत कम है। ऐतिहासिक तथा भाषीय सम्बन्ध के दृष्टिकोण से बिहरहोर, मुण्डा से सम्बन्धित है परन्तु उनकी अपनी-अपनी अनुकूलात्मक विशिष्टताओं के कारण ये एक दूसरे से बहुत भिन्न हैं। मुण्डा गांवों में रहते हैं, हल द्वारा खेती करते हैं, तथा उनकी एक विस्तृत विधि क्रिया की पद्धति है, जबकि ठीक इसके विपरीत बिरहोर छोटे-छोटे समूहों में बंट कर शिकार की तलाश में तथा अन्य जंगली पदार्थों की खोज में एक जंगल से दूसरे जंगल में घूमते रहते हैं। उसी प्रकार सौरिया पहाड़िया भी, यद्यपि ऐसतिहासिक रूप से उरांव (समतल भूमि पर रहने वाली मुण्डा के समान एक जाति) से सम्बन्धित है, फिर भी खाड़िया (मुण्डा समूह के समतल पर रहने वाली खाड़िया जनजाति की एक पहाड़ी शाखा) से अधिक आर्थिक अनुकूलन तथा सामाजिक-सांस्कृतिक समीकरण की दृष्टि से समानता रखते हैं। दोनों जंगल में खेती करते हैं और छोटे-छोटे गांवों में रहते हैं। उनके पास बहुत ही अल्प यान्त्रिक उपकरण तथा घरेलू सामग्रियाँ होती हैं। उनकी सामजिक-सांस्कृतिक पूर्णता का स्तर नीचा है। इन दो जनजातियों और दूसरी जनजातियों के बीच विपरीत सांस्कृतिक व्यवस्थाओं को समान्तर आंशिक रूप से, कम से कम सांस्कृतिक अनुकूलता के द्वारा समझा जा सकता है। इन मान्यताओं के साथ बिहार की जनजातियों को चार सांस्कृतिक प्रकारों मे बाँटा जा सकता है–

(1) जंगल शिकारी प्रकार। (2) समतल कृषि प्रकार।

(3) साधारण कारीगर प्रकार। (4) पहाड़ कृषि प्रकार।

इन प्रकारों के लिये जिन शब्दों का प्रयोग किया है वे साधारण रूप से प्रत्येक के अनुकूल वातावरण तथा आर्थिक पेशे की ओर संकेत करते हैं। प्रत्येक प्रकार के साथ एक विशेष प्रकार की आबादी तथा सामाजिक सांस्कृतिक संकलन सम्बद्ध है। साधारण समुदायों के अध्ययन में यह व्याख्या अनुकूल वातावरण में व्यवस्थित होने की क्रिया को समझने के महत्त्व पर विशेष जोर देने के लिए की गयी है। निम्नलिखित विवरण को वातावरण तथा आर्थिक निर्धारित ढांचे के अन्तर्गत नहीं समझना चाहिये।

(1) जंगल शिकारी प्रकार—बिरहोर तथा कोरवा लोग इसी वर्ग में आते हैं। ये विशेष रूप से शिकार तथा खाद्य संग्रह की स्थिति में हैं। ये प्रायः पारिवारिक स्तर की पूर्णता प्रदर्शित करते हैं। प्रत्येक पितृवंशीय परिवार शिकार तथा रस्सी के लिये कच्ची सामग्रियों की खोज में एक जंगल से दूसरे जंगल घूमते हैं। उनके मुख्य तथा स्थानान्तर शिकारों में से बन्दर, चूहा, रुखी, जंगली बकरे तथा शिकारों के लिये उनके मुख्य उपकरणों में से जाल, लाठी, तथा कुल्हाड़ी प्रमुख हैं। चूँकि बन्दर तथा चूहों के शिकार मं एक प्राथमिक परिवार में भी अधिक सहकारी लोगों की जरूरत पड़ती है इसलिये बिरहोर के घूमने वाले समूह अपने अन्य भाइयों को भी शामिल कर लेते हैं। यदि यह पितृवंशीय विस्तृत परिवार फिर भी छोटा पड़ जाता है तो वे मित्रों तथा सम्बन्धी परिवारों को अल्पकालिक तौर पर शामिल कर लेते हैं। इस प्रकार दो या तन परिवार एक साथ सामूहिक शिकार के लिये सम्मिलित हो जाते हैं। वे लोग शिकार के अगुआ का भी नाम रख सकते हैं तथा साधारणतया एक इकाई के रूप में शिकार करते हैं। परन्तु कुछ खास कामों जैसे रस्सी बनाने के लिये 'चोप' का संग्रह प्रत्येक व्यक्ति स्वतन्त्र रूप से करता है। बिरहोर औरतें भी महुआ के फूल, जंगली फूल-फल तथा सब्जियाँ जमा करते समय चुपचाप और एकान्त में रहना ही अधिकतर पसन्द करती हैं।

दो या तीन छोटे-छोटे मित्र परिवार जब एक टंडा या पड़ाव में ठहरते हैं तो इसका मतलब यह नहीं होता कि वे साथ ही साथ एक से दूसरी जगह जायें अथवा एक गिरोह के नाम से पुाकारे जायें। बहुधा आर्थिक स्थिति, सम्बन्ध तथा दूसरे कारणों से ये परिवार अपने पड़ाव बदल देते हैं। जीवन का संघर्ष इनके लिये इतना कठिन होता है कि एक पिता अपने पुत्रों को अपनी मृत्यु होने तक बहुत ही कम देखता है। पिता की मृत्यु के पश्चात् एक समूह

साधारणतया सबसे बड़े-लड़के के नेतृत्व में एक साथ रहता है, परन्तु अनेक कारणों से वे इस नियम का भी भली-भाँति पालन नहीं कर पाते। किसी एक स्थान में एक परिवार या एक समूह का रहना इस बात पर निर्भर करता है कि साप्ताहिक हाटों में बेचने के लिये कब तक उसे शिकार तथा रस्सी बनाने के सामान जंगल से मिलते रहते हैं। साधारणतया एक स्थान पर उनका पड़ाव पांच महीने से लेकर चार वर्ष तक होता है। कभी-कभी वे उस स्थान को किसी धार्मिक कारण से भी छोड़ सकते हैं। एक अपेक्षाकृत स्थायी पड़ाव में प्रत्येक विवाहित जोड़ी एक छोटी शंकु-आकार की झोंपड़ी में रहती है। ये झोंपड़ियाँ जंगली पेड़ों की पत्तियों तथा डालों से बनायी जाती हैं।

प्रत्येक पितृवंशीय पिरवार का अपना एक धार्मिक पवित्र स्थान होता है जहाँ एक छोटा सा मिट्टी का चुक्का शाल के पेड़ की एक टहनी पर लटका रहता है। यह हमेशा परिवार के सबसे बड़े सदस्य की झोंपड़ी के पीछे रखा जाता है। इसे बोंगा कुआं कहा जाता है। जब वे एक जगह से दूसरी जगह जाने लगते हैं तो सबसे बड़ा सदस्य बड़ी गम्भीरता तथा पवित्रता की भावना के साथ इसको लेकर आगे-आगे चलता है। इस ''बोंगा कुआं'' के अलावा, बिरहोर परिवार बहुत से जंगली भूत-प्रेत, जंगली जानवर जैसे बाघ, भालू तथा हनुमान की भी पूजा करते हैं। उनके सभी धार्मिक विधि संस्कार पारिवारिक स्तर पर किये जाते हैं।

(2) समतल कृषि प्रकार—इस प्रकार में संथाल, मुंडा, उरांव, हो तथा अन्य जनजातियाँ आती हैं जो साधारणतया इस पठार के लहरदार प्रदेशों में रहते हैं तथा मुख्यतः हल की खेती करते हैं। शिकार तथा मछली मारना प्राचीन काल में उनके लिये बहुत ही महत्त्व रखता था परन्तु अब इसका सिर्फ अनुष्ठानिक या औपचारिक महत्त्व ही रह गया है। ये लोग स्थायी गांवों में बसते हैं। वहाँ 50 से लेकर 100 तक परिवार रहते हैं, जिनकी जनसंख्या 100 से लेकर 500 तक होती है। सभी जनजातियाँ पितृवंशीय तथा पितृस्थानीय हैं, तथा कुल और गाँवों के बाहर शादी विवाह करते हैं। प्रत्येक गाँव दो मुखियों के आधीन रहता है, एक लौकिक, दूसरा धार्मिक। इनका पद बिल्कुल आनुवंशिक होता है। परम्परागत रूप से, प्रत्येक जनजाति में एक क्षेत्रीय राजनैतिक अधिकारी भी होता है जो एक दूसरे गाँव के बीच अथवा एक दूसरे गोत्र के लोगों के बीच होने वाले झगड़ों का निबटारा करता है।

धार्मिक तथा सामाजिक कार्य गांव के स्तर पर सम्पादित किये जाते हैं। प्रत्येक गांव में नृत्य के लिये तथा आपस में मिलने के लिए एक स्थान

होता है। प्रत्येक गांव में नृत्य के लिये तथा आपस में मिलने के लिए एक स्थान होता है। प्रत्येक गांव के लिए धार्मिक पवित्र स्थान, कब्रगाह तथा शयनागार, (यह संथाल लोगों में नहीं होता) होता है। गाँव एक महत्त्वपूर्ण सामाजिक इकाई है तथा स्टीवार्ड के शब्दों में सामाजिक सांस्कृतिक पूर्णता लोक स्तर पर है।

(3) साधारण कारीगर प्रकार—इस प्रकार में बहुत से कारीगर खेती करने वाली जनजातियों के गाँवों में बिखरे रूप से पाये जाते हैं। करमाली तथा लोहरा परम्परागत ढंग से लोहार का काम करते हैं तथा गांव वालों को कृषि और अन्य औजार देते हैं तथा पुराने यन्त्रों की मरम्मत भी करते हैं। मछली व्यावसायिक ढंग से डलिया बनाने का काम करते हैं तथा ढोल बजाते हैं जबकि चीक बड़ाइक जनजातियों के परम्परागत जुलाहे होते हैं। इनके दो से छः जनजाति परिवार तक एक कृषि जनजाति के गांव में रहते हैं तथा सभी व्यावहारिक कामों में ये अभिन्न समझे जाते हैं। वे अपनी आजीविका और भी अन्य ''फुटकर'' कामों से चलाते हँ। परन्तु बाजारों के प्रभाव तथा मुद्रा अर्थव्यवस्था के कारण उन लोगों के पेशे पर इनका बहुत बुरा असर पड़ा है। वे या तो अब चाय बागानों में अथवा शहर में जाकर नौकरी खोजते हैं या गांवों में ही किसी प्रकार के खेती के कामों की तलाश करते हैं।

(4) पहाड़ कृषि प्रकार—इस प्रकार में तीन जनजातियाँ आती हैंः सोरिया पहाड़िया, पहाड़ी खाड़िया तथा असुर। ये तीन जनजातियाँ तीन विभिन्न क्षेत्रों में पहाड़ों पर निवास करती हैं तथा उसके विकसित होने की अपनी अलग ही पृष्ठभूमि है। फिर भी सांस्कृतिक अनुकूलता की दृष्टि से ये लोग समान हैं तथा एक ही वर्ग में रखे जा सकते हैं।

(i) पहाड़ी खाड़िया—पहाड़ी खाड़िया सिंहभूमि जिले की पहाड़ियों में रहते हैं। ये लोग समतल स्थान पर निवास करने वाली खाड़िया की एक विशिष्ट शाखा माने जाते हैं जो हल से खेती करते हैं तथा संगठित गांवों में रहते हैं। पहाड़ी खाड़िया सौरिया पहाड़ियों की तरह जंगम खेती (अस्थाई कृषि) करते हैं। वे पाँच से बाहर परिवारों के समूह में रहते हैं। ये सामाजिक सांस्कृतिक पूर्णता के पारवारिक स्तर पर रहते हैं।

(ii) असुर—असुर भी पहाड़ी खाड़िया तथा सौरिया पहाड़िया के ही सतर पह हैं। वे उसी प्रकार के आर्थिक कार्यकलापों में भाग लेते हैं। ये परम्परागत रूप से लोहा गलाने का काम करते हैं। छोटा-नागपुर की जनजातियों को लोहा देने में उनका एकाधिकार था। कच्चा लोहा तो उन्हें वहाँ से मिल

जाता था जिन पहाड़ियों में रहते थे। कोयला भी आसपास के जंगलों की लकड़ियों से मिल जाता था। इस प्रकार इन्होंने लोहा गलाने की साधारण विधि का विकास किया। परन्तु गत साठ वर्षों में बहुत से सामाजिक, आर्थिक तथा प्रशासकीय कारणों से इन लोगों ने अपने इस प्राचीन पेशे को छोड़ दिया है। इन लोगों के बीच लोहा गलाने की इस प्रविधि के ह्रास तथा उनकी आर्थिक स्थिति में बहुत सी मुसीबतों के आ जाने से उनके सामने शिकार, खाद्य संचय तथा मछली मारने के अलावा कोई दूसरा चारा नहीं रहा, आजकल उन्होंने खेती के तरीके को अपना लिया है।

असुर छोटे-छोटे गाँवों में रहते हैं। वे अब अपने रीति-रिवाज तथा पर्व त्यौहारों को उतने बड़े पैमाने पर नही मानते। वे मुश्किल से अपना पेट भर पाते हैं। इससे उनकी जनसंख्या कम हो रही है। गाँव तथा परिवार का संगठन काफी ढीला पड़ गया है। उदाहरण के लिए विधि संस्कार तथा भोजन आदि को टाल कर किसी औरत को पत्नी के रूप में कुछ दिनों के लिए अपने पास रख लेना एक साधारण बात सी हो गई है, क्योंकि उनके पास इतने पैसे नही कि वे आवश्यक वैवाहिक खर्च को जुटा सके। वैवाहिक भोज को कुछ महीनों तक टालने का फल बहुधा यही होता है कि वह हमेशा के लिए ही टल जाता है। तथा सर्वसाधारण गांव वालों की दृष्टि में वह मनुष्य कुंवारा ही रह जाता है।

(iii) सौरिया पहाड़िया (मालेर)–सौरिया पहाड़िया राजमहल समस्थल के पहाड़ों की चोट़ियों पर संथाल परगना जिला के अन्तर्गत राजमहल, पाकुर तथा गोंड्डा अनुमंडलों में निवास करते हैं। उनके अधिकतर गांव समुद्र सतह से 450 से लेकर 600 मीटर की ऊँचाई पर बसे हुए हैं, परन्तु पड़ोस के समतल क्षेत्रों से अन्य गाँव की ऊँचाई 90 से लेकर 200 मीटर तक है। बरहाट बंगला में बहुत से सौरिया गांव पहाड़ों की तलहटी में बसे हुए हैं। सामान्य रूप से पहाड़ियों के बीच में समतल भूमि की तरह जो नीचे वाले हिस्से हैं उनमें संथाल रहते हैं जो एक खेती करने वाली जनजाति हैं तथा जिनके साथ सौरिया लोगों का अन्तर दिखलाया जा सकता है।

प्रदेश की विशेषतायें–सौरिया प्रदेश क जलवायु विशेष रूप से समशीतोष्ण है। तापक्रम ग्रीष्म काल में 43° सेन्टीमीटर लेकर 47 सेन्टीमीटर तक रहता है। वार्षिक जलवर्षा पूर्व से पश्चिम की ओर घटती जाती है तथा 140 से 110 सेन्टीमीटर के बीच रहती है। आद्र समशीतोष्ण जलवायु के कारण विस्फोटक पहाड़ी भाग पर जिनमें लावा मिट्टी की अधिक प्रचुरता है, पेड़,

पौधे तथा वनस्पति बहुतायात से होते हैं। इन जंगलों में बाघ, भालू आदि बहुत से जंगली जानवर रहते हैं जो सौरिया लोगों के पलतू जानवरों पर आक्रमण करते रहते हैं। इन जंगलों में शिकार ज्यादा नहीं मिलता। इस इलाके में पानी की सतह स्वभावतया अधिक नीची है। ग्रीष्मकाल में पहाड़ी स्रोत तथा झरने सूख जाते हैं और सौरिया को अन्यधिक कठिनाई का सामना करना पड़ता है।

कुरुवा कृषि व्यवस्था—सौरिया पहाड़िया के गांव लहर पहाड़ों की चोटियों पर बसे हैं। जंगलों से भरे पहाड़ी ढाल पर वे लोग जंगम खेती हैं जिन पर उनकी पूरी आर्थिक स्थिति निर्भर करती है। छः सौरिया गांवों का अध्ययन करने के पश्चात् जा तीन क्षेत्रों से चुने गये थे अन्य प्रकार की दो खेती की विधियाँ मालूम हुई। जिन्हें मीट्ठा (बागवानी) तथा धानी (धान का खेत) कहते हैं। मीट्ठा खेती तथा धानी खेती में अधिक मजदूरी तथा तकनीक की आवश्यकता होती हैं। साधारणतया सौरिया इस तरह के खेती के तरीकों की चिन्ता नहीं करते। आज इस प्रकार की खेती की पद्धति को विकसित करने के लिये ही उपयुक्त हैं जिसे स्थानीय भाषा में 'कुरूपा' या 'खालू' कहते हैं। प्रत्येक परिवार के पास 5 से 10 बीघा तक खेत होता है जिसमें ये कुरुवा खेती करते हें। यक कुरुवा खेती एकाध वर्ष के लिये दूसरे परिवार के साथ साझेदारी के रूप पट्टे पर भी दी जा सकती है। कुरुवा खेती की विधि पूरे सौरिया प्रदेश में एक-सी ही है। फरवरी अथवा मार्च के महीने में जंगल का एक विशेष टुकड़ा चुन लिया जाता है, तथा उसमें कुछ विधि संस्कार और बलिदान करने के पश्चात् जंगल काट दिया जाता है, और पेड़-पौधे सूखने के लिये छोड़ दिये जाते हैं। मई और जून में मानसून की पहली वर्षा हाने के पहले सूखे पेड़ जलाकर राख कर दिये जाते हैं और जो कुछ बच जाता है उसे खेत से हटा दिया जाता है तथा जलावन के रूप में उसका उपयोग होता है। पहली बारिश के साथ खेत में बहुत बड़ी-बड़ी घास पैदा हो जाती है। इन घासों को उखाड़ कर खेत में ही छोड़ दिया जाता है जो खेत की पैदावार के लिए लाभदायक सिद्ध होती है। इस प्रकार खेत की पथरीली जमीन पर जब एक मोटी परत जम जाती है तो सौरिया पति और पत्नी अपने युवा बच्चों के साथ नुकीली छड़ों से उस खेत में सूराख बनाकर उसमें बीज बो देते हैं। बोने का समय दो महीने तक अर्थात् जुलाई और अगस्त तक रहता है। तीन महीनों के बाद जबकि उन खेतों में अंकुर निकल आता है तो सौरिया अपने खेत में एक चबूतरा तथा झोंपड़ी बनाता है तथा जंगली जानवरों, विशेषकर भालू से

खेती की सुरक्षा के लिये दिन और रात वहीं पर पहरा करता है। इस काल में, अधिकतर गांव के लोग, गांव के बाहर कुरुवा खेतों में ही रहने के लिये चले जाते हैं क्योंकि वे 5-7 किलोमीटर से भी अधिक दूरी पर रहते हैं।

जब दिसम्बर में खेत पककर तैयार हो जाता है तो वह फिर अपने खेत में खेत के भूतों की बलि देता तथा पूजा करता है, तथा फसल को काटना शुरू कर देता है। जब वह अनाज को अपने गाँव की झोंपड़ी में लाता है, तो वह फिर एक बार विधि संस्कार को करता है तथा चूल्हे और झोंपड़ी के नाम पर बलि पूजा करता हे। इस सभी बलि संस्कार के कामों में वह स्वयं पुजारी का काम करता है जो कि प्राथमिक परिवार के लोगों में ही सीमित होता है। इससे यह पता चलता है कि सौरिया जैसे समाज में भी जहाँ लोग जंगम खेती करते हैं, स्थायी प्रवसन होता है। सामान्य रूप से एक खेत के टुकड़े को दो बार जोता जाता है तथा उसके बाद इसे यूं ही बंजर रूप में कम से कम पाँच वर्ष तक छोड़ दिया जाता है। कम उपजाऊ जमीन में सिर्फ एक ही बार खेती की जाती है और उसे काफी लम्बे अर्से तक छोड़ दिया जाता है। बिहार के बारह दूसरे राज्यों में भी तथा असम (झूम की खेती), मध्य प्रदेश (पोडू की खेती), उड़ीसा (दाह की खेती), पहाड़ों पर बसने वाली जनजातियाँ भी लगभग इसी रीति से संगम खेती करते हैं, यद्यपि वे इसे विभिन्न स्थानीय नामों से पुकारते हैं।

अन्य व्यवसाय–कुरुवा खेती के अलवा, ग्रीष्मकाल में वर्षा होने से पहले कुछ महीनों तक सौरिया स्त्री पुरुष जंगलों से लकड़ी काटकर तथा इकट्ठा करके पहाड़ों के नीचे लगने वाले साप्ताहिक हाटों में बेचने जाते हैं। स्त्रियाँ तथा बच्चे मौसमी जंगली फल तथा कन्द मूल इकट्ठा करते हैं। सभी प्रकार की खाद्य सामग्री उपयोग में लाई जाती है जिसमें मृतक गायों के मांस भी हैं। इसी कारण से वे पास-पड़ोस के रहने वाले हिन्दुओं से प्रभावित जनजातियों द्वारा हेय दृष्टि से देखे जाते हैं।

ग्रामीण संगठन–सौरिया गांव छोटे-छोटे तथा बिखरे होते हैं। उनमें दस से लेकर पच्चीस तक प्राथमिक परिवार होते हैं, ता एक गांव से दूसरे गांव की दूरी 10 से 20 किलोमीटर की होती है। प्रत्येक गाँव में एक लौकिक मुखिया होता है, जिस महतो कहते हैं, परन्तु वर्तमान अवस्था में उसका कार्य सम्पादन समाप्त-सा हो गया है। ब्रिटिश सरकार के समय महतो गांव वालों से जमीन का लगान वसूल करता था परन्तु अब यह सीधे सरकारी ऐजेन्सियों द्वारा स्वयं ही वसूल किया जाता है।

परिवार और विवाह—सौरिया लोगों के बीच में कोई स्थायी धार्मिक मुखिया नहीं होता, जैसा कि कृषि करने वाली जनजातियां के बीच पाया जाता है। धार्मिक विधि संस्कार, केवल कुछ को छोड़कर सभी, पारिवारिक स्तर पर किये जाते हैं। सामूहिक विधि संस्कार जैसे वन्दना या पीलाई गांव के स्तर पर होता है। पुजारी तथा मुखिया प्रत्येक बार अलग-अलग चुने जाते हैं। सौरिया लोगों के बीच न गोत्र संगठन होता है और न वे गांव बहिर्विवाह की पद्धति का ही व्यवहार करते हैं। बहिर्विवाह के लिये वे दोनों तरफ के सम्बन्धियों के तन पुश्त तक की दूरी का विचार करते हैं।

अधिकतर सौरिया ग्रामीण अपने दादा के भाई तथा उनके बच्चे के नाम तक भी याद नहीं कर पाते। सौरिया परिवार में केवल पति-पत्नी ताा अविवाहित बच्चे तक ही पूरी घनिष्ठता होती है। दो भाई एक पहाड़ी पर कभी नहीं रहते। सबसे बड़ा पुत्र अपने पिता की मृत्यु के बाद उसकी जायदाद का वारिस होता है। वैवाहिक सम्बन्ध विच्छेद तथा दुबारा शादी की प्रथा इनमें बहुत पाई पाई जाती है। सौरिया बहुत थोड़े यौन तथा खाद्य निषेध (टैबू) पालन करते हैं। वे सभी प्रकार के मांस खाते हैं। इनमें विवाह पूर्व विवाहेतर तथा निकटाभिगमनीक यौन सम्बन्ध के उदाहरण अप्राप्य नहीं है। विधि क्रिया के पालन पर भी वे उतने विस्तारपूर्वक ध्यान नहीं देते। इस सांस्कृतिक मलिनता की भावना इस उदाहरण से समझायी जा सकती है। यदि किसी आदमी के चार लड़के हैं जो अलग-अलग गाँवों में रहते हैं, और वह अपने सबसे बड़े के घर पर मर जाता है तो इसका सबसे बड़ा लड़का तथा उसके घर के और सभी रहने वाले लोग ही साधारण रूप से मलिन होंगे। अन्य खेती करने वाली जनजातियों में पूरे गोत्र तथा कुछ स्थितियों में पूरे गाँव के लोग ही मलिन अथवा दूषित हो जाते हैं, तथा इसके शुद्धिकरण के लिये विस्तारपूर्वक रीति विधि का प्रयोग किया जाता है। स्पष्ट है कि पारिवारिक स्तर पर सामाजिक-सांस्कृतिक पूर्णता बड़ी ही ढीली तथा निष्क्रिय मालूम पड़ती है। यही बात पहाड़ी खारिया तथा असुर लोगों पर लागू होती है।

स्थानीय आकर्षण—सौरिया जिस प्राकृतिक अवसथा में रहते हैं उनकी भावनायें भी उसके अनुरूप ही बन गयी हैं। अधिकतर सौरिया अभी वर्तमान प्राकृतिक अवस्था तथा वातावरण में ही रहना अधिक पसन्द करते हैं। वे मिट्टी के मकानों की अपेक्षा बांसों क बनी झोंपड़ियाँ ही अधिक पसन्द करते हैं। वे कुओं के बजाय झरनों से पानी पीना अधिक पसन्द करते हैं। कुछ लोगों ने तो यहाँ तक कहा कि यदि सरकार उन्हें समतल भूमि पर जाने का मजबूर

करेगी तो वे नीचे जाकर आराम की जिन्दगी बिताने के बजाय पहाड़ पर ही बन्दूक की गोली खाकर मर जाना अधिक श्रेयस्कर समझेंगे। बहुत से लोगों ने बतलाया कि पहाड़ों पर ही उनका परम्परागत घर है तथा उनके भूत और देवता वहीं निवास करते हैं इसलिये वे पहाड़ को छोड़कर कहीं अन्य जगह नहीं जा सकते। दूसरे, वे लोग कुरुवा खेती तथा पेड़ पौधे के वातावरण को छोड़ना नहीं चाहते जो उन्हें नीचे समतला भूमि पर नहीं मिलेगा। आधे से अधिक लोगों ने नीचे रहने वाले लोगों के क्रूर स्वभाव के बारे में कहा, जिनके साथ वे रहना पसन्द नहीं करते। अधिकतर स्त्रियों ने भी नीचे मैदानी इलाकों में जाने के प्रति अनिच्छा प्रकट की तथा यह कहा कि नीचे जाने से बच्चों को बीमारी हो जायेगी तथा वे मर जायेंगे।

देशान्तरगमन—इस जनजाति की परम्परागत तथा भाषा सम्बन्धी सांस्कृतिक बातों से यह पता चलता है कि छोटा नागपुर के उरांव तथा राजमहल के सैरिया दो भाग हैं जो भूतकाल में कभी एक ही जनजाति रही होंगी (राय, 1928)। स्वदेश सूची के आधार पर (विद्यार्थी 1956) इन दोनों के शब्दकोष के तुलनात्मक अध्ययन से पता चलता है कि किसी समय वे एक भाषीय इकाई थे, तथा उन्हें एक दूसरे से अलग हुये लगभग 1,000 से 1,500 साल हो गये। उनकी पौराणिक दन्तकथाओं तथा परम्पराओं के आधार पर ही राय (1915) का यह विश्वास है कि यह पृथक्करण पश्चिमी बिहार के रोहतास नामक जगह पर हुआ जहां कि वे लोग खेती का पेशा करते थे। यद्यपि उनके देशान्तर गमन का निश्चित कारण विदित नहीं है, परन्तु किसी प्रकार के हिन्दुओं का आक्रमण ही उनके इस पृथक्करण का कारण समझा जाता है। एक समूह छोटा नागपुर के जिलों में जा बसा जहाँ उसकी मुँडा जनजाति से मुलाकात हुई जो शायद उरांव लोगों की तरह उन्नत नहीं थे। दूसरा समूह और भी पूर्व की ओर बढ़ता हुआ राजमहल की पहाड़ियों में चला गया।

कुरूख धर्म—भारत की बहुत-सी जनजातियों के विषय में यह दावा किया गया है। कि वे संस्कृति के ऊँचे स्तर से नीचे गिर गई हैं। राय (1928) ने भी यह उल्लेख किया कि उरांव लोगों में किसी जमाने में बहुत-सी महत्त्वपूर्ण हिन्दू प्रथायें जैसे कि जनेऊ, एक ही देवता की पूजा करना, शाकाहारी भोजन तथा अन्य भी बहुत सी बातें प्रचलित थीं। इसी आधार पर उनका यह मत था कि 1950 में संगठित कुरूख धर्म, एक धार्मिक आन्दोलन था। कुरूख धर्म का मूल अर्थ होता है। "कुरूख या उरांव के वास्तविक पुराने धर्म की ओर लौटना।" इस प्रकार के विश्वास तथा आन्दोलन का कारण हिन्दू तथा

आदिमवासियों के परस्पर सम्बन्ध की स्थिति है। हिन्दुस्तान के बहुत से हिस्सों की जनजातियाँ हिन्दुओं की रीति विधिओं का व्यवहार करने के लिये अपने अधिकार की माँग करते हुए बड़ी सामजिक प्रणाली में अपना सामाजिक पद बनाने की कोशिश कर रही हैं। उनका यह दावा उन्हें प्राचीनकाल के उन महत्त्वपूर्ण दिनो की ओर ले जाता है, जबकि मलिनता का आचार-विचार अज्ञात था, और उनका स्वयं अपना शासन था, आदि-आदि। इसका दूसरा दृष्टान्त-भूमिज जनजाति (सिन्हा 1956) का है जिसमें कि आदिवासी लोग यह दावा करते हैं कि एक समय वे खत्रिय थे तथा अब वे अपनी इस ऊँची सामाजिक स्थिति में वापस लौटना चाहते हैं।

उड़ीसा की जनजातियाँ

उड़ीसा में भारतवर्ष के अन्य राज्यों की अपेक्षा जनजातियों की सबसे अधिक प्रतिशत आबादी है। यहाँ न केवल असम के विभिन्न जनजातियों की तरह विभिन्न आर्थिक प्रकार, जातीय गुण, तथा विभिन्न भारतीय परिवारों के जनजाति पाये जाते हैं, वरन् राज्य के अगम्य भागों में रहने वाले बहुत सी प्रचीनतम ढंग की रहन-सहन वाली जनजातियाँ भी पाई जाती हैं। जो कि कि बाहरी सम्पर्क से अछूते हैं। यहाँ ऐसी भी जनजातियाँ भी पाई जाती हैं। जो केवल अपने अलावा अपनी संस्कृति के सभी तरीकों को सुरक्षित नही रख सके हैं। तथा हिन्दू समाज में में पूरी तरह से घुल मिल गये हैं। वे लोग अपनी जनजातीय विशेषताओं को छोड़कर हिन्दू जाति प्रथा के अन्तर्गत प्रवेश कर गये हैं। ऐसे लोगों में सुन्दरगढ़, सम्बलपुर तथा बोलंगीर, पटना जिलों के गोण्ड तथा भूँइयाँ लोग भूतपूर्व देशी राज्यों के सैनिक के रूप में काम करते थे। उनके बड़े-बड़े राज्य थे जिनमें पर्याप्त आमदनी होती थी। आज वे सझी आधुनिक सुवधिओं से सम्पन्न घरों में रहते हैं। भौगोलिक तथा सामाजिक कारणों से बिल्कुल प्राचनी ढंग से लेकर उन्नत प्रकार के रहन-सहन वाले विभिन्न आर्थिक स्तर के लोग भी पाये जाते हैं। इन्हीं कारणों से एक विशेष जनजाति के बीच भी अनेक प्रकार के लोग पाये जाते हैं। उदाहरण के लिये सवरा में इस प्रकार के ग्यारह विभाजन पाये जाते हैं जिनमें ऊँचे पठारों पर रहने वाले, लुहार तथा कृषकों का उल्लेख किया जा सकता है। उड़ीसा राज्य में 62 जनजातियाँ पाई जाती हैं। उनमें से चौदह जनजातियों को अलग छांटा जा सकता है, जिनकी विभिन्न जातीय तथा भाषीय समूह के होने के कारण अपनी निजी सांस्कृतिक विशेषतायें हैं।

भारतवर्ष के सभी राज्यों के बीच जन-जातियों की प्रतिशत आबादी उड़ीसा में सबसे अधिक है, जो राज्य की पूरी आबादी का 23.11 प्रतिशत होता है। यहाँ की जनजातियों की संख्या भारतवर्ष की कुल जनजातियों की संख्या का 13.34 प्रतिशत होता है। इस राज्य के कुल क्षेत्र का दो-तिहाई से ज्यादा भाग अगम्य पहाड़ियों तथा घने जंगलों से भरा पड़ा है। पूरे क्षेत्र का एक-तिहाई से अधिक भाग जो 56,356 वर्ग किलोमीटर है, अनुसूचित क्षेत्र घोषित कर दिया गया है और जिसके अन्तर्गत मोटे तौर पर कोरापुट जिला, गंजाम ऐजेन्सी (सोरापा, पंडाखोले, मुण्डा को छोड़कर), कन्ढामान्स तथा बालीगुडा डिवीजन के साथ (उदयगिरी ताल्लुक के चोकापाडा खांडा को छोड़कर) मयूरभंज तथा सुन्दरगढ़ (गंगपुर और कालाहान्डी) जिला के अन्तर्गत कासीपुर का क्षेत्र जैसे छोट-छोटे हिस्से भी हैं जहाँ कि अधिकतर जनजातियों की आबादी है। लगभग 18,200 वर्ग किलोमीटर क्षेत्र, विशेषकर भूतपूर्व देशी राज्यों के कुछ भागों को अनुसूचित क्षेत्र घोषित करने के बारे में विचार किया जा रहा है। इनके अलावा कोरबा, बिरहोर तथा खड़िया की एक शाखा जैसी जनजातियों भी हैं जोकि पूर्णरूप से शिकार तथा भोजन संग्रह की स्थिति में हैं तथा खनाबदोश स्वभाव की हैं।

अधिकंश जनजातियाँ भिन्न-भिन्न कालों में एक जगह से दूसरी जगह स्थानान्तरित होती रही हैं। कान्ध, कान्धामाल से जो कि उड़ीसा में उनका असली वास स्थान था कालाहान्डी जिले में अगम्य पहाड़ियों से लेकर कोरापुट जिले के मलकानजीरे तक, बाहरी प्रभावों से वंचित एक सुरक्षित स्थान में स्थानान्तरित हुए जहाँ वे सुविधापूर्वक अपना प्रिय "पोदू" या जंगम खेती कर सके। फिर, उनमें से अधिकतर लोगों ने नीचे के समतल भाग हो गये। उनका अभी भी अधिकतर पहाड़ियों तथा जंगलों में रहना यह बतलाता है कि ये जनजातियाँ राज्य के प्राचीनतम निवासियों में से हैं।

भौगोलिक दृष्टिकोण से ये जनजातियाँ उड़ीसा के दक्षिणी, तथाा उत्तरी हिस्सों में निवास करती हैं। दक्षिणी में कान्ध, सवरा, गोंड, परजा, गदवा, कोया तथा बोडो तथा उत्तरी उड़ीसा में संथाल, कोल्हा, उरांव किसान, मुण्डा, भुंइया तथा जुवांग जैसी जनजातियों निवास करती हैं।

सम्पूर्ण रूप से दक्षिणी उड़ीसा के विशेषकर कोरापुट जिले में रहने वाली जनजातियों अधिकतर प्रचीन तथा अविकसित हालत में पाई जाती हैं। क्योंकि पूरा भाग अधिकांश अगम्य पहाड़ियों तथा घने जंगलों से आच्छादित है, जिससे बाहरी दुनिया से उनके सम्पर्क में अधिकतम कठिनाईयाँ उत्पन्न होती हैं।

प्रजाति तथा भाषा–शारीरिक मानव विज्ञान के दृष्टिकोण से उड़ीसा का बहुत कम ही अध्ययन हुआ है। अभी तक किये गए अवलोकन के आधार पर उड़ीसा की जनजातियों में एकरूपता पाई गई है। उन्हें प्रोटो ऑस्ट्रोल्वायड के रूप में वर्गीकरण किया गया है। संस्कृत साहित्य में सवरा तथा कान्ध जैसे कुछ प्राचीन जनजातियों के शारीरिक गुणों का उल्लेख भी उपरोक्त अवलोकन की पुष्टि करता है। केओझर जिला के जुआँग में कुछ मंगोल्वायड शारीरिक तत्व तथा कोरापुट के गदबा में कुछ नीग्रिटो शारीरिक तत्व के भी प्रमाण मिले हैं।

भाषा–भाषीय दृष्टिकोण से इन जनजातियों में एक दूसरे से भिन्नता है। यह भिन्नता एक ही जनजाति की कई शाखाओं में भी पाई जाती है। विशेषकर कान्ध के साथ इस प्रकार की बात पाई जाती है। इन सभी भिन्न-भिन्न भाषा की शाखाओं को द्राविड़ियन तथा ऑस्ट्रिक दो भाषीय परिवारों में बाँटा गया है।

आर्थिक वर्गीकरण–जीवनयापन के आधार पर इन्हें तीन भागों में बांटा जा सकता हैः (1) शिकारी और भोजन संग्रहकर्ता, (2) जगम खेतिहर तथा (3) स्थिर कृषक। इन श्रेणियों की प्रत्येक जनजाति दूसरे देशों से भी अपनी जीविका का निर्वाह करती है। उदाहरण के लिए, कारवा जो कि मुख्यतः शिकारी तथा खाद्य, कन्द मूल तथा फल के संग्रहकर्ता हैं, मधु संचय के द्वारा अपने अल्प आर्थिक साधनों की पूर्ति करते हैं। इस काम में उन्हें निपुण समझा जाता है। सवरा तथा कान्ध जैसे स्थिर कृषक भी पहाड़ों पर बाजरा तथा दलहन की पैदावार करते हैं। जिसकी बिक्री बाजारों में तुरन्त हो जाती है।

(1) वन-शिकार प्रकार–इस श्रेणी में बिरहोर, कोरवा तथा पहाड़ी खड़िया का उल्लेख किया जा सकता है। स्थानीय लोगों क बीच बिरहोर "कनकड घीया" नाम से प्रचलित हैं क्योंकि वे बंदर का मांस खाते हैं तथा उनके शिकार करने में वे प्रवीण हैं। इसके अलावा वे चूहा, रूक्खी, तथा कभी-कभी हरिण का भी माँस खाते हैं यद्यपि जिस भौगिलिक वातावरण में वे रहते हैं उसमें बाघ, चीता तथा भेड़िया जैसे जानवर भी पाये जाते हैं। वे जंगली कन्द-मूल तथा फल भी संग्रह करते हैं जिन्हें वे वर्षा के दिनों के लिये रख छोड़ते हैं। वर्षा में उनका स्थानान्तरण कुछ दिनों के लिए रुक जाता है। वे मधु का भी संचय करते हैं तथा चोप के रेशे से रस्सी तैयार करते हैं जिसकी वे बिक्री करते हैं तथा अपनी आवश्यकता की चीजों से बदलते हैं। एक ही जगह पर ज्यादा दिनों तक तथा अधिक संख्या में रहना उनके लिये सम्भव

नहीं है, इसलिये वे पत्तों की बनी अस्थायी झोंपड़ियों में रहते है तथा छः आठ परिवारों के छोटे गिरोहों में घूमते रहते हैं। वे सुन्दरगढ़ जिले में पाये जाते हैं।

कोरवा लोग सम्बलपुर तथा सुन्दरगढ़ जिलों में पाये जाते हैं तथा सिमलापाल की पहाड़ियों में रहते हैं। वे लोग कन्द मूल तथा फल के अलावा मधु तथा सिंग इकट्ठा करते हैं जिन्हें वे बाजारों में बेचते हैं। वे मैना जैसे छोटे-छोटे पक्षियों तथा पेड़ पर रहने वाली रुक्खियों को पकड़ने में बड़े निपुण होते हैं जिन्हें वे समतल भूमि पर रहने वाले लोगों के हाथ बेचते हैं।

ऐसा अनुमान लगाया गया है कि इन घुमक्कड़ जनजातियों को अपने स्थान को छोड़ने के लिए बाध्य किया गया था तथा समतल भूमि में रहने वाले अधिक शक्तिशाली लोगों के द्वारा वे पहाड़ियों में भगा दिये गए थे।

(2) पहाड़ी खेती प्रकार–कुटिया या डाँगरिया कान्ध, बोंडो, लंजीय सवरा, केवझर जिला के जुआंग, पीढ़ के जुवांग तथा बोनाई के पंडी भूंइयां इस श्रेणी में पाये जाते है। वह क्षेत्र काफी अगम्य है जिसमें कि राजन जातियाँ रहती हैं। इस प्रकार यह बाहरी प्रभावों से चिन्तामुक्त होकर जंगम खेती करने का एक अत्यन्त उपयुक्त स्थानस है। इस प्रकार की खेती को ''पोदू चासा'' कहा जाता है। यह उत्तरी उड़ीसा में ''कउराई'', ''बीरीनांजा'' तथा ''दाही'' ''रैरा'' तथा दक्षिणी उड़ीसा में ''गीदीया'' तथा ''दौउर चारा'' कहलाती है। मुख्य फसल में चावल, बाजरा, दाल तथा तिलहन पैदा किये जाते हैं। जंगम खेती के लिये पहाड़ी का कोई एक ढलवां हिस्सा इस काम के लिये चुन लिया जाता है। वहाँ के पेड़ो को काटकर तथा छोटे-छोटे पौधों को उखाड़कर इसे साफ कर लिया जाता है। इसके बाद कुछ समय तक उन्हें सूखने के लिए छोड़ दिया जाता है, फिर उन्हें जलाकर राख कर दिया जाता है तथा उस राख को सब जगह में बिछा दिया जाता है तथा उस राख को सब जगह में बिछा दिया जाता है। इस काम को लगभग मार्च तथा मई के बीच किया जाता है। पहली मानसून वर्षा प्रारम्भ होते ही बीज बो दिया जाता है। अक्टूम्बर तथा नवम्बर में जबकि पौधे बड़े हो जाते हैं तब इसी जंगली जानवरों तथा चोरों से रक्षा करनी पड़ती है। दिसम्बर-जनवरी में फसल को काटा जाता है, फसल काटने के बाद जमीन कई सालों तक परती छोड़ दी जाती है। तीसरे साल फिर जमीन के उसी टुकड़े में खेती की जाती है। उसके बाद उस जमीन के टुकड़े को चार से छः वर्षों तक लगातार परती छोड़ दिया जाता है, जिससे उस अवधि में वह जमीन फिर प्राकृतिक रूप से अपनी उर्वरता को वापस ले

सके। उसके बाद गांवों से दूर दूसरी जमीन के टुकड़ों को चुन लिया जाता है तथा उनमें बारी-बारी से खेती की जाती है।

परस्पर समझौते से जमीन के टुकड़ों को परिवारों के बीच बाँट दिया जाता है। फिर भी निजी स्वामित्व को मान्यता नहीं दी जाती है तथा जमीन पूरे समुदाय के द्वारा सम्मिलित रूप से अधिकृत होती है। खेत की प्रकृति तथा जीवन की विषम स्थिति के कारण कड़ी मेहनत के बावजूद खाद्य सामग्रियों को जमा करना सम्भव नहीं है। इस प्रकार जो कुद भी पैदावार होती है उसे जंगल से कन्द-मूल तथा फलों को इकट्ठा कर उसकी शेष पूर्ति होती है। यह काम औरतों के द्वारा और कभी-कभी मर्दों के द्वारा भी जब उन्हें फुरसत होती है किया जाता है। पुराने रहन-सहन के तरीकों को छोड़ने की अनिच्छा, नये विचारों की अनभिज्ञता, तथा स्थिर खेती के लिये उपयुक्त जमीन की कमी, अन्न उत्पादन के उपरोक्त तरीकों के मुख्य कारण हैं।

(3) **समतल कृषि प्रकार**—इसी श्रेणी के अन्तर्गत देसुआ, कान्ध, परला, गदबा, माला, सवरा, समतल पर रहने वाले भूंइया, घीन कनल के जुवांग, किसान, उरांव, भोटाडा और गोंड जैसी जनजातियाँ आती हैं। इनके जीविकोपार्जन के मुख्य साधन स्थायी खेती हैं। इसके अलावा व्यापार, कारखानों तथा खानों में दैनिक मजदूरी जैसे काम धन्धे किये जाते हैं। ये लोग लगभग चालीस से साठ परिवार वाले स्थायी गाँवों में रहते हैं। प्रायः इन गांवों में दूसरी जातियों के लोग भी रहते हैं जिनका अपना-अपना विशेष पेशा होता है। आर्थिक स्थिाति ज्यादा स्थायी तथा सुरक्षित होने के कारण उस पर एक बड़ी जनसंख्या के लोगों का भरण-पोषण होता है। इससे पेशों पर आधारित अमीर और गरीब जैसे आर्थिक वर्ग की उत्पत्ति होती है। यह उन्नत समाज की विभिन्न शाखाओं के साथ रहने से और भी स्पष्ट हो जाती हैं। इस श्रेणी में कोरापुट जिले के रायगढ़ अनुमण्डल के कान्ध, पाला लहरा के जुवांग, कारीआ के भूंइया और सवरा की एक शाखा जैसी जनजातियाँ भी आती हैं जो यद्यपि मुख्य रूप से जंगम खेती पर निर्भर करती हैं, परन्तु पहाड़ियों के नीचे बरसाती कृषि भी कर लेते हैं तथा इस प्रकार संक्रमण की स्थिति में हैं।

सामाजिक धार्मिक विशेषतायें—ऐतिहासिक, प्रजातीय, भाषीय तथा भौगोलिक भिन्नताओं के बावजूद भी कुछ सामान्य मूल सिद्धान्त हैं जिनके आधार पर इन लोगों का सामाजिक धार्मिक जीवन व्यवस्थित है। गांव या शिकारी तथा भोजन संग्रहकर्त्ताओं के अस्थायी पड़ाव सभी जगह क्षेत्रीय इकाई

समझी जाती है। अभी तक गांव के मुखिया के आधीन ही सभी अधिकार दिये गये हैं।

मूढ़ा जैसी विस्तृत क्षेत्रीय संस्थायें क़नोहा में पाई गई हैं। परिवार पितृवंशीय हैं। नातेदारी का संगठन वर्ग सूचक आधार पर किया जाता है। सम्पत्ति का हस्तानान्तरण, उत्तराधिकार तथा वंशावली पितृवंशीय सिद्धान्त पर आधारित हैं। कान्ध भूंइया, बोडो, उरांव तथा जुवांग में लड़के तथा लड़कियों का शयनागार पाया जाता है। फिर भी जहाँ लोगों पर आधुनिक प्रभाव अधिक है वहाँ इसका क्रमशः ह्रास होता जा रहा है। विवाह की प्रथा पहाड़ियों में रहने वाली जनजातियों, विशेषकर केरतिया कान्ध के बीच पाई जाती है।

लोक नृत्य तथा संगीत सभी लोगों में परन्तु विशेष तौर पर जुवांग तथा संथाल लोगों के बीच पाया जाता है जिनके बीच लोक गीतों का बहुत बड़ा संग्रह है। धर्म के अन्तर्गत बलिदान के द्वारा अच्छे और बुरे भूतों की पूजा करते हैं। उर्वरता पूजा से सम्बन्धित मानव बलिदान की प्रथा पहले कान्ध के बीच पाई जाती थी परन्तु मानव के स्थान पर अब भैंसे की बलि दी जाती है। फिर भी कुछ लोगों का विश्वास है कि प्राचीन ढंग का मानव बलिदान अब भी अगम्य तथा दुर्गम हिस्सों में प्रचलित है। जादू टोना तथा इन्द्रजाल काफी प्रचलित है कब्र पर पत्थर खड़ा करने की प्रथा विशेष कर बोडों के बीच पाई जाती है।

जुवांग–जुवांग उड़ीसा की एक प्रमुख जनजाति है। यह आदिवासी के ओझर घ्याकानाल इत्यादि क्षेत्रों में विशेष रूप से निवास करती हैं। यह मुख्यतः इन क्षेत्रों के जंगलों व पहाड़ों पर पाई जाती हैं। इनकी जनसंख्या के बारे में ठीक-ठीक कहना बहुत मुश्किल है क्योंकि प्रत्येक परिवार की गिनती करना सम्भव नहीं है। 1971 की जनगणना के अनुसार इनकी आबादी 21,890 थी। कुछ मानव वैज्ञानिकों का विचार है कि इनकी आबादी कम होती जा रही है। परन्तु जनगणना के आधार पर यह कहना कठिन हो जाता है। क्योंकि 1921 की जनगणना के अनुसार इनकी आबादी केवल 10,000 के लगभग थी।

आर्थिक व्यवस्था–जुवांग की बीच जंगल जलाकर खेती करने की प्रणाली प्रचलित है। माघ के महीने में वे जंगलों को काट देते हैं और पौधों को सूखने के लिए छोड़ देते हैं। जब पौधे सूख जाते हैं तो वे उनको जलाकर फैला देते हैं। फिर वे लकड़ी के औजार से जमीन में छेद कर बीज रोपते हैं। इस तरह के औजार को वे अपनी भाषा में "गोरोडा" कहते हैं। गोरोडा उस

जन युग की याद दिलाता है जब इसी तरह की लकड़ी से खेती होती थी और उस समय के लोग हल से एकदम अपरिचित थे। जुवांग कुछ पठारी समतल क्षेत्रों में अब अपने छोटे हल चलाते नजर आते हैं। इस तरह जंगल जलाकर खेती करके वे बाजरे और कहीं-कहीं धन भी उपजाते हैं। जहां वे पहली बार जंगल जलाते हैं, वहां दो बार से अधिक खेती नहीं करते। उस स्थान में वे पौधे बढ़ने के लिये छोड़ देते हैं। और लगभग दस वर्ष के बाद फिर वहाँ जंगल जलाकर खेती करते हैं।

जुंआग शिकार में प्रवीण हैं और खेती के अलावा शिकार करके भी अपनी जविका चलाते हैं। शिकारी अपना अधिकतर काम गर्मी में करते हैं। प्रत्येक साल में जब वे प्रथम बार शिकार शुरु करते हैं। तो दो चार गांव के लोग इकट्ठे होते है, पूजा बलिदान होता है और तब इसके बाद नये आम खाकर वे सभी साथ में उत्सवपूर्वक शिकार करने जंगलों में जाते हैं। जो व्यक्ति सफलतापूर्वक कोई जानवर को मारता है तो वह राजा घोषित किया जाता है, उसे लोग माला पहनाते हैं। उसके सिर पर पगड़ी बांधते हैं और मरे जानवर को उसके घर ले जाते हैं या जंगल के किसी झरने के पास लाते हैं। वहां मरे जानवर के खून को पत्ते के दोने में रखकर पूर्वजों के नाम पर अर्पित किया जाता है और इसके बाद जानवर के मांस को बराबर हिस्सों में बांटते हैं। यदि किसी के कुत्ते ने शिकार में पूरी सहायता की है उसे कुछ हिस्सा मिलता है। वे जंगलों में घूमते हैं, गाते हैं, और जो भी जानवर मिलते हैं। वे जाल और अन्य तरीकों से मछलियाँ पकड़ते हैं और उन्हें उबाल कर मसाले के साथ खाते हैं।

जुवांग अभी तक कपड़े की जगह पर पत्ते पहनते थे। कुछ मानव वैज्ञानिकों ने जुवांग के कुछ क्षेत्रों में 1942 में भी उन्हें पत्ते पहना देखा है। परन्तु अब उनके बीच कपड़े का प्रचलन हो गया है और वे पत्तों की जगह अब कपड़े पहनने लगे हैं।

सामाजिक व्यवस्था—सामाजिक दृष्टिकोण से जुवांग बहुत से कबीलों में बँटे हैं। इन कबीलों का नाम किसी जानवर, वृक्ष, पक्षी, फूल इत्यदि केनाम पर रक्खा जाता है। जिस पक्षी, जानवर या पौधे के नाम पर इनके गोत्र का नाम होता है वे उनका आदर करते हैं। वे किसी भी हालत में उसे नहीं मारते हैं। अपने गोत्र में वे शादी भी नहीं करते हैं। इस तरह के गोत्र को वे अपनी भाषा में 'अबोक' कहते हैं। जुवांग के गांव में युवा गृह की भी संस्था हे जिसे वे अपनी भाषा में 'मंडाघर' कहते हैं। केओझर के अधिकांश गांवों में मंडाघर पाये जाते हैं परन्तु ध्यकांनाल

और पाललहरा इत्यादि क्षेत्रों में वे लुप्त से हो गये हैं। मंडाघर जुवांग के गांवों के बीच में रहता है। यह झोंपड़ी होती है जिसमें गांव की अविवाहित युवतियां सोती हैं। इस घर को वे अपनी भाषा में घांघरीवासा कहते हैं। जुवांग के ये दोनों युवा और युवती गृह ही गांव के सामाजिक और आर्थिक कार्यों का अड्डा होता है। ये वे स्थान हैं जहाँ गांव के सभी नर-नारी, बाल-वृद्ध, इकट्ठे होते हैं। और नृत्य गान इत्यादि करते हैं। यहाँ उनके परम्परागत स्कूल भी हैं जहाँ गांव के सभी युवक-युवतियां रात्रि में केवल सोते ही नही बल्कि अपनी संस्कृति रीति-रिवाज, लोककथा, जातीय इतिहास इत्यादि भी सीखते हैं।

विवाह और मृत्यु उनके जीवन की प्रमुख घटनायें हैं। अधिकतर वे 16 से 20 की उम्र में शादी करते हैं। शादी उनके माता-पिता के द्वारा निश्चित् की जाती है। शादी के समय नाच, गान, खाना, पीना प्रमुख विशेषतायें हैं। मृत्यु से वे बहुत डरते हैं क्योंकि मरने के बाद वे भूत हो जाते हैं। इससे बचने के लिये वे तरह-तरह के उपया पूजा, पाठ और बलिदान करते हैं। जुवांग के बीच लाश जलाने की प्रथा है।

जुवांग के गांव की शासन व्यवस्था दो सरदारों के हाथों में रहती है। प्रत्येक गांव में एक डिहुरी होता है जो उनका पुरोहित है और पूजा पाठ में उनका नेतृत्व करता है। दूसरा एक प्रधान होता है जो गाँव से कर वसूल करता है और गांव में शान्ति बनाये रखता है। सात से दस प्रधान के ऊपर एक सरदार होता है। जो गाँवों के बीच झगड़ों का निपटारा करता है।

धार्मिक व्यवस्था—जुवांग के सबसे देवता या महाप्रभु को वे धरम देवता मानते हैं। धर्म देवता या महाप्रभु का रूप वे सूरज देवता में देखते हैं। धरती माता उनकी दूसरी देवी है जो महाप्रभु की पत्नी के रूप में देखी जाती है। इन दो प्रमुख देवी-देवियों के अलावा वे कितने ही ग्राम देवता, पहाड़ और नदी के देवता, जंगल साफ करने के देवता और गृह देवता, इत्यादि के नाम पर समय-समय पर बलिदान करते हैं।

हिन्दुओं के प्रभाव में आकर इन्होंने महादेव और पार्वती, लक्ष्मी और दुर्गा, राम, लक्ष्मण और सीता इत्यादि के भी नाम जाने हैं और ये उनकी भी पूजा करते हैं। पुराने मानव वैज्ञानिकों ने इनके बीच में पर्वों के अभाव पाये थे परन्तु इस समय के अध्ययन से यह स्पष्ट है कि उनके बीच पर्व प्रचलित हैं। ऐसा लगता है कि इन्होंने बहुत से पर्व आस-पास के हिन्दू अथवा अय जनजातियों से सीखे हैं। इनका प्रमुख पर्व माघ उतरा है जो इन्होंने भूंइया जाति से लिया है। इसके अलावा दशहरा, दिवाली इत्यादि पर्व हैं जे वे हिन्दुओं

के सम्पर्क में आने से सीखे हैं। उनके कुछ अपने भी पर्व हैं जैसे राजो पर्व, असरू पूजा इत्यादि। वे भूत-प्रेत और डाइन इत्यादि से बहुत डरते हैं। वे समझते हैं कि मृत्यु, बीमारी इत्यादि के कारण वे ही हैं। वे बीमार पड़ने पर जादूगरों और डिहुरी की ही सहायता से अच्छे होने की कोशिश करते हैं।

मध्य प्रदेश की कुछ जनजातियाँ

मध्य प्रदेश भारतवर्ष के उन राज्यों में से एक है जहाँ कि आदिवासियों की आबादी अधिक संख्या में पाई जाती है। यहां लगभग 84 लाख आदिवासी रहते हैं जो इस राज्य की पूरी आबादी के लगभग 20 प्रतिशत होते हैं।

प्रमुख जनजाति : गोंड

बस्तर में मारिया गोंड की आबादी में से अधिकांशा मारिया पहाड़ी पर रहते हैं और कुछ मारिया मैदान में निवास करते हैं। जो मारिया पहाड़ पर रहते हैं उन्हें हिल मारिया या "पहाड़ी मारिया" कहा जाता है। मारिया लगभग 150 पहाड़ी गांवों में रहते हँ। मैदान में रहने वाले मारिया जिनको 'बाइसन होर्न मारिया" या "मैदानी मारिया" कहा जाता है, बड़े-बड़े गांवों में रहते हैं। मैदानी मारिया की बस्तियाँ अधिकतर नदी की घाटियों और समतल भूमि पर हैं जहाँ कि वे हल द्वारा खेती कर सकते हैं। मारिया की तरह मध्य प्रदेश के मुरिया गोंड भी भौगोलिक दृष्टिकोण से पहाड़ और मैदान दोनों तरह के क्षेत्रों में रहते हैं।

मध्य प्रदेश की प्रमुख जनजाति गोंड है जो अधिकांशतः बस्तर जिले में निवास करती है। गोंड नाम समीपवर्ती हिन्दुओं तथा सरकारी अफसरों द्वारा उन सभी जनजातियों के लिये उपयोग किया जाता है जो "कोईतार" नामक प्रजाति के हैं। वस्तुतः गोड का मूल नाम "कोईतार" ही है जिसके कहने से मोरिया, मारिया, भत्रा, प्रजा आदि जनजातियों का बोध होता है। इसके अलावा कुछ हिन्दुओं द्वारा प्रभावित जनजातियाँ हैं जो छतीसगढ़ से आकर यहां बसी हैं जैसे राजगोंड, राजकोरक, राज मुरिया, नाक गोंड। इन्हें भी गोंड ही कहा जाता है। इन सभी गोंड जनजातियों में मुरिया और मारिया विशेष उल्लेखनीय है जो मुख्यतः मध्य प्रदेश के बस्तर जिले के पहाड़ी तथा समतल क्षेत्रों में निवास करते हैं।

पेण्डा खेती प्रणाली—भौगोलिक दृष्टिकोण से मध्य प्रदेश के गोंड को दो भौगोलिक श्रेणियों में बांट सकते हैं—पहाड़ी और मैदानी गोंड। इन दोनों

के आर्थिक व्यवसाय और सांस्कृतिक विशेषताओं में भी काफी अन्तर आ गया है। जहाँ पहाड़ पर रहने वाले गोंड जंगल जलकर खेती करने की प्रणाली पर आश्रित हैं वहाँ मैदान में निवास करने वाले गोंड हल द्वारा खेती करके अपनी जीतिका निर्वाह करते हैं। अबुझमार पहाड़ के मारिया गोंड जंगल जलाकर खेती करने की प्रणाली के लिये प्रसिद्ध हैं। वे इस प्रणाली को अपनी हवली भाषा में पेडा कहते हैं। मध्य प्रदेश के क्षेत्रों में जंगल जलाकर खेती करने की प्रणाली को दाही, बेवर, पोरका इत्यादि भी कहा जाता है। भारत के अन्य पहाड़ी क्षेत्रों में इस तरह की खेती प्रणाली प्रचलित है जिन्हें असम में झूम और बिहार के संथाल परगने में 'कुरुवा' या खालू इत्यादि कहा जाता है। गोंड की पेंडा प्रणाली की खेती में जनवरी और फरवरी के माह में जंगल को काटकर सूखने के लिये छोड़ दिया जाता है। जब लकड़ियाँ और पत्ते सूख जाते हैं, तब मई माह में वे उनहें जला डालते हैं। जब वे राख के रूप में परिणित हो जाते हैं तो राख को 'परका लाठी' नामक औजार से फैला देते हैं। जब प्रथम बार मानसूनी बारिश होती है तो वे जमीन में लकड़ी से छेदकर बीज बोते हैं। जब वे एक ही स्थान में दो या तीन बार खेती कर चुकते हैं, तो वे उस स्थान को छोड़कर जगल के दूसरे हिस्से को काटते हैं। इस क्षेत्र में भी वे इसी तरह से जंगल जलाकर खेती करते हैं। इस पेंडा प्रणाली के द्वारा जंगल का दिनों-दिन ह्रास होता जा रहा है। पहाड़िया गोंड इस खेती प्रणाली के कारण आलसी से हो गये हैं। इस तरह की पेंडा प्रणाली द्वारा इस खेती करने के अलावा पहाड़िया गोंड जंगलों से खाद्य पदार्थ कन्दूमूल, फल-फूल मिलते हैं। ऐसे पदार्थों में महुआ के फूल तथा तेन्दू, जामद्धुन और जंगली आम विशेष रूप से उल्लेखनीय हैं। इस संग्रह के काम को प्रायः औरतें ही करती हैं।

पहाड़ी मारिया शिकार करने में भी प्रवीण हैं। वे गर्मी में शिकार करने निकलते हैं। वे अधिकतर सिंह, जंगली भैस, हिरण इत्यादि का शिकार के प्रमुख औजार हैं—तीर, धनुष, लाठी, गंड़ासा और कुल्हाड़ी। वे मछली मारने के अनेक तरीकों से परिचित हैं।

भौतिक संस्कृति—पहाड़ी गोंड के मकान अधिकतर लकड़ी, बाँस और घास के बने होते हैं जो मुश्किल से पांच साल तक रहने के योग्य रहते हैं। मैदानों में रहने वाले गोंड लोगों के मकान इनकी अपेक्षा अधिक मजबूत, टिकाऊ तथा मिट्टी के बने होते हैं। कपड़े के नाम पर पहाड़ी गोंड नर-नारियाँ एक छोटा टुकड़ा कमर में लटकाये रहते हैं। उनकी औरतों को आभूषणों

से बहुत प्रेम है। उनके शरीर कांसे आभूषण, बड़ी-बड़ी अंगुठियाँ, हार आदि से भरे रहते हैं। गोदना गुदाने में भी उनकी अभिरुचि है और उनके पूरे शरीर गोदने से सुशोभित नजर आते हैं।

सामाजिक व्यवस्था–गोंड की प्रत्येक जनजाति अनेक गोत्रों में बंटी हैं, इन गोत्रों के नाम किसी वृक्ष या पक्षी या पशु के नाम पर होते हैं। जिस जानवर या वृक्ष के नाम पर उनके गोत्र का नाम होता है उस जानवर या वृक्ष को वे कभी हानि नहीं पहुँचाते और न उसे खाते हैं। उनके समाज में अपने गोत्र की लड़की के साथ विवाह करना एकदम वर्जित है।

घोतुल–गोंड विशेषतया मुरिया गोंड की सामाजिक व्यवस्था की प्रमुख विशेषता घोतुल नामक संस्था है। घोतुल वह सामूहिक घर शयनागार है जहाँ मुरिया गाँव के अविवाहित युवक युवितियाँ सोती हैं और अनेक सामजिक काम में हाथ बंटाते हैं। घोतुल वस्तुतः मुरिया जनजाति का परम्परागत स्कूल है। यहाँ युवक और और युवतियां केवल साते ही नहीं बल्कि सामाजिक रीति-रिवाज, सांस्कृतिक नृत्य गान एवम् समाज के अन्य विशेषताओं की शिक्षा भी पाते हैं।

घोतुल मुरिया क एक सुव्यवस्थित संस्था है और गांव के सामाजिक एवं सांस्कृतिक कार्य का स्थान भी है। प्रत्येक घोतुल का एक सरदार होता है जिसे सलाउ कहते हैं। घोतुल के युवक-युवितयाँ आयु की दृष्टि से लगभग पाँच श्रेणियों में विभक्त किये जा सकते हैं। घोतुल के सदस्यों की औसत आयु साधारणतया 15 वर्ष की होती है।

पहाड़ी मारिया के मध्य केवल अविवाहित युवकों के लिये घोतुल की प्रथा है। मैदानी मारिया, कोया, प्रथा इत्यादि विकसित गोंड जनजातियों में घोतुल संस्था का एकदम अभाव है।

ग्राम शासन–प्रत्येक मारिया गांव का शासन एक व्यक्ति विशेष के हाथों में रहता है जिसे 'गैता' कहते हैं। गैता गांव के पंचायत क मदद से सभी काम करता है। गैता ही गाँव का धार्मिक गुरु होता है और पूजा पाठ, बलिदान इत्यादि करवाता है।

धर्म–गोंड पृथ्वी, ग्राम माता और कबिला नामक तीन देव-देवियो की पूजा करते हैं, और उनके नाम पर बलिदान भी देते हैं। ये अपने पूर्वज के नाम पर भी बलि देते हैं। मृत्यु के बाद इनके बीच गाड़ने और जलाने दोनों क प्रथाएं हैं। साधारणतया गाँव क मुख्य व्यक्तियों तझा उनकी पत्नियों

की लाशें जला दी जाती हैं परन्तु साधारण लोगों के मरने पर उन्हें गाड़ दिया जाता है।

मुर्दा जलाने की प्रथा हिन्दू लोगों से मिलती-जुलती है। मृतात्म के नाम पर स्मारक पत्थर रखने की प्रथा प्रचलित है। इस तरह के पत्थर को अंग्रेज़ी में 'मेनहीर' कहा जाता है। यह मृत्यु के एक माह बाद स्थापित किया जाता है। उस अवसर पर गाया या सुआर की बलि भी दी जाती है।

गोंड संस्कृति पर हिन्दू धर्म का व्यापक प्रभाव पड़ा है। जो गोंड मैदान में रहते हैं उनमें आधुनिकता के प्रभाव के कारण बहुत अधिक परिवर्तन हो चुके हैं पहाड़ी इलाके के गोंड पर भी आधुनिकता का प्रभाव बढ़ रहा है और वह दिन दूर नहीं कि गोंड प्रगति के पथ पर पूर्ण रूप से अग्रसर होते दिखाई देंगे।

दक्षिण भारत की जनजातियाँ

दक्षिणी भारत में जनजातियां विशेषरूप से जंगलों में रहने वाली हैं। उनकी जनगणना करना बहुत ही कठिन है। दक्षिण भारत में जनजातियों की संख्या विशेषतया दक्षिण-पश्चिमी क्षेत्र के पहाड़ों और जंगलों में है। मद्रास में निम्नलिखित जनजातियाँ पायी जाती हैं; (1) टोडा, (2) कादर, (3) इरूला, (4) कोटा, (5) अदियान, (6) कटूनाय कानस, (7) कोरागास (8) कुरूचिानस, (9) मल्लासेरस (10) कुरूमानस, (11) मुथ्वानस, (12) पुलायन्स, (13) मलयाली, (14) कुसमवास, (15) इरालावानस, (16) मुनीयनस, (17) मनानम, (18) पुलीमानस, (19) उराल, (20) विश्वानम। इनमें कुछ जनजातियाँ ऐसी हैं जिनकी संख्या बहुत ही कम है तथा वे प्रायः समाप्त होने की अवस्था पर हैं। कुछ ऐसी भी जनजातियाँ हैं जिनके बारे में बहुत ही थोड़ा ज्ञात हैं।

दक्षिणी भारत की जनजातियाँ को तीन श्रेणियों में बाँट सकते हैं–

1. ऐसी जातियाँ जो वन्य जातियाँ हैं तथा वन और पर्वतों में इस प्रकार लिपटी पड़ी हैं कि इन्हें सरकार द्वारा दिये गये मकान, खेत तथा अन्य सुविधायें अच्छी नहीं लगतीं। कुछ समय के लिये वे नीचे आ भी जाते हैं परन्तु उनकी बराबर यही चेष्टा री हे कि वे अपने पुराने स्थान पर चले जाएँ। इन जनजातियों में कुछ तो कन्द मूल जमा करके जंगलों में ही जीवन निर्वाह करते हैं।

2. दूसरे प्रकार की जनजातियाँ परिवर्तित संस्कृति से प्रभावित हुई हैं। वे गांवों में बस गई हैं तथा जिन्होंने हल की खेती को अपना लिया है।

इन्होंने अपने गीतों और नृत्यों को सुरक्षित रखा है। इनमें शिक्षा का जागरण हो चुका है, फिर भी ये आधुनिकता की नई परिस्थितियों को ग्रहण करने के प्रति उदासीन हैं।

3. ये जनजातियों में वे प्रकार हैं जो गांवों को छोड़ शहरों में जा बसे हैं या जिन्हें व्यावसायिक केन्द्रों में बसने को बाध्य किया गया है। रेलों एवं सड़कों के बन जाने से इनकी सुरक्षा नष्ट हो गई है। इन्हें जीवन के नये स्वरूपों की योग्यता एवं प्राचीन रीति-रिवाजों में अयोग्यता का ज्ञान सीखने को मिल गया है।

(1) टोड़ा–दक्षिणी भारत में टोडा जनजाति अत्यन्त पुरानी जनजाति है। टोडा देखने में हृष्ट-पुष्ट और लम्बे चौड़े होते हैं। इनके चमड़े का रंग सफेद, शरीर की लम्बाई पूरी एवं नाक सुन्दर होती है। टोडा में भूमध्यसागरीय प्रजाति के लक्षण पाये जाते हैं।

टोडा बहुपति विवाह प्रणाली के लिये उल्लेखनीय है। परिवार के सभी भाइयों के लिये साधारणतया एक ही पत्नी रहती है।

पहले इनकी जनसंख्या का ह्रास हो रहा था परन्तु मद्रास सरकार के स्वास्थ्य विभाग द्वारा इस पर विशेष ध्यान दिया गया तथा इस जाति का अन्त होने से बचा लिया गया। यद्यपि इनकी जनसंख्या 1971 में करीब 716 थी। फिर भी इन्होंने संसार के प्रत्येक मानव विज्ञानी का ध्यान आकर्षित किया है तथा मानव विज्ञान की प्रत्येक पुस्तक में इनका जिक्र मिलता है। ये देखने में काफी मजबूत तथा हट्टे-कट्टे होते हैं तथा बलिदान के बाद ही ये मांस भक्षण करते हैं। इनक झोंपड़ियाँ नीलगिरी के पहाड़ों पर बनी हैं। इन झोंपड़ियों तथा इनक बस्तियों में सबसे आकर्षित करने वाली वस्तु हें इनकी पवित्र गौशाला तथा के पुजारी तथा भैसों के प्रति इनके पवित्र कार्य एवं भावना।

टोडा के मकान एक विशेष प्रकार के होते हैं। स्थानीय भाषा में उसे 'आरस' कहते हैं जो लम्बे ड्राम की शक्ल का गोलाकार होता है। साधारणतः यह 6 मीटर लम्बा, 3 मीटर ऊँचा तथा 3 मीटर चौड़ा होता है।

(2) कादर–जंगलों में कंदमूल फल-फूल जमा करने वाली जातियों में कादर का स्थान महत्त्वपूर्ण है। कादर संख्या एक हजार से भी कम है। ये आज भी जंगलों मे फलमूल जमा करते हैं ताा उसी से जीवन निर्वाह करते हैं। विशेष रूप से ये कोचनी के पहाड़ों पर पाये जाते हैं। इनी भाषा बिगड़ी

हुई तमिल है जिसमें मलयालम के शब्द भी मिले हुये हैं। आधुनिक सभ्यता के संयोग से तथा उनके बीच सरकारी कर्मचारियों की अधिकता से उनका रहन-सहन बदला है तथा बदलता जा रहा है।

जगलों से जो ये अपने निर्वाह की चीजें जमा करते हैं उनमें विशेष रूप से मोम, मधु, लहसुन तथा नाना प्रकार के पेड़ों की छालें ताा उसके रेशे, हरिण के सीग तथा हाथी दाँत के टुकड़े आदि मुख्य हैं। मधु तथा मोम जमा करना बहुत ही कठिन कार्य है जिसे वे आसीन से तथा बड़ी खूबी से कर लेते हैं। बड़ी-बड़ी चट्टानों, पहाड़ों तथा पेड़ों पर ये लोग आसानी से चढ़ते हैं। पहाड़ों पर चढ़ने के बारे में कादर लोगों में एक अन्ध विश्वास यह है कि वे जिस रास्ते से पहाड़ पर चढ़ते हैं, उसी रास्ते से उतरते भी हैं चाहे वह रास्ता कितना भी कठिन क्यों न हो। पहाड़ पर चढ़ने के बाद यदि उतरने का कोई अन्य आसान रास्ता हो तो भी वे उसे पसन्द नहीं करते। कादर का सामाजिक जीवन भोजन जमा करने वालों की तरह का है। इनक पास कोई भी पालतू जानवर नहीं रहता है तथा ये खेती करने के तरीकां से अनभिज्ञ हैं। ये बांस की बड़ी सुन्दर-सुन्दर चीजें बनाते हैं। इनकी बनाई कंघी, जो ये अपने बालों के पिछले भाग में लगाते हैं, विशेष उल्लेखनीय है।

कादर झोंपड़ियों में रहते हैं। इनकी झोंपड़ियाँ चौकोर किस्म की होती हैं। एरेनफेल्स का विचार है कि इनकी झोंपड़ी चौकोर होने का खास कारण इनका अन्य बाहर संस्कृतियों से सम्पर्क है। कादर खेती करना नहीं जानते हैं। व्यापारियों तथा जंगल के कार्यकर्त्ताओं के सम्पर्क में आने से इनकी संस्कृति में अनेकानेक परिवर्तन हुए हैं। जो कादर को छोड़कर जमीन पर आ गये हैं वे अपनी पुरानी कहानियां भूल गये हैं तथा अपने नाच गानों को भी भूलते जा रहे हैं। ये अपने देवताओं आदि के विषय में भी भूलते जा रहे हैं। इन कादरों में कुछ तो ऐसे हैं जो अपनी भाषा भी भूल चुके हैं तथा अपनी भाषा के बजाय अपने पड़ोस हिन्दुओं की क्षेत्रीय भाषा बोलते हैं।

(3) **कुरूम्बा**—उपरोक्त जनजाति के अतिरिक्त दक्षिण भारत की जनजातियों में बहुत-सी जनजातियों ऐसी हैं जिनकी संख्या बहुत ही कम है। कुरूम्बा, पनीयान तथा इरूला की संख्या करीब-करीब ढाई हजार है। ये नीलगिरि के वैयाह के पर्वत पर रहते हैं यद्यपि इनका निवास केवल इन्हीं इन्हीं पर्वतों तक सीमित नहीं है। कुरूम्बा जो कि घने जंगलों में रहते हैं। मैसूर की पहाड़ियों पर छः सौ से नौ सौ मीटर की ऊँचाई पर जाये जाते हैं ये अपने को पुराने तथा ऐतिहासिक पल्लव जाति की शाखा बतलाते हैं। सातवी शबाब्दी में इनके राजा काफी शक्तिशाली थे परन्तु चोल राजाओं से लड़ाई

तथ लगातार हार से इनकी शक्ति का ह्रास होता गया और ये आज इस दशा में पहुँच गये हैं। इस उक्ति के अनुसार कुरूम्बा की उत्पत्ति पुराने पल्लव जाति से है। इससे यह भी प्रमाणित हो जाता है कि करनौल, कुह्रापाल, लारी, अनन्तपुर, उत्तरी तथा दक्षिणी आरकोट, सलेम, कोयम्बटूर, त्रिचनापल्ली तथा मदुरा में जितने भी कुरूम्बा बसते हैं वे सब मिलकर एक ही हैं। फिर भी इनकी बाहरी आकृति एक दूसरे से बहुत भिन्न है। उदाहरणार्थ कुछ कुरूम्बा काले चमड़े वाले हैं, तथा चौड़ी नाक वाले हैं तथा अन्य कुरूम्बा तुलनात्मक दृष्टि से साफ तथा अच्छी आकृति के हैं।

(4) इउराली–इरूला का अर्थ होता है कालापन। इसके नाम से यही बोध होता है क इन जाति का रंग बहुत ही काला है। इसकी झलक इस बात से मिल जाती है कि नीलगिरि पर्वत पर रहने वाली अन्य जनजातियाँ जैसे मोराज, बदागा तथा टोडा इनसे काफी साफ तथा सुन्दर हैं।

(5) नीलगिरी की जनजातियाँ–नीलगिरी पर्वत परन उटकमंड के पास तीन जनजातियों मिलती हैं–(1) टोडा, (2) कोटा तथा (3) बडागा। इनमें पहली पालतू जानवर के जीवन से सम्बन्ध रखती है दूसरी, गृह उद्योग सम्बन्धी है तथा तीसरी कृषि पर आश्रित है। केवल पोशाक को छोड़कर ये साधारण लोगों से किसी भी प्रकार से भिन्न नहीं है। ये अच्छे घरों में रहते हैं तथा इनका रहने का स्तर काफी ऊँचा है।

कोटा की संख्या करीब एक हजार के लगभग है। ये बड़े ही अच्छ शिल्पी हैं। परन्तु अब इनके परम्परागत पेशे में काफी परिवर्तन आये हैं। उटकमंड के पास के गावों में रहने वाले कोटा, आलू तथा अन्य प्रकार की सब्जी उपजाते हैं। अब धान की खेती भी होने लगी है। बडागा जिनकी संख्या लगभग एक लाख से ऊपर होगी कृषि पर आश्रित हैं। इनकी बस्तियों के आस-पास काफी चौकोर खेत हैं जिन्हें ये जोतते गोड़ते हैं। ये आलू अपनी जमीन में उपजाते हैं जिन्हें वे मद्रास, बम्बई तथा कलकत्ता के बाजारों तक भेजते हैं। ये पहले इधर-उधर खेती करते हैं तथा रैयतवारी तरीके के अधीन हैं। इनकी औरतें भी खेतों में काम करती हैं। बड़ागा इस समय काफी विकसित हो गये हैं। खेती के अलावा उनके चाय और कॉफी के बागान भी हैं। कुद गांवों में चाय तथा कॉफी के कारखानों के मालिक बड़ागा थे। बड़ागा में आदिम संस्कृति की कोई भी विशेषता नहीं है और भारतीय संविधान में इसका स्थान अनुसूचित जाति में है।

❑❑❑

9

आदिम समाज का सामाजिक दृष्टिकोण

आदिम समाजों से पूर्व यदि सामान्यतः हम यौन संबंधी प्रश्नों पर दृष्टिगत करें तो सात होगा कि यह प्रक्रिया प्रकृति के सभी प्राणियों में सक्रिय रूप से होती है जिसके परिणाम स्वरूप नर एवं मादा एक दूसरे के प्रति आकर्षित होते हैं। एवं जीवन पर्यन्त एक पारिवारिक बन्धन में बंधकर अपने सामाजिक व अन्य दायित्वों को पूर्ण करते हैं। परिवार व समाज पशु-पक्षियों में भी हुआ करता है किन्तु हम यहाँ मात्र मानव की ही बात करेंगे अतः एक मानवशास्त्री की नजर से विशेषतः आदिम समाज में यौन व्यवहार की स्थिति एवं अवस्था का अवलोकन करने के लिए हमें उन समाजों का विस्तृत अध्यय करना अपेक्षित है।

मानव शास्त्रीय अध्ययन की इस विधि में, जैसा कि इसके नाम से स्पष्ट है, मानवशास्त्री उस आदिम समाज में सदस्य बन कर रहता है जिसका कि उसे अध्ययन करना है। इस प्रकार उनमें हिलमिल कर रहने से वह उनके जीवन के विभिन्न पहलुओं को निकट से देख पाता है, उनके रीति-रिवाजों, त्यौहारों और उत्सवों में भाग लेकर उनके साथ अनुभव कर सकता हैऔर उनके आन्तरिक महत्त्व को समझ सकता है। यहाँ यह ध्यान रखना आवश्यक

है कि चाहे मानवशास्त्री किसी मानव समाज में कितना ही हिलमिल कर क्यों न रहे तो भी किसी न किसी पक्ष में उसके लिये तटस्थ रहना आवश्यक हो जाता है क्योंकि दूसरे लोगों से हिलमिल कर रहने और सामूहिक जीवन में भाग लेने में उसे बराबर यह ध्यान रखना पड़ता है कि उसका मुख्य प्रयोजन अध्ययन करना है। अस्तु, उसे अनेक बार केवल बाह्य निरीक्षण मात्र से सन्तुष्ट हो जाना पड़ता है। वह अपने को सब प्रकार के लड़ाई-झगड़े और दलबन्दी से अलग रखता है। वह किसी भी वाद विवाद में नहीं पड़ता और अधिक से अधिक मित्र बनाने का प्रयास करता है। विशेषतया यौन व्यवहार के अध्ययन में उसे तरह तरह के खतरों का भी सामना करना पड़ सकता है और अनेक बातों में उसे दूसरों से पूछकर ही सन्तुष्ट हो जाना पड़ता है। फिर भी मानवशास्त्रियों ने अपने अध्ययनों से मानव जीवन के ऐसे पहलू का अनावरण किया है जो मनुष्य के मनोवैज्ञानिक और सामाजिक अध्ययन के लिए अन्यन्त महत्त्वपूर्ण है।

विभिन्न देशकाल में विभिन्न मानव समाजों मे स्त्री पुरुष के परस्पर सम्बन्धों और यौन व्यवहार के विषय में भिन्न-भिन्न क्रियायें, विधियाँ और प्रतिमान दिखलाई पड़ते हैं। इन समाजों के अध्ययन से यह पता चलता है कि मानव जीवन और अनुीव के इस क्षेत्र में मनुष्यों न किस-किस तरह के प्रयोग किये हैं और इनमें क्या कुछ जन्मजात है और कितना अर्जित है। जहाँ तक जन्मजात व्यवहार का प्रश्न है, उसमें अधिक परिवर्तन नहीं किया जा सकता, है। इस प्रकार आदिम समाजों में यौन व्यवहार के अध्ययन से यह पता चलता है कि मनुष्य का यौन व्यवहार कहाँ तक सांस्कृतिक परिवेश का परिणाम है। मानवशास्त्रियों ने संसार में सब कही फैले आदिम समाजों के गहन अध्ययन किये हैं। प्रस्तुत अध्याय में आदिम समाजों में यौन व्यवहार के विभिन्न पहलुओं का विवेचन किया गया है। यह विवेचन मानवशास्त्रियों के वैज्ञानिक अध्ययनों के के विवरण पर आधारित है। चूँकि मानवशास्त्री के अधिक से अधिक प्रयास करने के बावजूद भी ये अध्ययन कुछ न कुछ सीमित और कुछ न कुछ पक्षपातपूर्ण रह जाते हैं इसलिए उनको पूरी तरह से प्रामाणिक नहीं कहा जा सकता। यह विशेषता यौन व्यवहार के विषय में और भी अधिक लागू होती है क्योंकि यह मनुष्य का वह व्यवहार है जिसको वह अधिक से अधिक निजी और गुप्त रूप से करना चाहता है। अधिकतर समाजों में में स्त्री पुरुष अन्य व्यक्तियों से दिपकर यौन क्रियाओं में प्रवृत्त होते हैं। इसलिए यह आशाा नहीं की जा सकती कि मानवशास्त्री को आदिम जातियों के स्त्री-पुरुषों के यौन

व्यवहार को बिल्कुल निकट से देखने का अक्सर मिलेगा। दूसरे, यौन व्यवहार में स्त्री-पुरुष में जो अनुभूतियाँ, प्रयोजन और प्रेरणाएँ काम करती हैं उनको बाह्य निरीक्षण के क्षरा पूरी तरह नहीं समझा जा सकता, उनके विषय में केवल अनुमान मात्र किया जा सकता, उनके विषय में केवल अनुमान मात्र किया जा सकता है क्योंकि मानवशास्त्री सभ्य समाज का सदस्य होने के कारण आदिम समाजों में रहते हुए भी बिलकुल उनके समान अुभव का दावा नहीं कर सकता। पुनः हो सकता है कि मानवशास्त्री के निरीक्षण से बहुत सी ऐसी बातें छूट जाएँ जो कि यौन व्यवहार में अत्यन्त महत्त्वपूर्ण हैं।

उपरोक्त सीमाओं के होते हुए भी मानव समाजों में यौन व्यवहार के विवरण अत्यन्त मनोरंजक और शिक्षाप्रद सिद्ध हुए हैं। केवल यौन क्रियाओं के विषय में ही नहीं बल्कि कोर्टशिप, सगाई, कौमार्य की अवधारणा, विवाह की आयु, विवाह के प्रकार, विवाह सम्बन्धी निषेध, पत्नी प्राप्त करने की विधियाँ, विवाह के विधि-विधान, विवाह में रोमांस का तत्व, वैवाहिक जीवन की प्रथएँ तथा विवाह विच्छेद की विधियाँ आदि यौन व्यवहार के विभिन्न पहलुओं में विभिन्न आदिम समाजों में इतनी विविधता पाई जात ह कि स्थूल रूप से यह कहा जा सकता है कि मानव जीवन के इस क्षेत्र में इन सबके विषय में मनुष्य की विचित्र से विचित्र कल्पना किसी न किसी मानव समाज में अवश्य चरितार्थ की गई है। अस्तु, इनक अध्ययन जहाँ मनोरंजक हैं वहाँ शिक्षाप्रद भी हैं और स्त्री पुरुष के यौन व्यवहार में गहरी अन्तर्दृष्टि प्रदान करते हैं।

सामाजिक दृष्टिकोण

यौन व्यवहार का सामूहिक जीवन में विशेष महत्त्व है और सामूहिक जीवन का आधार इस सिद्धान्त पर है कि समूह में सभी को समान रूप से संतान प्राप्त हो इसलिए संसार के लगभग सभी आदिम समाजों में यौन व्यवहार पर विशेषतया यौन क्रियाओं पर किसी न किसी प्रकार का सामाजिक नियन्त्रण दिखलाई पड़ता है। अधिकतर मानव समाजों में लड़के-लड़की में यौवन के प्रारम्भ को सामाजिक संस्कार के रूप में मनाया जाता है और इस संस्कार के बाद उन्हें ऐसे स्त्री पुरुष मान लिया जाता है जो वैवाहिक जीवन में प्रवेश कर सकते हैं। विवाह की संस्था भी मनोवैज्ञानिक से अधिक समाजिक कारकों के कारण स्थापित की गयी है। इसे स्त्री पुरुषों के यौन व्यवहार पर नियन्त्रण रहता है, सन्तान का पालन-पोषण होता है और समूह के सभी सदस्यों की स्वतन्त्रता बनी रहती है तथा संघर्ष के अवसर कम आते

हैं। किसी भी यौन व्यवहार की विवेचना शून्य में नहीं की जा सकती, भले ही मनुष्य हस्तमैथुन जैसी कुछ क्रियाएँ एकांत में और अकेले ही करता हो उसकी प्रत्येक क्रिया जैवकीय ही नहीं बल्कि मनोवैज्ञानिक और सामाजिक महत्त्व होता है। सच तो यह कि मानव व्यवहार में कितना अर्जित है और कितना जन्मजात है, इसको कठोरता से निश्चित नहीं किया जा सकता। बहुत सी बातें एक समाज में बिल्कुल जन्मजात मालूम पड़ती हैं दूसरे समाज में कहीं भी दिखलाई नहीं पड़तीं।

आदिम समाजों के यौन व्यवहार का तीन दृष्टिकोणों से विवेचन किया गया है–जैवकीय दृष्टिकोण से, यौन क्रिय का मख्य प्रयोजन संतानोत्पत्ति होता है और इसलिए प्रत्येक समाज में संतानोत्पत्ति के उद्देश्य से, बाल-बच्चों के पालन-पोषण की व्यवस्था करने के लिए और सन्तान का पितृत्व निश्चित करने के लिए किसी न किसी प्रकार की व्यवस्था पाई जाती है। यह सभी मानव समाजों की सामान्य समस्या है। मनोवैज्ञानिक दृष्टिकोण से भिन्न-भिन्न समाजों में यौन व्यवहार में स्त्री पुरुषों की विभिन्न मनोवैज्ञानिक आवश्यकताओं के संतोष के लिए यौन क्रियाओं पर भिन्न-भिन्न सीमा तक नियन्त्रण और स्वतन्त्रता दी गई है।

फ्रायड यह मानता था कि पुत्र का पिता के प्रति विद्रोह और शत्रुता का दृष्टिकोण होता है जिसको कि उसने ईडीपस मानसिक ग्रन्थि का नाम दिया था परन्तु जिन मानव समाजों में मामा लड़कों को विभिन्न प्रकार की बातें सिखाता है और उन्हें अनुशासन में रखता है तथा पिता उन्हें केवल प्यार भर देता है उनमें पुत्रों में ईडीपस ग्रन्थि उत्पन्न होने का प्रश्न ही उत्पन्न नहीं उठता। यह देखा गया है कि मनुष्य का व्यवहार सांस्कृतिक परिवेश से इतना अधिक प्रभावित होता है कि उसमें यह निश्चित नही किया जा सकता कि कौन-सा ऐसा व्यवहार है जो कि सांस्कृतिक प्रभाव का परिणाम नहीं है। फिर भी मानव संस्कृतियों में बहुत से तत्त्व मिलते-जुलते हैं और इसलिए मनुष्यों में सब कहीं बहुत ही सामान्य आवश्यकतायें और व्यवहार के प्रतिमान दिखलाई पड़ते हैं। इसको लेकर बहुत से ऐसे सिद्धान्त निकाले जा सकते हैं जो सभी मानव समूहों से सामान्य रूप से लागू किये जा सकें।

यौन व्यवहार का अर्थ

आदिम समाज सभ्य समाजों से भिन्न होते हुये भी असीय नहीं कहे जा सकते। उनको आदिम कहने का तात्पर्य उनके सभ्य समाज की तुलना में

अपेक्षाकृत कम विकसित और कम जटिल होने से है। आदिम और सभ्य समाजों में सबसे बड़ा अन्तर जटिलता में पाया जाता है। आदिम समाज में श्रम विभाजन बहुत कम होता हैं। उसमें सभ्य समाज की तरह विभिन्न कार्यों का विशेषीकरण नही दिखलाई पड़ता। दूसरे, आदिम समाज में सांस्कृतिक और उपयोगी वस्तुओं में अन्तर नहीं हो सकता। उनके आजीविका के साधन जीवन के साध्यों से पृथक नहीं किये जा सकते। वे जो कुछ करते हैं वही उनका जीवन है। उनके प्रत्येक काम जैसे मछली पकड़ना, शिकार करना, खेती करना, मकान बनाना आदि का सांस्कृतिक महत्त्व है। उनके सभी व्यवहार यहाँ तक कि यौन व्यवहार और यौन व्यवहार और यौन क्रियाओं के साथ भी परम्परायें, उत्सव और गाथाएँ लगी रहती हैं।

इस विषय में विस्तार से विवरण उपस्थित करने से पूर्व यह समझ लेना आवश्यक है कि यहाँ पर यौन व्यवहार को किस अर्थ में लिया गया है। यौन व्यवहार का विवेचन यौन क्रियाएँ, कोर्टशिप और सगाई, विवाह और वैवाहिक जीवन तथा विवाह विच्छेद के प्रसंग में किया गया है। विवाह में विभिन्न प्रकार के विवाह, पत्नी प्राप्त करने के प्रकार, विवाहों में निषेध, विवाह विच्छेद आदि सम्मिलित हैं।

यौन व्यवहार का विवेचन आदिम समाज तक ही सीमित है। यहाँ यह जानना आवश्यक है कि आदिम किसे कहते हैं क्योंकि कुछ लोग आदिम का अर्थ असभ्य अथवा प्राचीन मान बैठते हैं। प्राचनी समाजों के उदाहरण प्रचीन भारत, चीन और रोम आदि में दिखलाई पड़ते हैं। ये ऐतिहासिक दृष्टि से पुराने होने के कारण प्राचीन कहलाते हैं। प्रस्तुत अध्याय में इनको कोई स्थान नही दिया गया है।

अधिकतर आदिम समाजों में लड़के-लड़की के युवा हो जाने का अवसर उत्सव के रूप में मनाया जाता है। विवाह के अवसर तो लगभग सभी आदिम समाजों मे उत्सव के रूप में मनाये जाते हैं और उसके विधि-विधानों का परम्परागत रूप में पालन किया जाता है। यौन व्यवहार के विभिन्न पहलुओं में नियन्त्रण और स्वतन्त्रता भी परम्परा पर निर्भर होती है। परन्तु इसका अर्थ यह नहीं है कि आदिम समाज में प्रत्येक कार्य का केवल सांस्कृतिक महत्त्व होता है। सांस्कृतिक होने के साथ-साथ उनका प्रत्येक काम उपयोगी भी होता है। उदाहरण के लिये आदिम मनुष्य की टोकरी, चटाई, भाला, तीर कमान आदि उपयोगी वस्तुयें हैं और इनका सांस्कृतिक मूल्य भी है। आदिम समाजों में परिवर्तन की गति इतनी तीव्र नहीं होती कि उत्पादन की विधियों

को सांस्कृतिक पृष्ठभूमि से अलग कर दिया जाए। इस प्रकार उनमें डोंगी बनाने में या धरती को जोतने में संस्कार का भी उतना ही महत्त्व है जितना कि कारीगर का। युद्ध में जहाँ हथियार इस्तेमाल किये जाते हैं वहाँ प्रार्थनायें भी की जाती हैं। जीवन के प्रत्येक पहलू में धर्म के साथ-साथ जादू भी मिला रहता है। इसलिए बहुत-से आदिम समाजों में स्त्री पुरुष यौन क्रियाओं में साथी प्राप्त करने के लिये-तरह-तरह से जादू टोने इस्तेमाल करते हैं। दुष्ट आत्माओं को दूर भगाने और उत्पादन बढ़ाने के लिये भी जादू टोने का सहारा लिया जाता है। उनमें तरह-तरह के निषेध प्रचलित होते हैं और इन निषेधों को तोड़ने से भयंकर आपत्ति की आशंका होती है। उदाहरण के लिये यह माना जाता है कि जो पुरुष स्त्री के मासिक धर्म के समय उससे सम्भोग करता है वह भयंकर बीमारियों का शिकार हो जाता है।

आदिम समाजों में संस्कृति पृथ्वी, गोत्र तथा रक्त समूहों से बँधी होती है। आदिम समाज में धर्म भी स्थानीय सीमाओं से बँधा रहता है। प्रत्येक आदिम समाज में उसके अपने देवता पाए जाते हैं। इसी प्रकार प्रत्येक के अपने त्यौहार होते हैं। साधारणतया जिस आदिम समाज में वस्तु सबसे उपयोगी पाई जाती है, उसका महत्त्व भी उतना ही बढ़ जाता है। इस प्रकार भारत में बाँस के जंगलों में रहने वाली जनजातियों के सदस्य बाँस के घर, बाँस के हथियार, बाँस के बर्तन और बाँस के कपड़े बनाते हैं तथा बाँस खाते हैं। दूसरी ओर वे बाँस को पवित्र भी मनते हैं, उसी में उनके देवता निवास करते हैं। इसी तरह स्थानीय पहाड़ों, नदियों, वृक्षों इत्यादि का भी धार्मिक महत्त्व हा जाता है।

सभ्य समाज और आदिम समाज में अन्तर

आदिम और सभ्य समाज विकास की दो स्थितियाँ दिखलाते हैं जिनमें आदिम समाज सरल और सभ्य समाज जटिल है, जिनमें आदिम समाज समग्र और सभ्य विशेषीकृत है। इस प्रकार इन दोनों में सापेक्ष अन्तर होता है। यहाँ पर आदिम समाज का ग्रामीण समाज से भी अन्तर समझ लेना चाहिये। सभ्य समाज में ग्रामीण और नगरीय दोनो प्रकार के समाज मिलते हैं। यद्यपि आदिम समाज में नगर नहीं पाये जाते और वे लोग अधिकतर छोटे-छोटे गाँवों में रहते हैं फिर भी उनको ग्रामीण समाज न कहकर आदिम समाज कहा जाता है क्योंकि उसमें और ग्रामीण समाजों में संस्कृति, सामाजिक संरचना, उपयोगी और सांस्कृतिक की अभिन्नता तथा बुनियादी ढाँचे की समानता आदि का अन्तर होता है।

जहाँ सभ्य समाज को देखने से यह पता चलता है कि क्रमशः विकास में मनुष्य किस तरह वर्तमान स्थिति पर पहुँचा है वहाँ आदिम समाजों को देखने से यह पता लगता है कि सरल प्राकृतिक रूप से सभ्यता से दूर मनुष्य किस प्रकार सामूहिक जीवन व्यतीत कर सकता है। अस्तु आदिम समाजों में यौन व्यवहार के अध्ययन से सभ्य मनुष्य बहुत कुछ सीख सकता है। वह यह जान सकता है कि सभ्यता के ऊहापोह की जटिलता में फँसकर कहाँ-कहाँ पर वह अपने मूल लक्ष्य को भूल गया है, किस स्थान पर उसने सामाजिक संस्थाओं, विधियों और प्रविधियों में अपने को इतना अधिक फँसा लिया है कि उसकी मूल जैवकीय और मनोवैज्ञानिक आवश्यकतायें कुंठित हो गयी हैं और उसका संतोष समाप्त हो गया है।

आदिम और सभ्य समाज में अन्तर होने के साथ-साथ घनिष्ठ सम्बन्ध भी हैं क्योंकि दोनों ही सामाजिक विकास की दो स्थितियाँ दिखलाते हैं। ज्यों-ज्यों मनुष्य की सामाजिक संरचना जटिल होती गयी, समाजों के आकार बढ़ते गये, सामाजिक आर्थिक कार्यों में विशेषीकरण होने लगा, राज्य बने और राजनीतिक संस्थायें बनीं, सामाजिक नियन्त्रण की विभिन्न प्रविधियों से समानतायें बढ़ीं, सामाजिक परिवर्तन से अन्तर बढ़े, त्यों-त्यों सीय समाज बढ़ाता गया।

वह यह जान सकता है कि किसी प्रकार जीवन की जटिलता से विकृतियाँ बढ़ती हैं और स्त्री पुरुषों का जीवन सरल आनन्दमय नहीं रह पाता। सभ्य समाज निश्चय ही आदिम समाज से अधिक विकसित है किन्तु इस विकास में कभी-कभी गलत दिशा में प्रगति हो जाती है जिससे लाभ के स्थान पर हानि ही अधिक होती है। सभ्य मनुष्य यह भूल जाता है कि उसका असली रूप आदिम समाजों में दिखलाई पड़ता है। इसलिये आदिम समाज में मानव व्यवहार विशेषतया यौन व्यवहार को देखकर सभ्य मनुष्य को नाक भौं सिकोड़ने के स्थान पर उनसे बहुत सी बातें सीखने का प्रयास करना चाहिए।

समाज और यौन व्यवहार का सम्बन्ध

कोई भी यौन व्यवहार ऐसा नहीं हो सकता जिसका समाज से कुछ भी सम्बन्ध न हो। हस्तमैथुन जैसी सर्वथा व्यक्तिगत क्रियाओं में भी सामाजिक रीति रिवाजों, निषेधों और नियन्त्रणों का व्यापक प्रभाव पड़ता है। अधिकतर यौन क्रियायें ऐसी होती है जिनमें मनुष्य को दूसरे व्यक्ति की आवश्यकता

होती है। वास्तव में यौन प्रेरणा का स्वभाव ही ऐसा है कि वह दूसरे व्यक्ति के सम्पर्क से ही सन्तुष्ट हो सकता है। इसलिये हस्तमैथुन जैसी क्रियायें तभी स्वाभाविक मानी जाती हैं जब कि दूसरे व्यक्ति का सर्वथा अभाव हो अथवा दूसरे व्यक्ति से सम्पर्क स्थापित करने में अत्याधिक भय और खतरा हो। साधारण रूप से मनुष्य अन्य मनुष्यों के सम्पर्क में ही यौन सन्तोष प्राप्त करते हैं। अन्य व्यक्तियों से यह सम्पर्क दो प्रकार का हो सकता है–समलिंगीय और भिन्नलिंगीय। कुछ लोग मनुष्यों से सम्पर्क स्थापित करने का अवसर न होने के कारण या उसमें खतरा होने के कारण पशुओं से सम्पर्क स्थापित करते हैं। मुनष्यों में समलिंग कामुकता भी अधिकतर भिन्नलिंगीय व्यक्ति के अभाव या उससे सम्पर्क स्थापित करने में कठिनाई का ही परिणाम होती है। यौन व्यवहार की स्वाभाविक अभिव्यक्ति भिन्नलिंगीय व्यक्ति के सम्पर्क में होती है।

उपरोक्त विकल्पों में यौन व्यवहार में समाज दो रूपों में काम करता है–एक तो जहाँ तक यौन व्यवहार के लिए मनुष्य को दूसरे मनुष्य की आवश्यकता पड़ती है वहाँ तक वह समाज के सम्पर्क में रहता है क्योंकि किन्हीं भी दो व्यक्तियों के किसी भी प्रकार के सम्बन्ध सामाजिक सम्बन्ध होते हैं और सामाजिक सम्बन्धों के ताने-बाने को ही समाज कहते हैं। दूसरे शब्दों में, जहाँ कहीं दो व्यक्तियों में किसी भी प्रकार के सामाजिक सम्बन्ध स्थापित होते हैं वही समाज है। अस्तु, जो युवक-युवती यह समझते हैं कि एकान्त में वे जो परस्पर व्यवहार कर रहे हैं, वह समाज से बचकर या समाज से दूर हैं वे यह नही जानते कि समाज कया है क्योंकि वास्तव में वे एकान्त में जो व्यवहार कर रहे हैं। परस्पर जो सम्बन्ध स्थापित कर रहे हैं, वही तो समाज है। इस प्रकार यौन व्यवहार में सब कहीं समाज का प्रवेश है। किन्तु दूसरी ओर जो प्रेमी युवक-युवती समजा की आँखों से दूर भाग कर या समाज से छिप कर यौन व्यवहार करने की बात सोचते हैं या समाज के नियमों को तोड़कर समाज की छाती पर मूँग दलने की बात करते है उसका भी एक विशिष्ट अर्थ है। प्रत्येक समाज में सामाजिक नियन्त्रण की एक व्यवस्था पाई जाती है जो कि स्त्री-पुरुष के परस्पर व्यवहार को नियन्त्रित करती है। ये नियम सामूहिक जीवन को सुरक्षित रखने के लिए बनाये गये हैं। कभी-कभी ये नियम स्त्री-पुरुषों को उनकी स्वतन्त्रता में अत्यधिक बाधक और इसलिए बोझ से मालूम पड़ते हैं। ऐसी परिस्थिति में वे इसका प्रयोग करते हैं और समाज से उनका संघर्ष प्रारम्भ हो जाता है। समाज के नियमों के उल्लंघन का पता लग जाने पर उनको समूह के अन्य सदस्यों हाथों नाना प्रकार के

कष्ट उठाने पड़ते हैं और कभी-कभी तो जीवन से भी हाथ धोना पड़ता है। मनुष्यों ने स्वयं अपने सामूहिक जीवन को सुरक्षित रखने के लिए स्त्री-पुरुष के यौन व्यवहार के सम्बन्ध में कुछ नियम बनाये हैं परन्तु फिर ये ही नियम उनकी स्वतन्त्रता में बाधक होकर कुंठा के कारण होते हैं। किन्तु इस परस्पर विरोधी स्थिति से अन्तिम छुटकारा नहीं है और इसलिये सब कहीं मानव जीवन में स्वतन्त्रता और नियन्त्रण, वैयक्तिकता और सामाजिक चेतना, स्वार्थ और परार्थ, अच्छे और बुरे में संघर्ष होता रहता है। इस संघर्ष से अनेक दुःख और कष्ट बढ़ते हैं परन्तु इन्ही से मानव जीवन की विविधिता कायम है। इन्हीं में होकर मनुष्य का विकास होता है।

जहाँ तक यौन व्यवहार का सम्बन्ध है, समाज का कार्य तीन रूपों में दिखलाई पड़ता है—कुछ समाज स्त्री-पुरुष को यौन व्यवहार में पूर्ण स्वतन्त्रता देते हैं। इसके विरुद्ध दूसरे समाज उस पर पूर्ण नियन्त्रण रखते हैं और विवाह सम्बन्धों के बाहर किसी भी प्रकार के स्त्री-पुरुष सम्पर्क को भयंकर पाप मानकर उसके लिए कठोर से कठोर दण्ड का विधान करते हैं। तीसरे प्रकार के समाज वे हैं जो इन दोनों के मध्य में हैं, जिनमें यौन व्यवहार के कुछ पहलुओं पर नियन्त्रण है और अन्य में छूट दे दी गयी है। प्रस्तुत अध्याय में इन तीनों ही प्रकार के समाजों में यौन व्यवहार का विवरण दिया जायेगा।

पूर्ण नियन्त्रण करने वाले समाज

अफ्रीका में अशान्ति समाज में लड़कों को उनके पिता बचपन से ही हस्तमैथुन न करने और किसी भी तरह की यौन क्रीड़ा न करने की चेतावनी दे देते हैं। न्यूगायना में क्वोमा लड़कों को बराबर यह चेतावनी दी जाती है कि वे अपने शिश्न को न छुयें। यदि कोई स्त्री किसी लड़के को शिश्न खड़ा करते देख लेती है तो शिश्न को लकड़ी से बुरी तरह पीटती है। इससे लड़के शीघ्र ही यह सीख लेते हैं कि यह एक अनुचित क्रिया है। इस समाज में लड़कियों को भी गुप्तेन्द्रियों को छूने का निषेध किया जाता है यद्यपि उन्हें इसके लिए कोई दण्ड नहीं दिया जाता। कूना लोगों में बालकों को सब प्रकार के समलैंगिक या भिन्नलिंगीय खेलों का निषेध किया जाता है। शिरिचहुआ लोगों में यदि लड़के-लड़की काम प्रसंग करते हुए पकड़े जाते हैं तो उनको अच्छी तरह पीटा जाता है।

अबेलम, अपिनाए, अशान्ति, छग्गा, शिरिचहुआ, कूना, दहोमी, हैटी, मनु, मुर्नगिन, पैनोबस्काट, रंगमा और ट्राकीज आदिम समाजों में बालकों

के किसी भी प्रकार के यौन व्यवहार पर पूर्ण नियन्त्रण करने का प्रयास किया जाता है। भिन्न-भिन्न समाजों में इस नियन्त्रण में भी विभिन्न प्रकार के दण्डों का विधान किया गया है। अपिनाए समाज में लड़के-लड़कियों को शैशवावस्था से ही हस्थमैथुन न करने की चेतावनी दी जाती है और यदि वे यह क्रिया करते हुए पकड़े जाते हैं तो उनकी अच्छी तरह पीटा जाता है।

यौन व्यवहार पर कठोर नियन्त्रण करने वाले इन आदिम समाजों में बालकों को यौन क्रियाओं के सम्बन्ध में किसी भी प्रकार के ज्ञान प्राप्त करने का अवसर नहीं दिया जाता वयस्क स्त्री-पुरुष बच्चों के सामने कभी भी इस प्रकार की कोई बात नहीं करते और इस बात की पूर्ण सावधानी रखते हैं कि बच्चे सम्भोग क्रियाओं को देखने का अवसर न पा सकें केरोलिन लोगों में विशेषतया लड़कियों के सामने सेक्स के विषय में कभी भी बात नहीं कहीं जा सकती। कूना बालक विवाह के पूर्व इस सम्बन्ध में कुछ भी नहीं जानते। उन्हें पशुओं को शिशु को जन्म देते हुये देखने का निषेध है। छग्गा आदिम समाज में लड़के-लड़कियों को यह बतलाया जाता है कि वे जंगल से उठाकर लाये गये हैं ताकि उन्हें प्रजनन क्रिया के विषय में कोई शंका न उठे।

इस प्रकार नियन्त्रणवादी समाज में लड़के-लड़कियों को यौन क्रियाओं के विषय में प्रश्न पूछने, बातें सुनने और स्त्री पुरुष के व्यवहार को देखने के अवसर नहीं दिये जाते और इस सम्बन्ध में पूर्ण सावधानी रखी जाती है, परन्तु इससे यह नहीं हो सकता कि लड़के लड़कियाँ यौन क्रियाओं के सम्बन्ध में जिज्ञासु न हों या उन्हें इस विषय में कुछ भी पता न चल सके। जब वयस्क व्यक्ति उन पर तरह-तरह की रोक लगाते हैं तो वे उनसे छिपकर यौन क्रियाओं में प्रवृत्त होते हैं। हैटी द्वीप में छोटे लड़के लड़कियाँ प्रारम्भ से किशोरावस्था तक बराबर लुक-छिपकर यौन क्रियाओं में प्रवृत्त होते हैं। क्वामा. समाज में लड़के झाडियों में छिपकर हस्तमैथुन करते हैं। मनु समाज में भी लड़के एकान्त में छिपकर यह क्रिया करते हैं। अपिनाए समाज में विशेष अवसरों पर लड़के लड़कियों के गुप्तांगों की जाँच करके यह पजा लगाने का प्रयास किया जाता है कि वे हस्तमैथुन तो नहीं करते और यदि इस प्रकार से कोई चिन्ह दिखलाई पड़ते हैं तो उनकी खूब पिटाई की जाती है। फिर भी इस समाज में लड़के लड़कियाँ हस्तमैथुन करते हैं। ट्रक समाज में लड़के लड़कियों को यौन क्रियाओं के विषय में कुछ भी पता न चले। वे किसी न किसी अवसर पर किसी न किसी तरह विभिन्न प्रकार की यौन क्रियाएं देख लेते हैं और

इस सम्बन्ध में उनको जितना भी अधिक निषेध किया जाता है उनकी जिज्ञासा उतनी ही अधिक बढ़ती जाती है तथा कठोर दण्ड की परिवाह न करते हुए भी वे इन क्रियाओं में प्रवृत्त होते हैं। सामाजिक नियन्त्रण और कठोर दण्ड तथा निषेध का यह परिणाम अवश्य होता है कि इन क्रियाओं में लगने वाले लड़के लड़कियों में अपराधी चेतना और अपने कार्य के लिये शर्म की अनुभूति बढ़ती जाती है।

नियन्त्रणवादी आदिम समाजों में माता-पिता सदैव यह ध्यान रखते हैं कि बालकों को अकस्मात् भी उनकी परस्पर यौन क्रियाएँ देखने का अवसर न मिले। उदाहरण के लिये आस्ट्रेलिया के मुनैगिन समाज में चार पाँच वर्ष की आयु होते ही लड़कों को घर से अलग करके लड़कों के घर या अविवाहित पुरुषों की झोंपड़ी में रख दिया जाता है जिससे कि उनको अपने माता-पिता के यौन व्यवहार को देखने का अवसर न मिले। क्वामा समाज में स्त्री और पुरुष बच्चों के जागते हुये कभी भी यौन-क्रियाओं में प्रवृत्त नहीं होते और सम्भोग करने से पूर्व यह निश्चय कर लेते हैं कि बच्चे पूरी तरह सो गये हैं।

इन समाजों में यह धारणा प्रचलित होती है कि युवावस्था प्राप्त करने के पूर्व सम्भोग क्रिया में प्रवृत्त होने से शारीरिक विकास को हानि पहुँचती है। पूर्व केन्द्रीय केरोलिन समाज में यौवनारम्भ के पूर्व सम्भोग क्रियाओं का पूर्ण निषेध होता है जबकि इसके बाद लड़के-लड़कियाँ कुमार गृहों में रहती हैं और अपनी इच्छानुसार लड़कों से सम्भोग करती हैं। सिरियानों आदिम समाज में भी यौवनारम्भ के पूर्व लड़के लड़कियों को सम्भोग क्रिया का निषेध होता है, परन्तु मासिक धर्म प्रारम्भ होने के बाद लड़कियों को इस सम्बन्ध में पूरी छूट दी जाती है और विवाह का कोई प्रतिबन्ध नहीं होता।

चकची लोगों में यह माना जाता है कि स्तनों के पूर्ण विकास या मासिक धर्म प्रारम्भ होने से पूर्व सम्भोग क्रिया से लड़की को शारीरिक हानि पहुँचती है। यद्यपि इससे अविकसित लड़कियों में सम्भोग क्रिया अपसाद नहीं बन जाती है। इस समाज में मासक धर्म प्रारम्भ होने के बाद से लेकर विवाह होने तक लड़कियाँ उन्मुक्त रूप से प्रेम सम्बन्ध बढ़ाती हैं। अशान्ति लोग यौवनारम्भ के पूर्व सम्भोग को समुदाय के लिए हानिकारक मानते हैं और इसके लिए लड़के लड़कियों को प्राण दण्ड दिया जाता है। इन लोगों में यौवनारम्भ के बाद भी विवाह से पूर्व सम्भोग क्रिया पर प्रतिबन्ध होता है यद्यपि इस नियम का कठोरता से पालन नहीं किया कराया जाता।

नियन्त्रणवादी समाजों में युवावस्था प्राप्त करने के पूर्व सब प्रकार की यौन क्रियाओं पर नियन्त्रण किया जाता है परन्तु युवावस्था प्राप्त कर लेने के बाद उन्हें इस सम्बन्ध में पूर्ण स्वतन्त्रता दे दी जाती है। साधारणतया लड़कियों में युवावस्था का प्रारम्भ मासिक धर्म प्रारम्भ होने से समझा जाता है और लड़कों में दाढ़ी मूँछ दिखलाई देने पर उनको युवा मान लिया जाता है। इस प्रकार आओ, अशान्ति, चोराटी, चक्ची, जुकुल, लम्बा, मटाको, सिरियानो, सेनियोग, स्वाजी, टोबा, टुपिनम्बा, इत्यादि आदिम समाजों में लड़कियों को युवावस्था के बाद यौन सम्बन्धी क्रियाओं में नियन्त्रण से मुक्त कर दिया जाता है।

जैसा कि पहले बतलाया जा चुका है, अधिकतर निषेधात्मक आदिम समाजों में लड़के लड़कियों के यौवनारम्भ के समय विशेष संस्कार किया जाता है जिसके बाद उन्हें यौन क्रियाओं में छूट दे दी जाती है। इस संस्कार के बाद दग्गा, मसाई, पेडी, श्वाजी, थोंगा और वोलोफ लड़कों को सम्भोग क्रिया में स्वतन्त्रता दी जाती है। छग्गा समाज में यदि संस्कार के पूर्व किसी लड़के को किसी लड़की के साथ सम्भोग क्रिया में पकड़ लिया जाता है। तो दोनों को एक दूसरे पर रखकर जमीन से बाँध दिया जाता है। इस समाज में संस्कार के बाद लड़के पहले बांझ स्त्रियों से सम्भोग करते है और बाद में अन्य लड़कियों से सम्बन्ध बढ़ाते है विवाह के पूर्व सन्तानोत्पत्ति के विषय में सब प्रकार की रोकथाम की जाती है। इसके लिये या तो लड़के केवल जाँघों के बीच में सम्भोग करते हैं या योनि से बाहर वीर्यपात करते हैं अथवा लड़कियाँ अपनी योनि में रूई का टुकड़ा रखकर गर्भाधान को रोकती हैं। इक्वेडोर द्वीप के जीवारों समाज में यौवनारम्भ संस्कार के पूर्व लड़कों को लड़कियों से किसी भी प्रकार के घनिष्ठ सम्बन्ध बढ़ाने का निषेध होता है। नियन्त्रणवादी समाजों में विवाह के पूर्व अथवा संस्कार के पूर्व यौन क्रिया पर नियन्त्रण करने के लिए लड़के लड़कियों को अलग रखने की चेष्टा की जाती है और नियम भंग करने पर कठोर दण्ड का विधान किया जाता है। इसका एक उपाय यह अपनाया जाता है। कि बुजुर्ग स्त्रियाँ लड़कियों की देखभाल रखती हैं और उन्हें किसी भी अवसर पर लड़कों से मिलने नहीं दिया जाता है। लड़के लड़कियाँ कभी भी साथ-साथ नहीं खेलते। परन्तु विवाह पूर्व सम्भोग पर सबसे अधिक नियन्त्रण वापीसियाना समाज में देखा जाता है जिसमें सम्भोग क्रिया को ही विवाह मान लिया गया है। अस्तु इनमें विवाह के बाहर सम्भोग का प्रश्न ही नहीं उठता। इन सब समाजों में लड़कों की

अपेक्षा लड़कियों की अधिक देखभाल की जाती है। फिर भी बहुधा लड़के किसी न किसी उपाय से लड़कियों से मिलने का अवसर निकाल ही लेते हैं। उदाहरण के लिए होपी समाज में, जहाँ कि दस वर्ष की आयु से बारह तक लड़कियों पर कड़ी देखभाल की जाती है, लड़के चुपके से उनके घरों में घुसकर या किसी अन्य गुप्त स्थान पर पहले से निश्चित करके लड़कियों से मुकालातें कर लेते हैं। गर्भाधान होने पर होपी लोग अवैध सन्तान का पूर्ण उत्तरदायित्व लड़की पर रख देते हैं। और लड़के को किसी प्रकार से दोषी नहीं ठहराया जाता तथा न उससे विवाह की आशा की जाती है।

इस प्रकार अधिकतर समाजों में लड़के किसी न किसी प्रकार से लड़कियों के घर में घुसकर या माता-पिता के सो जाने पर लड़कियाँ चुपके से बाहर निकलकर परस्पर सम्बन्ध स्थापित कर लेते हैं और इस प्रकार गुप्त प्रेम सम्बन्ध चलते ही रहते हैं तथा उन पर दण्ड और अपमान की चेतावनी का कोई विशेषा प्रभाव नहीं पड़ता। इस समाजों में विवाह के पूर्व लड़की की पवित्रता पर विशेष जोर दिया जाता है। गिलबर्ट लोगों में तो व्यभिचार पकड़ा जाने पर लड़के लड़की दोनों को प्राणदण्ड दिया जाता है। वेद्दा केराकी, शिरिचहुआ और सनपोयल आदिम समाजों में लड़कों को सम्भोग के लिए उत्तरदायी समझा जाता है और इसके लिये उन्हें कठोर दण्ड दिया जाता है। वेद्दा, लोगों में तो यदि कोई युवक किसी अविवाहित लड़की से बात भी करते देखा जाता है तो उसको मार डालने का प्रयास किया जाता है। अधिकतर समाजों में विवाह के पूर्व लड़की का कौमार्य बनाए रखने के लिए यौन व्यवहार पर नियन्त्रण किया जाता है कि लड़की कुमारी या नहीं। इसकी एक सामान्य पीरक्षा यह है कि विवाह के पश्चात् सम्भोग होने पर उसी योनि से कुछ रक्त निकलना चाहिए। इसकी अनुपस्थितिह में यह समझा जाता है कि उसका कौमार्य भंग हो चुका है और उसका तरह-तरह से अपमान किया जाता है तथा बहुधा उसे उसके माता-पिता के पास वापस लौटा दिया और कभी-कभी इतनी शारीरिक यातनाएँ दी जाती हैं कि स्त्री की मृत्यु तक हो जाती है। यूँगा लोगों में विवाह के एक सप्ताह पूर्व इस सम्बन्ध में लड़की की परीक्षा ली जाती है और इसमें असफल होने पर उसे भयंकर कष्ट दिया जाता है। कुर्द लोगों में जब पति पहली बार पत्नी से सम्भोग करता है तो उसके वस्त्रों की जाँच की जाती है और रक्त लगे वस्त्र को एक लकड़ी पर टाँग कर गाँव में घुमाया जाता है। यदि रक्त नहीं निकलाता तो लड़की को बहुत-सी गालियाँ देकर सार्वजनिक रूप से उसका अपमान किया जाता है और उसे उसके माता पिता के पास वापस पहुँचा दिया जाता है।

अर्धनिषेधात्म समाज

अर्धनिषेधात्म समाजों में एलोरीज, टिंगुरयान, वेन्डा, वप्पो, यगुआ, योका और जुलू लोगों में छोटे बालक बालिकाओं के यौन व्यवहार पर कोई रोक-टोक नहीं होती और केवल बड़े हो जाने पर ही रोकथाम शुरु होती है।

जहाँ कुछ मानव समाजों में यौन व्यवहार पर पूर्ण निषेध है वहाँ अन्य समाजों में न तो पूर्ण निषेध है न पूर्ण स्वतन्त्रता है। ये समाज अर्ध निषेधात्मक समाज कहे जा सकते हैं। इन समाजों में भिन्न-भिन्न सीमा तक यौन व्यवहार का निषेध किया जाता है और उसमें प्रयुक्त होने पर लड़के लड़कियों को कोई दण्ड नहीं दिया जाता। अस्तु, केवल माता पिता के सामने यौन व्यवहार का निषेध होता है अन्यथा उनके जानते हुए भी गुप्त रूप में कुछ भी किया जा सकता है। स्पष्ट है कि इन समाजों में केवल बाहरी रोकथाम मात्र होती है और तब तक प्रेम सम्बन्ध गुप्त रखे जाते हैं जब तक माता पिता को कोई ऐतराज नहीं होता। अण्डमानी समाज में ऐसा ही रिवाज है। यदि कोई लड़की गर्भवती हो जाती है तो माता पिता युवक युवती की शादी कर देते है। हुयीचोल लोगों में सैद्धान्तिक रूप से विवाह के पूर्व पवित्रता आवश्यक मानी जाती है जब कि व्यवहार रूप में ऐसा बहुत कम होता है। यदि किसी लड़के लड़की को सम्भोग क्रिया में प्रतृत्त पाया जाता है तो उनको विवाह के लिए बाध्य किया जाता है परन्तु सामान्य रूप से माता-पिता लड़के लड़कियों की कोई देखभाल नहीं करते। कुछ समाजों में गर्भ निरोध और गर्भपात के उपाय व्यापक रूप से प्रचलित होते हैं। अफ्रीका के बहुत से आदिम समाजों में गर्भधारण से बचने के लिए बिना ही सम्भोग करते हैं या योनि के बाहर वीर्यपात करते हैं। इन समाजों में लड़कियाँ योनि में तरह-तरह के पैड रखकर, कुछ औषधियाँ खाकर या सम्भोग के तुरन्त बाद योनि नलिका को धोकर गर्भ निरोध करती हैं और यदि इन उपायों के बावजूद भी गर्भ रह गया तो गर्भपात का सहारा लिया जाता है।

अजण्डे, बीना, छग्गा, कोलोरेडो, क्री, क्रीक, क्राक, दुसुन गण्डा, हुयीचोल, विवाई, क्लामथ, क्वामा, लंगो, मण्डन, मन, ओमाहा, पपागो, पेडी, रेड्डी, रेंगमा, सेमीनोल आदि विभिन्न आदिम समाजों में केवल लड़कियों को यौन व्यवहार का निषेध किया जाता है और लड़कों पर किसी प्रकार की कोई रोकथाम नहीं होती। इस प्रकार यह स्पष्ट है कि वास्तव में में अर्ध निषेधात्मक आदि समाजों में यौन व्यवहार पर रोक-टोक विशेषतया लड़कियों के मामले में की जाती है और लड़कों पर केवल नाम-मात्र की रोक-टोक

होती है। स्वाभाविक है कि इन आदिम समाजों समाजों में लड़के लड़कियों में हर प्रकार के यौन सम्बन्ध व्यापक रूप से फैले हुए होते हैं।

अनुमतिदायक समाज

एलोरीज, चीवा, कॉपर एस्कीमो, क्रो, ईस्टर्न आइलैण्डर, होपी, इला, कजाक, क्वाक्यूटल, लेपचा, लेसू, मावरी, मारशाई, मसाई, नामा, पोनापियन, समोअन, सिरियानो, टिकोपिया, ट्रोब्रियण्डर, यापीज और जुलू इत्यादि। इन समाजों में यौन व्यवहार के विषय में इतनी अधिक स्वतन्त्रता होती है कि लड़के लड़किंयाँ सार्वजनिक रूप से यौन क्रियाओं के खेल खेलते दिखलाई पड़ते हैं। शुरु-शुरु में वे अपनी गुप्तेन्द्रियों को को छूते हैं ओर क्रमशः यह हस्तमैथुन का रूप धारण कर लेता है आयु के बढ़ने के साथ-साथ यौन क्रियायें भी बढ़ती जाती हैं और समलिंगीय तथा भिन्नलिंगीय यौन क्रीड़ायें दिखलाई पड़ती हैं जिनमें गुदा मैथुन, मुख मैथुन, इत्यादि भी सम्मिलिता हैं। इनमें से कुछ आदिम समाजों में स्वयं वयस्क स्त्री पुरुष छोटे लड़के लड़कियों को कामोत्तेजित करते हैं। होपी और सिरियानो समाजों में माता पिता स्वयं बहुधा अपने बच्चों का हस्तमैथुन करते हैं।

आदिम समाजों में बहुत से ऐसे समाज हैं जिनमें किसी भी प्रकार के यौन व्यवहार की पूर्ण अनुमति होती है और शैशवावस्था से लेकर बड़ी आयु तक लड़के लड़की मुख्य रूप से हर प्रकार के यौन व्यवहार में भाग लेते हैं।

इन समाजों में बाल्यावस्था में कोई भी इस क्रिया क ओर ध्यान नही देता और यौवनारम्भ तक यह एक सामान्य बात समझी जाती है। कजाक लोगों में बड़े लोग छोटे लड़कों के साथ खेलते हुए उनके शिश्न से खेलते हैं और उसे उत्तेजित करते हैं। इस समाज में हस्तमैथुन एक बिल्कुल सामान्य व्यवहार समझा जाता है। एलोरीज समाज में माताएँ बच्चों को स्नान कराते समय और अन्य अवसरों पर उनकी गुप्तेन्द्रियों को उत्तेजित करती हैं। एलोरीज समाज में लड़के स्वतन्त्र रूप से हस्तमैथुन करते हैं और गुप्त रूप सम्भोग की क्रिया का नाटक करते हैं। पोलीनिसिया के पूकापुकन लोगों में लड़के लड़कियाँ सार्वजनिक रूप से हस्तमैथुन करते हुए दिखलाई पड़ते हैं। नामा और होटेनटोट समाज के विषय में भी यही बात सत्य है। ट्रोब्रियन्ड लोगों में शैशवावस्था से ही नाना प्रकार की यौन क्रियायें देखी जाती हैं। लड़के लड़कियाँ परस्पर मुख से गुप्तेन्द्रियों को उत्तेजित करते हैं और सम्भोग का

नाटक करते हैं। अन्य समाजों में भी यही बात दिखलाई पड़ती है। लेसू समाज में लड़के लड़कियाँ सार्वजनिक रूप से सम्भोग क्रिया के खेल खेलते हैं और यह एक सामान्य खेल माना जाता है। टिकोपिया सामाज में छोटे लड़के लड़कियाँ व्यापक रूप से हस्तमैथुन करते देखे जाते हैं। इस प्रकार के अनुमतिदायक आदिम समाजों में अधिकतर माता पिता और वयस्क स्त्री पुरुष बालकों को यौन क्रियाओं के विषय में विवाद करने और वयस्क लोगों का यौन व्यवहार देखने का अवसर देते हैं। एलोरीज लोगों में बच्चे पाँच वर्ष की आयु तक यौना क्रियाओं के विषय में सारी बातें जान जाते हैं। पूकपुकन लोगों में पूरा घर एक मसहरी के अन्दर सोता है और इसलिए छोटे लड़के लड़कियों को बहुधा वयस्क स्त्री पुरुषों को यौन क्रियाओं में प्रवृत्त देखने का अवसर मिल जाता है। लेसू समाज में लड़के लड़कियाँ अपने माता पिता को छोड़ कर अन्य किसी भी स्त्री पुरुष को सम्भोग करते समय देख सकते हैं। पुनापे आदिम समाज में चार या पाँच वर्ष की आयु से लड़के लड़कियों को यौन सम्भोग की शिक्षा दी जाती हैं। अन्य समाजों में वयस्क स्त्री पुरुश को देखने से लड़के लड़कियों को यह शिक्षा मिल जाती है। अधिकतर समाजों में माता पिता अपनी सन्तान के सामने सम्भोग क्रिया नहीं करते किन्तु दूसरे बच्चे उनको बराबर देख सकते हैं।

इनमें से कुछ समाजों में लोगों की यह धारणा है कि यदि बालकों को छोटी आयु से ही प्रजनन कार्य की शिक्षा नहीं दी जायेगी तो वे कभी भी संतानोत्पत्ति नहीं कर सकेंगे। इसलिए बड़े बालकों को गाँव से कुछ दूर छोटे-छोटे झोंपड़ों में माता पिता की पूर्ण सहमति से पति-पत्नी का खेल खेलने की सुविधा दी जाती है। इस प्रकार के खेलों में बहुधा साथी बदल लिये जाते हैं और विवाह तक ये खेल चलते रहते हैं। अनेक आदिम समाजों में बच्चे छोटी आयु से ही पृथक् घरों में रहते हैं। और प्रत्येक लड़का प्रत्येक रात्रि को एक लड़की के साथ सोता है। बहुधा लड़की अधिक समय तक किसी एक लड़के से सम्बन्ध नहीं रखती। माता पिता स्वयं लड़कों को इस सम्बन्ध में प्रोत्साहन देते हैं और इस संम्बन्ध में पिछड़ा होना शर्म की बात मानी जाती है।

अल्पायु से ही विभिन्न यौन क्रियाओं के बारे में सब प्रकार की बातें जान जाने से इन अनुमतिदायक समाजों में लड़के लड़के लड़कियाँ छोटी आयु से ही नाना प्रकार की यौन क्रियाओं में भाग लेते हैं और यौवनारम्भ से बहुत पूर्व सम्भेग की क्रिया प्रारम्भ हो जाती है। इनमें से अधिकतर समाजों

में भाई बहनों और रक्त सम्बन्धियों से सम्भोग पर निषेध होता है। इसके अतिरिक्त अन्य किसी से भी सम्बन्ध बढ़ाया जा सकता है। ज्यों-ज्यों लड़के-लड़कियों की आयु बढ़ने लगती है त्यों-त्यों वे आत्मरति या समलिंगीय सम्बन्धों को छोड कर भिन्नलिंगीय सम्भोग क्रिया में प्रवृत्त होते हैं। युवावस्था आते-आते इनमें से अधिकतर समजों में लड़के लड़कियों का यौन व्यवहार परस्पर सम्भोग के रूप में दिखलाई पड़ता है जो कि बाद में पूरे जीवन भर बना रहता है।

इस प्रकार की उत्मुक्त यौन क्रिया होने के बावजूद भी आश्चर्य की बात यह है कि गर्भधारण बहुत कम होते हैं और यदि होते भी हैं तो युवतियों के प्रेमियों में से किसी न किसी को अवश्य उससे विवाह करना पड़ता है। लेपचा आदिम समाज में यह समझा जाता है कि सम्भोग क्रिया के बिना लड़क का शारीरिक विाकस नहीं हो सकता और इसलिये प्रारम्भ से ही लड़के लड़कियों को इस दिशा में उकसाया जाता है। शुरु में तो वे परस्पर अनेक प्रकार से हस्तमैथुन करते हैं और 11-12 वर्ष की आयु तक पूर्ण सम्भोग क्रिया करते देखे जाते हैं अनेक वयस्क पुरुष आठ वर्ष तथा उससे अधिक आयु की लड़कियों से सम्भोग क्रिया करते है और इस प्रकार के व्यवहार को किसी भी प्रकार से अपराध नही माना जाता। ट्रोब्रियण्ड लोगों में लड़कियों में छः से आठ वर्ष की आयु तक और लड़कों में दस बाहर वर्ष की आयु से सम्भोग क्रिया प्रारम्भ हो जाती है और इस विषय में वयस्क स्त्री-पुरुष उनको सिखाते हैं। किसी भी समय कोई युवक-युवती किसी झाड़ी में या अविवाहित लोगों की झोपड़ी में या किसी अन्य एकान्त और सुविधाजनक स्थान पर जाकर माता-पिता की पूर्ण सहमति से लम्बे काल तक यौन क्रीड़ाओं में लगे रह सकते हैं। विवाह के पूर्व इस प्रकार लम्बे काल तक यौन क्रीड़ाएँ आवश्यक मानी जाती हैं यद्यपि विवाह पूर्व गर्भधारण अववाद ही है। अफ्रीका में इला भाषा भाषी लोगों में अनाज की कटाई के समय प्रत्येक लड़के लड़की को एक एक घर दे दिया जाता है जिसमें वे पति-पत्नी का खेल खेलते हैं। इस समाज में दस वर्ष की आयु के बाद कोई भी कन्या कुमारी नहीं बचती। ईस्टर द्वीप के बालक छः वर्ष की आयु से ही बिना किसी रोक-टोक के बड़ों के व्यवहार का अनुकरण करने लगते हैं। मावरी लोगों में लड़के लड़कियाँ रात को झोपड़ियों में पति-पत्नी का खेल खेलते हैं। लेसू लोगों में यह एक बिल्कुल सामान्य बात समझी जाती है।

मानव समाजों में आदिम समाज विकास की प्रारम्भ की स्थितियों के प्रतिनिध हैं। सभ्य समाज की तुलना में उनकी संरचना और सामाकि

संस्थाएँ कहीं अधिक सरल हैं। उनका जीवन अधिक जैवकीय आवश्यकताओं से निदेर्शित होता है, परन्तु चूँकि वे समाज बनाकर रहते हैं इसलिये उन्हें सामाजिक आवश्कताओं की भी पूर्ति करनी पड़ती है। प्राणी जीवन के विकास में लम्बे काल तक प्रगति के बाद मनुष्य का विकास हुआ है। अन्य पशुओं की तुलना में सभी मनुष्यों में कुछ जन्मजात जैवकीय भेद हैं। इस दृष्टि से पशुओं की तुलना में सभी मनुष्यों में कुछ सामान्य जैवकीय विशेषतायें देखी जाती हैं। ये विशेषतायें आदिम और सभ्य सभी समाजों में दिखलाई पड़ती हैं।

यौन व्यवहार के विषय में निषेधात्मक अथवा नियंत्रणवादी, अर्धनिषेधात्मक और अनुमतिदायक आदिम समाजों के उपरोक्त विवरण से यह स्पष्ट हो जाता है कि विभिन्न समाजों में यौन व्यवहार के विषय में भिन्न-भिन्न प्रतिमान अपनाए गये हैं। यह निश्चित है कि सभी आदिम समाजों में, चाहे वे निषेधात्मक हों या अर्धनिषेधात्मक, लड़के लड़कियाँ छोटी आयु से ही विभिन्न प्रकार यौन क्रियाओं में प्रवृत्त होते हैं। जिन समाजों में इसके लिये दण्ड का विधान होता है उनमें यह कार्य लुप-छिपकर होता है और इसमें प्रवृत्त होने वाले लड़के लड़कियों में अपराध और शर्म की चेतना आती है। दूसरी ओर, जिन समाजों में इनकी अनुमति होती है उनमें बिना किसी अपराधी चेतना के नितान्त स्वाभाविक समझते हुए लड़के लड़कियाँ यौन व्यवहार में प्रवृत्त होते हैं। जबकि निषेधात्मक समाज में यौन व्यवहार के विषय में पूरी तरह रहस्य बनाये रखा जाता है, अनुमतिदायक समाजों में वयस्क स्त्री-पुरुष स्वयं लड़के लड़कियों को इस समबन्ध में प्रशिक्षण देते हैं। लगभग सभी आदिम समाजों में लड़के-लड़कियाँ खेल-खेल में परस्पर यौन व्यवहार में प्रवृत्त होते हैं। निषेधात्मक समाजों में यह खेल बुरा माना जाता है। अनुमतिदायक समाजों में इस खेल को प्रोत्साहित किया जाता है। फिर भी सभी आदिम समाजों में यौवनारम्भ के पश्चात् स्त्री-पुरुष को यौन क्रियाओं के विषय में पूर्ण स्वतन्त्रता दे दी जाती है जब कि सभ्य समाज में ऐसा नहीं होता। सभ्य समाजों में यौान व्यवहार पर नियंत्रण जीवन भर बनाये रखा जाता है। आदिम समाजों में यौन व्यवहार पर नियन्त्रण का उद्देश्य स्त्री की पवित्रता बनाये रखकर विवाह के पूर्व गर्भधारण से बचना होता है। अनेक आदिम समाजों में जिस पुरुष से स्त्री को गर्भ रह जाता है। उसे उससे विवाह करना पड़ता है इसलिये अधिकतर आदिम समाजों में गर्भ निरोध और गर्भपात के उपाय व्यापक रूप से प्रचलित हैं। संक्षेप में, आदिम जातियों में यौन व्यवहारों

पर नियन्त्रण अधिकतर व्यावहारिक कारणों से होते हैं। जैसा कि पीछे बतलाया जा चुका है, आदिम समाजों में धर्म और नैतिकता व्यावहारिक जीवन में घनिष्ठ रूप से सम्बन्धित होते हैं। नैतिकता के प्रतिमान व्यावहारिक रूप से बनते हैं, व्यावारिक जीवन नैतिक नियमों से निर्धारित नहीं होता।

आदिम और सभ्य समाजों में रति संबन्धी अन्तर

मनुष्य का यौन विकास प्रत्येक देशकाल में लगभग एक से सोपानों से गुजरता है। इस विकास में तीन सोपान स्पष्ट दिखलाई पड़ते हैं—आत्मरति, समलिंग कामुकता और भिन्नलिंगीय काम सम्बन्ध। संसार के प्रत्येक समाज में प्रत्येक स्त्री-पुरुष के यौन विकास में ये स्थितियाँ आती है, परन्तु इन स्थितियों की अभिव्यक्ति जिन क्रियाओं से होती है वे बहुत कुछ सांस्कृतिक परिस्थितियों से निर्धारित होती हैं। आत्मरति की स्थिति में हस्तमैथुन की प्रतृत्ति देखी जाती है। इस विषय में आदिम और सभ्य समाजों में अधिक अन्तर नहीं है।

आदिम समाजों का अध्ययन हमें यह दिखलाता है कि मनुष्य की जन्मजात विशेषतायें क्या हैं क्योंकि उन पर सांस्कृतिक परिस्थितियों का प्रभाव सभ्य समाज की तुलना में बहुत कम होता है। जैसा कि पीछ आदिम समाजों में यौन व्यवाहर के सभी पहलुओं के अध्ययन से ज्ञात होता है, आदिम मनुष्य का जीवन मुख्यतया जैवकीय आवश्यकताओं से प्रेरित होता है।

यौन शास्त्रियों ने यह निश्चित् रूप से मान लिया है कि स्त्री-पुरुष की यौन प्रतृत्ति को जो सर्वांगीण सन्तोष उपयुक्त सम्भोग क्रिया से मिल सकता है वह किसी भी अन्य प्रकार से नहीं मिल सकता। यही नहीं, बल्कि यह भी देखा गया है कि स्वस्थ संभोग करने वाले स्त्री-पुरुषों में शारीरिक स्वास्थ्य और रचनात्मक प्रवृत्तियाँ उन व्यक्तियों से अधिक स्वस्थ स्थिति में होती हैं जो सम्भोग का आनन्द नहीं जानते और आत्मरति अथवा समलिंग कामुकता के द्वारा यौन प्रवृत्ति को सन्तुष्ट करते हैं। दुर्भाग्यवश आजकल के जटिल, आर्थिक और सामाजिक सभ्य जीवन में स्त्री-पुरुष को लम्बे काल तक अविवाहित रहना पड़ता है। इसके अतिरिक्त सभ्य समाजों में विवाह के पूर्व यौन क्रियाओं को अनुचित माना जाता है। इससे जहाँ बहुत से लोग युवावस्था के बाद भी आत्मरति से सन्तोष प्राप्त करने की चेष्टा प्राप्त करते हैं वहां दूसरे बहुत से लोग अन्यधिक दमन के कारण यौन क्रियाओं के विषय में अनेक प्रकार की मानसिक ग्रन्थियाँ बना लेते हैं।

सभ्य समाजों में आदिम समाजों की तुलना में हस्तमैथुन की मात्रा अधिक होने की सम्भावना है क्योंकि उनकी सांस्कृतिक परिस्थितियाँ ऐसी होती हैं जिनमें लम्बे काल तक विवाह को स्थगित करना पड़ता हे और स्त्री-पुरुष के यौन सम्बन्ध आसानी से म्भव नहीं होते। दूसरी ओर आदिम समाज में यौवनारम्भ के पश्चात् और विवाह के पूर्व स्त्री-पुरुष खुलकर अनेक व्यक्तियों से यौन सम्बन्ध करते हैं। फिर, अधिकतर आदिम समाजों में युवावस्था प्राप्त होने के बाद शीघ्र ही युवक युवती का विवाह कर दया जाता है। इन सब कारणों से आदिम समाजों में आत्मरति की स्थिति बहुत समय तक नहीं रहने पाती। इसके अतिरिक्त इनके वैवाहिक जीवन में बहुत कम स्त्री पुरुष आत्मरति की द्वारा सन्तोषउ प्राप्त करते हैं जब कि सभ्य समाजों में बड़ी संख्या में स्त्री-पुरा वैवाहिक जीवन में सम्भोग सके स्थान पर आत्मरति में सन्तोष प्राप्त करने का प्रयास करते हैं। इनका मुख्य कारण यह है कि आदिम समाजों में छोटी आयु से ही लड़के-लड़कियाँ परस्पर यौन सम्भोग करने लगते हैं। कम से कम उन्हें अधिक समय तक इस प्रवृत्ति का दमन करने की आवश्यकता नहीं पड़ती। उनमें स्त्री-पुरुष दोनों ही खुलकर यौन क्रियाओं में भाग लेते हैं। उनके लिये स्त्री-पुरुष के सम्बन्धों में यौन सम्भोग एक सरल और प्राकृतिक क्रिया होती है और उसके पीछे किसी प्रकार के नैतिक अथवा धार्मिक निषेध नहीं लगे होते। अस्तु, वे निश्चिन्त होकर उन्मुक्त रूप से सम्भोग में प्रवृत्त होते हैं।

जब इस प्रकार 25-30 वर्ष की आयु तक यौन प्रवृत्ति के दमन या उसके अस्वाभाविक रूप से अभिव्यक्त करने की आदत पड़ जाती है तो फिर उसके बाद विवाह होने पर भी सम्भोग क्रिया का पूर्ण आनन्द नहीं लिया जा सकता जब तक कि स्त्री-पुरुष समझदारी से इस ओर ध्यान न दें। इस दृष्टि से सभ्य स्त्री-पुरुष आदिम स्त्री-पुरुषों से बहुत कुछ सीख सकते हैं। वास्तव में आधुनिक सभ्यता के जटिल ढाँचे में मनुष्य प्राकृतिक जैवकीय जीवन से बहुत दूर हट गया है। इसकी सबसे बड़ी हानि उसक रचनात्मक शक्तियों के रूप में दिखलाई पड़ी है। मानसिक रोग बढ़ी हैं, अपराध बढ़े हैं, व्यक्तिगत, वैवाहिक, सामुदायिक और सामाजिक सब प्रकार के विघटन बढ़े हैं, और मनुष्य की अपनी संस्कृति का बनाया हुआ ढाँचा आज उसके ऊपर इतना बड़ा बोझ हो गया है जिसके नीचे केवल उसी जैवकीय और मनोवैज्ञानिक आवश्यकताओं का ही न हीं बल्कि आध्यात्मिक प्रवृत्तियों का भी गला घुट गया है। मनुष्य की रचनात्कता के मूल स्रोत या तो जैवकीय हैं या आध्यात्मिक

हैं। जैवकीय स्रोतों को उन्मुक्त किये बिना मनुष्य का नहीं हो सकता। रूसो तथा अन्य प्रकृतिवादियों न इसलिए मनुष्य को प्रकृति की ओर लौट चलने की सलाह दी है। यह ठीक है कि इस सलाह का कुछ सीमित अंशों में ही पालन किया जा सकता है, परन्तु फिर भी आदिम समाजों में उन्मुक्त यौन व्यवहार को देखकर कम से कम सभ्य मानव अपने यौन सम्बन्धी निषेधों, प्रेम और विवाह की धारणाओं और विवाह की संस्था पर फिर से विचार करके उनमें से ऐसे अनेक तत्त्वों को दूर का सकता है जो उनके मूल लक्ष्यों को प्राप्त करने में कठिनाई उपस्थित करते हैं।

सभ्यता के क्रमशः विकास में मनुष्य बहुधा अपनी विभिन्न सामाजिक संस्थाओं के मूल लक्ष्यों को भूल गया है और परिणामस्वरूप ये संस्थायें उनक उन लक्ष्यों को पूर्ण नहीं करतीं जिसकी प्राप्ति के लिए वे बनाई गई थीं। सिगमण्ड फ्रॉयड, ऐरिक फ्रॉम तथा अन्य मनोविश्लेषणवादियों ने सभ्यता के इस खतरे की ओर ध्यान दिलाया। इसका अर्थ यह नहीं हे कि आदिम जीवन सभ्य जीवन से श्रेष्ठ है। विकास की गति को पीछे की ओर नहीं मोड़ा जाता। किन्तु इस विकास मे जहाँ कहीं हम रास्ता भूल गये हैं या बाहरी आडम्बर में फँसकर मूल लक्ष्यों को पीछे छोड़ आए हैं वहाँ पर यह आवश्यक है कि हम बार-बार यह देखें कि हम कहाँ से और किस रूप में चले थे। इस दृष्टि से आदिम समाजों का अध्ययन सभ्य समाज को बहुत कुछ सिखला सकता है।

समलिंगकामुकता

यहाँ यह ध्यान रखना आवश्यक है कि यौन विकास की कोई भी स्वाभविक स्थिति असामाय नहीं होती और न उसे यह भय होता है कि उसके कारण मनुष्य का विकास अगले सोपान की ओर नहीं होगा।

आत्मरति के बाद मानव के यौन विकास में दूसरी स्थिति समलिंगकामुकता की है। इस दृष्टि से आदिम और सभ्य दोनों प्रकार के समाजों में बहुत कुछ समानता दिखलाई लड़ती है। समलिंगकामुकता सब कहीं है किन्तु जब कि आदिम समाजों में वह सर्वथा स्वभाविक समझी जाती है, सभ्य समाजों में उसको अनुचित और दूषित ठहराकर उसमें प्रतृत्त होने वाले लोगों में अपराधी भावना निर्माण की जी है जिससे उनके भावी जीवन में स्वस्थ यौन समायोजन असम्भव हो जाता है। जबकि सभ्य समाज में समलिंगकामुकता को असामान्य समझा जाता है न्यूगायना के केरकी लोगों